Malgré toute ma rage

Du même auteur

Les loups à leur porte, Rivages, 2015 ; Rivages Poche, 2016.
Helena, Rivages, 2018 ; Rivages Poche, 2019.
Nous sommes les chasseurs, Rivages, 2021 ; Rivages Poche, 2023.

Jérémy Fel

Malgré toute ma rage

Rivages

Retrouvez l'ensemble des parutions
des Éditions Payot & Rivages sur

payot-rivages.fr

Collection dirigée par Émilie Colombani

À toutes les familles malheureuses,
chacune à leur façon.

« La première conséquence de penchants interdits est de nous murer en nous-mêmes : il faut se taire, ou n'en parler qu'à des complices. »

Marguerite YOURCENAR,
Alexis ou Le Traité du vain combat.

« Quand il se mit au lit, ce soir-là, il était décidé à s'enfuir. Il se sentait comme un aigle, dur, suffisant, puissant, sans remords et plein de vigueur. Mais cela ne dura pas, bien qu'il ignorât alors que, pour lui comme pour l'aigle, sa propre chair, aussi bien que tout l'espace, ne serait jamais qu'une cage »

William FAULKNER, *Lumière d'août.*

J'irradie au cœur d'une grosse bulle sombre.

Le monde qui bruisse et s'étire à l'extérieur de la cave est comme en attente, ne nous concerne plus, un monde où cette salope étendue à mes pieds n'aura bientôt plus aucune place.

Effacée par mon unique volonté.

Seul son cadavre rentrera en France.

Le pouvoir que j'ai entre les mains me brûle déjà les doigts, ce pouvoir qui jusqu'à présent n'était que fantasme. Légèrement ivre, je savoure, encore sous l'influence d'une colère à peine apaisée, chaque seconde de cet instant de grâce.

Je garde la lampe torche braquée sur son visage déformé par les coups pour mieux déceler ce qui se joue de façon éphémère dans ses grands yeux de poupée. Seule sa respiration, sourde, saccadée, indique qu'elle est encore vivante. Son souffle, de plus en plus faible, paraît lui aussi gorgé de sang.

À quoi peut-elle bien penser en ce moment ? Est-elle encore consciente de ce qui l'entoure ? De l'état dans lequel elle se trouve ? Tant de choses m'échappent que ça me frustre. Mais je ne suis pas Dieu, même si j'ai gagné le droit de mort sur une de ses créatures.

Elle ne peut plus parler depuis de longues minutes, comme si j'avais fracassé sa voix en même temps que ses genoux. Quand j'y repense, je ne l'ai pas beaucoup entendue hurler. Elle est même restée étonnamment silencieuse pendant que je la violais. Comme si elle avait tenté, par ce manque de participation évident, de me gâcher un peu le plaisir. *Cette petite pétasse égoïste.*

J'ai tenté de la faire souffrir du mieux possible. Sans répit. Je n'oublierai jamais le bruit de la lame transperçant la chair, éraflant parfois l'os. Qui n'en a pas fait l'expérience ne peut pas savoir vers quelle extase une telle sauvagerie peut mener. C'est au-delà des mots. Ça touche au sacré. Et pourtant il s'agit d'un acte si bassement animal. Humain.

Son comportement amorphe m'agace à tel point que je lui crache au visage, sans pour autant provoquer de réaction de sa part. Il y a encore une dizaine de minutes, elle me suppliait de la laisser en vie. Elle a même pleuré son papa et sa maman, ce qui a décuplé ma hargne. Maintenant, c'est comme si elle s'était résignée, ou qu'elle n'avait plus la force de lutter. Mais comment le pourrait-elle alors qu'une grande partie de son sang n'est plus véhiculée par ses veines et que ses organes, les uns après les autres, s'assoupissent ?

Il est impensable qu'elle ait gardé le moindre espoir de sortir vivante d'ici. Elle n'a plus rien à quoi se raccrocher. J'y ai veillé. J'ai bâti des murs infranchissables autour d'elle, aussi résistants que ceux de la maison construite par le troisième petit cochon pour se protéger du loup.

Ses longs cheveux sont ternis par la poussière de la cave. Elle hoquette dans un spasme. Un peu de salive rougie s'écoule d'entre les lèvres que j'ai pris un si grand plaisir à taillader avec la lame de mon couteau.

J'avoue avoir du mal à supporter l'odeur viscérale et pesante qui me monte au nez. Comme si elle s'était chié dessus. Mais je ne dois pas lui laisser deviner mon dégoût. La dernière chose qu'elle verra de sa courte existence sera mon visage radieux.

Son cerveau semble glacé, anesthésié. L'air quitte peu à peu ses poumons. J'aimerais me pencher pour en inhaler les dernières bouffées, comme un parfum.

Des filets de matière pâle se mêlent au sang, suintant principalement de ses meurtrissures aux hanches.

Cette vision est si forte que j'ai envie de la filmer.

Malheureusement, je ne dois pas garder de preuve qui pourrait m'incriminer. Ne me resteront que des souvenirs. On ne pourra jamais les sonder ni me les voler.

Je me redresse en étirant les bras, attrape le jerrican d'essence, contemple une dernière fois, comme si j'étais face à une peinture aimée, ce corps allongé sur le dos que l'âme abandonne lentement.

Je l'en asperge des pieds à la tête, avec une excitation croissante, même si ça nettoie un peu le sang et affadit mon œuvre. Comprenant sûrement ce qui lui arrive, ce par quoi elle va passer – le grand final –, elle pousse un geignement ridicule, aigu et rocailleux, comme un petit chien en fin de vie.

Espère-t-elle parvenir ainsi à m'attendrir ?

Je jette le jerrican vide contre un mur recouvert de graffitis multicolores, sors un briquet de la poche du sac de sport que j'ai gardé à mes pieds, en place l'extrémité sur sa cuisse humide d'essence et de sang, et l'actionne. Une flamme surgit, se répand à une vitesse confondante sur ses membres mutilés. Sous l'effet de la surprise, je manque de m'effondrer en arrière dans les gravats.

Cette conne m'offre enfin un cri digne de ce nom, laissant entrevoir ses dents brisées. Son frêle corps, incapable de se relever pour s'enfuir, se tord, fume, rougit par plaques en même temps que ses hurlements carbonisent, puis se met à crépiter, noircit, finit par flamboyer entièrement.

Me protégeant la bouche et le nez, je contemple autant que possible cette fabuleuse torche humaine se recroqueviller en fœtus, se racornir, jusqu'à ce que la pièce se remplisse de fumée noire et épaisse d'une puanteur d'abattoir.

Mes yeux et ma gorge piquent de plus en plus. L'air me manque dangereusement. Je jette en hâte mes affaires dans le sac et emprunte en toussant l'escalier en pierre qui va me mener vers la surface, là où le vent pur et océanique balaie le township.

Chloé

Ma première émotion en foulant le sol de l'aéroport du Cap est un intense soulagement. Enfin la terre ferme, après quinze heures d'avion passées dans une angoisse permanente, alternant suées, scénarios morbides et ventre noué, m'évertuant à faire croire à mon amie Juliette que ça ne me touchait pas de me savoir assise des milliers de mètres au-dessus d'unc Afrique que je survolais pour la première fois, incapable de m'endormir ou de me concentrer sur un film, bloquée, par-delà les nuages, dans un interminable entre-deux nocturne.

Je n'ai même pas envie de penser au fait qu'il y aura, dans deux semaines, un voyage retour.

Il fait moins chaud que je l'aurais imaginé, même si, en cette fin février, nous sommes bien mieux loties qu'en France. Le ciel est limpide, autour de nous flotte une agréable odeur de fleurs fraîches, proche de celle des lilas, dont je ne parviens pas à déterminer clairement la provenance. Ça me fait tant de bien de marcher à l'air libre, je n'en pouvais plus d'attendre de me dégourdir les jambes et de me sentir hors de danger.

Ici, rien de ce qui compose ma vie ne peut m'atteindre.

Juliette, ses cheveux bruns dénoués, sort ses lunettes de soleil, alors que nous suivons les autres passagers sur le tarmac vers le terminal pour récupérer nos bagages. Nous sommes vite rejointes par Manon et Thaïs, qui étaient, elles, installées dans le fond de l'appareil, tout aussi excitées que nous de se retrouver si loin de Paris, littéralement au bout du monde.

Nos valises à la main, nous rejoignons un Uber, commandé par Manon. Le conducteur, un métis s'exprimant à notre demande en anglais, nous aide à ranger nos affaires dans le coffre de son véhicule. Une fois installées à l'arrière, Juliette nous distribue des fraises Tagada. Je savoure pleinement ce goût d'enfance, même si ma vie d'adulte ne m'a jamais semblé aussi proche.

Manon évoque le texto qu'elle vient de recevoir de sa mère pour vérifier que le vol s'est bien passé. Moi, je n'ai plus de batterie. Frustrée, je range mon portable et contemple, faute de mieux, les paysages urbains qui défilent pendant que nous empruntons la voie rapide traversant la métropole. Je distingue Table Mountain qui se découpe au loin. Par ses teintes ocre et sa singularité – son sommet totalement plat –, elle me fait penser, en bien plus imposante, à celle vers laquelle convergent les personnages de *Rencontres du troisième type*, de Steven Spielberg. Nous avons prévu de nous rendre à son sommet dès demain. J'imagine que la vue y est imprenable sur la péninsule et je compte bien inonder mon Instagram avec ce panorama de dingue.

Le chauffeur, dont le prénom est Koffi, nous passe un morceau de rap qui nous fait nous déhancher dans l'habitacle de la berline. Les visages ravis des filles me font plaisir à voir. Je n'aurais pas pu rêver plus belle compagnie pour ce voyage auquel je ne cesse de penser depuis des mois. Le premier sans mes parents. Le premier que je ne perçois pas comme une obligation.

Juliette est mon amie depuis le collège. Nous étions dans la même classe en cinquième. Elle habitait à quelques rues de chez moi, tout près du carrefour de l'Odéon, même si c'était, elle, dans un logement social. Elle est vite devenue ma confidente, celle qui, plus téméraire et agile avec la vie que je ne l'étais alors, m'a prise par la main en la serrant fort pour m'entraîner à sa suite, et m'a empêchée de me sentir trop seule, moi qui n'ai ni frère ni sœur et qui auparavant n'avais jamais vraiment suscité la sympathie des filles de mon âge.

Nous avons rencontré Manon et Thaïs en seconde, à Henri-IV, un matin où nous avons été mises en retenue dans une salle vide pour avoir perturbé la classe. Elles sont cousines. Nous les connaissions de vue, mais c'était la première fois que nous nous adressions la parole. Nous avons passé notre temps à rire comme des demeurées, sans nous attarder sur tout ce qui nous différenciait, sans que les autres élèves, pour une fois, aient leur mot à dire. Contrairement à nous, Manon et Thaïs étaient déjà très populaires. Manon car elle avait tourné dans des publicités étant enfant, et Thaïs pour sa beauté physique un peu irréelle. D'ailleurs, je n'ai pas été surprise d'apprendre que cette dernière était parfois approchée par des agences de mannequins.

La classe de seconde, puis celle de première, affrontées en quatuor, se sont déroulées sans embûches majeures. Nous avons pris l'habitude, dès l'âge raisonnable, de nous rendre ensemble en soirées, en boîte, ou en week-ends à la mer. Nos petits copains successifs ne pouvaient pas grand-chose contre ce lien indéfectible et prioritaire. Certains esprits mal intentionnés ont répandu la rumeur que nous étions lesbiennes. Nous nous sommes toujours amusées de ces bêtises et en avons même joué. C'était aussi une façon de nous protéger. Dès l'enfance, chaque fille un peu mignonne est obligée d'apprendre à se protéger.

C'est Manon qui a eu l'idée de partir loin de la France pour les vacances, et sans autorité parentale, comme les jeunes femmes adultes que nous estimions être. Nous avions d'abord évoqué, dans un moment d'euphorie alcoolisée, les États-Unis, et plus précisément des villes comme New York, Los Angeles ou Miami, étant toutes fans de séries américaines, puis Dubaï, à cause, je l'avoue, de notre passion coupable pour certaines influenceuses. Et Thaïs a parlé de l'Afrique du Sud, et surtout du Cap, ville parfois considérée comme l'une des plus belles du monde. Elle n'a pas mis longtemps à nous donner envie d'y poser nos valises.

Le plus dur a été de convaincre nos parents, notamment à cause de la mauvaise réputation de ce pays ; ils ont tout tenté pour nous persuader de crécher plutôt dans une des maisons de vacances qu'ils possèdent en Provence, en Italie ou au Maroc. Mais aucune de nous quatre n'est du genre à accepter un refus. Les filles et moi leur avons fait comprendre l'importance de nous envoler là où nous l'avions décidé et la nécessité qu'ils nous fassent confiance. En contrepartie, il a fallu leur promettre de rester dans les quartiers sécurisés de la ville, autrement dit ceux presque uniquement habités par des Blancs.

La voie rapide, après des zones commerciales, des terrains vagues et des lotissements plus ou moins précaires, longe un vaste terrain de golf, puis des espaces boisés et herbeux, avant que nous n'entrions dans une aire urbaine plus dense, et débouchions sur une partie de la ville aux buildings modernes, que Koffi nous présente comme étant le *City Center* du Cap. Je le sais. J'ai déjà tout vu en photos.

Au bout d'une bonne heure et demie de trajet, nous arrivons enfin au faubourg de Camps Bay, construit sur une bande de terre située entre le côté ouest du massif de Table Mountain et l'océan Atlantique. La voiture se gare face à une grande demeure aux murs bleu clair, située en haut de Sedgemoor Road, à seulement deux cents mètres de la plage. Elle me paraît encore plus vaste que sur le site, haute d'un étage, avec un toit-terrasse. J'ai l'impression de vivre un rêve éveillé. Juliette me serre fort dans ses bras. Son parfum est une des odeurs qui me rassurent le plus au monde.

Madame Van der Merwe, la propriétaire de la maison, est une femme d'une soixantaine d'années, au visage très maquillé, les cheveux blonds filasses coiffés en un chignon strict. Vêtue d'un tailleur gris, elle me fait un peu penser à ma grand-mère, et ce n'est pas le plus beau compliment qu'on puisse lui adresser.

Je lui serre la main, les autres m'imitent. Koffi nous apporte nos valises et nous traversons un bout de jardin très bien entretenu et agrémenté de gros massifs de fleurs. Nous entrons ensuite dans un hall aux murs rouges et au sol recouvert d'un damier noir et blanc, puis dans le salon, tout aussi spacieux, dont les baies vitrées donnent sur le jardin arrière, où se trouve une piscine. Madame Van der Merwe semble tendue, comme si elle n'était pas rassurée de laisser sa propriété à quatre adolescentes. Mais elle a sûrement de bonnes raisons de la louer, et doit y penser très fort pour continuer la visite.

Plus calme et mesurée, la vieille nous montre la cuisine, la bibliothèque, son bureau, et les chambres, à l'étage. La sienne, au bout du couloir, est la seule pièce de la maison qui restera fermée à clef. Enfin, elle nous emmène dans la buanderie, située de l'autre côté de la piscine, où se trouvent une machine à laver et un sèche-linge.

De retour dans le salon, où nous est servi un cocktail bien frais mais trop acidulé, madame Van der Merwe nous explique comment fonctionne l'alarme, ainsi que le système de filtration de la piscine, puis passe au règlement intérieur qu'elle a établi à l'intention de ses clients, s'attardant sur l'interdiction formelle d'organiser chez elle la moindre *party*. Je m'attends presque à ce qu'elle nous empêche d'inviter des garçons dans nos chambres. Ne soupçonnant pas mon envie de rire, elle nous parle un peu du quartier, des coutumes de ses habitants, nous indique quelques bonnes adresses, nous conseille de rester prudentes, de ne pas nous aventurer, surtout le soir, dans les endroits de la ville uniquement peuplés de Noirs.

Thaïs, son verre à moitié vide à la main, lui rétorque avec une petite moue de dédain que nous n'aurons de toute façon aucune raison de nous rendre dans les banlieues mal famées du Cap, comme si elle était vexée qu'elle ait supposé une telle chose. Madame Van der Merwe est surprise par cette repartie un peu sèche – tellement Thaïs –, mais finit par sourire de façon crispée. Je remarque une grosse tête de zèbre accrochée au-dessus de la cheminée, m'intéresse à sa provenance dans le but de passer à un autre sujet. Madame Van der Merwe m'apprend, une lueur de nostalgie dans le regard, qu'il s'agit d'un trophée, rapporté d'une des dernières fois où elle a eu l'occasion de partir chasser sur les terres familiales, à l'époque où ce pays avait un tout autre visage.

Nous ne perdons pas de temps pour nous attribuer nos chambres. Je choisis une de celles dont les fenêtres ont vue sur l'océan, avec un balcon au sol recouvert de carrelage turquoise. La pièce en elle-même est joliment décorée, dans des tons neutres, avec de beaux meubles en acajou. J'ouvre ma valise laissée sur le parquet et sors mes vêtements pour les étendre et les défroisser un peu, puis je mets mon téléphone à charger.

Thaïs a pris celle juste à côté de la mienne. Manon et Juliette, les deux qui donnent sur la piscine. On pourrait y sauter de leur balcon, comme dans les films. À garder pour plus tard.

Mon iPhone vibre sur le lit. Les visages de plusieurs personnes à qui je serais ravie de parler me viennent en tête, mais ce n'est, hélas, que ma mère. Souhaitant couper court à une conversation interminable, je lui dis sans lui laisser le temps de parler que nous sommes bien arrivées, que tout va bien, lui promets de lui envoyer des photos, l'embrasse et raccroche.

Je m'en veux direct d'avoir été désagréable avec elle, comme chaque fois que je lui parle, en ce moment. Je ne peux pas m'en empêcher. Il ne faudra pas que j'oublie de lui rapporter un cadeau pour me faire pardonner.

Je m'assieds sur mon lit et fais une story sur Insta pour montrer ma chambre à mes followers. Ils comptent beaucoup sur moi pour les faire rêver, je ne dois pas les décevoir.

Alors que je m'apprête à rejoindre les filles, Albert Reynaud m'envoie un texto pour me prévenir qu'il compte passer en début de soirée. Albert est un ami d'enfance de ma mère et vit au Cap depuis une dizaine d'années. Qu'il vienne parfois vérifier que tout va bien est une des conditions imposées par nos parents. À leur demande, il nous a loué une voiture à son nom pour que nous soyons totalement indépendantes. Ce n'est pas super légal, mais nos parents préfèrent ça plutôt que nous imaginer prendre les transports en commun ou nous retrouver coincées dans un bouge. Seule Juliette a le permis, mais nous savons toutes conduire. Il faudra juste ne pas se faire arrêter par les flics. En même temps, qui, ici, soupçonnerait quatre jeunes Blanches d'un délit ?

Nous allons retirer des rands au distributeur et, à peine arrivées sur la plage de Camps Bay, je retire mes chaussures pour marcher pieds nus sur le sable. C'est pour moi le geste fondateur de mes vacances. Maintenant, je n'ai plus qu'à me détendre et à profiter de la vie. Nous nous installons près d'un parasol, nous mettons en maillot et courons vers le rivage. Il n'y a pas beaucoup de gens qui se baignent, j'ai lu qu'ici l'eau pouvait descendre à treize degrés en quelques heures et il me suffit d'y plonger les pieds pour constater qu'elle est en effet assez fraîche, mais pas plus qu'en Bretagne, où mes parents possèdent une résidence secondaire. Manon me rejoint en poussant de petits cris à chaque éclaboussure, trop habituée à sa chère Méditerranée. C'est la seule à porter un maillot une pièce. Manon est, de nous quatre, la plus complexée. Pourtant, je la trouve assez jolie, même si elle ne se met pas souvent en valeur, mais il est vrai que ce n'est pas facile d'être la cousine d'une beauté comme Thaïs.

Même si je savais à quoi m'attendre, je suis soufflée par le décor spectaculaire qui s'offre à nous. La chaîne de montagnes des Douze Apôtres qui nous surplombe, la bande de terre où est construite Camps Bay, la plage immaculée, l'océan… Cet endroit est unique au monde.

Après avoir un peu batifolé dans l'eau sans qu'aucune de nous n'ose toutefois nager franchement, nous retournons à nos serviettes et nous y étendons, prêtes à laisser le soleil effectuer son travail.

Je prends quelques photos que je poste aussitôt sur mon Insta. Mes Jimmy Fairly sur le nez, je vois bien plus de Blancs que de Noirs autour de nous, comme si nous n'étions pas en Afrique. J'ai appris sur Internet que cette plage était strictement interdite aux Noirs pendant l'apartheid, et j'imagine que les habitants des quartiers défavorisés situés de l'autre côté de la montagne ne se sentent pas les bienvenus dans cette partie de la ville qui a, semble-t-il, gardé ses anciennes coutumes. Ce n'est pas sans raison que nos parents ont insisté pour que nous logions dans ce faubourg géographiquement et culturellement protégé du reste du Cap, comme un ghetto enclavé réservé aux riches et aux touristes. J'ai davantage l'impression de me trouver dans une petite station balnéaire du bout du monde que dans une agglomération de trois millions d'habitants à très forte majorité noire.

Un vendeur de friandises s'approche de nous en poussant sa carriole. Je lui fais signe de la main, sors quelques rands et lui achète quatre beignets bien gras. Torse nu et la peau bronzée, il est plutôt pas mal. Évidemment, il s'attarde en particulier sur Thaïs, qui, allongée sur le dos, n'y accorde pas d'importance. Elle me fait trop rire. Elle ne craint jamais de se la jouer princesse, quitte à déplaire à la majorité des gens. Elle ne pourrait cacher à personne qu'elle descend d'une famille d'aristocrates.

L'estomac plein de sucre, je m'étale un peu de crème solaire sur le visage, les bras et les jambes, et branche mes écouteurs sur mon iPhone pour écouter le dernier album d'Angèle.

Et, tout en enfouissant lentement mes mains dans le sable, je pense à tous ceux qui, en cet instant, à Paris doivent être frigorifiés. Ne comptez pas sur moi pour les plaindre.

En fin d'après-midi, nous allons nous installer à la terrasse d'un bar branché qui donne sur Victoria Road. Les autres clients discutent soit en anglais, soit en afrikaans. Les enceintes passent du Kanye West. Je regarde mes likes sur Insta en dodelinant de la tête et commande à la serveuse un Coca zéro avec des glaçons.

Juliette, un guide du Cap à la main, énumère les endroits où elle aimerait se rendre : Bo-Kaap, Robben Island, le fort de Bonne-Espérance, le Waterfront…

Thaïs nous parle de lieux plus originaux qu'elle a dénichés sur le Web, comme un restaurant situé dans une ferme hantée, un autre dans un ancien pénitencier de haute sécurité, un quartier appelé Woodstock, rempli d'immenses fresques urbaines… Nous décidons à l'unanimité de tout rajouter à notre to do list. De son côté, Manon compte profiter de sa venue en Afrique du Sud pour réaliser une série de photos pour un projet personnel. Pas de paysages ou de monuments, mais d'habitants du coin, en particulier ceux ayant subi l'apartheid. Pour, selon elle, « interroger l'histoire sur leurs visages », ou un truc du genre. Manon est très douée, elle utilise un vieil appareil argentique et un reflex numérique. Il y a quelques mois, elle est allée à Aubervilliers photographier les gens d'une cité. Toute seule et alors que le soir était tombé. Je l'admire pour ce côté passionné et frondeur, mais un groupe de jeunes lascars du coin l'a abordée et ça aurait pu vite dégénérer si la police ne s'en était pas mêlée. Je l'ai prévenue plusieurs fois qu'elle ne faisait pas assez attention à elle et qu'un jour elle le paierait cher.

Et les gens qu'elle veut immortaliser ne vivent pas vraiment dans les quartiers où nous nous rendrons. Elle devra donc se contenter de ce qui lui tombera sous la main.

De retour à la maison, je suis la première à plonger dans la piscine, vite suivie par Manon. Juliette nous passe de la musique grâce à de petites enceintes, alors que Thaïs nous rejoint avec une bouteille de champagne trouvée dans le frigo et des verres. Nous trinquons au centre du bassin, l'eau éclairée par en dessous nous arrivant aux hanches, avec l'impression grisante de figurer dans une version rajeunie de *The Real Housewives of Beverly Hills*.

Ça sent par moments une agréable odeur de feu de bois. Les étoiles commencent à être visibles dans le ciel qui s'assombrit, un ciel plus pur que celui de Paris, libéré de la crasse.

Je me rends aux toilettes quand on sonne à la porte d'entrée. Je vais ouvrir et me retrouve nez à nez avec un quinqua au physique un peu ingrat en qui je reconnais Albert.

Je l'invite à me suivre dans la cuisine et lui propose à boire. Les autres filles nous rejoignent, polies et bien élevées comme il faut. Nous nous sommes mises d'accord sur l'attitude à adopter en sa présence. Il ne doit pas suspecter en nous l'envie de transgresser les interdits parentaux.

Albert vit près du City Bowl. Il n'est pas marié et n'a pas d'enfant, l'archétype même du célibataire défraîchi. Ma mère et lui se connaissent depuis Jussieu. Je suis persuadée qu'ils ont eu une liaison, même si elle m'a soutenu le contraire. Et je la comprends, si j'étais sortie avec lui, même jeune, je ne l'ébruiterais pas. Mais c'est la seule personne qu'elle connaît ici. Elle doit attendre son appel pour avoir son rapport.

Son visage parfois secoué de tics nerveux, Albert nous fait les recommandations d'usage. Quand il a terminé, nous le raccompagnons à l'entrée et allons, à sa suite, découvrir la bête, une Mini Cooper rouge et blanc. Il ne s'est pas foutu de nos gueules, j'ai trop hâte de prendre le volant. Une fois la porte de la maison fermée, j'éclate de rire devant la tête de Juliette, qui semble se demander qui est ce type chelou.

Affamées, nous commandons deux grosses pizzas dans un établissement bien noté sur Trip Advisor et les engloutissons sans tarder, conscientes des kilomètres de marche qui seront nécessaires demain pour tout éliminer.

En allant sur mon Insta pendant que les filles débarrassent, j'écarquille les yeux quand je vois que Pierre Niney vient de me *follow*. Je monte direct en pression, m'agite, risque l'arrêt cardiaque. Manon et Juliette veulent savoir ce qui me prend. Je leur lâche tout sans être certaine que mes mots sont dans le bon ordre. Thaïs me demande si ce n'est pas un fake, mais clairement pas. Comme elle m'observe avec une moue dubitative, je lui montre l'écran.

Ayant du mal à redescendre, je vérifie s'il a déjà liké certaines de mes photos et, en urgence, s'il y en a que j'aurais trop honte qu'il voie, pour les supprimer.

Nous avalons des fruits pour le dessert et, fatiguées par le vol, nous nous installons sur le canapé du salon pour regarder la télévision, comme si nous avions l'âge de nos mères. Je zappe et tombe sur une scène du *Blow Out* de Brian de Palma, film que j'ai découvert l'année dernière et que j'ai adoré. Les filles veulent mater autre chose, mais j'arrive à les convaincre. Je suis passionnée de cinéma depuis mes treize ans, je rêve de devenir réalisatrice et compte intégrer la Fémis. La fin de ce film m'a particulièrement marquée, quand la prostituée est tuée au sommet d'un immeuble pendant un feu d'artifice, sans que le héros soit parvenu à la sauver. Thaïs s'endort à moitié et va se coucher, Manon reste jusqu'au bout, nous confie ensuite qu'un autre film de Brian de Palma l'a traumatisée, *Carrie*, vu très jeune et auquel elle pensait chaque fois qu'elle prenait une douche avec d'autres filles quand elle allait à la gym, attentive à la moindre perte de sang.

Manon monte à son tour dans sa chambre. Juliette et moi, n'ayant pas encore envie d'aller dormir, nous nous rendons sur le toit-terrasse afin de profiter de la vue.

Camps Bay scintille face à nous, comprimée entre les masses ténébreuses de la montagne et de l'océan, surplombée par un ciel aux constellations qui n'ont plus rien à voir avec celles que j'ai toujours aimé contempler. On entend de la musique au loin, des éclats de voix disséminés. Parfois, une franche odeur marine se fait sentir. Juliette pose sa main sur mon épaule et me remercie à nouveau pour ce merveilleux voyage. Elle vit seule avec sa mère, qui est infirmière à Bichat. Ce sont mes parents qui, à ma demande, lui ont payé le billet d'avion, sinon elle n'aurait pas pu venir. C'est la première fois qu'elle part si loin. Je suis ravie de pouvoir faire ça pour elle. Elle le mérite. Elle se donne à fond dans ses études, et elle ne m'a jamais trahie. Je ne veux pas qu'elle se sente inférieure parce qu'elle a bien moins d'argent que nous. Je suis certaine qu'elle ira loin, quoi qu'elle fasse. Et sans l'aide de personne. Elle ne devra sa réussite qu'à elle-même.

Les fenêtres de la maison d'en face sont éclairées. Un homme d'une quarantaine d'années s'agite dans une chambre. Une femme du même âge surgit face à lui en sous-vêtements et lui hurle quelque chose en lui balançant un livre. L'homme la saisit par le bras. Je pousse un petit cri, avec l'impression que je vais assister en direct à un épisode de *New York Unité Spéciale.*

Mais la femme finit par tirer les rideaux. Je ne peux maintenant qu'imaginer ce qui se déroule derrière.

Une étreinte violente après la dispute. Des réconciliations fiévreuses sur la moquette de la chambre.

Frustrées de ne pas en voir davantage, Juliette et moi, nous nous installons sur des transats et parlons de tout ce que nous avons hâte de faire dans ce pays, jusqu'à ce qu'à notre tour la fatigue nous gagne.

Quand je rejoins ma chambre, j'entends Thaïs chuchoter dans la sienne, et me demande à qui elle peut bien parler à cette heure.

Le lendemain, nous nous levons tôt, en pleine forme. J'ai dormi sans me réveiller une seule fois, sans le moindre cauchemar, ce qui ne m'était pas arrivé depuis des semaines. Manon, déjà habillée, lance le dernier album de Beyoncé sur son Mac, nous dansons un instant au milieu du salon, surexcitées par cette nouvelle journée qui commence à des milliers de kilomètres de nos parents.

Nous n'avons pas pensé à acheter à bouffer hier, mais il y a de quoi se préparer un bon petit déjeuner dans les placards et le réfrigérateur. Je me demande un instant si la vieille va nous le facturer, ou si tout, champagne compris, fait partie du prix de la location.

Juliette s'installe à l'avant de la Mini Cooper, un peu tendue de devoir conduire une autre voiture que celle de sa mère dans une ville où elle n'a aucun repère et où on doit rouler à gauche. Une fois qu'elle s'est familiarisée avec l'engin, nous prenons directement la route menant au téléphérique de Table Mountain.

Nous nous garons sur le parking à cent mètres de l'entrée, tout près d'une rangée de bus, faisons sagement la queue parmi les touristes, et nous installons à notre tour dans le téléphérique qui, en s'élevant, tourne à trois cent soixante degrés pour qu'on puisse pleinement profiter du panorama unique qui s'offre à nous.

La montée prend une quinzaine de minutes. Juliette n'ose pas trop regarder à travers la vitre, elle qui souffre de vertige. Thaïs, comme si elle était déjà blasée, a les yeux rivés sur son iPhone. Je me demande ce qui dans ce monde est encore susceptible de l'impressionner.

Une fois arrivées, nous empruntons un chemin de randonnée appelé l'Agama Walk. J'ai l'impression d'arpenter un autre monde, laissé à l'état sauvage, peuplé de lézards et d'oiseaux, culminant à plus de mille mètres au-dessus de la ville.

Nous parvenons enfin, au terme d'une marche assez rude, à un point qui surplombe tout Le Cap. Je dois retirer mes lunettes de soleil pour vraiment appréhender ce que j'ai sous les yeux. N'imaginant pas l'agglomération si étendue, je reconnais au nord le City Bowl, et aussi Lion's Head, Table Bay, et Robben Island, là où a été emprisonné Nelson Mandela. À l'ouest, mon regard balaye la côte atlantique, battue par les vagues, et, bien sûr, Camps Bay, où je tente naïvement de situer notre maison. À l'est, s'étendent les banlieues du Cap, avec en périphérie ces vastes townships à la si mauvaise réputation, et, encore plus loin, je distingue les fameux monts Hottentots-Holland, plongés dans la brume. Et enfin, quand je me tourne vers le sud, je ne peux qu'admirer avec ébahissement le reste de la presqu'île, avec tout au bout le célèbre cap de Bonne-Espérance, que j'ai hâte de fouler du pied.

Une fois revenues au parking, nous descendons Tafelberg Road pour rejoindre le City Bowl. Premier arrêt, le quartier de Bo-Kaap, constitué de maisons multicolores et pittoresques que j'immortalise sur mon Insta. Nous nous rendons une heure plus tard au Victoria and Alfred Waterfront, un des coins les plus touristiques de la ville, déambulons sur les quais, puis visitons quelques boutiques et même une galerie d'art contemporain.

En milieu d'après-midi, nous organisons une séance de shopping dans un grand centre commercial. Nous sommes toutes parties avec peu de vêtements dans nos valises, sachant que nous aurions l'occasion de nous en acheter sur place.

Sur le chemin du retour, j'allume la radio sur *Into the Groove* de Madonna. Un flash d'informations évoque ensuite en anglais une fusillade qui vient d'avoir lieu dans un bar de Durbanville. On dénombre pour le moment dix morts. J'ai du mal à croire que ça ait eu lieu à seulement dix kilomètres de là. Et qu'une telle folie puisse survenir dans un endroit si paradisiaque.

Mais ça ne doit pas entacher notre séjour ; hors de question de nous démotiver pour autant. Nous savions que ce pays était très violent, mais heureusement la majorité des viols et des meurtres ne touchent que les locaux, dans des banlieues où nous n'avons pas l'intention de nous rendre. Nous nous sommes bien renseignées avant le départ, nous ne sommes pas stupides. Nous ne courrons aucun risque si nous suivons certaines règles élémentaires.

Nous rangeons deux ou trois courses dans la cuisine et allons chacune dans notre chambre pour nous reposer. Je vérifie mes photos récentes sur Insta. La plus likée est celle où je pose seule devant l'océan.

Juliette me rejoint une demi-heure plus tard, en larmes, le visage défait. La voix secouée de sanglots, elle m'annonce que sa mère vient de l'appeler pour lui apprendre la mort de son arrière-grand-mère. Elle était très malade depuis des semaines et avait quatre-vingt-dix ans. Juliette craignait qu'elle ne décède pendant son séjour, et ainsi de ne pas pouvoir assister à son enterrement. Je tente de la calmer, lui dis que, bien sûr, elle ne doit pas se sentir coupable de quoi que ce soit. Les filles nous rejoignent aussitôt. Solidaires, nous tentons chacune de trouver les bons mots pour la consoler. Juliette hoquette et nous balance bêtement qu'elle veut rentrer en France. Je lui explique que son arrière-grand-mère préférerait au contraire qu'elle profite de ses vacances du mieux possible et se change les idées.

Elle ne se rend pas compte du prix que ça coûterait à mes parents s'ils devaient lui payer un billet à la dernière minute.

Une fois Juliette calmée, nous retournons au bar de la veille, sur Victoria Road. Nous nous installons à la table qui a la meilleure vue sur la plage et commandons des cocktails sans alcool.

Thaïs veut absolument aller danser ce soir. Moi, je ne suis pas trop fan des boîtes en général, mais, après tout, nous sommes aussi là pour nous amuser. Tout en jetant des coups d'œil à la faune environnante, nous cherchons sur Internet quels sont les meilleurs établissements du coin, sans vraiment parvenir à nous décider. Thaïs se lève et va demander à un couple s'ils connaissent un spot valant le détour. Elle me fait rire, elle parle constamment aux inconnus comme si elle les connaissait depuis toujours, avec une telle décontraction – privilège des gens conscients qu'ils ne seront jamais méprisés.

Même si je l'adore, c'est clair que Thaïs est de mes trois amies celle avec laquelle j'ai le moins d'affinités. Mais son amitié a trop d'avantages pour que j'y accorde de l'importance. Elle revient s'asseoir et nous parle d'un endroit appelé le DecoDance Night Club, à Sea Point, à peine cinq kilomètres plus au nord. Je remercie le gentil couple de la main. Nous commandons à nouveau à boire. J'aurais dû apporter une flasque de vodka pour la verser discrètement dans nos verres.

Je mets une bonne demi-heure à me décider sur la robe que je vais porter. Une autre pour me coiffer et me maquiller, même si on me dit souvent que je suis bien plus belle au naturel. Mais je ne veux pas paraître négligée par rapport aux autres filles. C'est une question de principe. Alors, misons à fond sur le superficiel.

Il y a beaucoup de monde au DecoDance Night Club. Le barman refuse, malgré nos œillades et nos efforts pour le faire plier, de nous servir de l'alcool sans vérifier nos cartes d'identité. Seule Juliette a le droit de s'enivrer. Faute de mieux, nous commandons donc des sodas et nous installons à une table, jugeant un peu les danseurs qui se trémoussent sur du Cardi B. Juliette est la première à se lancer sur la piste, suivie par Thaïs. Sans conviction, je me lève à mon tour. Manon, elle, reste assise et me promet qu'elle va nous rejoindre, ce dont je doute. Je n'ai aucune envie de la forcer. Je ne peux pas toujours être derrière elle pour la secouer.

J'ai moi-même du mal à danser au début, à me couler dans l'ambiance, mais je me détends vite, sachant qu'après tout je ne risque pas de croiser quelqu'un de mon entourage, je ne fais plus attention à ce que cette bande d'inconnus pourrait penser de moi, je m'oublie dans les rythmes syncopés de la musique, les mouvements des corps pailletés de lumières vives.

Au bout de quelques morceaux, cherchant Juliette dans la foule, je remarque Thaïs en train de discuter avec un beau mec aux cheveux châtains qui ressemble trop à Jacob Elordi. Voyant que je les ai pris en flag, elle me fait signe de les rejoindre.

Il s'appelle Colin, vit à San Francisco et est au Cap depuis le début de la semaine. Il ne parle pas français, nous conversons en anglais. Ses yeux sont encore plus clairs que ceux de Thaïs.

Colin est rejoint par Ezra, son meilleur ami, un brun tout aussi charmant. Nous nous entendons difficilement à cause de la musique. Les garçons nous proposent de retourner à notre table et commandent une bouteille de vodka, étant, eux, majeurs. Quand je disais qu'être amie avec Thaïs avait beaucoup d'avantages, je ne plaisantais pas.

L'alcool, grâce aux Américains, coule à flots, accélère le temps, chasse les derniers nuages qui stagnaient dans ma tête, parvient même à dérider Manon, dont les mouvements deviennent plus souples et le sourire plus franc. Thaïs, visiblement aussi contente que moi de la voir ainsi, me fait un clin d'œil. Il faut dire que Manon est tellement plus drôle quand elle est bourrée.

Nous buvons, allons danser, buvons à nouveau, sans rien avoir à payer, sans le risque que nos parents nous appellent pour savoir où nous sommes. Et tout ça parfaitement bien accompagnées. Une soirée idéale, qui en laisse présager d'autres, toutes aussi mémorables.

Colin est étudiant en droit à Stanford ; Ezra, en ingénierie. Tous deux ont pris l'habitude d'évacuer la pression de leurs études et de leur milieu familial en s'évadant dès qu'ils le peuvent dans des pays lointains. Je ne peux que les comprendre et les envier.

Il n'y a vraisemblablement rien de mieux que ce genre de dépaysement pour se vider la tête.

Les garçons nous posent des questions auxquelles nous répondons sans tenter de cacher quoi que ce soit. Ils semblent vraiment s'intéresser à nos vies, à qui nous sommes, à ce que nous aimons, à ce que nous voulons faire plus tard. Même si ce n'est que pour nous mettre dans leur lit, ça reste agréable. Un peu ivre, je tente de réprimer mon envie de me jeter sur Ezra pour l'embrasser à pleine bouche, puisque Colin, lui, est manifestement chasse gardée par Thaïs.

Partir entre filles ne doit pas nous empêcher de flirter. Ce qui se passera au Cap restera au Cap.

C'est vers 2 heures du matin que nous décidons malgré tout de rentrer, aucune de nous ne voulant faire d'excès. Manon, qui n'a presque pas bu d'alcool, s'installe au volant.

Nous attendons dans la voiture que Thaïs finisse de discuter avec Colin sur le parking et lui transmette son numéro de téléphone. Elle se jette à l'arrière en donnant l'air, quand nous abordons le sujet, de n'en avoir rien à faire de lui. Mais ses yeux ne mentent pas, même dans la pénombre de l'habitacle de la voiture.

Je vais me coucher la première et m'affale sur le lit en ayant la grosse flemme d'aller me démaquiller. Je sors de ma valise mon livre en cours, *Le Seigneur des porcheries*, mais je m'endors au bout de deux pages.

Et, à nouveau, je passe une nuit sans aucun cauchemar.

Je vais finir par croire que c'est tout simplement mon environnement parisien qui m'est toxique.

Au moment du petit déjeuner, nous décidons de partir en excursion au cap de Bonne-Espérance, prenons de quoi pique-niquer, des recharges pour nos portables, ainsi que des bouteilles d'eau. Il fait déjà vingt degrés. J'ajoute quand même un pull dans mon sac, au cas où le vent se lèverait.

Thaïs insiste pour conduire. Nous descendons d'abord Victoria Road, empruntons la route qui longe le massif des Douze Apôtres et passons par Hout Bay, un village côtier bâti au bord d'une baie bordée de pins et d'eucalyptus, où nous nous promettons de vite revenir. Une dizaine de minutes plus tard, nous débouchons sur la côte est de la péninsule, où se trouve Simon's Town, ville sur le port de laquelle nous nous arrêtons pour prendre quelques photos avant d'en visiter les rues animées.

Nous continuons notre trajet par la côte, ébahies par la magnificence accidentée des rivages, et repartons dans les terres, cette fois de vastes plaines remplies de broussailles, quasiment vierges de constructions humaines, ce qui à la fois m'impressionne et me déstabilise. J'ai l'impression d'arpenter un endroit qui ne veut pas de nous et que nous souillons par notre seule présence, le cœur d'une nature souveraine prête à se refermer comme un piège à loup.

Parvenues au bout du Cape Point National Park, nous nous arrêtons au dernier parking accessible et continuons à pied sur un étroit chemin qui nous amène à la limite orientale de la péninsule, où se dresse un phare qu'il est possible d'atteindre grâce à un funiculaire.

Des cormorans s'égayent autour de nous. Je remarque une bande de phoques étendus sur un gros rocher. C'est la première fois que j'en croise en liberté. Manon ne manque pas de les immortaliser avec son reflex. Elle semble, en cet endroit austère et escarpé, comme un poisson dans l'eau.

Après avoir pique-niqué au sommet de la falaise, nous rebroussons chemin sur plusieurs centaines de mètres et empruntons le sentier qui mène au cap de Bonne-Espérance, situé deux kilomètres plus loin. Une plage se dessine en contrebas. Il est nécessaire de descendre un escalier assez raide pour y accéder. Nous retirons nos chaussures, laissons nos sacs sur le sable, et nous courons jusqu'au rivage pour plonger nos pieds dans une eau limite froide. Les courants doivent être importants à cet endroit. Il est préférable de ne pas nous baigner. En plissant les yeux, j'ai l'impression d'apercevoir, à l'horizon, la ligne glacée de l'Antarctique.

Nous nous filmons toutes les quatre face à l'océan, et je publie direct la vidéo sur mon compte Instagram, en espérant secrètement que Pierre Niney n'y voie que moi.

Me retournant, je remarque un homme en veste noire perché sur un des promontoires rocheux, nous observant. Sa présence me perturbe jusqu'à ce qu'il se décide à s'éloigner.

Nous sommes seules sur cette plage. Si quelqu'un de mal intentionné débarquait dans cet endroit perdu au milieu de nulle part, personne ne viendrait nous secourir. Nous n'aurions aucun moyen de lui échapper.

Prises au piège. Des proies si faciles.

J'en viens à comprendre pourquoi notre espèce a toujours tenté de domestiquer son environnement, à en connaître et exploiter les moindres recoins, à y exercer une si imposante emprise. Quels lieux en ce monde nous échappent encore ?

Les filles ne sont pas conscientes de mon trouble. Je garde tout pour moi, ne voulant pas les inquiéter pour rien.

Elles m'ont assez reproché, par le passé, d'être un peu trop paranoïaque.

Sur le chemin du retour, Thaïs nous propose d'inviter Colin et Ezra à passer la soirée avec nous au bord de la piscine, malgré l'interdiction formelle de madame Van der Merwe d'organiser de fête. Mais pendant la période de location, cette maison est la nôtre. Nous n'avons pas fui l'autorité parentale pour nous soumettre à la sienne.

Nous préparons de quoi manger et boire, et disposons le tout sur la table de la terrasse, au bord de l'eau.

Dans l'idée de séduire Ezra, j'enfile la robe de chez Subdued que j'ai achetée hier au centre commercial.

Juliette a choisi une petite jupe noire qu'elle met un peu trop souvent. Manon, elle, préfère rester en jean. Mais elle s'est quand même efforcée d'arranger ses cheveux.

Nous passons de la musique sur mon Mac, que j'ai connecté à une enceinte, et allumons les lumières du jardin dans l'espoir de rendre l'endroit le plus cosy possible.

Les haies sont assez hautes, personne ne peut nous mater de l'extérieur. Pas de voyeurs à craindre.

Thaïs nous rejoint pendant que passe le morceau *Catalina* de Rosalía. Elle a détaché ses longs cheveux blonds et ondulés et porte une robe rouge très moulante. Son visage est peu maquillé, à part un rouge à lèvres aussi vif que sa tenue.

Le téléphone de Juliette vibre. C'est Virginie, sa mère. Elle décroche et s'éloigne pour lui parler. La connaissant par cœur, je sais à son regard qu'elle tente de ne pas craquer et de faire genre qu'elle encaisse. Quand elle me rejoint, elle m'annonce que l'enterrement aura lieu dans cinq jours et qu'elle a dû rassurer sa mère, car elle est encore plus inquiète de la savoir si loin, et dans un tel pays. Et elle a dû lui promettre de ne pas nous quitter de tout le voyage, de rester quoi qu'il arrive dans les quartiers où nous ne risquons rien. Virginie a été la plus dure à convaincre de notre projet. Nous avons mis des jours à la travailler. De nos mères, celle de Juliette a toujours été la plus raisonnable.

Les deux garçons arrivent vers 21 heures et alignent les bouteilles de vodka et de tequila sur la table. Ils sont vraiment trop beaux. On les croirait échappés de *Riverdale*.

Thaïs s'assied la première, croise les jambes et allume une cigarette. Chacun de ses gestes semble étudié pour capturer définitivement Colin dans ses filets. Elle sait y faire avec les hommes. Manon m'a raconté qu'elle couche avec des adultes depuis ses quatorze ans.

Colin ouvre la première bouteille de vodka et nous en sert un verre à chacun. J'y rajoute pour ma part un peu de jus d'orange. Je n'ai jamais aimé les alcools forts, mais je me force à suivre les autres, ce n'est pas le moment de passer pour une coincée.

Nous sommes tout d'abord silencieux, timides comme si nous devions refaire connaissance, malgré notre soirée endiablée de la veille. À notre demande, Colin et Ezra nous parlent plus en détail de leur vie à San Francisco, de leurs études, de leurs aspirations futures. Tous deux paraissent avoir totalement confiance en un avenir qui s'annonce en effet radieux. De vraies caricatures d'Américains, aussi bien physiquement que mentalement. Je leur apprends que San Francisco était une des destinations que nous avions envisagées pour notre voyage. Colin semble surpris, se tourne vers Thaïs qui lui sourit avant de tirer une taffe sur sa cigarette.

Je sursaute quand une forme surgit dans mon champ de vision. Il s'agit d'Albert, qui, nous voyant tous attablés, se fige, un sac de courses à la main.

Quand je lui demande les raisons de sa présence, il répond en bafouillant être passé nous apporter des spécialités locales. Il a sonné mais nous n'avons pas répondu, et la porte de la grille était restée ouverte, alors il a fait le tour de la maison en entendant nos voix. Genre le mec nous a loué une caisse et donc se croit tout permis.

Je ne sais pas où me mettre, l'imagine raconter à ma mère qu'il nous a surprises en présence de garçons, au bout de seulement deux jours dans ce pays.

Les autres filles restent muettes, tout comme Colin et Ezra, qui le dévisagent d'un air moqueur. Se rendant enfin compte que nous ne sommes pas disposées à l'inviter parmi nous, Albert pose le sac en plastique sur les dalles avec maladresse, puis nous salue et rebrousse chemin.

Je ne songe pas à le rattraper, même s'il me fait un peu de peine. Après tout, il n'avait pas à venir à l'improviste. Je n'ose pas imaginer ce que doivent penser les garçons. Ils vont nous prendre pour des gamines qui ont besoin d'un chaperon.

Heureusement, une fois passé ce moment gênant, les conversations reprennent. J'enchaîne les verres et ne pense qu'au moment présent. La soirée est à nous, rien ne doit venir la gâcher.

Thaïs se rapproche de plus en plus de Colin. Et lui, ça se voit qu'il ne pense qu'à l'embrasser et à glisser les mains sous sa robe. Elle le sait et en joue. Elle aime attiser le feu, se faire désirer jusqu'à l'incontrôlable, décider seule ensuite si son corps finira en trophée ou restera un fantasme. En revanche, je ne sais pas quoi penser d'Ezra, qui ne fait rien pour séduire l'une d'entre nous. Peut-être a-t-il une copine à qui il est fidèle en Californie, il paraît que ce genre de mecs existe. Ou alors, il est gay. Mais au fond je m'en fiche. Mon cœur est déjà pris par Arthur, le grand frère de Manon. J'ai craqué sur lui dès la première fois que je l'ai vu. Depuis, je tente de me faire inviter chez eux à la moindre occasion, pour le simple plaisir de le croiser. Il est tellement beau, moins musclé qu'Ezra et Colin, mais j'aime les mecs fins, et il ressemble trop à Tom Holland. Arthur est en lettres modernes à la Sorbonne, mais ce n'est pas très original quand on a un père éditeur. C'est lui qui m'a conseillé de lire le roman de Tristan Egolf. J'ai hâte de le finir pour lui en parler. Comme ça, il verra que je ne me tape pas que des classiques. Ça fait des mois que je ne pense qu'à lui. Il faudrait peut-être que je passe à la vitesse supérieure, que je tente une approche, mais j'aurais tellement honte d'être rejetée, surtout vis-à-vis des filles.

Manon va se coucher aux alentours de minuit. Juliette ne tarde pas à l'imiter. Thaïs, dans de meilleures dispositions, nous propose d'aller partager un dernier verre dans un des bars de la plage. Je décline l'invitation, mais elle parvient sans mal à convaincre les deux garçons. J'évite de lui suggérer de ne pas partir seule avec eux alors que nous les connaissons à peine.

Au lieu de rejoindre ma chambre, je monte sur le toit. La ville est encore plus magnifique quand l'alcool dans mes veines en fait jurer les couleurs et les lumières, les étale grossièrement dans l'air comme des traînées de peinture sur une toile.

L'océan est totalement noir, le sable de la plage d'un blanc limite phosphorescent. On dirait le jour et la nuit qui, déployés l'un à côté de l'autre, se jaugent.

Je tente de résister à l'appel du large.

Des éclats de voix se font entendre. Thaïs titube dans l'allée en faisant résonner ses talons, le rouge de sa robe donnant, dans l'obscurité ambiante, un côté tragique à sa silhouette. Colin, qui la suit de près, pose la main sur ses fesses sans qu'elle la retire. Ils entrent tous les trois dans un gros SUV garé un peu plus bas dans la rue. Ils ont dû finalement décider de se rendre ailleurs que sur le front de mer.

Je rêve que mon corps est échoué sur la plage près du cap de Bonne-Espérance, et que des cormorans me mutilent le ventre du bec, sans répit, sous le regard enflammé de longues silhouettes sombres perchées sur les rochers.

Le lendemain matin, quand je rejoins Juliette dans le salon, elle m'informe d'un air pincé que Thaïs n'est toujours pas rentrée. Je ne m'inquiète pas. Elle a dû rester avec Colin.

Manon tente de l'appeler avec son portable et tombe directement sur son répondeur. Et nous n'avons pas les coordonnées des garçons. Pour penser à autre chose, nous allons faire quelques longueurs dans la piscine.

L'heure passant, nous ne nous savons pas trop quoi faire, à part l'attendre sagement à la maison. Ça arrive souvent à Thaïs de partir on ne sait où, sans prévenir. Elle m'a un jour raconté avoir fugué plusieurs fois, au début de l'adolescence. À quatorze ans à peine, la police l'a retrouvée au Havre, alors qu'elle tentait de prendre le ferry pour l'Angleterre. Elle a même disparu pendant tout l'été dernier. Sa mère a prétendu qu'elle était partie se reposer dans un endroit calme, à l'étranger. Même Manon ne savait pas où elle était. Nous avons pensé à tout : clinique de désintox, hôpital psychiatrique, centre de repos… Quand Thaïs est revenue en septembre, elle était amaigrie, les traits tirés. Elle a toujours refusé de nous dire où elle était durant toute cette période. C'est devenu un sujet tabou, qui la met hors d'elle à chaque fois que nous osons l'aborder.

Vers midi, Manon nous demande s'il ne vaudrait pas mieux joindre la mère de Thaïs, Florence. Mais il est hors de question de mêler nos parents à ça, surtout pas alors que nous venons juste d'arriver. Ils seraient capables d'alerter l'armée pour nous ramener de force en France.

Et Florence me glace le sang à chaque fois que je la vois. Quand je pense qu'elle est psychiatre… Je ne sais pas comment ses patients peuvent se sentir assez à l'aise en sa présence pour se confier à elle. Une fois, j'ai dit à Thaïs qu'elle me faisait penser au personnage de Katharine Hepburn dans *Soudain l'été dernier*, film que nous venions de regarder. Elle a éclaté de rire, avant de me murmurer que la réalité était bien pire que le cinéma.

Thaïs finit par revenir en début d'après-midi, souriante comme si de rien n'était. Elle se jette sur le canapé et nous apprend, totalement hilare et sentant encore l'alcool et la transpiration, qu'elle n'a pas fermé l'œil de la nuit. C'est moi qui prends l'initiative de lui dire qu'elle aurait pu nous avertir. Elle s'excuse à peine. Je n'attendais pas plus.

Pendant qu'elle dort dans sa chambre, nous décidons d'aller toutes les trois nous promener dans le quartier et de nous rendre à la plage. Nous laissons un petit mot à Thaïs sur la table basse du salon, pour qu'elle nous rejoigne quand elle le voudra, toujours un peu vexées qu'elle nous ait laissées nous inquiéter pour rien.

Au retour, nous la trouvons près de la piscine. Elle nous prend dans ses bras comme si elle avait eu le temps de se rendre compte à quel point elle nous avait fait peur. Quand Manon lui demande si elle compte revoir Colin, elle nous répond qu'elle ne sait pas trop, et passe à autre chose.

Le téléphone du salon se met à sonner. C'est madame Van der Merwe à l'autre bout du fil, qui me rappelle sèchement nous avoir interdit d'organiser des fêtes dans sa maison. Je reste interloquée, debout au milieu de la pièce comme une gamine prise en faute, m'excuse en bafouillant, lui explique que ce n'était pas prévu et que ça ne se reproduira pas. Elle raccroche, sans un mot de plus.

Quand je raconte ça aux autres, elles hallucinent autant que moi. Nous nous défoulons sur sa gueule en espérant qu'elle ne s'apprête pas à contacter nos parents.

Comment a-t-elle su ? Par ses voisins ? Nous n'avons pourtant pas été si bruyants que ça.

Je me lève, observe les murs et le plafond à la recherche de microcaméras. Les autres me prennent d'abord pour une folle, puis mènent l'enquête à mes côtés. Dans chaque pièce, dans chaque couloir, dans le jardin.

Bien entendu, nous ne trouvons rien. Mais ça n'apaise aucunement notre animosité envers cette vieille aigrie.

Décidées à en apprendre plus sur elle, et si possible du bien compromettant, nous fouillons tous les placards et tiroirs du salon, de la cuisine et d'un bureau, sans mettre la main sur quoi que ce soit de notable.

Nous ne voulons pas nous avouer vaincues et nous rendons à l'étage, tentons d'ouvrir par différents moyens la porte de sa chambre afin de braver un nouvel interdit.

C'est Thaïs qui, avec une simple épingle à cheveux, parvient à ses fins. La pièce est vaste, chargée de fleurs séchées et de souvenirs racornis. Un lit à baldaquin trône en son milieu. De nombreux tableaux, comme des portraits de famille, sont accrochés aux murs. J'ai du mal à comprendre comment on peut garder de telles horreurs dans sa propre chambre.

Thaïs ouvre une grande armoire, remplie de vêtements, se moque de quelques vieilleries, pendant que Manon se pare de bijoux en se pavanant devant un miroir. De mon côté, je sors d'une commode un album photo à la couverture en cuir marron. Y figurent de nombreux clichés en sépia ou en noir et blanc, représentant en grande partie une même famille. Le père, la mère, un adolescent, et une jolie blondinette en robe claire qui pourrait être madame Van der Merwe. Elle pose sur l'une d'elles avec malice dans le jardin d'une imposante bâtisse de style victorien, avec des montagnes escarpées en arrière-plan. Je la suis au fil des pages à différents âges de sa vie, jusqu'à l'adolescence, alors qu'elle se tient avec un fusil à la main au-dessus du cadavre d'un zèbre. Tout est suranné, vestiges d'une ère révolue. Une belle lignée d'aristocrates blancs vivant en vase clos avec ses esclaves, tous noirs, qu'on aperçoit parfois en arrière-plan, comme une version africaine d'*Autant en emporte le vent*.

Dans un album aux photographies plus récentes, on la discerne aux côtés d'un homme au visage sévère, puis avec un petit garçon dans les bras. Elle paraît heureuse, confiante, très éloignée de la femme que nous avons rencontrée. Je me demande par quels drames elle a bien pu passer pour s'être autant asséchée.

Un coffre-fort est caché près du lit, malheureusement impossible à ouvrir. Je suis persuadée qu'il renferme de lourds secrets.

Avant de sortir de la pièce, Thaïs, toujours remontée, crache sur l'édredon recouvrant le lit.

J'espère qu'il n'y a aucune caméra planquée quelque part.

Chloé la parano.

J'appelle Albert du bord de la piscine, afin de m'excuser pour notre attitude de la veille. Ça lui fait si plaisir qu'il nous invite ce soir au restaurant. Je ne songe même pas à trouver une raison de décliner. Nous lui devons bien ça.

Les filles m'en veulent un peu d'avoir accepté sa proposition sans leur accord. Je leur promets que ça ne durera pas longtemps. Nous devons rester en bons termes, nous ne savons pas de quoi demain sera fait, nous pourrions avoir besoin de lui, si jamais les choses tournaient mal.

Nous retrouvons Albert dans une brasserie. Ravi d'être si bien entouré, il pose des questions à chacune d'entre nous. Sur nos vies, nos études, nos aspirations… Je sais que mes copines se forcent à être aimables, surtout Thaïs, qui passe son temps à vérifier l'écran de son iPhone.

Nous commandons tous du poisson, chacune de nous rêvant secrètement d'être ailleurs.

Au bord de l'océan ; sur une place animée ; dans la savane parmi un troupeau de zèbres ; dans les bras d'un bel Américain…

Évidemment, nous ne parlons pas du road trip de demain. Au moment du dessert, l'ennui s'installant, nous nous amusons à nous moquer d'Albert par des sous-entendus qu'il est le seul à ne pas comprendre. Je m'en veux, mais je suis quand même le mouvement initié par Juliette. Cet homme qui fait tout pour nous plaire doit être tellement seul. Il a du mal à ne pas reluquer le décolleté de Thaïs, d'autant plus qu'elle se penche souvent au-dessus de la table dans le but de le provoquer. Pour prendre du sel, du poivre, du pain, de l'eau… Et le mec ne marche pas, il court. Je suis certaine qu'il n'a pas couché avec une fille depuis longtemps. Du moins, sans la payer.

Après qu'il nous a quittées et payé l'addition, Thaïs nous prédit qu'il va vite rentrer chez lui pour se branler en nous imaginant faire des trucs ensemble. Ce ne serait pas le premier ni le dernier.

Mais, au moins, nous avons fait le nécessaire pour le garder dans notre poche.

Nous nous rendons sur la plage, marchons pieds nus sur le sable devenu froid. Quelques bandes de jeunes de notre âge sont installées par grappes, boivent de l'alcool, fument des joints en écoutant des musiques qui se mêlent de façon harmonieuse.

Sur le point d'arriver à notre maison, nous croisons un homme noir qui garde les yeux baissés et accélère le pas. Je me demande si ce n'était pas Koffi, le chauffeur qui nous a amenées de l'aéroport. Mais que ferait-il ici à cette heure ?

Juliette pousse alors un cri, nous montre la fenêtre de ma chambre du doigt, dit y avoir vu une silhouette nous observer. Ne discernant rien, je pense d'abord qu'elle tente de me foutre la frousse, avant de me rendre compte qu'elle est réellement terrifiée. Manon préconise d'appeler la police, mais Thaïs rétorque que Juliette a juste eu une hallucination. Excédée par notre réaction, Thaïs ouvre la grille et marche d'un pas vif vers la maison. Je décide de la suivre et incite Juliette et Manon à faire de même. Nous allumons la lumière du hall, et celle du salon. Je monte directement dans ma chambre, qui est vide. Pourtant, j'ai la désagréable impression d'être espionnée. Je m'approche de la fenêtre, scrute la rue de là où se serait trouvé l'homme qu'a soi-disant aperçu Juliette. Quand je ressors dans le couloir, Manon se tient debout près de l'escalier et me fixe d'un air affolé. Les autres filles nous rejoignent, puis nous fouillons chaque pièce de la maison, sans trouver personne, vérifions que toutes les fenêtres sont bien fermées, et verrouillons les portes.

Fausse alerte.

Colin vient chercher Thaïs une heure après. Avec Manon et Juliette nous profitons un peu de la piscine, et partageons une bouteille de vin trouvée dans le cellier.

C'est méchant à dire, mais l'absence de Thaïs nous met toutes les trois plus à l'aise. Je l'adore, mais j'ai parfois l'impression qu'elle ne peut s'empêcher de nous juger, même inconsciemment. Son obsession de la perfection et du contrôle est parfois étouffante. Quoi qu'elle en dise, Manon vit un peu trop dans son ombre. Je n'irais pas jusqu'à affirmer que Thaïs la manipule, mais Manon va toujours dans son sens, ne la contredit jamais. Là, et aussi grâce au vin, elle est décontractée, rit pour un rien. Après avoir fini son verre, elle nous avoue même fréquenter un garçon, à Paris. Je suis surprise, ce n'est pas son genre de se confier ainsi. Il s'appelle Matthieu et est en première année de médecine. Ils ont matché sur Tinder il y a quelques semaines.

Parler de lui fait rougir ses joues. Je me dis que c'est peut-être le bon moment de lui parler de mon *crush* pour son grand frère, mais ces quelques mots ne parviennent pas à franchir mes lèvres.

Quand Manon reçoit un texto, Juliette lui demande d'un air complice si c'est le fameux Matthieu, mais ce n'est que son père, Raphaël. Manon et lui sont très liés. Il est, je pense, la personne qu'elle admire le plus au monde, et je comprends pourquoi. Il est aux petits soins pour elle, la traite depuis l'enfance comme une vraie princesse. Et il est si cool avec moi chaque fois que je me rends chez eux. Raphaël Delage m'impressionne par sa culture, par ses engagements, par le fait qu'il soit un des éditeurs les plus en vue de Paris. J'ai d'ailleurs du mal à intégrer qu'il est le frère jumeau de Florence, la mère de Thaïs. Niveau caractère, c'est un peu le jour et la nuit. Lui le jour, elle la nuit.

Juliette, un guide de la région à la main, nous propose de traverser demain le Western Cape jusqu'au cap des Aiguilles, point situé le plus au sud de tout le continent, à environ deux cents kilomètres d'ici.

Le vent souffle de plus en plus fort et frappe les vitres. Avec les filles, nous nous préparons un seau de pop-corn et cherchons un bon film d'horreur à regarder sur Netflix. Nous ne trouvons rien d'intéressant dans les nouveautés, et nous rabattons sur *Scream* de Wes Craven, que nous avons toutes déjà vu plusieurs fois. La première scène, avec Drew Barrymore, est toujours aussi efficace. Serrées les unes contre les autres sur le canapé, nous sursautons toujours autant en la voyant déambuler dans sa baraque, espérant bêtement, jusqu'au dernier moment, que par miracle elle s'en sorte. Mais non, le tueur au masque bondit toujours sur elle dans le jardin, alors que ses cons de parents entrent dans la maison, enfonce toujours le couteau dans sa poitrine, fait toujours gicler le sang, scène qui comme à chaque fois me fait détourner les yeux.

Pas encore rassasiées, nous enchaînons avec *Scream 4*, que je suis en revanche la seule à avoir vu, et nous nous moquons du temps qui est méchamment passé sur les visages de Courteney Cox et de Neve Campbell.

C'est au cours d'une scène de meurtre particulièrement sanglante que Thaïs surgit dans la pièce en poussant un hurlement, nous faisant toutes crier à notre tour. Par réflexe, je lui lance un coussin dans la figure, mon cœur battant à cent à l'heure. Contente de son effet, Thaïs s'installe parmi nous.

Une fois dans mon lit, la lumière éteinte, je continue à me demander, les yeux fixés sur la fenêtre, ce qui a bien pu donner à Juliette l'impression qu'un homme se tenait réellement dans ma chambre. Je ne peux pas croire qu'elle ait simplement cherché à nous faire peur, je la connais assez pour savoir qu'elle était vraiment terrifiée. Et même si nous lui avons prouvé qu'il n'y avait personne, elle ne semblait pas totalement rassurée pour autant en allant se coucher.

Juliette ne peut pas savoir que cette mésaventure a réveillé en moi un souvenir cuisant. J'avais dix ans et mes parents m'avaient envoyée contre mon gré en colonie de vacances pendant tout le mois de juillet, dans un hameau près de Grenoble. Nous revenions à la nuit tombée au dortoir, situé à flanc de montagne et isolé de tout, quand j'ai aperçu, tout en gravissant la pente, un inconnu se tenir derrière la fenêtre d'une des chambres allumées de l'étage. Il avait dans mon souvenir une silhouette fine, aux membres allongés, et était visiblement nu, avec une tête volumineuse, dépourvue de cheveux. Ce ne pouvait pas être un des moniteurs, puisqu'ils étaient tous avec nous. De toute façon, ça ne ressemblait même pas à un être humain. Personne autour de moi n'a réagi, comme si j'étais la seule à le voir. Je n'ai pas osé le montrer du doigt aux adultes et aux autres enfants qui m'accompagnaient, tant j'étais mal à l'aise dans ce groupe où je n'avais pas d'amis, et il était hors de question de me faire remarquer de la sorte. La silhouette est restée sans bouger, à aucun moment je n'ai pu définir de visage, familier ou non. J'ai baissé les yeux et suis entrée comme les autres dans le bâtiment aux murs jaunes et gris. Pendant un moment, je me suis préparée à entendre des hurlements à l'étage ou des bruits de lutte, mais le reste de la soirée s'est déroulé sans incident. J'ai gardé cette angoisse pour moi et, par la suite, cette apparition inexpliquée a peuplé un grand nombre de mes cauchemars, en prenant des formes plus ou moins carnassières.

Un bruit sourd me sort de mes pensées, comme un coup porté contre une paroi, et qui semble provenir du vaste placard mural situé au fond de la pièce. Un peu surprise, j'imagine qu'un carton s'est cassé la gueule, même si je n'en ai pas vu à l'intérieur quand j'y ai rangé mes affaires. Comme une conne, je me mets à psychoter que quelqu'un s'y cache, comme dans *Scream 4*, un tueur masqué prêt à surgir pour étriper la pauvre fille seule dans sa chambre que je suis. Cette idée est absurde, mais je me revois plus tôt dans la soirée, quand nous avons fouillé la maison pour rassurer Juliette, et je me souviens de la sensation cheloue que j'ai eue d'être observée.

Dans cette même chambre.

Par quelqu'un qui se trouvait tout près.

Un nouveau coup se fait entendre dans l'ombre.

Et là je commence clairement à flipper.

Mon esprit s'emballe.

Je peuple l'intérieur du placard de la pire présence possible, l'intrus sournois que Juliette a bien aperçu de la rue, et qui s'y serait caché pour nous échapper. Je n'ai même pas pensé à l'ouvrir en inspectant la pièce, alors qu'on pourrait facilement y tenir à deux.

Il y est peut-être encore, et il me regarde à l'instant même. Mais pourquoi serait-il resté ici tout ce temps ?

Dans l'intention d'attendre que je m'endorme, de s'attaquer ensuite à moi quand je serai sans défense. De prendre tout ce qu'il pourra prendre de mon corps et de mon âme.

Je peste contre moi-même d'en arriver à de telles suppositions, tente de me raisonner. Quelle idée aussi d'avoir passé la fin de soirée à regarder des films d'horreur ! Évidemment qu'il n'y a personne dans ce placard !

Mais je sais que si je ne vais pas vérifier, je n'arriverai pas à m'endormir. Qu'il sera même hors de question que je m'endorme.

Je repense à ce que m'a raconté une fille de ma classe quand je lui ai appris que nous comptions partir en Afrique du Sud. Des amis de son grand frère, qui s'y étaient rendus pour leurs études, avaient été retrouvés égorgés dans leur maison d'un quartier populaire de Johannesburg.

Mais c'était il y a au moins cinq ans, dans un endroit bien moins sécurisé qu'ici.

Incapable de bouger, je me concentre sur le silence de ma chambre. J'ai l'impression de percevoir plus ou moins distinctement une respiration provenir du placard. Un peu rocailleuse, pleine de vilaines promesses.

Comme au ralenti, je tends le bras hors de la couette, saisis mon iPhone posé sur la table de nuit, et je commence à écrire un message groupé aux filles pour qu'elles me rejoignent et que nous vérifiions ensemble ce qui s'y cache.

Mais de quoi aurais-je l'air ? Je ne veux même pas imaginer la réaction de Thaïs.

Quand j'étais gamine et que je dormais chez ma grand-mère, j'ai eu une nuit l'impression que le croque-mitaine se tenait au bout de mon lit, prêt à me bondir dessus au moindre geste de ma part. Il faisait trop sombre dans la pièce pour espérer distinguer clairement quoi que ce soit. Je n'ai rien pu faire, même pas me redresser pour appuyer sur l'interrupteur. J'ai fini par trouver le sommeil figée dans ma terreur.

Mais je ne suis plus une enfant. Je ne peux plus me permettre d'avoir ce genre de peurs absurdes.

Alors je me lève, allume la lampe de chevet, avance en chemise de nuit vers le placard les jambes tremblantes, attrape un gros cendrier en pierre posé sur le rebord de la cheminée, le tiens au-dessus de ma tête comme une arme.

Les voisins de la maison d'en face sont dans leur chambre. Dans quelques secondes, s'ils regardent au bon endroit, ils vont peut-être assister à ma mise à mort, mais seront, comme Sydney Prescott, bien trop loin pour me sauver.

Le souffle coupé, j'attrape la poignée et la tire vers moi, prête à défoncer un crâne ou à me prendre un coup de couteau dans le ventre.

Mais je ne vois rien à l'intérieur. Que mes fringues impeccablement rangées.

Et donc pas de carton renversé. Rien qui aurait pu expliquer ce que j'ai entendu.

Je plisse les yeux et tente de comprendre d'où a pu provenir le bruit.

Un nouveau coup résonne contre la cloison, si près qu'il me fait hurler.

Je me jette sur mon lit, je ne veux même pas savoir ce qu'il y a de l'autre côté de ce mur.

Mon iPhone se met à vibrer contre moi. C'est Juliette qui, m'ayant entendue, me demande si tout va bien.

Je renonce à lui répondre. Je renonce à l'insulter pour m'avoir à ce point empoisonné le cerveau avec ses conneries.

Le lendemain au petit déjeuner, nous établissons l'itinéraire pour rejoindre le cap des Aiguilles, préparons chacune notre sac à dos, vérifions que toutes les portes et fenêtres de la maison sont bien fermées, et nous installons dans la voiture, décapotée pour l'occasion.

Alors que nous fonçons sur la voie rapide, nous longeons un des townships qui s'étendent à la périphérie, et qui me font penser aux bidonvilles de Rio de Janeiro. Je frémis en imaginant le quotidien de ses habitants, entassés dans ces milliers de petites maisons à l'allure précaire, éternels rebus d'un pays qui leur a été volé.

La radio passe *High By the Beach* de Lana Del Rey quand nous quittons enfin l'agglomération du Cap pour nous retrouver en pleine nature. Vastes plaines cernées de montagnes, champs colorés à perte de vue, forêts sauvages, splendides demeures construites au sein de vignobles, chaque paysage qui s'offre à notre vue est d'une beauté inouïe. Franchement, je suis choquée.

Nous arrivons deux heures plus tard au fameux cap des Aiguilles. Une fois hors de la voiture, nous nous dirigeons vers un beau phare rouge et blanc, au sommet duquel il nous est possible de monter. Me protégeant les yeux du soleil, je scrute en m'appuyant sur la balustrade en bois cet incroyable littoral, fascinée par le fait que sous nos yeux se rencontrent et se mêlent les océans Atlantique et Indien.

Il y a beaucoup de vent et de vagues. J'ai récemment appris que de nombreux navires avaient coulé au fil des siècles à cet endroit précis, principalement à cause de dangereux récifs. J'imagine leurs épaves gisant au fond de l'eau, curieuse de savoir s'il y reste, coincés par endroits, des squelettes de naufragés.

Les filles et moi déjeunons dans un restaurant construit face à la plage, avec une belle terrasse peinte en jaune. Tous les clients de l'établissement ont l'air de touristes. Nous nous évertuons, en lisant le menu, à ne choisir que des spécialités de la région. Boerewors, chakalaka, bobotie, malva puddings... Tout ce que cachent ces noms étranges est absolument délicieux.

Nous nous promenons ensuite sur des kilomètres le long de la côte et, de retour sur nos pas, nous nous installons à un bar pour nous reposer un peu et savourer de délicieux cocktails de fruits.

Pas encore prêtes à repartir, alors que l'après-midi s'achève, nous flânons dans les rues de la petite ville de Struisbaai, dont les maisons, toutes différentes, ont en commun de grands jardins non clôturés et peu entretenus.

La population n'a rien à voir avec celle de Camps Bay. Bien plus populaire, composée d'autant de Noirs que de Blancs. L'ambiance, dans cette bourgade du bout du monde, est calme et sereine. Des enfants jouent au foot sur une pelouse. Manon les photographie, ce qui en étonne certains, qui se retournent ou prennent des attitudes poseuses.

Le ciel se met à rosir. Au loin perce un air de guitare. Le vent charrie des odeurs de poisson grillé et d'herbe fraîche. En descendant une rue en pente, nous voyons une bande de jeunes Noirs sortir d'une maison en construction, l'un d'eux empoignant une métisse aux cheveux défaits par le bras, sa robe à fleurs tachée par un mélange de poussière et de terre. Je croise son regard triste, détourne les yeux, j'en rougis de honte. Les garçons, hilares, la font sèchement entrer à l'arrière d'une vieille voiture et démarrent. Les autres filles ne disent rien. Nous continuons à marcher.

Je me laisse convaincre d'aller boire un dernier verre au bord de la plage. Nous n'évoquons pas l'incident qui vient de se produire. Il n'a pas sa place dans cette merveilleuse journée.

Nous devons traverser la ville vers le nord si nous voulons retrouver la route la plus courte pour rejoindre Le Cap. Nous roulons dans des rues qui se ressemblent toutes, et arrivons, après avoir dépassé un petit port très coloré, dans un quartier bien plus défavorisé, comme construit à l'écart. Les maisons sont de plain-pied et paraissent, pour la plupart, à peine tenir debout. Les allées sont sales, mal entretenues, les poubelles débordent et déversent leurs déchets sur les trottoirs. Même en sécurité dans la voiture, je me sens trop mal. Je n'ai jamais été confrontée à autant de pauvreté. J'ai l'impression d'en être salie.

Quand nous débouchons sur un carrefour, Manon, on ne sait pourquoi, demande à s'arrêter. Juliette d'abord refuse, mais Manon insiste, puis sort de la voiture, son appareil photo à la main, et se dirige vers une vieille Noire assise sur un banc en bois, non loin d'une chapelle délabrée. Manon tente de lui parler en anglais, mais elle ne réagit pas, comme paralysée, regardant droit devant elle. Alors Manon, après nous avoir jeté un coup d'œil, se met à la photographier, sous plusieurs angles, sans réaction de la part de celle qu'elle mitraille. Hyper gênée, je sors à mon tour de la voiture, supplie Manon de bien vouloir la laisser tranquille, remarque une larme couler sur la joue ridée de la vieille femme.

Des vociférations se font entendre, une bande de Noirs de notre âge nous interpellent en s'approchant avec de grands gestes. Je saisis Manon par le bras, la pousse dans la voiture et, une fois que j'ai claqué la portière, hurle à Juliette de démarrer.

Nous remontons la rue en accélérant. J'observe les Noirs courir derrière nous sur une centaine de mètres, puis ralentir et s'arrêter dans leur élan, essoufflés.

Je ne commence à me calmer que quand une bonne dizaine de kilomètres nous séparent de Struisbaai, et après avoir maintes fois vérifié que nous n'étions pas suivies.

Dans l'obscurité qui se révèle, les paysages deviennent plus inhospitaliers, se raidissent, dépeignent des mauvais rêves. Juliette met de la musique pour nous distraire. Un vieux morceau d'Aretha Franklin. J'ai tellement hâte de rentrer à Camps Bay.

J'ai parfois l'impression de voir briller dans la nuit les yeux de créatures sauvages qui nous épient.

Manon, à côté de moi, garde son reflex dans les mains. Si je m'écoutais, je le lui arracherais et le jetterais par la fenêtre. Mais je sais qu'elle ne pensait pas à mal. Manon ne pense jamais à mal. C'est bien pour cette raison que nous lui pardonnons tout.

Une voiture arrive en sens inverse, la première que nous croisons depuis que nous avons repris la route. Il fait trop sombre pour que je puisse en distinguer les occupants quand elle passe près de nous, silhouettes rendues flasques et informes par la vitesse.

Bercée par les vibrations de la Mini Cooper, je commence à m'assoupir quand, derrière nous, se font entendre des coups de klaxon insistants. Je me retourne et vois les phares d'un vieux 4×4 se rapprocher à grande vitesse. Le véhicule nous dépasse en continuant de klaxonner et, vingt mètres plus loin, s'arrête en dérapant en plein milieu de la route, de telle manière qu'il nous barre le passage.

Juliette est obligée de piler. Deux Noirs sortent du 4×4 en nous tenant en joue avec des armes à feu. J'hallucine. Thaïs nous hurle de verrouiller nos portières et à Juliette de démarrer, ce qu'elle semble incapable de faire. Un des Noirs s'approche de la vitre côté conducteur et la brise de la crosse de son arme, projetant des éclats de verre dans l'habitacle, puis il ouvre la portière, saisit Juliette par l'avant-bras et la tire vers lui. L'autre, son flingue pointé sur moi, nous intime de sortir à notre tour. Je m'exécute en tremblant, j'entends près de moi Manon éclater en sanglots.

Je suis pétrifiée, je n'arrive pas à déterminer s'ils font partie des hommes qui nous ont coursées à Struisbaai. Tout se passe très vite. Les deux Noirs nous réunissent, discutent entre eux dans une langue que je ne comprends pas en nous éclairant avec une lampe torche, comme des pêcheurs fiers d'avoir fait une bonne prise. Puis ils se mettent à rire. Je suis à la fois en sueur et frigorifiée. Le plus grand des deux hommes s'avance davantage, plaque le canon de l'arme contre le bas-ventre de Juliette, le remonte lentement jusqu'à sa poitrine, mime un baiser de façon outrancière. Son comparse commence à l'imiter avec Manon, saisit son sein droit à pleine main et tente de l'embrasser. C'est à ce moment-là, en une fraction de seconde, que Thaïs sort une bombe lacrymogène de sous sa veste et les en asperge. Les deux Noirs hurlent en se cachant les yeux des mains. Sans réfléchir, nous courons à perdre haleine dans les champs de blé, toussant à cause de la lacrymo, avant de nous accroupir cent mètres plus loin, les jambes en feu. Nos deux agresseurs, restés sur la route, se relèvent en jurant, mettent visiblement du temps avant de recouvrer la vue. Ils n'ont pas l'air de savoir où nous nous cachons. S'énervent, se disputent. Le plus petit, de rage, frappe du pied notre voiture. Sous l'effet du stress, nous n'avons même pas pensé à nous y précipiter pour fuir cet endroit, en marche arrière ou à travers champs. Je me maudis d'avoir été aussi conne.

Ils avancent dans notre direction, prêts à nous tirer dessus. Tétanisée, je saisis la première pierre me passant sous la main, me retiens de m'uriner dessus, tente de garder mon sang-froid. Je sens la peur de mes amies et n'ose pas croiser leurs regards.

Par chance, les deux malfrats s'éloignent peu à peu. Au bout d'un moment, ils finissent même par rebrousser chemin. L'un d'eux retourne à leur 4×4, tandis que l'autre s'installe au volant de notre voiture. Ils démarrent au même moment et s'éloignent vers l'est dans un concert de klaxons, nous laissant totalement seules dans cette immensité sombre.

Nous restons de longues minutes sans oser parler. J'ai du mal à me rendre compte de ce qui vient d'arriver. C'est un pur cauchemar.

Nous avons abandonné nos sacs à main dans la voiture, avec tout notre argent et nos papiers. Seules Thaïs et moi avions gardé nos téléphones sur nous et, heureusement, ces ordures n'ont pas eu le temps de nous fouiller. Nous tentons de trouver du réseau pour appeler à l'aide, sans résultat.

Impossible de définir où nous sommes. Rien n'indique le moindre signe de présence humaine. Nous retournons sur la route, avec la peur qu'ils reviennent, mais avec aussi l'espoir qu'une autre voiture apparaisse.

Chaque bruit devient la promesse d'un danger. Celui du vent farouche, celui du blé qui en sourdine se balance, celui du craquement des branches d'arbres épars, ce que nous imaginons être des feulements, des grognements, des pattes crochues foulant le sol, qui nous forcent à accélérer le pas dans la hâte d'atteindre un village, une maison, quatre murs solides, de la chaleur.

Car il fait tellement froid, comme si on avait perdu au moins vingt degrés. J'ai l'impression d'apercevoir par intermittence des silhouettes fauves qui nous suivent, nous devancent, nous encerclent. Mais je me convaincs que ma vue me joue des tours. Et je ne veux pas commencer à me demander quels animaux vivent en liberté dans la région.

Au bout d'une heure de marche, nous distinguons enfin de la lumière, de l'autre côté d'un champ. Il s'agit *a priori* d'une ferme, dont tout le rez-de-chaussée est allumé. Nous sommes prises d'euphorie, nous précipitons, à travers les plants de maïs, dans sa direction. Essoufflées, nous arrivons à un grillage, le longeons jusqu'à une barrière que nous franchissons sans difficulté. Nous suivons ensuite un chemin qui mène à une maison modeste mais en bon état. Des meuglements proviennent d'une étable. Un berger allemand, attaché à une chaîne, se met à aboyer en montrant les crocs. Nous demandons à haute voix s'il y a quelqu'un. Un mouvement furtif est perceptible à l'intérieur. Je suis prise par la pulsion de m'enfuir. Y résiste. La lumière du porche s'allume, la porte s'ouvre et en sort un homme de haute stature vêtu d'une salopette en jean. Il se tient immobile, un fusil à la main, prêt à tirer. Le voyant mieux, je constate qu'il a une bonne soixantaine d'années, ce qui, d'un certain côté, me rassure.

Thaïs fait un pas en avant, lui dit en anglais que nous ne lui voulons aucun mal, que nous avons été agressées sur la route et qu'on nous a volé notre voiture. J'ajoute que nous sommes françaises et voulons juste nous réchauffer et téléphoner pour qu'on vienne nous chercher. L'homme prononce quelque chose en afrikaans et, conscient que nous ne le comprenons pas, nous demande en anglais de nous avancer dans la lumière. Une femme en chemise de nuit le rejoint, lui parle à l'oreille. L'homme baisse son arme, et nous propose d'entrer, à notre grand soulagement.

L'intérieur de leur logis est rustique mais propre, ça sent à la fois les légumes cuits et le renfermé.

L'homme s'appelle Jan, la femme, Fiona.

Jan pose son fusil contre le mur et nous invite à nous asseoir à table. Il s'excuse pour sa défiance, nous apprend qu'une semaine plus tôt, des fermiers blancs se sont fait massacrer par une horde de jeunes enragés à seulement vingt kilomètres d'ici. Et ce ne sont pas les seuls, les honnêtes travailleurs de ce pays s'écroulent sous les coups d'une populace voulant soi-disant récupérer ses terres. Thaïs en profite pour lui révéler que ce sont des Noirs qui nous ont volé notre voiture. Fiona est secouée par un spasme. Les yeux de Jan suintent de haine pure. Il a refermé le poing sur la toile cirée, un poing prêt à frapper.

Comme nous n'avons toujours pas de réseau, Juliette demande s'ils ont un téléphone. Jan éclate de rire en haussant les épaules. Bien sûr qu'ils en ont un, *pour qui les prend-on ?*

Le problème est que nous ne savons pas trop qui appeler. Hors de question de mêler nos parents à ça. Ni même la police, car ce n'était pas nous qui étions censées conduire cette voiture. Nous voulons juste rentrer au Cap, le plus vite possible. Me vient alors l'idée de contacter Albert. Lui saura quoi faire. Je cherche ses coordonnées dans mon répertoire et me mets un peu à l'écart. Je tombe aussitôt sur son répondeur et lui laisse un long message vocal où je lui explique ce qui vient de nous arriver, lui transmets le numéro des deux vieux, et raccroche. Quand je demande à Thaïs si elle peut appeler Colin, elle me sort qu'il est déjà reparti en Californie. J'ai du mal à la croire, mais ce n'est pas le moment de creuser la question. Elle a dû s'engueuler avec lui et ne veut pas nous le dire.

En attendant, Fiona nous propose un bol de soupe, ce que nous acceptons volontiers. Ainsi qu'un shot d'eau-de-vie, pour nous remettre de nos émotions.

Nous dînons devant la télévision, je n'arrive pas à me concentrer sur les images qui défilent à l'écran, trop obnubilée par celles qui plus sournoisement m'empoisonnent la tête.

Fiona semble ailleurs, je ne parviens pas à lui donner d'âge. Jan nous dévisage l'une après l'autre. Je me rends compte qu'il manque deux doigts à sa main gauche, comme si on les lui avait coupés d'un coup de machette.

De vieux articles de journaux sont placardés aux murs, des tableaux aux couleurs ternies et quelques crucifix. Je remarque aussi la photo d'un homme que je reconnais comme étant Charles Swart, ancien président d'Afrique du Sud, sous le mandat duquel Nelson Mandela a été emprisonné.

Jan et Fiona vivent ici depuis trente ans. Jan a hérité de ses terres et se bat jour et nuit pour les garder intactes. Ils n'ont jamais quitté la région, se sont mariés quand ils étaient jeunes adultes et ont pris les rênes de la ferme à la mort du père de Jan. Visiblement intrigué, il nous pose des questions sur la France, pays dans lequel il a toujours rêvé de se rendre, questions parfois un peu farfelues auxquelles nous répondons volontiers. Notre façon de vivre, à des années-lumière de la sienne, paraît le divertir.

L'heure tourne, mais Albert ne rappelle pas. Il doit dormir, ou alors il n'a pas remarqué que son portable est éteint, ce qui pour nous revient au même. En désespoir de cause, Jan nous propose de rester pour la nuit. Nous ne pouvons qu'accepter. Il nous emmène vers une grande pièce avec deux lits superposés. C'était la chambre de leurs quatre fils, dont deux vivent aujourd'hui au Cap, un à Johannesburg, le dernier à Pretoria.

Prise par une envie pressante, je demande à Fiona où se trouvent les toilettes. Elle m'indique le couloir, la porte tout au fond. Une fois que j'ai tiré la chasse, j'entends des bruits bizarres dans les canalisations, comme si on les frappait avec un objet métallique. Mais les vieilles maisons sont pleines de ce genre de désagréments, j'imagine. Je me souviens qu'en allant chez mon père après le divorce, quand j'étais petite, je n'arrivais pas à m'endormir à cause de ce qui me donnait l'impression d'être des billes de fer qui tombaient dans les tuyaux de ma chambre.

À 23 heures passées, Fiona nous souhaite une bonne nuit et va se coucher. Jan ne tarde pas à la rejoindre, après avoir longuement regardé au-dehors, comme s'il flairait une présence cachée dans l'obscurité des plaines. Je commence à flipper à l'idée que nos agresseurs aient remonté notre piste, et que nous mettions ainsi la vie de Jan et Fiona en danger.

Peut-être sont-ils déjà là, attendant le bon moment pour frapper.

Exténuée, je m'allonge sur un des lits du bas, vérifie à nouveau, en pure perte, si j'ai du réseau. Installée au-dessus de moi, Juliette est particulièrement perturbée à l'idée que les voleurs aient son portable en leur possession, qu'ils puissent ainsi regarder ce qu'ils veulent dessus, photos, vidéos et messages, ou poster des horreurs sur ses réseaux sociaux. Je la rassure en lui expliquant qu'ils devraient pour ça connaître son code et qu'ils ont, de toute façon, dû enlever la carte SIM et tout reformater.

Qu'aurais-je ressenti s'ils avaient embarqué le mien ?

Thaïs, bien silencieuse, va fermer la porte et éteint la lumière. Un peu plus détendues, nous nous amusons quelques instants de l'absurdité de la situation, mais aussi de la fermeté des matelas et de l'odeur de vieux vêtements humides qui imprègne la pièce. Couchée sur le côté, Manon remercie Thaïs pour avoir eu le sang-froid de prendre la bombe lacrymogène et de l'utiliser.

Je n'ose imaginer ce qui aurait pu se passer, sinon. Elle nous a peut-être sauvé la vie.

Thaïs ne répond pas, son visage illuminé par l'écran de son iPhone. Elle doit se contenter de faire défiler ses photos puisqu'il n'y a pas de réseau. On croirait, dans cette pénombre, voir une âme errante.

Juliette nous sort qu'au moins on est au plus près de la vie des habitants de ce pays. Manon et moi éclatons de rire. Thaïs nous demande si nous pensons qu'ils baisent encore. Gros blanc. Juliette lui répond d'un air dégoûté qu'elle préfère ne pas y penser. Je n'aurais pas mieux dit.

Un peu de pluie percute la vitre. Je tends l'oreille, croyant percevoir les prémisses d'un orage.

Manon avoue halluciner à l'idée de dormir chez des inconnus, et demande à Thaïs si elle a fermé la porte de la chambre à clef. Je me retiens de lui dire que c'est insultant de craindre les personnes qui nous ont évité de passer la nuit dehors.

Je remonte la couverture jusqu'à mon cou, et espère vite m'endormir en tentant de chasser toutes les mauvaises images de cette soirée qui continuent de parasiter mon esprit. J'y parviens presque quand au loin se fait entendre les bruits d'une voiture qui accélère sur la route.

Manon se redresse, inquiète, le visage tourné vers la vitre froide et mouillée. Je tente de me rassurer en me disant que nos agresseurs n'ont aucun moyen de savoir où nous sommes.

Mais s'ils avaient remonté notre piste et étaient déjà en chemin ?

Qui alors nous viendrait en aide ?

Manon se recouche sans un mot. Juliette nous souhaite bonne nuit. J'observe Thaïs qui, allongée sur son matelas, me tourne le dos.

J'ai du mal à me laisser aller au sommeil, en partie à cause de tous les craquements perceptibles dans cette bâtisse inconnue, des ombres nouvelles qui se balancent sur les murs, de la nature sauvage qui nous entoure.

À combien de kilomètres se situe la prochaine maison ?

Je me réveille en sursaut, après avoir rêvé que nos agresseurs nous retrouvaient dans le champ et nous violaient les unes après les autres, si fort qu'ils abreuvaient la terre retournée de notre sang.

Il est à peine 3 heures du matin. Les filles dorment profondément. À mon grand désespoir, j'ai à nouveau envie d'aller aux toilettes. Pourtant, je n'ai pas bu tant que ça. Je tente de me retenir du mieux que je le peux, de penser à autre chose, de me rendormir, mais je suis au bout d'un moment si crispée sur le matelas que je suis obligée de me lever pour aller me soulager.

Je tâtonne dans le noir, faisant craquer le parquet sous mes pas, m'enferme dans les WC prise de frissons, me trouve bête à manger du foin.

Dans le salon, je m'approche d'une fenêtre qui donne sur l'avant, ne distingue rien de particulier à part la lisière du champ de Jan et Fiona. Leur chien dort dans sa niche, ce qui me rassure. Il serait le premier à nous prévenir d'un danger qui rôde.

En retournant dans le couloir, j'entends comme un cri étouffé derrière une porte qui, je le sais, n'est pas la chambre des propriétaires. Je reste un instant à l'affût, me disant que je me suis trompée, et, voulant en avoir le cœur net, je l'ouvre avec précaution, appuie sur un interrupteur, discerne sous la lumière d'une ampoule rougie fixée au plafond un escalier menant à ce qui doit être une cave. Il me semble y percevoir à nouveau une voix, presque un murmure. Peut-être est-ce Fiona qui est tombée dans les marches et demande de l'aide. Ou alors mon esprit fatigué me joue des tours. Prise par une envie irrésistible, comme une idiote dans un film d'horreur, je descends les marches en faisant attention à ne pas les faire craquer trop fort, à la fois terrifiée et excitée par cet espace inconnu à l'odeur de bois sec.

Je me retrouve dans une vaste cave remplie de cartons, d'ustensiles de jardinage, de vieux objets entreposés. Et de serpes, de haches, de tenailles accrochées aux murs de pierre.

Le sol est par endroits recouvert de taches sombres. Je comprends à cet instant que je n'aurais jamais dû entrer.

Une toux résonne face à moi, je m'avance vers ce qui, dans le fond de la pièce, ressemble à une cellule. Un homme s'y tient, entièrement nu, enchaîné à un gros tuyau par les poignets, assis sur un lit miteux. Sa peau, très noire, est zébrée de coupures récentes, son visage est déformé par les coups, un bâillon l'empêche de parler. Cette vision me sidère. Je me demande si je ne suis pas encore en train de rêver. L'homme lève le visage vers moi, prononce quelques mots étouffés que je ne parviens pas à comprendre.

Je sens une respiration dans mon dos, me retourne brusquement, le souffle coupé, me retrouve face à Jan qui, les cheveux défaits et le visage suintant, tient un marteau dans la main. Je ne sais quoi dire pour ma défense, fixe l'extrémité de l'outil, m'attendant à voir le vieux fermier le brandir pour me frapper en plein sur le front.

Voilà tout ce que tu mérites, petite fille, pour te rendre à cette heure dans une cave.

Mais Jan, plus gêné qu'autre chose, m'annonce que contrairement aux apparences cet homme n'a que ce qu'il mérite. Il a tenté d'égorger Fiona deux jours plus tôt, après l'avoir violée et rouée de coups au ventre et à la poitrine. Heureusement, Jan, pris d'un mauvais pressentiment, est revenu des champs plus tôt et a réussi à l'arrêter. Jetant le marteau sur un établi, il me certifie ne vouloir que défendre sa propriété et sa famille, bien décidé à ne plus courber l'échine face aux peuplades acharnées qui gangrènent son pays. Seul maître en son domaine, il a décidé de lui faire payer son acte à sa façon, avant de le livrer à la police, quitte à finir à son tour en prison. Il doit bien ça à la femme qu'il aime depuis ses vingt ans. Il ne pense qu'à la soulager, elle.

Jan souhaite savoir si j'ai l'intention d'en parler aux autres, s'il peut m'accorder sa confiance pour que je garde le silence. Dans son regard, je vois toute la souffrance qui l'a mené à accomplir un tel acte.

Alors oui, je promets de me taire, je lui avoue même comprendre pourquoi il a agi ainsi. Ce soir, après tout ce que nous avons vécu, je n'ai aucune envie de faire preuve d'humanité envers le genre d'individu qui gît dans la cellule. Jan et Fiona nous ont aidées. Sans eux, je ne sais pas où nous serions. *Perdues, le long de la route, dans la nuit.* Leurs histoires ne me concernent pas. Je n'ai pas à les juger.

Touché, Jan me remercie du fond du cœur, pose sa main sur mon épaule. Je retourne me coucher en faisant attention à ne pas réveiller les filles, ferme fort les yeux dans l'espoir de m'endormir plus vite.

Jan frappe à la porte et nous réveille, alors que le soleil emplit la chambre, ravi de nous annoncer qu'Albert a appelé sur le fixe et vient bientôt nous chercher en voiture.

Fiona et lui nous ont gâtées pour le petit déjeuner, servi sur la terrasse. Je pressens qu'ils ne doivent pas recevoir beaucoup de monde et que notre présence est pour eux un événement. Il y a des fruits, des yaourts, des œufs brouillés, du pain, des saucisses fumées… Nous sommes traitées comme des reines.

Le paysage est bien plus accueillant en journée. Je découvre l'immensité ocre des champs qui entourent la maison. Pas étonnant que Jan les défende avec tant de fougue.

Tout en avalant quelques grains de raisin, je croise le regard de Fiona qui nous rejoint avec une carafe d'eau, et frémis en repensant à ce qu'elle a récemment subi dans cette maison. Elle sait que je suis au courant. Jan a dû tout lui raconter, ils n'ont aucun secret l'un pour l'autre. Son regard vacille. Elle paraît d'un coup avoir honte. J'ai envie de prendre sa main dans la mienne pour apaiser son cœur blessé.

Albert arrive enfin, un peu avant 11 heures du matin. Nous remercions chaleureusement Jan et Fiona, et nous nous entassons dans sa voiture, Manon à l'avant aux côtés d'Albert, et Juliette, Thaïs et moi à l'arrière.

Pendant le trajet, nous racontons plus en détail à notre sauveur tout ce qui s'est passé. Je garde cependant pour moi l'épisode de la cave, bien décidée à vite l'effacer de ma mémoire. Après tout, je l'ai peut-être rêvé, lui aussi.

Ça ne pouvait pas être réel. Impossible. Si j'en parlais à Jan, il éclaterait sans doute de rire.

Albert nous conseille de bien dire que c'était Juliette qui était au volant, et qu'il nous avait prêté la voiture pour nous dépanner, car nous voulions longer la côte. Il nous promet qu'il ne risque pas grand-chose auprès des autorités ou de la société de location. Nous le remercions pour sa gentillesse. Sans lui, nous serions perdues. Je m'en veux d'autant plus pour toutes les moqueries passées.

Dès notre retour au Cap, nous nous rendons à la police afin de faire nos dépositions et déclarer le vol de nos affaires et de la voiture. Nous devons, chacune à notre tour, tout raconter de ce que nous avons vécu. Pour ma part, je me demande s'il faut évoquer l'incident de Struisbaai, et je décide qu'il est préférable d'omettre ce détail. Nous ne sommes pas les coupables dans cette histoire.

Quoi qu'il en soit, les policiers paraissent surpris que nous soyons venues de France sans nos parents, alors que trois d'entre nous sont mineures. Ils nous expliquent qu'en Afrique du Sud, les car-jackings sont très fréquents, même s'ils se déroulent en grande majorité en ville et quand les véhicules sont pratiquement à l'arrêt. Nous leur promettons d'être dorénavant plus prudentes, agacées par tant de condescendance.

Nous passons ensuite au consulat de France, sur Queen Victoria Street, pour que nous soient délivrés des laissez-passer servant à remplacer nos passeports. Puis nous faisons opposition à nos cartes de paiement.

Albert, qui est en congés, nous emmène dans un supermarché en nous répétant plusieurs fois de prendre tout ce qui nous tente. Quand je lui demande comment nous allons pouvoir le rembourser, il me dit en souriant qu'il s'arrangera avec ma mère.

De toute façon, il va bien falloir mettre nos parents au courant de notre mésaventure, ne serait-ce que pour qu'ils nous envoient assez d'argent pour le reste de notre séjour au cas où il nous serait impossible d'en retirer au guichet.

Nous nous y attelons une fois à Camps Bay, avec mon téléphone et celui de Thaïs. Ma mère, comme je le pressentais, pète son câble à l'autre bout du fil. Pour les parents des autres filles, ce n'est pas mieux. Tous en viennent à la conclusion qu'il est hors de question de rester plus longtemps en Afrique du Sud et qu'ils vont se concerter pour changer rapidement nos billets de retour.

Nous sommes consternées, restons assises dans le salon à nous gaver de sucreries. Nous n'aurions jamais dû leur en parler. Notre beau rêve d'aventures est déjà sabordé. Tout ça à cause de la racaille qui nous a attaquées. Madame Van der Merwe a eu raison de nous dire de nous en méfier. Ce sont eux qui devraient être punis, pas nous.

Manon tente d'alléger l'atmosphère en prétendant qu'un jour nous parviendrons à rire de cette histoire. Que le plus important est qu'aucune de nous n'ait été blessée, voire pire. J'acquiesce mollement. Après tout, elle a peut-être raison. Si nous y réfléchissons bien, nous avons été plutôt chanceuses, sur ce coup-là.

Près de moi, Thaïs pousse un petit rire. Je ne comprends pas pourquoi. Elle semble parfois évoluer dans une autre réalité que la nôtre, et c'est à peine si elle nous permet d'y avoir accès.

Quand Manon monte dans sa chambre, je me rends dans le jardin et m'installe sur un transat afin de profiter des derniers rayons de soleil.

Thaïs reste dans le salon à pianoter sur son iPhone, Juliette fait un peu de gymnastique dans le jardin.

Chacune de nous trouve une façon de se détendre. Juliette me rejoint et me dit que son portable lui manque et qu'elle donnerait sa vie pour partager une story sur Insta. Je lui file le mien pour qu'elle se fasse un petit shoot de réseaux sociaux. Elle se met à sauter partout. C'est comme si c'était son anniversaire.

À 20 heures passées, je décide de préparer le repas avec ce que nous avons acheté au supermarché. Je mets de la musique et commence à découper des escalopes de poulet et des légumes en sifflotant. J'ai toujours aimé cuisiner, c'est une des rares choses qui me permettent de ne plus penser à rien.

Nous dînons dans le jardin. Je suis heureuse de voir mes amies manger de bon cœur après ce que nous avons traversé.

Une fois la vaisselle lavée, Thaïs nous propose d'ouvrir une bouteille de champagne, consciente que c'est sûrement notre dernière soirée ici. Je ne dis pas non, après tout, ça peut m'aider à mieux dormir. Nous trinquons dans le salon, puis papotons assises sur les canapés. J'ai du mal à garder les yeux ouverts, pareil pour Juliette. D'un commun accord, nous montons nous coucher après avoir souhaité une bonne nuit aux deux cousines.

Une fois dans ma chambre, je me démaquille et m'écroule sur mon lit.

Cette journée m'a tuée.

J'entends Thaïs claquer la porte de sa chambre, et je m'endors presque aussitôt, la lumière encore allumée.

Je suis enchaînée dans la cave et suis incapable de bouger. L'homme noir est debout face à moi, son corps exempt de la moindre blessure. Il tient la clef des menottes qui m'entravent les poignets. Aucun son ne parvient à sortir de ma gorge. Le Noir me fait un clin d'œil, fourre la clef dans sa poche et monte l'escalier en se gorgeant de lumière, alors que Jan se rapproche de moi avec des tenailles.

Le lendemain, je suis la première levée. Je me rends à la cuisine pour me servir un verre de jus d'orange, et remarque que la porte du jardin est restée ouverte, et que nous avons oublié de brancher l'alarme.

J'ai du mal à m'enlever les images de mon cauchemar de la tête.

Thaïs me rejoint, bientôt suivie par Juliette. Nous allons ensemble nous installer au bord de la piscine pour profiter du soleil.

Au réveil, j'ai lu un SMS de ma mère nous informant que nos billets de retour ont été avancés à ce soir, 20 h 15. Nos *Boarding Pass* sont téléchargeables sur Internet et nos laissez-passer suffiront. Je n'ai pas encore pris le temps de lui répondre, même si elle a tenté maintes fois de me joindre. Je l'annonce aux filles. Une chape de plomb s'abat sur nous. Rentrer si vite nous révolte. Thaïs, qui a toujours le mot pour rire, nous sort qu'au moins Juliette pourra assister à l'enterrement de son arrière-grand-mère.

Visiblement, Manon a décidé de faire la grasse matinée. Nous décidons de nous rendre sur la plage sans elle, histoire d'en fouler le sable une dernière fois.

Je décide, contrairement aux autres, d'aller me baigner, plonge plusieurs fois la tête sous l'eau, fais la planche, nage en crawl et en brasse. Le temps se suspend. Je goûte à un peu d'éternité. En juillet, je partirai loin. Et toute seule. Ce sera mon premier été sans mes parents.

De retour à la maison, ne trouvant pas Manon au rez-de-chaussée comme nous l'aurions pensé, nous l'appelons dans l'escalier. Comme elle ne répond pas, je vais frapper à la porte de sa chambre, entre, et constate que la pièce est vide.

J'apprends à Thaïs que Manon n'est pas en haut. Il est impossible de la joindre puisqu'elle n'a plus de portable. Nous ne pouvons que multiplier les suppositions quant à sa disparition. Elle est peut-être partie nous chercher dehors, sur la plage ou dans un des bars qui la longent, ou alors elle a décidé, en attendant notre retour, d'aller prendre quelques photos avec l'appareil qui lui reste.

Nous décidons d'attendre tranquillement qu'elle revienne. Inutile de s'alarmer, nous avons vécu assez d'émotions fortes comme ça.

Au bout de deux heures, Manon n'est toujours pas là. Avec les filles, nous retournons dans sa chambre. Son vieil appareil photo est posé près de son lit. Thaïs, fouillant son linge sale, ne trouve pas les fringues qu'elle portait hier, comme si elle les avait gardées sur elle.

Quand je lui demande quand elle l'a vue pour la dernière fois, Thaïs me répond l'avoir laissée dans le salon hier soir pour aller se coucher. En y réfléchissant, elle ne l'a pas entendue monter, mais elle s'est vite endormie. *Idem* pour Juliette, dont la chambre est mitoyenne à la sienne.

Je frémis en comprenant que Manon a pu disparaître dès hier soir. Qu'elle a pu passer toute la nuit dehors. Mais pourquoi serait-elle sortie à une heure aussi tardive ? Sans nous avertir ? Contrairement à Thaïs, je la vois mal passer toute une nuit avec un garçon. Et quel garçon ?

Je repense alors à la porte ouverte du jardin, à l'alarme qui était débranchée. Le sol se dérobe sous mes pieds. Quelque chose de terrible vient de se passer. Thaïs semble penser la même chose que moi, elle a du mal à respirer, peine à tenir sur ses jambes. Je l'aide à s'asseoir sur le lit, tente de la calmer et, en concertation avec Juliette et elle, j'appelle Albert. Cette fois, il est en réunion de travail, et nous conseille de téléphoner tout de suite à la police.

Deux agents nous rejoignent. Un homme et une femme, âgés d'une trentaine d'années. Nous leur expliquons tout ce que nous savons, les emmenons dans la chambre de Manon, répondons à leurs questions, notamment sur ce dont nous nous souvenons la dernière fois où nous l'avons vue, si nous nous sommes disputées avant sa disparition, si ça arrive souvent à notre amie de partir sans prévenir, si nous avons fait, la veille, une mauvaise rencontre…

Nous évoquons le car-jacking, même si selon nous ça n'est pas lié.

J'ose leur demander s'ils pensent qu'elle a pu être enlevée, je perçois à leurs regards que c'est une hypothèse envisagée.

Mais pourquoi elle ? Et qui en serait responsable ?

Qui est entré chez nous ?

Les deux policiers nous demandent de rester dans la maison, de les contacter si Manon réapparaît, et de leur laisser nos coordonnées pour qu'ils puissent nous joindre dès qu'ils auront du nouveau.

Comme pour empirer les choses, madame Van der Merwe surgit une heure après leur passage, visiblement avertie par ses voisins de leur présence. Avec son sale air de rapace, elle nous interroge sur ce qui s'est passé, est presque rassurée en apprenant que les flics sont uniquement venus pour la disparition de notre amie. Cette conne en profite pour vérifier que nous n'avons rien abîmé chez elle. Mais nous avons plus pris soin de sa foutue maison que son pays n'a pris soin de nous. Sa seule peur, en définitive, reste que les voisins se fassent des idées en apprenant que la police est entrée chez elle.

Je me retiens très fort pour ne pas la frapper en plein visage.

C'est à Thaïs, en pleurs, que revient la lourde tâche de téléphoner aux parents de Manon.

Il est, bien entendu, hors de question pour nous de rentrer en France aujourd'hui.

Béatrice

Postée à la fenêtre à observer les passants, *et à le guetter lui*, je me demande une nouvelle fois ce que je fais dans cette chambre, et ce qui a bien pu me passer par la tête pour me retrouver dans une situation que j'aurais considérée, il y a encore une semaine, comme parfaitement avilissante. Je dois me contrôler pour ne pas attraper mon sac à main, me précipiter dans l'ascenseur et courir jusqu'à la station de métro la plus proche. Ayant perdu mes repères, je me sens terriblement seule, j'ai honte de ce que je m'apprête à commettre. Ça ne me ressemble tellement pas.

Mais j'en ai assez de me ressembler.

La pièce est plus jolie que prévu, propre, à la décoration toutefois sommaire. Ça n'a pas été évident de trouver un hôtel décent où il est possible de louer une chambre pour seulement quelques heures. La jeune femme à l'accueil, pas dupe, n'a pu se retenir de m'adresser un sourire complice. Heureusement que je n'étais pas accompagnée, je n'aurais pas su où me mettre.

Je connais mal cette partie du 20e arrondissement, située près de la place de la Nation. Il était hors de question de me rendre dans un quartier où j'ai mes habitudes, où on aurait pu me reconnaître. Ici, face à ces immeubles récents et sans âme, j'ai presque l'impression de me retrouver dans une ville étrangère.

Il est bientôt 13 heures. Augustin ne va pas tarder à me rejoindre. Je voulais absolument choisir moi-même le lieu et les conditions de la rencontre, et arriver la première. Ça me donne l'impression de mieux maîtriser la situation. Je ne peux pas, dans ces circonstances, me laisser imposer des règles. Et ce même si je pressens que bientôt, en sa présence, je ne maîtriserai plus rien. C'est peut-être ce qui m'excite le plus. Ce pourquoi je décide de rester.

Je m'observe dans le miroir de la salle de bains pour vérifier que je ne fais pas trop peine à voir. Je me suis légèrement maquillée, je porte une des robes qui affinent le plus ma silhouette, tout en restant sobre. Je ne me force pas à plaire.

Augustin a vingt-deux ans. Il mesure 1 m 85, pèse 77 kg. Brun, les cheveux mi-longs, les yeux verts, il pratique plusieurs sports, est inscrit depuis l'année dernière en classe libre au cours Florent, est passionné de cinéma et de musique. J'ai beaucoup aimé sa voix, à la fois grave et encore sensiblement enfantine, la seule fois où nous nous sommes parlé au téléphone.

J'ai connu le site où il officie grâce à mon amie Monica. Nous étions en train d'enchaîner les verres de vin blanc à la terrasse du Fumoir, face au Louvre, quand elle m'a confié que depuis quelques mois elle s'envoyait en l'air avec des garçons rencontrés sur Internet, des garçons jeunes et beaux, des garçons qu'elle payait.

Au début, j'ai cru qu'elle plaisantait, que ce genre de chose, n'était réservé qu'aux vieilles bourgeoises, mais elle m'a rapidement fait comprendre qu'elle était sérieuse. Bien entendu, je l'ai vite priée de m'en dire davantage.

Tout se déroule de façon très simple. Elle se connecte au site, de façon anonyme, choisit un escort parmi les dizaines de profils disponibles, selon ses photos, ses mensurations, la nature des prestations qu'il propose, ses tarifs... Tout est direct, facile, tant qu'on a l'argent et qu'on laisse sa morale et ses préjugés au vestiaire.

Monica m'a avoué avoir rarement pris autant de plaisir qu'avec ces éphèbes dont elle ne connaît quasi rien de la vie, à peine un prénom. Elle ne peut, depuis, plus s'en passer. Avec eux, elle se lâche comme elle n'a jamais osé le faire avec ses petits amis successifs. Elle n'a pas besoin de les séduire, elle ne craint pas leurs jugements.

Leur but est seulement de nous satisfaire. Ils y mettent toute leur fougue. Ça n'exclut pas une certaine forme de tendresse, même si les sentiments sont absents.

Jamais ils ne nous font de mal. Jamais le cœur n'est atteint.

J'y ai beaucoup pensé en rentrant chez moi. Néanmoins, j'ai mis des jours avant de me décider enfin à m'inscrire sur ce fameux site, profitant d'être seule à la maison. J'ai été surprise en voyant tous ces hommes disponibles. De tous les âges, de toutes les origines, de tous les physiques. Et par la façon que chacun avait de se vendre.

J'ai flashé sur Augustin dès que j'ai vu ses photos. Peut-être parce qu'il m'a un peu fait penser à Hugo, mon premier amoureux. Après avoir longuement hésité et bu un verre de vodka pour me détendre, je lui ai envoyé un message. Il m'a répondu assez rapidement, m'a demandé comment j'allais, ce que je désirais. Sans une faute d'orthographe, ce qui m'a donné un bon *a priori*. Je me suis prise au jeu. Il a réussi sans mal à me mettre à l'aise. J'ai en revanche refusé de lui envoyer une photo de moi, mais ça ne lui a pas posé de problème. Ce à quoi je ressemble n'avait pour lui aucune importance. Ça m'a beaucoup plu, je dois l'avouer. Ça m'a donné le sentiment qu'à partir de cet instant tout était possible.

Nous avons convenu d'un rendez-vous le lendemain. Et me voici à l'attendre avec la sensation de vivre une des expériences les plus grisantes de mon existence.

Pour lui, je m'appelle Laure, j'ai quarante-trois ans et je travaille dans le tourisme. Je suis mariée, sans enfant. Et je vis à Suresnes. Pourquoi Suresnes ? Je n'en ai pas la moindre idée. La femme que j'ai inventée pour lui est à l'opposé de celle que je fantasme d'être. Je suis même certaine qu'en temps normal, je la détesterais.

Augustin m'envoie un texto pour me prévenir qu'il est en bas. Je lui donne le numéro de la chambre, mon cœur s'emballant comme si j'étais redevenue une adolescente.

Que va penser la réceptionniste ?

Je me tiens derrière la porte, lisse ma robe. Attends qu'il frappe.

Trois coups, comme au théâtre. De nous deux, je ne sais pas qui est le plus dans la représentation.

Il est encore plus charmant qu'en photo. Son sourire m'échauffe, il le sait, il en joue avec une effronterie propre à son âge. Nous nous embrassons, de façon un peu maladroite pour ma part. Je n'ai plus l'habitude des baisers fougueux, je suis mariée depuis bientôt vingt ans.

Mes yeux ont du mal à se détacher des siens. Ce garçon est un piège à femmes délaissées.

Que pense-t-il de moi ? Comment me voit-il ? Comment me considère-t-il ?

Je ne le sais pas. Je ne peux pas le savoir. Je ne le saurai jamais.

Mais, comme s'il sentait mon appréhension, il prend ma main et y pose avec délicatesse ses lèvres. Il joue au parfait gentleman. Pas étonnant qu'il soit comédien. Ne manquent que les fleurs lancées à ses pieds et quelques applaudissements.

Nous nous asseyons sur le bord du lit, l'un à côté de l'autre. Augustin retire sa veste. Il a dû se doucher avant de venir, tout en lui sent le propre.

Il me demande si j'ai passé une bonne matinée. Je lui ai dit au téléphone que je voulais si possible parler un peu avant de nous lancer, mais plus nous échangeons, et même si c'est très agréable, plus je me rends compte qu'il aurait été préférable de directement en venir au charnel. Maintenant je n'ose plus faire le premier pas, alors que j'en meurs d'envie. Trop de civilités tue la magie bestiale.

Quand elle les rencontre, Monica les emmène d'abord au restaurant ou à l'opéra, les sort en parfaite femme du monde pour leur en mettre plein la vue, ainsi que pour ressentir l'onctueux plaisir d'être si bien accompagnée en société et d'attirer quantité de regards envieux. Un peu comme toutes ces vedettes défraîchies qui tentent de faire croire que le beau jeune homme à leur bras n'est là que par amour.

Augustin pose sa main sur ma cuisse, m'embrasse à la façon d'un homme qui sait exactement ce dont la femme dont il s'occupe a besoin.

Depuis quand Raphaël ne m'a-t-il pas embrassée de la sorte ?

Je l'ai loué pour deux heures, je sais que le temps nous est compté. Je me demande s'il a une cliente après moi, s'il vient d'en quitter une.

Qui sont-elles ? Combien sont-elles ? Est-il attaché à certaines plus qu'à d'autres ? Éprouve-t-il plus de désir pour certaines que pour d'autres ? Éprouve-t-il seulement du désir ?

Augustin se presse contre moi, me fait m'allonger sur le dos, retire sa chemise tout en ne me quittant pas des yeux, dévoilant un torse parfait, obtenu grâce à la natation. Puis il se lève, retire son pantalon, couche son corps imberbe contre le mien, me caresse, fait glisser ma robe avec des mains très expertes pour son âge, embrasse délicatement chaque partie de ma peau qu'il dénude. Je ferme les yeux, me concentre sur le contact de sa bouche sur mes seins, sur mon ventre, sur mes cuisses, entre mes jambes, ne peux alors m'empêcher de gémir. Je pars définitivement ailleurs, m'oublie, me laisse faire, lui appartiens. Augustin me guide dans des étreintes qui s'enfièvrent. Sur le lit, sur la moquette, contre le mur. Le temps s'étire, sans rompre. J'ose lui faire des choses que je n'ai jamais faites à mon mari. Je suis ivre de son odeur et du goût de son intimité. Je ne crains plus d'exprimer haut et fort mon plaisir, mes mains agrippant ses fesses pendant qu'il me pénètre à un rythme de plus en plus soutenu.

Malheureusement, je ne peux que savourer sa jeunesse, la sentir en moi, mais pas m'en imprégner.

L'un contre l'autre, avec dans le creux formé par nos corps des bulles de chaleur conservée, je lui confie des choses que je n'aurais jamais dites à personne, et j'en suis la première surprise. Ma sincérité semble le toucher. Il me chuchote en me caressant le front qu'il aimerait me revoir. Ça me fait plaisir, même si je sais que ce qui l'intéresse chez moi est ce que je lui donne une fois l'acte accompli.

D'ailleurs, je n'arrive pas à lui remettre la somme convenue en main propre, et pose les billets sur le lit. Il les saisit sans les compter, les range dans la poche de sa veste, et me demande s'il peut filer sous la douche avant de partir. Maintenant qu'il est payé, il ne m'appartient plus. Je l'observe se savonner à travers la vitre. J'ai l'air d'une femme amoureuse avec tout ce que ça a de niais. Jusqu'au bout, j'ai sottement espéré qu'il ne prendrait pas l'argent.

Impeccablement habillé et recoiffé, Augustin m'embrasse une dernière fois. Un baiser qui se veut la promesse d'un autre rendez-vous.

Je me poste à la fenêtre, encore nue, le vois monter sur son scooter, me surprends à jalouser la jeune femme qui l'a pour elle tous les soirs, s'il y en a une.

Je jalouse déjà sa prochaine cliente.

Sans lui, cette chambre perd toute sa magie, y perce même quelque chose de sordide. Je finis par me rhabiller, retrouvant trop vite mes vieux complexes. Je me doucherai à la maison. Je veux encore garder un peu sur moi cette invisible parure qu'est l'odeur d'Augustin.

Je décide de rentrer à pied par le boulevard Diderot et me promène ensuite le long du quai Henry-IV avec l'impression de m'être délestée de quelques années en chemin. Mon cœur bat encore vite. Je traverse l'île Saint-Louis, m'achète une glace à l'ananas rôti chez Berthillon et vais m'asseoir sur un banc de la place Louis-Aragon, à l'ombre d'un peuplier, face à une femme qui peint une aquarelle. Je me souviens y avoir lu des dizaines de pages d'*Aurélien* quand j'étais adolescente, à deux pas de l'immeuble où, dans ce si beau roman, vivait le héros éponyme, ce garçon en quête d'absolu dont j'étais alors secrètement amoureuse. Parfois, des passants me dévisagent en se demandant pourquoi j'arbore un tel sourire, semblent suspecter en moi une étrangeté.

Un jeune chanteur reprend un morceau de Bob Dylan, place Saint-Michel. Je l'écoute avec plaisir, le soutiens du regard en me remémorant mon arrivée à Paris, juste après l'obtention du bac, tous les rendez-vous que j'ai donnés sur cette place quand cette ville m'était encore si hostile et que je n'avais aucune idée de la façon dont je parviendrais à la faire mienne.

À mon retour, l'appartement est vide. Mon fils est chez un ami, mon mari au travail. Martha, depuis quelque temps, ne passe que le matin.

Être seule me convient tout à fait. Je me sers un café dans la cuisine, vais le boire au soleil sur le balcon qui donne sur le jardin du Luxembourg.

Une heure plus tard, je vais m'installer à la terrasse du Relais Odéon et commande un verre de rosé. Près de moi, un grand brun et une blonde parlent avec passion de cinéma et de séries tout en mangeant des burgers. Je les ai déjà croisés, tous deux sont romanciers, mais je ne parviens pas à me souvenir de leurs noms. D'ailleurs, j'irais bien voir un film, moi aussi, mais je ne sais pas du tout ce qui est sorti récemment. Je plisse les yeux pour mieux distinguer les affiches de l'UGC et du MK2 situés de l'autre côté du boulevard, ne trouve rien qui me tente.

Mon téléphone vibre sur la table. C'est Raphaël. Je préfère ne pas répondre, pas maintenant. Je sais pourquoi il m'appelle. Il a passé la soirée à me parler du souci qui le préoccupe. Deux journalistes projettent de révéler qu'un de ses auteurs phares, Éric Delcroix, est une vaste supercherie. Je suis au courant depuis le début qu'il n'écrit pas ses romans lui-même, qu'il dirige en secret une équipe d'auteurs anonymes à qui il donne simplement les grandes lignes du roman à venir. Raphaël ne s'en mêle pas, tant que les ventes sont là. C'est une petite entreprise bien rodée et qui rapporte gros. Éric Delcroix est un beau garçon, présentant bien, apte à charmer les ménagères. Raphaël a flairé le bon coup commercial et il a eu raison : ses romans sont de vrais best-sellers. Chacun se vend à des centaines de milliers d'exemplaires. Que la malversation soit révélée peut porter un sale coup à Raphaël, il en est conscient. Je ne sais pas comment il va se sortir de cette impasse. Mais il y parviendra, comme toujours. Le grand public a, de toute façon, si peu de mémoire.

J'ai rencontré Raphaël au sortir d'une histoire qui me rendait affectivement instable et assez fragile pour ne pas lui résister comme je l'aurais dû. Il travaillait dans la maison d'édition de son père, en tant qu'assistant, et était, à vingt-quatre ans, déjà très charismatique, sûr de lui, beau parleur. Je ne sais pas pourquoi il est venu me draguer, moi, à cette soirée organisée chez un ami commun à Bastille, avec toutes les jolies filles dans son sillage. Je ne sais pas pourquoi il a continué à me voir après que nous avons, dès la première nuit, couché ensemble.

Quand j'ai frayé avec sa famille pour la première fois, j'ai rapidement compris à quel point il serait difficile de m'y intégrer. C'était deux mois après notre rencontre, dans leur imposant manoir de Bougival, pour fêter les quatre-vingts ans de son grand-père, Gaspard Delage, fondateur des éditions Delage. Une centaine de personnes étaient réunies sur la vaste pelouse entourant la bâtisse, au cours d'une célébration somptueuse. J'étais terrifiée, j'avais tout fait pour m'apprêter et me comporter comme il le fallait selon moi dans la haute société. Ses parents, Philippe et Madeleine, se sont montrés vaguement aimables, même si j'ai eu le sentiment, assise à table pour le repas, de subir un interrogatoire travesti en conversation polie. C'est aussi ce jour-là que j'ai pour la première fois croisé Florence, la sœur jumelle de Raphaël. Elle était d'une beauté fabuleuse, statuaire, vêtue d'une longue robe blanche très moulante, ses cheveux blonds lui arrivant au milieu des épaules. Raphaël m'avait prévenue, mais j'ai vite constaté que me faire accepter par elle serait le plus ardu. Malgré tous mes efforts, j'étais avant tout celle qui lui volait son double, celle pour qui il quittait définitivement le manoir familial, et qui, pire que tout, ne venait pas du même monde. Au départ, j'ai pris cette attitude avec philosophie, ai parfois considéré la situation comme un jeu, avec la volonté de parvenir un jour à trouver un moyen de réchauffer la glace. Pourtant, malgré quelques lueurs d'apaisement, Florence Delage m'a toujours fait comprendre que, quoi que je fasse, je ne serais jamais assez bien pour son frère et sa famille. Et qu'à elle, je ne ferai jamais d'ombre.

Raphaël est rapidement devenu éditeur. Grâce à lui, je suis entrée à mon tour dans ce milieu feutré, si particulier, qu'est celui de l'édition. J'ai appris ses us et coutumes, ses lois et ses règles, sa hiérarchie, se faux-semblants, son hypocrisie et ses renvois d'ascenseur. J'ai pris l'habitude d'organiser des dîners à notre domicile, à l'époque rue de Rennes, suis progressivement devenue la « femme de » sans en prendre ombrage ni chercher à faire bouger les lignes. Je me suis habituée à cette vie à la fois dorée et morne, j'y ai trouvé mon intérêt. Certains appelleront ça de la résignation.

J'ai donné naissance à mon fils, Arthur, alors que j'avais vingt-trois ans. Plus tard est arrivée ma fille, Manon.

Mes deux amours, eux qui ont involontairement cimenté mon couple au moment où il s'effritait. Eux grâce à qui je n'ai jamais totalement regretté d'avoir un soir rencontré Raphaël Delage, eux pour qui je suis définitivement devenue le genre de femme que je m'étais promis, au temps béni de l'université, de ne pas devenir.

C'est aussi pour mes enfants que j'ai renoncé à divorcer quand j'ai appris que Raphaël me trompait constamment, avec des secrétaires, des stagiaires, de jeunes autrices – certaines à peine majeures.

Au fil du temps, j'ai fini par me raisonner, par trouver même ça normal, tout comme le fait qu'il ne me touche plus, ne me considère plus comme une femme désirable.

Il a réussi à me le faire croire, si bien que je ne suis jamais, de mon côté, allée voir ailleurs.

Une fois mon verre vide, n'allant pas jusqu'à en prendre un second, je remonte le boulevard Saint-Germain. Raphaël m'appelle à nouveau, cette fois je réponds et il m'apprend que Manon vient de lui avouer s'être fait voler son téléphone et ses papiers d'identité dans un car-jacking, la veille au soir. Je mets un peu de temps à intégrer l'information. Raphaël ajoute qu'heureusement il y a eu plus de peur que de mal, qu'elles sont toutes les quatre en sécurité dans leur maison. Tout en marchant sur le trottoir, commençant à transpirer, je lui crie qu'il est hors de question que notre fille reste en Afrique du Sud plus longtemps. Je lui demande de faire le nécessaire, je raccroche, et dois m'asseoir sur un banc pour reprendre mes esprits, tout emmagasiner, évacuer le pire. Je n'aurais pas dû accepter qu'elle parte. C'était trop risqué.

Ayant besoin d'entendre sa voix, j'appelle ma fille, me souviens qu'on lui a volé son portable. Je contacte ensuite Thaïs, lui demande de me passer Manon. Dès que je l'ai à l'autre bout du fil, je la sermonne, c'est plus fort que moi, puis je tente de la rassurer. Je frémis en imaginant ce qui aurait pu lui arriver, si loin de moi. J'étais contre l'idée de leur louer une voiture qui leur permettrait de quitter les quartiers sécurisés. Au moins, ça lui servira de leçon. Il faudra que nous ayons une vraie discussion à son retour. Une fois les choses mises à plat, je lui proposerai de partir ensemble dans notre maison près de Bandol, pour lui changer les idées. Quelques jours entre mère et fille, une parenthèse bienvenue dans nos vies trop déconnectées.

Comment réagirait-elle si elle apprenait ce que sa mère a fait ce midi ?

Je me sens rougir.

Je ne regrette rien.

Avant de rentrer, je flâne dans les boutiques du quartier Saint-Sulpice, sans savoir ce dont j'ai envie. Je passe le temps, ouverte à l'inattendu.

Mes pas me mènent vers un magasin de décoration qu'aimait particulièrement ma mère, rue Guisarde. Je l'y emmenais dès qu'elle me rendait visite à Paris et lui offrais tout ce qui lui plaisait. Cette fois, je reste face à la vitrine, incapable d'y entrer seule. Ça va bientôt faire deux ans qu'elle est morte. Tout s'est passé si vite – un vrai songe triste.

Elle s'est d'abord plainte d'une douleur terrible dans le bas du dos qui a fini par l'empêcher de continuer à travailler. Elle pensait au départ à une sciatique, mais a refusé d'aller voir un médecin. Inquiète, je l'ai forcée à prendre rendez-vous, et les premiers examens ont révélé une grosse tumeur envahissant les os. Le chirurgien du rachis qui s'est occupé d'elle a été particulièrement odieux, l'a auscultée sans la moindre once d'humanité, l'a même réprimandée, car elle n'entendait pas bien, étant atteinte depuis des années d'une dégénérescence affectant l'oreille interne. Il n'a même pas songé à vérifier l'état de ses poumons, alors que mon médecin traitant m'a, le jour même, appris par téléphone que les tumeurs localisées à cet endroit étaient en général des métastases. Une biopsie a été programmée pour en déterminer la nature. Pendant ce temps-là, ma mère est restée alitée tant les douleurs étaient intenses dès qu'elle posait le pied au sol.

Nous nous sommes relayés, d'autres membres de ma famille et moi, pour qu'elle ne soit jamais seule, assistés par des infirmières spécialisées et quelques amies qui passaient lui remonter le moral. Un matin, je me suis rendue avec elle dans une clinique pour passer un scanner, non pas ordonné par le chirurgien mais par le technicien d'analyses médicales chargé de la biopsie, et l'imagerie a révélé des taches importantes aux poumons. Nous avons vite compris, même si le médecin n'a pas osé clairement prononcer le verdict, que ma mère était atteinte d'un cancer très avancé et que la tumeur qui la faisait tant souffrir était par conséquent bien une métastase.

Je me souviens que j'ai dû lui répéter plusieurs fois la nature du mal dont elle souffrait, car elle ne portait pas ses appareils auditifs. Une fois que nous nous sommes retrouvées seules en attendant l'ambulance, c'est moi qui ai éclaté en sanglots et c'est elle qui a tenté de me rassurer. Sa main dans la mienne, elle m'a dit sans faillir que ses enfants n'avaient plus besoin d'elle et qu'elle partirait sereine. Je l'ai alors tant admirée, je n'ai même pas su trouver les mots pour le lui confier. Ma mère fumait deux paquets par jour depuis ses seize ans, cette addiction a toujours été comme une épée de Damoclès au-dessus de nos têtes. Elle est d'abord restée chez elle, comme détendue de savoir clairement ce dont elle souffrait, puis nous avons dû la faire hospitaliser pour que le traitement se montre plus efficace et qu'une procédure de radiothérapie et d'immunothérapie soit rapidement mise en place, la chimio était exclue tant, déjà, elle était faible. Dès qu'elle est entrée à l'hôpital, son ennemi a comme explosé dans sa poitrine et ne l'a plus lâchée.

C'est comme si elle s'était d'un coup résignée et qu'elle avait décidé de ne pas combattre et de le laisser nous la voler. Nous l'avons perdue le jour même où elle a commencé l'immunothérapie. J'ai passé cette dernière journée à lui tenir la main, en compagnie de mon frère, à lui parler, alors qu'elle était à peine consciente de notre présence. J'ai quand même pu lui dire que je l'aimais, sentiment que je lui avais, hélas, si peu avoué, sans être certaine qu'elle m'ait entendue.

Depuis, je m'en veux terriblement de ne pas être assez allée la voir à Nantes quand j'en avais l'occasion. De ne pas lui avoir assez donné de nouvelles de moi et des enfants, de l'avoir parfois trop considérée comme un élément de ma vie passée, dont la présence un peu encombrante n'était plus une nécessité. Son absence, elle, me fait chaque jour terriblement souffrir.

Tout en restant devant la vitrine de ce magasin, je l'imagine un instant près de la caisse, les yeux écarquillés, remplissant la pièce de son si beau soleil intérieur, de son rire, et de quelques secrets trop bien gardés.

Raphaël a invité certains de ses auteurs et de ses amis de l'édition à dîner. C'est bien entendu à moi de m'en occuper. J'ai tout commandé chez Jeusselin, qui est censé me livrer bientôt. Martha doit exceptionnellement revenir vers 18 heures pour préparer la table et le petit salon.

Je déteste ce genre de soirée, surtout quand c'est à nous de recevoir, mais Raphaël tient à m'avoir près de lui, se délecte souvent de mon air décontenancé quand j'assiste à des tirades qui me dépassent.

Je me sers un verre de martini rouge et écoute le dernier album de Ludovico Einaudi en profitant du calme avant la tempête. Le livreur arrive à l'heure, je lui indique la cuisine pour qu'il dépose tout sur le plan de travail. Il est assez séduisant. Je lui trouve des airs d'Augustin.

Il faut que je me sorte ce garçon de la tête.

Ce garçon que je pourrais pourtant revoir, quand je le voudrais, grâce à un simple appel.

Et l'argent de mon mari.

Raphaël rentre à la maison à 18 h 30, m'embrasse du bout des lèvres et se sert directement un cognac. Nous profitons d'être seuls pour évoquer le sujet Manon. Il a appelé Florence et les parents de Chloé et, après s'être concerté avec eux, il a réservé aux filles un billet de retour pour demain en début de soirée. Je le remercie de s'en être occupé, lui ressers un verre, ne vais pas jusqu'à l'embrasser.

Mon fils, Arthur, passe en coup de vent et m'informe qu'il va dormir chez un de ses amis, Mathis, qui habite rive droite. Je le vois de moins en moins ces temps-ci et ne veux pas imaginer que notre présence l'ennuie. J'hésite à lui parler de la mésaventure de Manon, mais je ne veux pas l'inquiéter. Arthur va récupérer quelques affaires dans sa chambre, s'empare d'une bouteille de vin rouge dans le cellier et nous souhaite une bonne soirée. Ses rapports deviennent de plus en plus froids avec Raphaël. Je ne peux pas le lui reprocher. Je suis soulagée qu'il ne lui ressemble en rien.

Je discute avec Martha pendant qu'elle dresse le couvert. Elle est à notre service depuis un an, je suis très contente de son travail. Elle est ponctuelle, polie, ne parle pas trop, et est assez débrouillarde. Et elle se laisse facilement oublier, contrairement à la précédente, Patricia, qui se permettait parfois des familiarités grossières, surtout avec les enfants.

Le premier à sonner est René Mazurier. Chapeau vissé sur la tête, son air de vieux beau et son regard de fouine me déplaisent toujours autant. Raphaël m'a avoué récemment qu'il avait publié son dernier roman sans même l'avoir lu, pour la simple raison qu'il garde un réseau important de journalistes et connaît nombre de membres de prix. Raphaël lui propose de le suivre au salon. Je vais remiser la bouteille de brouilly qu'il nous a apportée dans la cuisine.

Arrivent à peine dix minutes plus tard Sylvie et François. Comme à leur habitude, ils viennent les mains vides. Je ne connais personne de plus pingre que Sylvie, malgré son immense fortune. Ne m'en formalisant pas, je les accompagne au salon, où est servi l'apéritif. François salue aussitôt René, à côté de qui il s'installe tout naturellement. Ça ne m'étonne pas, tous deux se ressemblent en de nombreux points, et pas les meilleurs. François, sans nous demander l'autorisation, allume une cigarette, commence à se plaindre de ses auteurs, de leur manque de considération pour son travail, puis des petites lubies de sa femme, elle qui, assise face à lui, feint de ne rien entendre et vide un verre de vin blanc cul sec. Je fulmine à l'idée de l'avoir ce soir à ma table, peste intérieurement dès que j'entends son rire gras et ses saillies misogynes.

On sonne à nouveau, je vais ouvrir la porte et accueille Sabine Durieux, accompagnée de son époux, Serge Marchal. Sabine est une des autrices préférées de Raphaël, et j'espère que ce n'est pas seulement dû à son physique. Raphaël a pourtant hésité à publier son dernier roman à la précédente rentrée littéraire, s'étant considérablement ennuyé à sa lecture, mais Serge lui a fait comprendre que tout se passerait pour le mieux. Ce dernier ne cache pas avoir beaucoup de relations dans les médias et, en effet, Sabine a été invitée sur tous les plateaux télé. L'aristocratie littéraire a encore de beaux jours devant elle. J'en fais partie et j'en vis. J'en vivrai sûrement jusqu'à ma mort.

Je propose un verre de vin à Sabine, qui s'adresse à moi d'un air légèrement hautain, comme si j'étais à son service.

Le dernier à arriver s'appelle Arnaud Lalande. Je suis ravie de le rencontrer. Il a écrit un premier roman que Raphaël compte publier à la prochaine rentrée. Je l'ai lu à l'état de manuscrit et l'ai trouvé fabuleux. Arnaud, un peu essoufflé, s'excuse de son retard, la ligne 10 ayant été bloquée vingt minutes à cause d'un « malaise voyageur ». Ses yeux brillent. Il semble impressionné de se retrouver en si élégante compagnie. Cette innocence est rafraîchissante. Raphaël aime jeter ses nouveaux protégés directement dans l'arène, les charmer par le faste et l'apparat. Il est déjà, j'en suis persuadée, en train de travailler dans l'ombre pour que ce court roman contemporain soit présent sur la liste de plusieurs prix. Quand j'ai dit à Raphaël que, selon moi, ce texte était assez bon pour s'imposer par lui-même, il m'a répondu en éclatant de rire que je n'y connaissais rien.

Nous allons nous installer à table. Martha nous sert à boire et les entrées. La discussion se poursuit sur tel éditeur qui harcèle sans vergogne ses collaboratrices, sur l'opération de chirurgie totalement ratée d'une journaliste, sur une éditrice qui tyrannise son staff en toute impunité, sur quelques auteurs qui, notamment dans les salons, se révèlent être des porcs avec les femmes…

Arnaud est sidéré, ce qui amuse fortement Raphaël. Si ce milieu le faisait rêver, il va vite déchanter.

Alors que nous est servi le plat de résistance, un filet d'agneau en croûte de truffe sauce Périgueux, je reçois un texto d'Augustin, qui me dit avoir passé un chouette moment avec moi et espère me revoir bientôt. Je rougis de cette délicate attention. Il n'y était pas obligé et j'en déduis qu'il a pu, lui aussi, y prendre du plaisir. Après tout, je suis encore pas trop mal foutue, et je pense être assez jeune par rapport aux autres femmes qui sollicitent ses services.

J'imagine alors prendre la parole et leur raconter à tous ce que j'ai commis avec cet éphèbe à l'hôtel, debout mon verre à la main comme si je portais un toast, me figure leurs têtes médusées. Mais, bien sûr, je me tais.

À ma demande, Martha nous sert des macarons glacés. J'espère qu'ensuite ils ne tarderont pas à quitter mon appartement, ne rêvant que de me retrouver seule dans mon lit. François, comme s'il remarquait enfin sa présence, demande à Arnaud de lui parler de lui. Un peu surpris et gêné, le jeune auteur évoque son quotidien de prof de lettres à Bobigny, ce premier roman qu'il a écrit en un été, l'envoi par la poste, l'attente, le coup de fil de Raphaël quelques semaines plus tard, ses espoirs, ses doutes, ses interrogations… Je repense à Stanislas Lambert, un écrivain que Raphaël a déniché il y a quelques années. Au fil du temps, il est devenu de plus en plus orgueilleux, imbu de sa personne, méprisant avec les autres auteurs de la maison, l'équipe qui travaille pour lui à chaque parution et même avec ses lecteurs. Il s'est peut-être un peu assagi, mais reste une vraie tête à claques. Cependant, il a encore pour lui un physique avantageux faisant mouche dans les salons et dans le cœur de nombreuses ingénues, lui permettant de continuer à séduire éhontément. J'espère qu'Arnaud ne suivra pas ses traces.

Les invités de Raphaël s'en vont les uns après les autres peu avant minuit. Mon cher mari, la représentation finie, se rend dans le salon pour fumer, ne m'invite pas à le rejoindre.

Je reste debout face à la table. Je fais partie des assiettes sales. Martha s'occupera de tout débarrasser demain matin.

Avant d'aller me coucher, je vais admirer les nombreuses photos de ma fille accrochées au-dessus de son bureau. J'ai toujours trouvé son regard riche et précis, même si certains clichés me déstabilisent par leur noirceur. Manon est fascinée par tout ce qui est sombre. Je n'ai jamais compris pourquoi. C'est si rare pour une jeune fille. Quand elle était enfant, elle était sujette aux cauchemars, me parlait en particulier d'un monstre qui se cachait sous son lit ou dans son placard, rampait parfois sous ses draps et se frottait contre sa peau pour la dévorer. J'ai longtemps hésité à l'emmener voir un psychologue. Elle a toujours été un peu ailleurs. À l'école, les maîtresses le lui reprochaient souvent. *Pas assez mûre. Dans la lune.* Et j'en passe.

Manon est une vraie artiste, c'est évident. Je veux l'aider dans cette voie si difficile. Je sais qu'elle ira loin et qu'elle fera notre fierté hors de la zone d'influence de son père.

Un cliché en particulier attire mon attention. Y figure Thaïs, de dos, assise au bord du toit d'un immeuble, comme prête à sauter dans le vide. Je ne parviens pas à définir où il a été pris. Manon a réussi à capter un élément que je n'ai jamais perçu chez sa cousine, comme une fragilité, voire une mélancolie. Quand on y pense, c'est étonnant que Thaïs et Manon soient devenues si proches, malgré leur lien de parenté et les nombreuses vacances passées ensemble. Parfois, je me dis que pour Thaïs, Manon a comblé le vide laissé par la disparition de la petite Éléonore. Thaïs ressemble tellement à sa mère, et pas que physiquement, certains traits de sa personnalité me mettent parfois mal à l'aise, alors que je n'ai rien, au fond, à lui reprocher. Je ne dois pas laisser la rancœur que j'éprouve pour Florence entacher nos relations.

La porte d'entrée claque. Je ne sais pas où Raphaël se rend si tard et je m'en balance. Parfois, il ne revient qu'au matin. Je ne pose pas de questions. Moins il est là, mieux je me porte.

Je m'enferme dans ma chambre et en hume l'atmosphère sereine. Ça fait trois ans que Raphaël et moi, d'un commun accord, ne dormons plus dans la même pièce.

Allongée sous la couette, je tente de suivre sur France 2 un débat sur les migrants, m'endors sans m'en rendre compte.

Je suis accroupie dans une pièce sombre, entièrement nue, je ne vois rien, j'étouffe, je sais que je ne suis pas seule, une douleur vive me déchire le ventre, un rire sournois résonne au-dessus de moi, et je sens l'odeur du feu.

Des cris et une musique crispante me réveillent. Il est 1 h 30. La télévision est restée allumée. À l'écran, une jeune femme en chemise de nuit est poignardée au ventre par un individu dont on ne voit qu'un bras velu surgir du cadre. La jeune femme hurle, tente de s'échapper dans ce qui ressemble à une cage d'escalier grillagée, mais le mystérieux tueur la plante à nouveau, encore et encore, mutile ce corps dans un déluge de lumières rouges et bleues…

Je saisis la télécommande, éteins le poste, me souviens, en refermant les yeux, du titre de ce film que j'ai vu adolescente et qui raconte l'arrivée d'une jeune Américaine dans une académie de danse tenue par des sorcières.

J'aimais assez ce genre cinématographique à l'époque, maintenant cette violence m'est devenue insupportable. Celle du monde dans lequel je me débats me suffit amplement.

J'ai lu quelque part que le bras du meurtrier de cette scène appartenait au réalisateur lui-même. Ça me conforte dans l'idée que ceux qui réalisent des films d'horreur ou qui écrivent des romans du même genre le font en grande partie pour y sublimer leurs pulsions sadiques.

Je reste toute la matinée à lire au lit, et je rejoins mon amie Mathilde au Bistro des Augustins pour le déjeuner. L'air est frais, mais agréable. Les touristes, hélas, nous envahissent comme des essaims de mouches.

Nous passons ensuite une bonne partie de l'après-midi à faire les magasins, nous arrêtons boire un chocolat chaud au Café de Flore, puis Mathilde va chercher son fils à l'école et je continue, seule, à fouler les rues pavées de ce quartier que j'aime tant.

Mon téléphone vibre dans ma poche, c'est Thaïs. Ou plutôt non, ça doit être Manon, puisqu'on lui a volé le sien.

Je décroche, perçois d'abord comme des sanglots, puis c'est bien la voix de ma nièce que je reconnais, pas celle de ma fille. Elle hoquette, j'ai du mal à comprendre ce qu'elle me dit et lui demande de patienter, le temps que je rejoigne une rue plus calme. Et, alors que je discerne mon reflet dans la vitre d'un glacier, elle prononce ces mots qui me font l'effet d'un coup de poignard en plein cœur : Manon a disparu. Elle ne sait pas depuis quand exactement. La police est passée. Ils n'ont aucune idée d'où elle peut bien être.

Je raccroche après lui avoir assuré que je la rappellerai plus tard. Le ciel devient laiteux. Les façades des immeubles gondolent. Je ne vois bientôt plus rien autour de moi. Les bruits de la rue m'étourdissent. Mes jambes flanchent sous mon poids. Je m'effondre sur le trottoir.

On me relève, on souhaite savoir si je vais bien. Je reprends mes esprits, remercie les quelques passants qui ont bien voulu s'arrêter, puis j'appelle Raphaël en chemin, le prie de me rejoindre au plus vite à la maison, lui hurle, devant son refus, que notre fille a disparu.

Disparue. Mais pas morte. Ils n'ont pas retrouvé son corps sans vie dans une ruelle ou un terrain vague ou une cave, ils ne savent simplement pas où elle est.

Elle va revenir. *Mon bébé.*

J'irai la chercher à l'aéroport très tôt demain matin, comme c'était prévu.

Quand je rentre chez nous, je tombe sur Arthur, occupé à se préparer un café dans la cuisine. Il comprend aussitôt à l'expression de mon visage que quelque chose cloche. Je ne sais pas comment lui annoncer la mauvaise nouvelle. Arthur est terriblement lié à Manon, a toujours pris son rôle de grand frère au sérieux et a constamment veillé sur elle à l'école et ailleurs. Mais j'y suis obligée. Je lui répète ce que m'a appris Thaïs au téléphone et, passé un instant de flottement, c'est lui qui du haut de ses vingt ans parvient à trouver les bons mots pour me rassurer.

Maman. On la connaît tous les deux, on sait comment elle est, elle a dû partir prendre des photos, toute seule, comme elle en a l'habitude à Paris. Elle n'a pas vu le temps passer. Ou alors elle en a eu assez d'être constamment avec Thaïs, Chloé et Juliette et s'est offert un peu de liberté. Et on ne peut que la comprendre, non ? Elle ne peut joindre personne car elle n'a pas de téléphone. C'est tout. Nous n'avons pas à chercher plus loin.

Arthur me demande de rester confiante, me promet que Manon va bientôt nous appeler, désolée de nous avoir tant fait peur.

Nos vies ne peuvent pas à ce point dérailler.

Raphaël nous rejoint rapidement, en sueur. J'ai l'impression qu'il a bu. Il ne tient pas en place. Quand je tente de le calmer, il m'annonce que si quelqu'un a touché à sa fille, il le tuera de ses propres mains. Nous ne pouvons plus qu'attendre. Thaïs, Juliette et Chloé sont consignées dans leur maison et la police commence les recherches. Nous serons les premiers informés s'il y a du nouveau.

Je prie pour que cette attente soit la plus courte possible.

On sonne à l'interphone. Raphaël se lève et m'apprend que c'est Florence. Bien sûr que c'est Florence. Bien sûr qu'il l'a aussitôt appelée. Et qu'elle a si promptement accouru.

Ma belle-sœur prend son frère révéré dans ses bras, et, face à moi, feint la compassion et pose sa main sur mon épaule. C'est le mieux qu'elle puisse faire à mon endroit. Je décide de jouer le jeu, de baisser les armes et la remercie chaleureusement pour sa sollicitude. C'est si important que dans ce genre de moments la famille soit soudée.

Florence m'annonce avoir eu Thaïs au téléphone avant de monter dans l'ascenseur. L'homme chargé de l'enquête est passé les voir pour poser des questions sur Manon et visiter sa chambre. Les filles sont dans un état de stress terrible.

Pourquoi me dire ça ? Pense-t-elle qu'il me soit possible de penser à quelqu'un d'autre qu'à Manon ? Que le sort de ses amies m'intéresse ?

Florence s'installe face à moi, commence à me prodiguer des conseils, me joue son grand numéro de psychiatre avec toute la condescendance dont elle est capable, me demande, de façon plus prosaïque, si j'ai besoin de prendre un anxiolytique – dont elle pose une boîte sur la table basse. J'arrête de l'écouter. Florence s'est toujours montrée distante avec Manon, qu'elle ne vienne pas me faire croire maintenant qu'elle s'inquiète pour elle.

Je me rends dans la salle de bains pour me rafraîchir le visage quand mon téléphone vibre dans ma poche. C'est Monica, qui vient sûrement aux nouvelles au sujet d'Augustin. Évidemment, je ne réponds pas. Tout me paraît déjà si loin.

Quand je reviens dans le salon, Florence et Raphaël se sont éloignés pour discuter tout bas, près du piano. De là où je me tiens, je ne parviens pas à entendre leurs échanges. Toutefois, je ne songe pas à les rejoindre. Malgré toutes les années qui ont passé, je suis toujours un peu gênée quand je me retrouve seule en leur présence, comme en trop, pas à ma place. Un objet inutile.

Ne rien pouvoir faire pour ma fille s'avère insoutenable. Incapable de me contenir, je demande à Raphaël s'il ne vaut pas mieux appeler nous-mêmes la police du Cap pour accélérer les choses, ou nous servir de nos relations au ministère des Affaires étrangères. Tout, mais ne pas rester aussi inactifs. Mon mari ne trouve rien de mieux que me recadrer sèchement, comme si je n'étais qu'une pauvre fille. *Qui suis-je pour lui dire comment agir ?* Et, bien entendu, Florence abonde en son sens.

Est-ce un sourire que je vois se dessiner au coin de ses lèvres ?

Je me retire dans ma chambre, observe le ciel s'assombrir au-dessus des toits du 6ᵉ arrondissement. Une heure plus tard, la porte d'entrée claque enfin. Florence va rejoindre son vaste appartement sur les quais, où son petit garçon l'attend avec sa nourrice. Cet endroit où tout est si froid, désincarné, où l'air semble moins circuler qu'ailleurs.

Être à nouveau mère, à son âge, et alors qu'elle n'a jamais eu un semblant d'instinct maternel avec sa fille… Et c'est elle qui se permet de constamment juger les autres !

Arthur passe de temps en temps pour savoir comment je vais et si j'ai besoin qu'il me prépare quelque chose à manger. Je finis par lui ordonner, face à son air fatigué, d'aller dormir.

Je reste pour ma part éveillée pendant des heures, imagine sans cesse Manon perdue dans la nuit d'un autre continent, à la merci des ombres profuses et des hommes enragés. Raphaël reste dans le salon, pendu au téléphone, crie parfois, insulte la terre entière.

Pour penser à autre chose, je feuillette dans le noir de nombreux souvenirs d'enfance, m'arrête à cette journée partagée avec ma mère quand j'avais dix ans et que nous sommes parties de chez nous sur un coup de tête. Elle venait de divorcer de mon père. Elle n'en pouvait plus de rester enfermée à pleurer dans cet appartement du centre de Nantes où nous ne vivions qu'à deux. Un matin, elle a décidé de ne pas m'envoyer à l'école, s'est installée au volant de sa vieille Visa orange et nous nous sommes rendues à Saint-Jean-de-Monts, en Vendée. Elle m'avait assise à côté d'elle comme si j'étais une adulte, j'ai passé le trajet à la regarder conduire, alors que la radio passait des tubes de Tracy Chapman, Barbara, Serge Gainsbourg, Alain Bashung. Elle fixait la route comme si elle voyait, au loin, un horizon radieux. Nous nous sommes promenées main dans la main sur le rivage, avons dégusté des glaces à l'eau, avons construit un château de sable et attendu que la mer monte pour envahir les douves et ramollir les murs. Je ne me suis jamais sentie aussi proche d'elle qu'à cet instant, je l'avais pour moi toute seule, je n'avais à la partager avec personne. Et elle semblait tellement plus heureuse que dans son quotidien, comme rajeunie, régénérée de l'intérieur. J'espère que ma mémoire ne me fera jamais défaut et que jamais je n'oublierai la beauté de son visage cet après-midi-là.

Je finis par m'endormir pour me réveiller en hurlant au petit matin. Je n'ai pourtant pas fait de cauchemar, celui qu'est devenue la réalité me suffit.

Je n'ai reçu aucun appel, aucun message. Trois heures supplémentaires sont passées sans que ma fille réapparaisse.

Cette information agit sur moi comme une sentence.

J'appelle Thaïs, lui demande sur son répondeur de me joindre dès que possible. J'espère un instant que Manon est rentrée tard et que personne n'aura pris le temps de nous prévenir.

Entendre à nouveau sa voix, même au téléphone, sera le plus beau cadeau que ce monde pourra encore m'offrir.

Raphaël est assoupi tout habillé sur le canapé. Je m'empare de la bouteille de whisky vide laissée sur le sol. Je ne veux pas que Martha se fasse des idées.

Je tourne en rond dans la cuisine. J'ai besoin de marcher. Je revêts un manteau et, une fois sortie, allume une cigarette et me dirige vers le jardin du Luxembourg. Je ne m'y rends presque plus depuis que mes deux enfants ont grandi. Avant, nous y allions quasi tous les jours.

Je m'assieds sur une chaise en métal et pose mon téléphone portable sur mes genoux. Malgré l'heure matinale, il y a déjà pas mal de monde dans les allées embrumées, principalement des joggeurs.

Je revois Manon, enfant, jouer avec son grand frère à faire naviguer leur bateau en bois sur le bassin. Je la revois un peu plus âgée, quand je lui ai couru après sur une place, à Barcelone, dans une foule qui se densifiait, ne discernant son petit haut jaune que par intermittence, avec la peur de ne pas arriver à la rattraper à temps et qu'elle disparaisse, que je la perde en plein jour, au milieu d'étrangers braillards.

J'ai ensuite vécu avec l'angoisse constante qu'elle ne cherche un jour à me fuir. Que plus jamais je ne puisse la saisir par la main pour la ramener à moi.

Un cri de contentement me déconcentre, celui d'un bébé dont je vois à peine la tête dépasser d'une poussette. Sa mère, une jolie rousse, s'arrête, lui caresse les joues en lui parlant, puis le recouche. Je croise son regard quand elle se redresse. Elle me sourit, je m'efforce de sourire à mon tour. Puis elle s'éloigne vers les terrains de tennis, son cœur de maman encore intact.

À cet instant, je comprends que, cette fois, j'ai définitivement perdu ma fille.

Wayde

L'odeur de la poudre imprègne encore l'air ambiant, tenace comme un mauvais sort lancé dans ce jardin d'Elsie's River.

Le premier cadavre est celui d'un jeune homme noir, étendu près de l'entrée de la maison. Il est atteint par balles à l'abdomen, tient encore dans la main un CZ chromé que je pousse du pied vers une allée de gravillons.

Le deuxième, sensiblement du même âge et à la peau un peu plus claire, est allongé sur le dos, deux mètres plus loin, dans une position étrange, comme disloqué. Il a été touché au visage et à la poitrine. Son arme a été projetée contre le mur en briques, près d'un arrosoir recouvert de toiles d'araignées.

Dans la cuisine, où règne une forte odeur de poivron, une femme noire vêtue d'une robe à fleurs gît sur le ventre dans une grosse flaque de lait et de sang mêlés qui recouvre toute une partie du carrelage.

Je rejoins Benny dans un salon seulement éclairé par l'écran d'une vieille télévision dont le son est coupé. Il a sa tête des mauvais jours. J'évite de me retrouver devant une glace pour ne pas voir la mienne. Je garde encore cet instinct de préservation.

La première victime s'appelle Thabo Mokoena, âgée de seize ans.

La deuxième victime s'appelle Vusumuzi Mokoena, âgée de quinze ans.

La troisième victime s'appelle Esi Mokoena, âgée de quarante ans.

Deux fils et leur mère.

Le père est visiblement au travail, impossible à joindre.

Selon les premiers témoignages, les agresseurs ont surgi au volant d'un van gris métallisé vers 18 h 20. Les deux frères Mokoena se sont précipités hors de leur maison, leurs armes à la main. Les échanges de tirs ont duré environ cinq secondes, puis les assaillants ont démarré en trombe, et ont renversé, à plus de 80 km/h, une vieille femme qui traversait la rue.

Des gouttes de sang sur le bitume attestent qu'au moins l'un d'eux a été touché. Une des balles est entrée par la fenêtre et a percuté en pleine poitrine la mère de famille alors qu'elle tentait *a priori* de protéger son cadet, Sipho, huit ans, retrouvé prostré contre la gazinière. Personne dans l'équipe n'a songé à appeler l'assistance sociale pour venir s'occuper du gamin. Je l'emmène dans une autre pièce, lui assure sans y croire qu'il est en sécurité. Dans son grand regard sombre, je discerne encore des éclats de la fusillade.

Les deux frères Mokoena appartenaient à un même gang. Il ne s'agit vraisemblablement que d'un règlement de comptes des plus classiques, devenu monnaie courante dans les quartiers défavorisés des Cape Flats. Très peu de voisins acceptent de parler. Impossible d'obtenir une description détaillée des assaillants ou de la plaque d'immatriculation du véhicule. Assister à des rixes est pour les habitants devenu totalement banal. Quand ça se met à canarder, ils se bornent à se protéger des balles sans se poser de questions en attendant que l'orage passe. Puis ils reprennent le cours de leurs vies. Continuent à courber l'échine. Ne se révoltent plus. Acceptent. Même les enfants ne craignent plus les assauts, ne sont plus impressionnés de voir des corps se vider de leur sang en bas de chez eux ou à la sortie des écoles.

Nous nous sentons d'une impuissance coupable face à cette violence endémique qui gangrène les quartiers les plus pauvres du Cap. Je sais d'avance que nous ne retrouverons probablement pas les assassins de la famille Mokoena. Personne de haut placé ne se soucie assez du meurtre de deux *tsotsi* et de leur mère. Nous n'aurons pas les moyens d'aller très loin. Cette fusillade sera vite oubliée, suivie par d'autres, et encore d'autres, en rafales.

Benny m'informe qu'il va s'occuper de la paperasse et que je peux partir, me demande d'embrasser Rachel pour lui. Je le remercie, me rendant compte que je suis déjà en retard, monte dans ma voiture et longe des trottoirs jonchés de détritus et d'enfants désœuvrés. Ceux que personne ne voit, ceux que personne ne veut voir.

À part Benny, aucun de mes collègues à la DPCI ne sait que durant toute mon adolescence, j'ai appartenu à l'un des gangs les plus actifs de Pretoria. J'étais une proie facile. Échec scolaire, père absent, misère sociale, je cochais beaucoup de cases. J'ai d'abord été, à dix ans, *corner kid*, comme de nombreux gamins délaissés de Marabastad, passant mes journées et mes nuits dans la rue à travailler pour des mecs plus âgés en échange de quelques rands ou de cigarettes. Puis, vers mes treize ans, je suis entré dans un *Defence Gang*, et suis devenu, au fil des années, un expert en cambriolages en tous genres. J'ai gagné beaucoup de fric et aidé ma famille. Je me suis fait une place que personne ne pouvait me prendre, et par mes propres moyens, sans rien devoir à quiconque. Jamais à cette époque je n'ai regardé en arrière, à aucun instant je n'ai regretté mes choix, constamment propulsé dans une existence que je brûlais par les deux bouts.

Mais tout a vrillé un soir, lors de notre intrusion dans une maison bourge de Menlo Park. Un de mes comparses, un camé appelé Tyrone, a tiré sur une femme blanche et enceinte et l'a tuée sur le coup. La baraque était censée être vide. Nous nous sommes enfuis sans avoir le temps d'emporter notre butin, et nous sommes vite séparés. Je me suis pour ma part caché dans une masure abandonnée pendant trois jours. J'étais certain d'être cette fois recherché par la police, après tant d'années d'impunité, le meurtre d'une Blanche friquée et prête à donner la vie étant entré avec fracas dans l'équation. Mais Tyrone a été victime d'une overdose de crack le lendemain. Par chance, seules ses empreintes ont été retrouvées sur les lieux. De mon côté, je n'étais pas fiché. Je n'existais toujours pas aux yeux des autorités. J'ai vu ça comme un signe, une chance à saisir. J'ai récupéré tout l'argent qui me restait dans diverses planques, j'ai dit au revoir à ma mère, à mes frères, à mes sœurs, et j'ai quitté Pretoria sans regret.

J'ai pris la route vers l'est, suis resté plusieurs mois dans un village appelé Richards Bay, où j'ai trouvé un emploi sur un bateau de pêche. Puis j'ai décidé de descendre la côte et de mener une existence de nomade au cœur de paysages qui m'ont progressivement lavé la tête et donné une autre idée du monde qui m'entourait. J'ai appris à respirer, à vivre dans la légalité et à m'en contenter. J'ai fui le plus possible les villes par peur de retomber dans mes anciens travers. J'ai ensuite dégoté un poste de manutentionnaire dans un vaste vignoble où je suis resté trois ans. C'est grâce au propriétaire, M. Durval, que j'ai commencé à apprendre l'anglais et l'afrikaans et à en maîtriser toutes les subtilités, mais aussi à m'intéresser à l'histoire de mon pays, à la littérature, à la musique, à me cultiver dans tous les domaines possibles. Je n'ai quitté ces terres qu'à la mort de mon mentor, d'une crise cardiaque, avec l'impression de perdre mon seul et unique père.

Je suis arrivé au Cap la veille de mes vingt-trois ans, me sentant assez fort pour me confronter à nouveau à l'air encrassé d'une métropole. Après avoir bossé un temps dans une usine de textile, j'ai décidé de tenter de rentrer à l'école de police, peut-être par besoin de réparer les choses, de me racheter, d'exorciser totalement mon passé.

De sauver d'autres femmes enceintes de la violence insane de ce monde.

Je me suis jeté à corps perdu dans un engrenage qui, peu à peu, m'a broyé. Treize ans plus tard, je suis devenu le cliché même du flic dépressif et alcoolique. Celui qu'on a vu des centaines de fois dans des films, des romans et des séries T.V. Mais au Cap, si un flic ne finit pas dépressif et alcoolique, c'est qu'il est déjà mort.

Tentant de me concentrer sur la route, j'arrive une vingtaine de minutes plus tard dans le City Bowl. Je remonte Breakwater Boulevard puis me gare sur le parking du Victoria Wharf, sors un flacon de déodorant de la boîte à gants et m'en asperge les aisselles. J'aurais aimé avoir le temps de passer chez moi prendre une douche et me changer, j'espère que Rachel ne m'en tiendra pas rigueur. De toute façon, elle m'a connu dans des états bien plus déplorables.

L'air s'est rafraîchi. Je presse le pas et parcours à pied une cinquantaine de mètres pour rejoindre le Waterfront. Rachel m'attend à la terrasse du Ginja, vêtue d'une petite robe jaune que je ne l'ai jamais vue porter. Ses cheveux sont relâchés sur les épaules. Un verre de vin blanc à la main, le visage penché sur le côté, elle paraît ailleurs, peut-être en compagnie de l'homme qui à présent partage sa vie.

Je la rejoins en m'excusant pour le retard. Nous nous embrassons sur les joues. Désormais entre nous il n'y aura plus que des frôlements. Son parfum a changé, mais pas l'odeur de sa peau.

Un serveur m'apporte une Appletiser. Sans passion, j'en bois une gorgée en observant le port de plaisance à notre droite, les montagnes qui, dans le fond, s'assombrissent.

Les premiers échanges sont tendus. Ça fait deux mois que nous ne sommes pas retrouvés juste tous les deux, face à face, libres de nous balancer toutes nos rancœurs. Aucun de nous ne le souhaitait vraiment, mais nous sommes là pour notre fils. Nous ne nous aimons plus depuis longtemps, mais nous l'aimons assez, lui, pour tenter ensemble de lui bâtir le meilleur avenir possible. D'un commun accord, Tony vit pour le moment avec sa mère, le temps d'y voir plus clair. Le divorce n'est pas encore enclenché. Il est hors de question de nous battre devant un tribunal.

Rachel a gardé notre maison sur Warren Street. Elle est juriste, issue d'une des familles les plus puissantes de la région, seule de la lignée à avoir osé se marier avec un homme noir. De mon côté, je suis retourné dans mon petit appartement à Zonnebloem et, avec mes récents soucis de santé, mon travail et mon rythme de vie, il est évident que ce serait elle qui obtiendrait la garde exclusive de notre fils si elle la demandait. Mais son seul souhait est que Tony ait la vie la plus équilibrée possible. Elle sait à quel point lui et moi sommes liés. Elle sait à quel point mon fils unique est pour moi une béquille, et que, sans sa présence, le gouffre se rapprocherait encore un peu plus. Alors nous parvenons assez facilement à un accord, en sommes tous les deux rassurés.

Nous commandons un plateau de fruits de mer. La discussion, une fois le sujet sensible évacué, se détend. Nous évoquons même divers souvenirs heureux, nous surprenons à rire à certaines anecdotes. Ça faisait si longtemps qu'elle n'avait pas ri en ma présence. Je retrouve la femme que j'ai rencontrée sept ans plus tôt alors que je l'ai définitivement perdue. Je me retiens de lui dire que je la trouve éblouissante, tente de ne pas penser à l'homme qui, à ma suite, partage ses jours et ses nuits. Pendant le dessert, Rachel me demande si je continue à boire. J'élude le sujet. Elle sait que je ne ferai jamais de mal à notre fils.

Nous nous quittons à l'entrée du restaurant, nous promettons de nous revoir en compagnie de Tony pour lui expliquer comment dorénavant se déroulera son quotidien.

Une fois de retour chez moi, je décapsule la bière à laquelle j'ai pensé toute la journée et vais la déguster sur le balcon, les pieds posés sur la rambarde en fer forgé, tout en avalant quelques morceaux de *biltong*. Un avion de ligne nous survole. Depuis quand n'ai-je pas franchi les frontières de mon pays ?

Je loue ce deux-pièces situé sur Constitution Street depuis mon arrivée au Cap. Cet intérieur et cette vue sont ce qui m'est le plus familier en ce monde, enclave stable qui me rassure chaque fois que je m'y réfugie pour, un temps, me protéger de ses inlassables fureurs. Même quand j'ai emménagé avec Rachel, j'ai continué à m'y rendre parfois, pour décompresser, retrouver la solitude qui pendant tant d'années a été ma complice.

Mon téléphone me réveille en sursaut à 2 h 30 du matin. Meyer m'informe avoir reçu un appel concernant un début d'incendie dans une maison abandonnée à l'est de Langa. Les pompiers dépêchés sur place ont fait une macabre découverte dans la cave. Je n'ai pas besoin d'en savoir davantage pour me relever en pestant, moi qui pensais, pour une fois, passer une nuit paisible.

Je me gare au lieu indiqué une demi-heure plus tard, croise trois agents de la police métropolitaine occupés à empêcher les curieux de trop s'approcher. L'un d'eux m'indique, l'air un peu sonné, la maison qui se dresse cinq mètres plus loin. Ou plutôt ce qui en reste. Je me demande comment ce bâtiment à la façade vérolée tient encore debout, entre avec précaution et me retrouve dans ce qui était autrefois un salon. Le sol est recouvert d'immondices et les murs de graffitis plus obscènes les uns que les autres. Guidé par un agent de la SPAS, je descends péniblement dans la cave par un escalier en pierre.

Trois membres de la PSCI revêtus de leurs combinaisons bleues sont déjà sur place, dont Tanya Motaung, agenouillée dans le fond de la pièce.

Je mets un moment avant de discerner ce qui gît à ses pieds. L'odeur qui s'en dégage par bouffées est atroce, délétère. Quand le brouillard mental se dissipe, cette vision me sidère. C'est la première fois que je me retrouve face à un cadavre détérioré à ce point. Seule sa silhouette, bizarrement recroquevillée, lui confère un vague caractère humain.

Accroupi dans cette cave qui a, comme une bouche vorace, avalé tous les bruits extérieurs, je me force à respirer lentement en écoutant ce que me dit Tanya, à savoir que la victime est une femme, que ses poignets sont menottés dans le dos, et que le derme, l'hypoderme et la graisse hypodermique ont été, sur l'ensemble du corps, complètement détruits. Je me redresse avec des relents de nausée, remarque le visage peint au mur de Madiba. Ses yeux de vieux sage ont tout vu. Si seulement il pouvait parler…

Tanya et son collègue retournent le cadavre avec d'infinies précautions. Tout en l'auscultant, Tanya me dit qu'une partie de la peau de la hanche de la victime n'a pas brûlé comme le reste, protégée par le sol en pierre. La peau d'une femme blanche.

Je remonte l'escalier avec l'impression que tout mon être, comme une éponge, s'est imprégné des souffrances vécues dans cette cave. Une fois dehors, je me remplis les poumons d'un air qui me paraît, en comparaison, d'une pureté sereine, demande à un des officiers de la police métropolitaine resté les bras ballants d'interroger les quidams qui traînent autour de nous, au cas où.

Une femme blanche. Retrouvée cramée dans un township. Cette simple idée m'oppresse, tant j'ai conscience que c'est le début d'une multitude d'emmerdes.

Tanya me rejoint et retire son masque. Selon ses premières constatations, la victime a été aspergée d'essence. L'incendie, grâce aux pierres et aux gravats, a été circonscrit à la cave. Aucun autre élément présent sur les lieux ne peut mener à la moindre piste quant à l'identité du tueur.

J'en reste stupéfait. De manière générale, les jeunes filles violées et tuées sont abandonnées sans que leurs tortionnaires ne prennent ce type d'initiative. Le ou les meurtriers ont cette fois tenté d'effacer leurs traces de manière radicale.

Emballé dans un sac noir à fermeture Éclair, le corps est emmené sur une civière vers le minibus de la Scientifique. Tanya me promet de m'appeler dès qu'elle aura du nouveau. Je reste un instant seul en plein milieu de la rue sans savoir quoi faire, puis je retourne à ma voiture pendant que les agents de la police métropolitaine placent les scellés autour de la bâtisse.

Je reviens sur les lieux dès le lendemain matin, frappe à la porte de la maison située de l'autre côté de la rue. Une dame âgée, vêtue d'un châle, m'ouvre. La télévision beugle derrière elle. Un chat tigré en profite pour s'échapper, sur lequel elle crie aussitôt.

Sans m'inviter à entrer, elle prétend n'avoir rien vu ni entendu, car elle dort tôt et a heureusement un bon sommeil. Secouée par un frisson, elle m'avoue en chuchotant qu'elle était certaine que ce genre de chose allait arriver, que cette maison est maudite depuis que tous les membres de la famille qui y résidait ont été exécutés à la hache, au milieu des années 1990. Je ne sais quoi penser de cette histoire, parie sur une énième légende urbaine. Ce qu'elle me confirme, en revanche, c'est que ce lieu a longtemps servi de squat à diverses bandes de jeunes drogués.

Il n'y a aucune caméra de surveillance en état de fonctionnement dans les environs. Un autre voisin m'affirme avoir senti une forte odeur de brûlé. C'est lui qui a appelé les pompiers. Sa maison se trouve à dix mètres à peine du lieu du crime. Je note son nom sur mon carnet, ainsi que ses coordonnées.

J'arpente le terrain vague, recouvert de débris divers, de matériel électroménager désossé, de carcasses de vélos et de scooters, d'agglomérats de ferraille et de déchets organiques, infesté de rats et de chats errants. Je ne sais pas trop ce que je cherche, comme si j'allais trouver, dans ce bourbier aux relents d'essence, un indice qui me mettrait comme par miracle sur une piste solide.

Au moment où je m'apprête à repartir, j'aperçois un vieil homme de l'autre côté de la rue, qui ne me quitte pas des yeux, comme s'il hésitait à venir me parler. Je lui fais signe de la main et, devant son absence de réaction, le rejoins. Il a une soixantaine d'années, vêtu de frusques noircies de crasse, et dégage une odeur pestilentielle qui m'évoque un mélange d'alcool éventé et d'ammoniac. Il a l'air angoissé, comme s'il regrettait déjà d'avoir attiré mon attention, a du mal à tenir droit sur ses jambes. Je lui demande de m'attendre un instant, vais chercher le sandwich au poulet que j'ai acheté pour ce midi dans la voiture et le lui tends. Un peu décontenancé, il me remercie et m'informe tout en mangeant qu'il a un truc à me dire au sujet de ce qui est arrivé dans la vieille maison. J'attends qu'il lâche le morceau, mais son regard s'évade et s'humidifie, puis il revient à lui, pouffe légèrement et m'annonce tout en déglutissant qu'il sait tout ce qui se passe dans cette rue, nuit et jour, qu'on ne peut rien cacher au vieux Joe, et qu'il a aperçu, un peu avant l'incendie, un homme cagoulé amener de force une jeune femme blanche dans la maison. Elle chancelait, comme si elle avait été droguée. Quand je veux savoir pourquoi il n'a pas appelé la police, il ne répond pas et se renfrogne. Je lui demande ensuite l'heure qu'il était et il me dit que quand on vit dans la rue, l'heure n'a plus d'importance. Quand je le prie de me répéter ce qu'il a vu, il reprend les mêmes mots. Et me demande d'un air malicieux si j'écoute vraiment ce qu'il me dit.

De retour au poste, un peu avant 10 heures, je relis les diverses dépositions, inspecte le fichier des personnes récemment disparues, mais j'y trouve principalement des femmes noires, pas de Blanches.

Je reçois un coup de fil du légiste en milieu d'après-midi. Il me confirme qu'il s'agit bien d'un homicide. Il est difficile, au vu de l'état de dégradation du corps, de déterminer l'heure exacte du décès. Mais selon les témoignages des riverains et des pompiers, elle se situerait aux alentours d'1 h 30 du matin.

La dépouille de la victime porte de nombreuses traces de mutilations à la poitrine, au ventre, aux cuisses et aux bras. Ses genoux ont été brisés par ce qui s'apparente à une masse. Malheureusement, vu l'état du corps, il est impossible de déterminer si elle a été violée. Des traces de suie décelées de sa trachée à ses bronches indiquent que la pauvre fille a été vraisemblablement brûlée vive.

De son côté, Tanya a, comme prévu, récupéré des traces d'ADN sur la peau quasi intacte de sa hanche droite. Le corps va être passé au scanner, une biopsie des organes internes sera effectuée, notamment des poumons. Tanya reviendra vers moi dès que possible.

Je reçois sur mon ordinateur les premiers clichés du cadavre, me force à les regarder dans les moindres détails.

Je me promets de redonner à cette jeune femme un semblant de dignité en retrouvant le fils de pute qui l'a détruite dans ce sous-sol sordide.

Comme je m'en doutais, nous ne nous attardons pas sur l'affaire Mokoena. Meyer, notre colonel, me demande de lui en dire plus sur le corps calciné.

Il devient nerveux quand je lui apprends que la victime est une Blanche.

Benny, sorti téléphoner dans le couloir, revient et nous informe qu'une autre fusillade a eu lieu entre gangs rivaux, cette fois à Manenberg. Le premier bilan est de six morts, tous mineurs.

L'officier de liaison avec les médias m'appelle et me demande des précisions sur le meurtre de Langa. C'est la première fois depuis des mois que je l'ai au téléphone. Là, il a flairé un coup. Je ne lui donne que ce que j'ai envie de lui donner.

Quand, en début de soirée, je me reconnecte au fichier des personnes disparues, je tombe sur une nouvelle entrée. Mon cœur se serre. Il s'agit d'une jeune touriste française, Manon Delage, dix-sept ans. Sans attendre, je passe un coup de fil au service concerné.

Je ne me suis pas rendu à Camps Bay depuis des années. Je mc souviens encore de l'histoire de cet homme qui, dans les années 1960, est allé sur la plage, interdite aux Noirs, s'est assis sur le sable sous les yeux de plaisanciers outrés, et a patiemment attendu que les flics viennent le chercher.

Je me gare face à une imposante maison aux murs bleus, et sonne à l'entrée. Une petite brune aux yeux rougis m'ouvre. Je me présente en lui tendant mon insigne, lui dis en anglais que je suis ici pour recueillir des informations sur la disparition de Manon Delage.

Elle me fait entrer, me dit s'appeler Chloé, et m'invite à la suivre.

Deux autres jeunes filles se tiennent dans le salon. Chloé me les présente comme étant ses amies Juliette et Thaïs. Quand je leur demande si elles sont accompagnées d'un adulte, elles me répondent être venues de Paris sans leurs parents. Je suis un peu stupéfait et les prie de me répéter tout ce qu'elles ont raconté à mes collègues.

Évidemment, je n'évoque pas le cadavre retrouvé à Langa. Inutile pour le moment d'ajouter de l'horreur à leur détresse. Et je continue à espérer que ce corps ne soit pas celui de cette gamine.

Il leur semble impossible que Manon ait décidé de partir seule en pleine nuit, sans qu'on puisse la joindre et sans son appareil photo. La porte du jardin est restée ouverte jusqu'au matin. Un individu aurait pu entrer, trouver l'adolescente toute seule dans le salon, l'assommer et la porter jusqu'à la rue. Avec cette idée en tête, je suis le même chemin et contourne la maison en tentant de repérer des indices.

Je demande ensuite à voir la chambre de Manon. Une brosse à cheveux est restée dans la salle de bains ; j'enfile des gants et la place dans une pochette en plastique que je range dans ma sacoche.

Quand je les rejoins, les adolescentes m'annoncent ne pas vouloir partir du Cap sans leur amie. Je leur conseille de rester en sécurité ici et ajoute que ce serait une bonne idée qu'un de leurs parents, si c'est possible, les rejoigne.

La jeune Chloé chuchote quelques mots à Thaïs, qui grimace. Quand je leur demande si elles ont un élément à ajouter, Chloé, le regard baissé, me lance qu'a eu lieu, la veille de la disparition de Manon, un incident qu'elles n'ont pas cru bon de raconter aux autres enquêteurs, à savoir une altercation avec une bande d'habitants de Struisbaai, après que Manon a pris en photo une vieille femme sans lui demander l'autorisation. Un peu plus tard, des individus leur ressemblant les ont forcées à s'arrêter sur la route et leur ont volé leur voiture. Elles ont déclaré l'incident dès leur retour au Cap, mais n'ont pas pensé que ça pouvait avoir un lien avec la disparition de Manon. Je suis un peu effaré d'apprendre une telle mésaventure, leur demande si l'adresse de la maison qu'elles louent en ce moment était inscrite quelque part sur les papiers qu'on leur a volés. Celle qui s'appelle Juliette fond en larmes, m'avoue qu'elle avait imprimé l'annonce de location et l'avait gardée dans son sac, au cas où.

Je leur demande si elles pensent vraiment que les hommes responsables du car-jacking sont les mêmes que ceux avec lesquels elles ont eu cette altercation à Struisbaai. Elles finissent par me dire que oui. À aucun moment, les jeunes femmes n'ont osé, devant moi, employer le mot « Noir ».

Alors je suis obligé de les prier de me les décrire physiquement. Leur gêne manifeste me donne presque envie de rire. Je dois les rassurer quand elles me demandent si ces hommes sont responsables de l'enlèvement de Manon, et sont susceptibles de revenir.

Je leur donne mon numéro de téléphone, les invite à m'appeler si besoin. Et leur rappelle de bien penser à brancher l'alarme avant d'aller se coucher.

Après les avoir quittées, je remonte la rue et note l'emplacement de la caméra de surveillance la plus proche. Je téléphone à l'unité d'observation stratégique de la police métropolitaine, et me fais confirmer par un quasi-demeuré qu'aucun enregistrement n'est consultable, le matériel étant en panne depuis une semaine. Je sonne ensuite aux maisons du secteur, demande aux habitants présents si une des caméras de leur propriété a cette partie de la rue dans son champ de vision. Mais là encore, je fais chou blanc.

Le soir, je rejoins Bruce Lombardo, un ancien collègue, maintenant capitaine à Johannesburg et de passage au Cap, dans un pub sur Darling Street. Nous commandons deux pintes de blonde et des tapas. Tous deux fourbus par nos journées respectives, nous en venons inévitablement à parler de nos dernières enquêtes. Lui vient d'arrêter une femme de la haute qui a payé un tueur à gages pour liquider son mari. Le truc dingue, c'est que le mec, un ancien paramilitaire, devait agir alors qu'ils étaient ensemble. Madame voulait y assister aux premières loges, et que son cher et tendre clamse dans ses bras. Tout était prévu depuis des semaines. Le principal tort du mari était de l'avoir trompée avec sa secrétaire. Quand il me demande ce qui a selon moi pu arriver à ma *Jane Doe*, je lui réponds ne pas en avoir la moindre idée.

Je dois attendre les résultats du test ADN pour savoir s'il s'agit bien de la touriste française. Et dans ce cas, soit elle s'est fait kidnapper dans la maison, soit elle est sortie pour une raison qu'on ignore et a croisé la mauvaise personne. Mais le portrait que ses amies ont fait d'elle me fait pencher pour la première hypothèse.

Au petit matin, je parcours avec attention le dernier rapport du légiste. Il n'a rien découvert de singulier lors de l'autopsie, aucun élément tangible qui puisse nous aider pour une identification. Pas de problème aux dents. Pas d'opération récente. Notre Jane Doe était en parfaite santé avant de tomber sur le diable. En ce sens, ça correspond en tout point à ce que les jeunes filles m'ont dit au sujet de Manon Delage.

Je demande à Tanya par téléphone quand elle aura les résultats ADN. Elle me promet de me les envoyer demain dans la matinée.

Pour les analyses toxicologiques, nous allons, comme d'habitude, attendre bien plus longtemps, leurs laboratoires ne dépendant pas de la police mais du ministère de la Santé.

Je passe des coups de fil à quelques indics pour être prévenu si la voiture des filles réapparaît chez un receleur, puis je me change les idées sur d'autres affaires en cours, remplis de la paperasse, pars avec Benny à Milnerton, où un pompiste vient d'être abattu par deux malfrats ayant tenté de lui voler sa caisse.

Pour la première fois depuis trois mois, je vais chercher mon fils à l'école afin d'ensuite passer la soirée seul avec lui. J'ai rangé ce matin l'appartement du mieux possible, car il est déjà trop habitué au sens de l'organisation de sa mère.

Tony sort du bâtiment et m'adresse un sourire éclatant en me voyant lever la main. C'est un des seuls enfants métis de cet établissement situé en plein centre du Cap, mais ça ne semble pas lui poser de problème, il s'entend parfaitement avec tous ses camarades. C'est de cette génération-là que j'attends un véritable renouveau.

Nous allons prendre l'air au bord de l'océan, où je lui achète une glace à la fraise. Il me confie au fil de la promenade qu'il aimerait avoir un cocker comme son ami Dennis ; qu'à l'école, il a une nouvelle amoureuse du nom d'Anna ; et aussi que Rachel lui a promis une Nintendo Switch pour son anniversaire, en juin prochain. Connaissant l'aversion de mon ex-femme pour les jeux vidéo, je sais d'avance que c'est du flan. Pour la peine, c'est moi qui la lui offrirai.

De retour à la maison, je nous commande des pizzas. Nous dînons sur la petite table du balcon, Tony constamment distrait par tout ce qui se passe dans la rue.

J'ai terriblement envie d'une bière, mais je ne veux pas boire devant lui.

À 21 heures, je vais le coucher dans ma chambre. Puis je passe le reste de la soirée à bouquiner sur le canapé, où je m'endors peu avant minuit.

Le lendemain, en déposant Tony à l'école, je lui promets qu'on se reverra bientôt, le regarde marcher tout seul, comme un grand, vers l'entrée où l'attend un blondinet pour qui, comme pour les autres, l'apartheid n'a pas existé.

Jamais mon fils ne subira ce que j'ai subi à son âge. Jamais pour lui les barreaux et les impasses. C'est la seule chose qui à mes yeux continue à avoir du sens.

Tanya m'appelle peu avant 11 heures, m'annonce que l'ADN retrouvé sur la victime de la cave matche parfaitement avec celui recueilli sur les cheveux de Manon Delage.

Je rejoins Meyer et lui fais un résumé de l'affaire. Il est bien entendu obligé d'en parler à Kessel, notre supérieur. Je vois déjà les gros titres des journaux, pressens la tempête médiatique qui s'annonce.

Ne voulant pas communiquer cette nouvelle aux jeunes Françaises par téléphone, je retourne à Camps Bay et suis accueilli sur le pas de la porte par une femme de quarante-cinq ans environ, qui me dit, dans un anglais maladroit, s'appeler Anne Coulanges et être la mère de Chloé. Elle vient d'arriver de Paris. Les trois adolescentes sont parties à la plage dans l'optique de se changer les idées.

Dans le salon, je croise un homme qui s'appelle Albert et qui se présente comme étant un ami d'Anne, vivant au Cap depuis des années. C'est lui, me raconte-t-il en me servant un café, qui est allé récupérer les filles après leur agression.

Je lâche alors le morceau. Anne est tellement choquée qu'elle a l'air prête à tourner de l'œil. Entre deux sanglots, elle m'apprend très bien connaître Béatrice et Raphaël Delage, les parents de Manon, et qu'ils sont actuellement dans l'avion pour les rejoindre, car ils ne pouvaient plus rester à Paris sans nouvelles de leur fille. Je lui demande de téléphoner à Chloé et à ses amies pour qu'elles rentrent de la plage. Dans le pire des cas, toutes les trois peuvent être toujours en danger.

Les filles débarquent une dizaine de minutes plus tard. Face aux visages défaits d'Anne et d'Albert, elles comprennent vite les raisons de ma présence. Chloé se jette dans les bras de sa mère. Juliette serre contre elle celle qui, je m'en souviens, est la cousine de Manon, Thaïs.

Je leur propose de s'asseoir pour que nous discutions. Je déteste tant cette partie de mon métier. Je ne peux empêcher ma voix de parfois s'enrayer. Comment dire ces choses immondes à des êtres qui paraissent si innocents ?

La jeune Thaïs me demande ce qui s'est passé, et où Manon a été retrouvée. Je tente de peser chaque mot, mais je ne peux leur cacher la vérité.

Un nuage d'orage a obscurci la pièce, l'air s'est raréfié. Personne n'a la force de parler. La sidération l'emporte.

Je brise le silence en leur demandant l'heure à laquelle atterrit l'avion des parents de Manon, la note dans mon carnet. *A priori*, ils ne savent encore rien. Leur arrivée dans mon pays signera pour eux la fin de tout espoir. Si j'en avais le pouvoir, je les maintiendrais dans le ciel le plus longtemps possible.

Anne Coulanges s'inquiète de ce qui va dorénavant advenir. Je l'informe qu'une équipe de la Scientifique est en route pour inspecter la propriété et qu'il serait d'ailleurs préférable que tout le monde aille prendre l'air durant les investigations.

Thaïs me demande si j'ai une idée de qui a fait ça, si c'est un des Noirs qui les ont agressées en pleine campagne. Cette fois, elle a utilisé le mot. Je lui réponds qu'il est trop tôt pour le déterminer.

Quand Juliette souhaite savoir si nous avons retrouvé des indices, « genre comme dans *Les Experts* », je réplique sans réfléchir que le corps était bien trop détérioré pour ça.

Et m'en veux aussitôt.

L'équipe de Tanya nous rejoint et se met directement au travail. À ma demande, ils récoltent les empreintes digitales des occupants, puis les laissent partir. Alors que nous devrions les garder près de nous, les protéger, les rassurer.

Tanya et ses hommes ne retrouvent aucune trace de sang à l'intérieur du salon. Ils relèvent ensuite avec soin toutes les empreintes digitales décelables sur la porte de la véranda, les fenêtres et la porte d'entrée.

J'entends des exclamations provenir de l'avant de la maison, me retrouve face à une femme blonde d'une soixantaine d'années, étrangement endimanchée et qui nous demande d'un ton méprisant et en afrikaans ce que nous faisons encore ici.

Je la calme direct, l'avertis qu'elle débarque pendant une enquête en cours. Elle se présente avec emphase comme étant Adélaïde Van der Merwe, la propriétaire des lieux. Pas impressionné pour autant, je lui répète que sa place n'est pas ici. Outrée, elle m'observe avec une envie visible de m'écraser sous sa chaussure. Ce regard, je le connais, c'est celui de cette infime minorité qui, sûre de son bon droit, considère toujours que la majorité qui l'entoure n'est pas digne d'être son égale. La haine suinte de sa silhouette osseuse. Mais, moi, l'uniforme me protège. Je représente une autorité à laquelle elle doit se soumettre. Je jette un œil à mes collègues qui continuent de travailler. Ça doit être la première fois que trois Noirs envahissent cet habitat rigide, où subsistent les reliques d'une époque révolue. Et elle ne peut rien dire, doit retenir rage et dégoût bien à l'intérieur. D'une humeur taquine, je m'approche d'elle, suffisamment près pour qu'elle puisse sentir l'odeur de ma transpiration, m'amuse sans honte avec cette répulsion que je lui inspire. Un peu de sueur coule le long de son visage trop maquillé. Si je crie, elle tombe raide morte.

Adélaïde Van der Merwe tourne finalement les talons et débarrasse le plancher sans un mot de plus. Agenouillée près de moi, Tanya pousse un petit rire nerveux.

Les analyses terminées, j'envoie un message à Anne Coulanges pour la prévenir qu'elle et les filles sont autorisées à rentrer. Je décide de faire surveiller l'entrée de la propriété par un véhicule de police. Ça permettra aux adolescentes de se sentir en sécurité.

Une réunion de crise est organisée par Meyer, qui nous informe que Kessel vient d'avoir le consul général de France au téléphone. Les parents de Manon Delage arriveront par l'avion de 8 h 30 du matin. Une voiture les acheminera dans un bâtiment où les attendront un agent du consulat français et un psychologue. Je n'aimerais pas être à leur place. Assis dans les airs, ils ont peut-être encore l'espoir de revoir leur fille vivante, espoir qui sera piétiné à peine arrivés sur le sol de mon si beau mais si turbulent pays.

Tanya m'appelle en fin d'après-midi. Comme il fallait s'y attendre, la grande majorité des empreintes recueillies sont celles des filles et de la propriétaire, mais elle en a trouvé une autre, sur la poignée de la porte du jardin, celle d'un homme dont elle vient d'obtenir, par chance, une identification : Thabang Makeba, vingt-quatre ans. Déjà fiché pour braquage à main armée.

Bingo.

J'imprime sa photo, note sa dernière adresse connue, décide de m'y rendre sans tarder. Ma seule préoccupation est de pouvoir fournir le plus tôt possible le nom d'un coupable aux parents de Manon. Ça ne soulagera pas la peine mais évitera peut-être qu'elle s'aggrave.

Le soir est en train de s'affirmer quand je me gare face un immeuble de trois étages situé au cœur de Bellville. Un attroupement de jeunes fument cinq mètres plus loin au son d'un rap *old school.* Trois vieilles dames sont assises sur un banc, observent les passants en discutant. Quelques enfants jouent au foot dans une sorte de terrain vague qui longe le côté est de l'immeuble. Par sécurité, je demande des renforts au commissariat le plus proche. Trois agents me rejoignent. J'ordonne à l'un d'entre eux de vérifier s'il y a une autre sortie à l'arrière, aux deux autres de se poster près de l'entrée principale.

Je profite de ce qu'une femme avec un bébé dans les bras sorte de l'immeuble pour m'y engouffrer. Dans le hall, je tente de déchiffrer les noms sur les boîtes aux lettres. Trouve vite ce que je cherche.

Makeba T. Appartement 32.

La cage d'escalier, à ma gauche, empeste des odeurs mêlées de poisson, de navet et de tabac. Les cloisons sont si fines que je perçois conversations, disputes, rires, atermoiements. Au troisième étage, je m'arrête face à la porte de l'appartement 32, m'en approche lentement, écoute.

Par chance, le suspect est chez lui. Je discerne à travers le bois une voix rauque converser au téléphone en xhosa, décide de frapper sans penser à demander à un agent de me rejoindre.

D'abord je distingue des chuchotements, puis le parquet qui grince. Makeba entrouvre la porte. Il est torse nu, des bouffées de cannabis s'échappent par un courant d'air.

Ses yeux sont rougis par la drogue. Il m'observe avec un air niais. Il paraît bien plus jeune que ses vingt-six ans.

Je lui montre mon insigne, lui dis avoir certaines questions à lui poser.

Il est trop rapide pour moi, souple et précis comme un boxeur. Je n'ai pas le temps d'esquiver un crochet du droit en plein visage. Déséquilibré, je m'écroule sur le vieux linoléum à l'odeur rance, discerne Makeba s'échapper dans le couloir, comme au ralenti, et ouvrir une fenêtre pour s'y engouffrer.

Je me relève, encore sonné, sors mon arme et me dirige en titubant vers la fenêtre, qui donne sur l'escalier de service. Douze mètres en dessous, Makeba saute sur le bitume à pieds joints. Je lui hurle de s'arrêter en tentant de le viser. Aucun des agents dépêchés sur place ne le prend en chasse. J'exige des renforts, bondis à mon tour de l'escalier, cours ensuite dans la même direction que Makeba.

Je le vois remonter l'avenue à cinquante mètres de moi. Tout en marchant, il se retourne, me voit, et fonce dans un bar à sa droite. J'accélère le pas, entre à mon tour dans l'établissement, me précipite vers le fond de la salle en bousculant quelques clients et une serveuse qui m'insulte, passe par la cuisine enfumée où des commis me dévisagent les bras ballants, puis débouche dans une arrière-cour remplie de poubelles, la plupart renversées. Makeba escalade un mur de briques et saute de l'autre côté. Je le gravis à sa suite, me retrouve dans une ruelle mal éclairée, où je devine à peine la silhouette du suspect s'éloigner comme en bondissant dans l'obscurité. Je le course à nouveau jusqu'à le voir escalader un autre mur, alors qu'une série de tirs pétaradent au loin. J'ai du mal à reprendre mon souffle. Je dois attendre dix secondes pour calmer mon cœur, et atterris dans le jardin d'une maison de plain-pied. Les lumières sont allumées. Mon arme à la main, je pousse la porte d'entrée laissée à moitié ouverte, croise dans le couloir une femme qui hurle en voyant mon revolver. Je lui montre mon insigne. Dans le salon à ma droite, deux gamins se tiennent assis sur un canapé. La femme m'indique de la main une porte fermée, au bout du couloir. Je lui demande de prendre les enfants, de sortir de la maison et d'aller se réfugier chez des voisins. Une fois qu'ils sont hors de danger, je me dirige vers la porte, l'arme braquée devant moi, et hurle à Makeba de sortir. Pas de réponse. J'attrape la poignée en retenant mon souffle, entre, trouve une pièce vide.

J'avance vers la fenêtre, laissée ouverte, et ose un regard à l'extérieur. La détonation est assourdissante, une balle me frôle la joue et va se nicher dans le mur. Encore sonné, je recule par réflexe alors que mes oreilles sifflent, effleure des doigts ma joue balafrée, y discerne dans la pénombre un peu de sang.

Et, protégé pour un temps d'un autre tir, je mesure ma chance.

Makeba n'était pas armé en arrivant ici. Il n'est pas venu par hasard dans cette baraque et savait ce qu'il y trouverait. Je me tiens dans la chambre d'un adolescent. Tirée de sous le lit, a été ouverte une malle en ferraille qui contient un véritable arsenal. Les deux gamins font sûrement partie d'un même gang. Je suis tombé dans un piège comme un débutant.

Leurs voix proviennent de l'extérieur, ils parlent en xhosa. Makeba et l'occupant de la chambre ne semblent pas certains de m'avoir touché, hésitent à venir vérifier s'ils vont devoir m'achever. Ils ne peuvent pas laisser le flic que je suis sortir vivant de cette maison. Je m'accroupis, m'échappe de la pièce et vais me positionner dans le salon plongé dans le noir, donne en chuchotant ma position aux agents qui j'espère sont déjà sur place.

J'entends des jurons dans la pièce que j'ai abandonnée. Les deux tireurs se rapprochent dans le couloir. Je reste immobile derrière le canapé en similicuir, prêt à tirer, les secondes défilant avec paresse, rythmées par les battements essoufflés de mon cœur. Un jeune homme en T-shirt jaune apparaît lentement, comme à reculons, il tient un M16, s'apprête à appuyer sur l'interrupteur pour inonder la pièce de lumière. Je n'ai pas beaucoup de marge de manœuvre et lui tire dans la cuisse. Il s'écroule sur la moquette en hurlant. Je bondis sur lui, saisis son arme tout en pointant la mienne vers le couloir au cas où Makeba en profite pour m'attaquer, lui passe les menottes, entends Makeba se ruer dans la chambre, et des voitures piler face à la maison. J'ai un instant la frousse qu'ils aient alerté d'autres membres de leur gang, jusqu'à ce que la lumière des gyrophares se reflète sur les murs. Je hurle à mes collègues la position du jeune homme menotté, cours dans la même direction que Makeba, le vois par la fenêtre escalader le mur du fond du jardin, tire, l'atteins à la hanche, mais ne l'empêche pas de sauter de l'autre côté.

Je demande aux agents de se déployer, leur précise que Makeba est armé, dangereux et suspect pour le meurtre d'une touriste française.

Je contourne le mur, me retrouve dans une petite rue à l'éclairage intermittent. Il commence à pleuvoir. Au loin, le tonnerre se répercute contre le flanc des montagnes.

Je tiens mon arme devant moi, ordonne à un couple trop bruyant de s'éloigner. L'air empeste la menace. Blessé, Makeba n'a pas dû aller loin, mais il connaît le quartier bien mieux que moi, il peut se cacher n'importe où, m'attendre dans un pan d'ombre pour me tirer une balle en pleine tête.

J'entends un cri provenir d'une bâtisse, un peu plus loin. J'y cours, discerne dans la cuisine une femme qui rit pendant qu'un homme la serre contre lui.

Un craquement derrière moi me fait me retourner. Je mets un moment à le distinguer. Makeba se tient adossé à un mur, la main sur le ventre. Il respire difficilement, paraît à bout de force. J'ai l'impression, malgré la distance, de voir ses yeux luire dans le noir.

J'avance en le tenant en joue, le somme de ne pas bouger. Il me lance comme un crachat que je suis un traître à ma race. Je le frappe au visage du canon de mon arme. Il lâche la sienne, dont je m'empare sans traîner.

D'autres flics me rejoignent, le plaquent contre le mur et lui passent les menottes. Makeba me fixe en se retenant de manifester sa douleur, veut jusqu'au bout agir en homme.

Deux heures plus tard, je m'installe face à lui dans la salle d'interrogatoire, lui demande en xhosa s'il sait pourquoi il est là.

Aucune réponse. Je lui annonce que ses empreintes digitales ont été retrouvées sur la porte d'une maison de Camps Bay. Lui demande s'il a quelque chose à me dire à ce sujet.

Makeba ne cille pas, feint l'indifférence.

Je dispose les photos du corps de Manon Delage sur la table.

Il se penche, les regarde, son assurance s'effrite.

Je lui demande les raisons de sa présence dans cette maison de Sedgemoor Road, lui explique à quel point il est dans la merde. Qu'il a intérêt à parler. Que je ne compte pas le lâcher. Sa camionnette et son appartement sont en ce moment même inspectés par la Scientifique, s'ils trouvent la moindre trace de la jeune fille, il est cuit. Il a intérêt à tout avouer maintenant s'il veut avoir une chance d'attirer une quelconque clémence du juge.

Makeba m'affirme ne pas savoir de quoi je parle. Alors je lui fais un petit résumé : Manon Delage, touriste française de dix-sept ans ayant disparu pendant la nuit du 27 février de la propriété qu'elle louait avec ses amies à Camps Bay, son corps retrouvé carbonisé dans la cave d'une maison abandonnée à Langa, les sévices qu'elle a subis avant de mourir, ses empreintes à lui, Thabang Makeba, récoltées sur la porte de l'arrière de la maison.

Makeba s'agite, tremble, perd de sa superbe. Le masque est tombé. Il se rend enfin compte du sérieux de la situation.

Acculé, il m'avoue être bien allé là-bas, mais le soir du 25 février, pas du 27. C'était une idée de son cousin, qui savait que les touristes françaises logeaient dans cette maison car il les avait amenées en taxi de l'aéroport. Même s'il ne comprenait pas ce qu'elles se disaient entre elles, elles paraissaient pleines aux as et un peu naïves. Un plan facile, sans danger. Ils se sont rendus sur place après avoir bu des coups non loin de là, ont vérifié que la maison était vide, et Makeba a escaladé le mur pendant que Koffi surveillait la rue. Il est entré par-derrière, la porte n'étant pas fermée à clef, il s'est d'abord occupé du salon, a dressé un inventaire rapide de ce qu'il pouvait emporter, puis il est monté à l'étage, à la recherche d'argent ou de bijoux. Mais il n'a pas eu le temps de faire grand-chose, les gamines sont revenues et l'une d'elles l'a aperçu alors qu'il se tenait derrière la fenêtre d'une des chambres. Il a fui par le jardin et a escaladé le mur pour se retrouver dans une autre propriété, heureusement inhabitée. Il a rejoint Koffi à leur véhicule, garé sur Victoria Road, ils sont repartis ensemble et ne sont jamais revenus dans ce putain de quartier de putains de Blancs.

Les filles ne m'ont pas parlé de ça, je me promets de les appeler dès que possible pour qu'elles me confirment ou pas les dires de Makeba, lequel me répète n'avoir rien à voir avec ce qui est arrivé à Manon Delage. Il n'est pas un meurtrier. Il m'a dit tout ce qu'il savait. Il me supplie de le croire.

Quand je lui pose la question, Makeba avoue avoir pris la fuite en me voyant car il est encore en période de probation, il ne voulait pas courir le risque de retourner en prison. Je lui annonce que ses petites histoires ne m'intéressent pas, mais qu'avoir agressé un flic va le renvoyer un moment derrière les barreaux.

De plus en plus nerveux, Makeba prétend avoir un alibi solide pour la nuit du 27 février. Il a passé une partie de la soirée chez lui, à fumer et boire avec des amis, puis ils se sont rendus dans un bar et il est rentré avec une jeune femme qui est restée dans son lit jusqu'au matin.

Je lui demande les noms de ses amis et de la nana. Les note dans mon carnet. Des agents de la SPAS iront dès demain les interroger les uns après les autres.

J'ai tendance à penser qu'il m'a dit la vérité, même s'il n'aurait pas hésité à me tirer une balle entre les yeux.

Très tôt le lendemain, j'apprends que Tanya et son équipe n'ont retrouvé aucune trace de Manon Delage à son domicile ou dans son van. Rien de concret ne le relie à elle.

Les parents de Manon Delage ont sûrement déjà été mis au courant des circonstances abominables de sa mort. Et, de mon côté, je n'ai pas encore l'ombre d'une piste pour en arrêter le responsable.

Koffi Kaleni est amené au poste vers midi. Après avoir mécaniquement bombé le torse, il se ratatine vite sur sa chaise quand il est informé du cœur de l'affaire et, de mauvaise grâce, finit par confirmer en tout point la déposition de Makeba.

Pareil pour ceux avec qui Makeba a déclaré avoir passé la soirée et la nuit du 27 février.

J'appelle Anne Coulanges, la prie de me passer une des adolescentes. Chloé me confirme que son amie Juliette a cru apercevoir un homme dans sa chambre quand elles sont rentrées de la plage, le soir du 25 février. Elles ont fouillé toute la maison mais n'ont trouvé personne. Elles étaient persuadées que Juliette avait eu une hallucination. Chloé met un moment à accepter qu'il y ait bien eu quelqu'un. Quand j'évoque la présence sur les lieux du chauffeur qui les a amenées de l'aéroport, elle pousse un petit cri de stupéfaction et me dit qu'en effet, elle a cru le croiser en remontant la rue.

Tout coïncide.

Un appel de la police de Struisbaai m'informe que la voiture de location volée aux filles a été retrouvée dans le garage d'une maison au nord de la ville.

Je m'y rends sans tarder en hélicoptère. Enquêter sur la mort d'une touriste n'a pas que des désavantages. Ça fait des mois que je n'avais pas quitté terre ; les paysages que je survole me rappellent avec force pourquoi j'aime tant mon pays, et me donnent furieusement envie de tout abandonner pour entreprendre un long voyage sans retour.

Mais je ne pourrais pas me séparer ainsi de mon fils.

Je suis accueilli au commissariat de Struisbaai par un homme bedonnant au fort accent zoulou. Il m'apprend avec fierté que deux suspects sont en garde à vue et ont déjà été interrogés. Ce sont, à n'en pas douter, les deux jeunes hommes qui ont commis le car-jacking. Je constate une fois encore à quel point tout va bien plus vite quand les victimes sont des touristes blanches. Mon collègue avoue avoir lui aussi reçu un coup de fil d'un haut cadre de la police pour lui mettre la pression. Dans le but de justifier leur acte, les deux suspects ont prétendu avoir voulu se venger de l'attitude des Françaises, qui ont photographié la grand-mère de l'un d'entre eux, devenue sénile et paraplégique, comme si elles se trouvaient dans un foutu zoo. Ils espéraient leur donner une bonne leçon, les effrayer, rien de plus, puis la situation a dégénéré et ils ont laissé les adolescentes en pleine nature pour leur apprendre à les traiter comme des animaux.

Comme tous ces foutus Blancs.

Assis face à eux dans une pièce sans fenêtre, je leur ordonne de tout me répéter. Passablement énervés, ils continuent à jouer aux durs. Pour eux, ils n'ont rien fait de mal. Ils me jaugent comme si je devais faire mes preuves.

Je leur annonce que la jeune fille qui a photographié la vieille femme a été torturée et brûlée vive dans une cave. Leur demande s'ils estiment qu'elle a assez payé pour ce qu'elle a commis. Les deux garçons n'ont d'abord pas l'air de me croire. Je leur montre des photos de son cadavre. L'un d'eux se liquéfie.

Je veux ensuite connaître leur emploi du temps pour le soir et la nuit du 27 février. Ils me répondent qu'ils étaient ici, à Struisbaai, plusieurs gars peuvent en attester. Je note le nom des témoins, fais signe à l'agent posté derrière la porte vitrée de venir récupérer le papier pour procéder aux vérifications.

Je ne me démonte pas pour autant, prétends que j'ai du mal à les croire, que je sais, moi, ce qui s'est réellement passé. Ils avaient l'adresse de la maison où vivaient les filles dans l'un des sacs à main, ils ont sûrement vu une aubaine pour finir le travail et assouvir leurs pulsions, s'y s'ont rendus à la tombée de la nuit, ont trouvé Manon seule dans le salon, justement celle qui avait pris la fameuse photo, celle sur qui ils concentraient tout particulièrement leur colère. Ils l'ont assommée, l'ont emmenée dans la cave d'une maison abandonnée pour lui faire subir les pires sévices imaginables.

Et maintenant ils sont face à moi.

Bien entendu, je n'ai aucune preuve de ce que j'avance, mais mon assurance suffit à ce qu'ils réagissent. Le plus grand se redresse, secoué de tics nerveux, hurle qu'ils n'ont pas touché à cette « pétasse blanche ». Je le somme de se rasseoir en élevant la voix. Contrairement à Makeba, ces deux individus menottés ont la haine dans le sang, une profonde haine raciale que rien n'apaise. La même haine que j'ai décelée dans les yeux des trois Zoulous qui ont massacré une famille de fermiers blancs en plein cœur du Karoo, un mois plus tôt.

Avant de remonter dans l'hélicoptère, je récupère les effets personnels des Françaises, restés quasi intacts dans la voiture. J'ai un serrement au cœur en saisissant l'appareil photo de Manon, qui contient les dernières traces de sa vie sur terre.

De retour au Cap, je demande aux services de l'IMC de vérifier les communications téléphoniques de Makeba et des suspects de Struisbaai pour la soirée et la nuit du 27 février.

Un agent me contacte quelques heures plus tard. Malheureusement pour moi et heureusement pour eux, rien dans ces données ne vient contredire leurs alibis.

Je passe à Camps Bay dès le lendemain matin. Seule Anne Coulanges, la mère de Chloé, est levée. Les adolescentes dorment encore.

Anne m'apprend que les parents de Manon ont passé la nuit dans un hôtel non loin de là. Je suis presque gêné de devoir lui expliquer que mes deux pistes ont mené à des impasses et que je me retrouve dans le flou total. Je n'arrive toujours pas à comprendre comment Manon a pu disparaître sans laisser de traces. Considérant sa personnalité, c'est pratiquement impossible qu'elle soit sortie seule une fois la nuit tombée. Et si elle avait été enlevée dans le salon, s'il y avait eu lutte, l'une de ses amies aurait dû l'entendre.

Sauf évidemment si elle n'a pas eu le temps de voir son ravisseur surgir.

Ou si elle le connaissait. Si elle l'a suivi dehors en toute confiance, pour une raison qu'on ignore.

Mais en si peu de temps dans un pays étranger, qui lui serait assez familier pour qu'elle ne se méfie pas ?

Chloé descend l'escalier et se dirige de façon nonchalante vers la cuisine. Anne me confie qu'elle commence à s'inquiéter pour elle. Sa fille a déjà vécu trop de drames, alors qu'elle a tout fait, depuis sa naissance, pour la protéger du mieux possible de ce monde malade.

Quand elle nous rejoint, Anne informe Chloé que la police a retrouvé la voiture de location, ainsi que leurs affaires, qui sont posées sur la table. L'adolescente s'empare de son sac à main, regarde rapidement à l'intérieur. En s'asseyant sur le canapé, elle me demande avec appréhension si ce sont eux qui ont tué Manon. Je lui réponds par la négative. Elle tremble, paraît s'affaiblir, ferme les yeux.

Juliette fait son apparition, suivie par Thaïs, pousse un cri de stupéfaction en découvrant ses objets personnels étalés sur la table, attrape son iPhone avec une avidité confondante.

Toutes les trois comprennent sans problème qu'il est nécessaire qu'elles me parlent de tous ceux avec qui elles ont eu une interaction depuis leur arrivée au Cap.

Il y a d'abord Koffi Kaleni, le chauffeur Uber.

Puis madame Van der Merwe, la propriétaire de la maison.

Ensuite, les deux jeunes Américains rencontrés en boîte de nuit, Colin et Ezra. Thaïs rappelle qu'ils sont repartis à San Francisco avant la disparition de Manon, elle est en contact avec l'un d'eux, mais elle ne connaît pas leurs noms de famille.

Puis, à part leurs agresseurs, le gentil couple de fermiers chez qui elles ont dormi, Jan et Fiona.

Et personne d'autre. Elles n'ont pas eu le temps de rencontrer plus de monde.

Enfin si, s'exclame Thaïs, il y a aussi Albert.

Albert. Je me souviens de lui, c'est l'homme qui accompagnait Anne lorsque je les ai rencontrées.

Thaïs, assise près de moi, m'avoue avoir toujours trouvé Albert un peu bizarre. Elle ne sait pas trop pourquoi. Sa façon de les regarder, peut-être, insistante, parfois même avilissante, à la manière, dit-elle, des vieux pervers dans le métro parisien. Juliette confirme, Chloé acquiesce.

On sonne à l'entrée. Anne, décontenancée par ce qu'elle vient d'entendre, va ouvrir à une femme du même âge qu'elle, les cheveux défaits, les traits tirés. Anne la prend dans ses bras, m'informe qu'il s'agit de Béatrice Delage, la mère de Manon. Un peu pris de court, ayant laissé mes supérieurs les accueillir la veille, je lui présente mes condoléances et lui apprends que je suis chargé de l'enquête. Béatrice me dévisage comme si elle hésitait à me poser une question, et détourne les yeux, sachant peut-être d'instinct que je n'ai rien de nouveau à lui annoncer. Après avoir retiré sa veste, elle nous explique qu'elle ne supportait plus de rester enfermée à l'hôtel avec Raphaël, son mari. Thaïs lui demande si elle veut de l'eau ou un café, et lui tend un mouchoir en papier quand elle voit les larmes poindre.

Anne annonce à Béatrice que les affaires de Manon ont été retrouvées, se lève et lui tend son reflex numérique et son sac à main. Béatrice la remercie et nous annonce qu'elle souhaite voir la chambre de Manon, où elle se rend d'un pas traînant à la suite de Thaïs, en serrant l'appareil photo contre son cœur.

Une fois Thaïs de retour, je leur enjoins de repenser à cette soirée et à cette nuit, de se concentrer, de tenter de se souvenir d'un détail qui leur aurait échappé. Mais rien ne leur revient. Chloé est allée se coucher la première, suivie par Juliette. Thaïs est restée un peu dans le salon avec Manon, et elle est montée à son tour. Une fois dans leurs chambres, aucune d'entre elles n'a entendu de cris, de lutte, d'appel à l'aide, de porte qui claque, de voiture qui démarre. Toutes se sont endormies paisiblement. Rien n'est venu troubler leur sommeil.

Je demande aux filles de me donner le numéro où joindre leur propriétaire, le note dans mon carnet sans enthousiasme. Une fois dans la rue, je l'appelle en détaillant un morceau d'océan parsemé de voiles, lui propose de la rencontrer dès que possible, accepte de la retrouver dans un salon de thé à quelques pâtés de maisons d'ici.

Je m'installe à une table près d'un comptoir recouvert de marbre et de viennoiseries. Je suis à la fois le seul Noir et le seul client de moins de soixante ans dans un établissement qui semble bloqué dans une autre décennie.

Madame Van der Merwe me rejoint une dizaine de minutes plus tard. Elle boite légèrement en traversant la rue. Rien de ce qui l'entoure ne semble mériter son attention.

Aussitôt entrée dans l'établissement, elle s'installe face à moi. Elle est essoufflée. Son maquillage est grossier, comme si elle s'était préparée à la hâte.

Je vois à ses yeux qu'elle a récemment pleuré. Et aux cernes qui les tirent vers le bas que ses dernières nuits ont été trop courtes.

Madame Van der Merwe commande un thé au gingembre à la serveuse. Elle est aussi à l'aise, assise à cette table, que moi.

Passe dans les enceintes un vieux morceau de Joni Mitchell. Madame Van der Merwe tourne la tête vers le fond de la salle et remarque une femme aux cheveux blancs, à laquelle elle adresse un petit signe de la tête. L'autre vieille me dévisage en se demandant visiblement qui je peux bien être.

Peut-être devrais-je discrètement lui montrer mon insigne. Ou mon arme.

Après avoir bu une gorgée de thé, madame Van der Merwe me confie ne pas arrêter de penser à ce qui est arrivé à la petite Française, et me demande si j'ai déjà une idée de l'identité du responsable d'une telle atrocité. Elle a du mal à accepter l'idée que cette jeune fille ait été attaquée dans sa propre maison, dans cet endroit qui depuis tant d'années représente pour elle un refuge, un univers stable dont elle connaît les moindres recoins, dont chaque pièce est tamisée de souvenirs. C'est comme s'il avait été sali. Violé. Elle me dit même angoisser à l'idée d'y retourner une fois que les autres seront parties.

Afin de la rassurer, je lui apprends que nous ne savons pas encore si Manon a été agressée dans la maison où à l'extérieur. Le visage de madame Van der Merwe change d'expression, se détend et s'illumine. Sa tasse à la main, elle me lance que s'il était avéré que Manon avait bien été agressée chez elle, ses prochains clients risqueraient d'annuler leurs réservations. Et ce serait pour elle une catastrophe.

Consciente que ces préoccupations matérielles peuvent sembler déplacées, madame Van der Merwe m'explique avec gêne que la location touristique de cette maison est actuellement sa seule source de revenus. Elle est obligée de la proposer toute l'année pour ne pas être ensevelie sous les dettes que son cher mari lui a refilées en se suicidant, quelques semaines seulement après la liquidation judiciaire de ses entreprises. Quand sa demeure est occupée par d'autres, c'est-à-dire presque tout le temps, elle réside dans un petit studio à deux rues d'ici, y passe l'essentiel de ses journées comme en arrêt, à se contenter du minimum. Personne dans son entourage n'est au courant de sa situation précaire. Elle met un point d'honneur à préserver les apparences, à donner l'impression à ses proches qu'elle continue à vivre dans le standing auquel elle est habituée depuis sa plus tendre enfance.

Je lui demande avec des pincettes si des clients précédents ont rencontré des problèmes lors de leur séjour ; des altercations avec un individu louche, des tentatives d'effraction, l'impression d'être observés. Madame Van der Merwe se redresse, outrée, et me lance d'un air revêche que ce quartier est totalement sûr. Que *sa maison* est totalement sûre. Que personne ne s'est jamais plaint de quoi que ce soit.

À présent, elle est convaincue que Manon est sortie en cachette et a fait, cette petite inconsciente, une mauvaise rencontre dans la rue. Non, ça ne peut pas être autre chose. Les jeunes de nos jours ne font plus attention à rien, si insolents, si mal élevés, si violemment sexués. Elle les avait pourtant prévenues de ne pas sortir dans certains quartiers du Cap, surtout la nuit.

Que faisait donc une adolescente blanche après minuit dans un endroit comme Langa ?

De retour au poste, je tape le nom d'Albert Reynaud dans notre base de données, découvre qu'il a été un an plus tôt placé en garde à vue pour attouchements sur mineure, mais n'a jamais été poursuivi.

J'appelle le service qui s'est occupé de l'affaire. Une femme me raconte, après avoir retrouvé le dossier, que la victime était une adolescente métisse de quinze ans qui vivait avec sa mère dans un immeuble situé non loin du domicile d'Albert. C'est la mère qui a porté plainte. Plainte retirée deux jours après.

Intrigué par cette histoire, je récolte le plus d'informations possible sur Albert Reynaud. Naissance à Paris en 1968. Enfance et adolescence protégées en milieu bourgeois. Hautes études. École de commerce, postes dans différentes banques en France et aux États-Unis, puis cadre au siège de la Standard Bank depuis sept ans. Il n'est pas encore suspect, je ne peux pas l'interroger comme tel. En sortant dans le couloir, je l'appelle sur le numéro que m'a donné Anne, lui remémore qui je suis et lui déclare avoir besoin de lui poser des questions au sujet des filles dès que possible. Nous convenons d'un rendez-vous en fin d'après-midi dans une brasserie près de son travail.

Albert Reynaud est déjà installé dans le fond de l'établissement quand j'y entre. Il ne m'a pas encore vu. Je prends le temps de l'observer. Penché au-dessus de la table, il a les yeux rivés sur son jus de fruits, l'air ailleurs. Me voyant, il se redresse et manque renverser son verre en me tendant la main.

Je commande un Ice Tea. Albert me demande aussitôt si l'enquête a avancé et si nous avons une piste sérieuse. Il ne comprend toujours pas comment une telle chose a pu arriver. Il a appris par Anne que deux Noirs avaient tenté de cambrioler les filles le soir où il les avait invitées au restaurant, s'interroge sur la possibilité qu'ils aient pu revenir. Je l'informe alors qu'ils ont un alibi solide, vérifié par nos services, mais il reste circonspect. Je m'attends à l'entendre s'exclamer qu'entre Noirs, ils savent parfaitement se serrer les coudes contre les Blancs, et en toutes circonstances. Majorité d'opprimés unis même dans le crime face à la minorité d'oppresseurs.

Je lui demande ensuite s'il a remarqué quelque chose de suspect quand il a accompagné les quatre adolescentes au supermarché, en particulier un individu qui leur aurait tourné autour. Il réfléchit, prétend ne se souvenir de rien de notable. Il s'en veut terriblement de ne pas pouvoir m'aider davantage, n'arrête pas de penser à ce qui est arrivé à Manon. Il n'en dort plus la nuit. Elle était assise à ses côtés quand il les a ramenées en voiture au Cap, il lui a fait la conversation pendant une grande partie du trajet et a ainsi découvert une jeune fille charmante et passionnée. Elle a notamment évoqué son amour de la photo, et son envie d'en faire un jour son métier. Albert ne parvient plus à s'habituer à la violence intrinsèque de ce pays, hésite même à retourner en France. Il espère que je trouverai vite le responsable de cette ignominie. Je ne commets pas l'erreur de le lui promettre.

Quand je lui demande ce qu'il faisait le soir du 27 février, il m'apprend qu'il était seul chez lui, a regardé un film et s'est endormi vers 23 heures. Après avoir un temps hésité, j'évoque le cas de sa jeune voisine. Albert n'est pas surpris, il devait bien se douter, au vu des circonstances, que le sujet serait abordé.

Visiblement encore affecté, Albert me confie s'être occupé de la petite plusieurs soirs par semaine car sa mère, Miriam, travaillait tard et ne pouvait se payer les services d'une baby-sitter. Tous deux se sont rencontrés dans une laverie et sont vite devenus amis. Albert l'invitait souvent à dîner avec sa fille dans sa maison, bien plus vaste et chaleureuse que leur appartement, l'aidait dans ses démarches administratives, écoutait d'une oreille compatissante ses divers problèmes, tentait ensuite, avec elle, de les résoudre. Miriam avait beaucoup de dettes, de jeu principalement. C'est son ancien mari, quand ils vivaient dans le township de Langa, qui lui a inoculé le sale virus.

Albert l'a dépannée de nombreuses fois, en sachant pertinemment qu'elle ne pourrait pas le rembourser. Mais il s'était attaché à elle, ne pouvait pas la laisser se débattre seule. Et il adorait sa fille, Ayanda. Une gamine très solaire, facétieuse, mature pour son âge. Miriam lui répétait souvent que son rêve serait d'un jour vivre dans une maison comme la sienne, et il ne s'est jamais posé de questions. Un soir, alors qu'ils dînaient ensemble dans son salon et qu'Ayanda dormait sur le canapé, Miriam, un peu ivre, a tenté de l'embrasser. Surpris, Albert l'a repoussée. Il ne l'avait jamais vue comme une potentielle relation amoureuse et ne s'attendait pas à ce qu'elle éprouve ce genre de sentiments envers lui. Gêné, il s'est excusé comme il a pu, mais Miriam l'a très mal pris et a claqué la porte de sa maison en emmenant sa fille.

Quand il l'a revue, quelques jours plus tard, elle s'est montrée froide, lui a dit que s'il ne lui donnait pas une certaine somme d'argent – cinq cent mille rands – elle irait le dénoncer à la police pour attouchements sur Ayanda. Sous le choc, Albert n'a pas su quoi répondre, ne l'a d'abord pas prise au sérieux tant c'était absurde.

Quand elle buvait, et ça lui arrivait souvent, Miriam pouvait dire n'importe quoi, jusqu'à franchir les limites de la bienséance. Albert lui a dit que c'était une folie, qu'il n'avait rien fait à Ayanda et qu'elle le savait, qu'il n'avait même pas cette somme sur son compte en banque, et qu'il était de toute façon hors de question qu'il cède à quelque forme de chantage. Miriam est devenue folle, a brisé un vase et s'est précipitée dans la rue.

Albert n'a plus eu de nouvelles d'elle, n'a pas cherché à en obtenir. Une semaine plus tard, deux policiers sont venus le chercher chez lui un matin, l'ont amené au commissariat et lui ont appris que Miriam venait de porter plainte à son encontre pour viol sur sa fille mineure. Il a été placé en garde à vue, a contacté un avocat de sa connaissance, qui n'a pas mis longtemps à relever de grosses incohérences dans les témoignages de Miriam et d'Ayanda. Ce ténor du barreau a appris que Miriam avait un casier, qu'elle avait été par le passé arrêtée pour vol à l'étalage et pour faux témoignage. Albert a alors commencé à voir un peu de lumière au bout du tunnel.

Miriam a finalement retiré sa plainte, a avoué aux autorités qu'elle avait menti et qu'Albert n'avait pas touché sa fille. Il a été libéré dans la foulée, mais le mal était fait. Miriam, de son côté, a vite déménagé. Albert ne les a jamais revues, elle et Ayanda. Même s'il a été lavé de tout soupçon, les gens parlent et jugent vite, il subsiste toujours un doute en eux. Assailli de médisances et de racontars, il est tombé dans une profonde dépression et a eu du mal à remonter la pente. Heureusement pour lui, il était bien entouré et assez loin de sa famille pour la préserver. Sinon ça aurait été la chute libre. Il a mis du temps à admettre que Miriam ne faisait que se servir de lui, ne s'intéressait qu'à sa disponibilité, son attention et son argent. Parler de cette histoire le bouleverse. Sa voix chevrote, ses yeux s'humidifient. Il a honte.

J'avoue que je ne m'attendais pas à entendre une telle version. Je ne veux pas l'embêter plus, en viens même à m'excuser pour cette intrusion dans son intimité.

Une jeune fille entre dans le bar, vêtue d'un haut clair et d'une minijupe. Albert lui lance un regard d'abord furtif puis qui se fige, un regard qui me fait penser à ce m'a dit Thaïs hier.

Albert revient à lui et finit son verre. Il a rougi. On croirait un adolescent pris en faute.

N'ayant plus de questions à lui poser, je décide de le laisser, le préviens que je le rappellerai si j'ai encore besoin de lui.

Tout en remontant le trottoir, j'appelle mon fils et lui promets de venir le voir bientôt. Le son de sa voix m'apaise. Je n'ose imaginer ce que je ressentirais si on me l'enlevait, sans espoir de le revoir vivant un jour.

Enfin de retour dans mon quartier, je vais boire une bière dans un bar à deux pas de mon appartement, très modeste et chaleureux. Le patron, Anton, est devenu un ami. Nous discutons avec passion du dernier match des Springboks, chacun d'un côté du comptoir. L'heure tournant, je commande un jalapeño burger à emporter, que je vais engloutir sur mon balcon.

Rassasié, je me vautre sur le canapé et allume la télévision, tombe aux infos sur un reportage évoquant le meurtre de Manon Delage, qui n'omet aucun détail sur les circonstances sordides de sa mort. Le journaliste évoque son père, Raphaël Delage, l'un des éditeurs les plus influents en France, qui refuse toute interview.

Je zappe.

Une femme blonde, d'une cinquantaine d'années et portant un long manteau blanc, entre dans un ascenseur. Les portes automatiques se referment. Elle se rend compte qu'il lui manque son alliance, se souvient vite l'avoir laissée sur la table de nuit de la chambre qu'elle a quittée, près de l'homme avec qui elle vient de baiser. Elle appuie plusieurs fois sur le bouton du septième étage, mais c'est trop tard. L'ascenseur descend. Au cinquième, une autre femme entre dans la cabine avec une petite fille, qui la dévisage longuement. L'ascenseur continue de descendre. Le regard insistant de la petite fille met la blonde mal à l'aise. La mère et sa fille finissent par sortir au rez-de-chaussée. La blonde s'acharne à nouveau sur le bouton du septième étage. L'ascenseur remonte enfin, les portes s'ouvrent sur une autre femme, portant un imperméable noir et des lunettes de soleil.

Musique stridente. L'inconnue tient un coupe-choux, prête à frapper. Terrifiée, la femme blonde protège son visage de la main. La femme en noir la lui entaille sur toute la longueur, faisant couler un sang très rouge, puis, sa victime la fixant d'un air suppliant, elle avance dans l'ascenseur en lui bloquant le passage.

Les portes se referment, la femme en noir frappe à nouveau et fait gicler le sang.

J'éteins la télévision. Ma vie est déjà assez saturée de violence pour ne plus accepter de la voir s'étaler aussi crûment sur un écran quand je suis vulnérable.

À la place, je mets un disque de Coltrane sur la platine, et vais prendre une douche pour me laver de toute cette journée.

Nous sommes envoyés avec Benny sur un autre lieu de fusillade. Le bilan est très lourd : huit morts, vraisemblablement que des mineurs. Leurs cadavres sont éparpillés dans une allée, ils étaient tous armés, ce qui fait pencher une fois de plus pour un règlement de comptes entre deux gangs rivaux. Je ne vois aucun média à l'horizon. Leur sang n'a pas assez d'odeur.

De retour au poste, je passe un coup de fil à Von Kierk, le mec des mœurs qui s'est chargé de l'affaire Kathrada. Il s'en souvient vaguement, m'annonce que pour lui Albert Reynaud était sûrement coupable, mais que, comme la mère a prétendu avoir menti et retiré sa plainte, il a eu les mains liées et n'a pas pu aller plus loin. Je demande ensuite si la gamine a été interrogée, si elle a vu ne serait-ce qu'un psychologue, et il me répond que sa mère l'a toujours refusé, malgré ses nombreuses sollicitations. Soi-disant pour la protéger.

J'appelle différents services pour tenter d'obtenir la nouvelle adresse de Miriam Kathrada, sans résultat. J'ai lu dans son dossier qu'elle avait une sœur, Nadine, qui a témoigné à sa demande et vit à Century City, et cherche des renseignements à son sujet.

Je me gare devant une maison aux murs vert pâle, entourée par un jardin aux arbustes desséchés. Par chance, Nadine est chez elle, occupée à donner à manger à deux de ses enfants. Je me présente en lui montrant mon insigne et lui annonce que je recherche Miriam. Son sourire s'affaisse, elle me répond qu'elle n'a pas le temps de me parler.

Je rétorque que c'est très important, que sa sœur n'aura pas de problèmes, que j'ai simplement besoin de lui parler de son ancien voisin, Albert Reynaud.

Nadine a un petit mouvement de recul. Un de ses enfants, comme ressentant son anxiété soudaine, se met à pleurer. En quelques secondes, la silhouette de Nadine s'est comme durcie. Elle me demande en baissant les yeux de sortir de sa maison. Ses bras tremblent. Elle semble prête à appeler à l'aide.

Qui ? La police ?

Je répète à quel point il m'est nécessaire de m'entretenir avec Miriam, en dis plus que je ne le devrais, notamment qu'Albert Reynaud pourrait être lié à la mort d'une touriste et que son aide me serait infiniment précieuse.

Nadine me murmure que cette ordure est au-dessus des lois et que je perds mon temps. Qu'il ne sert à rien de remuer le passé, surtout quand il est si douloureux. Miriam et Ayanda sont parvenues à se reconstruire. Nadine ne veut pas courir le risque que certaines peurs remontent à la surface.

Je réponds sans tact que c'est à Miriam, et à elle seule, d'en décider. Que si elle ne veut pas me parler, je n'insisterai pas. Mais qu'elle doit au moins être mise au courant de ma demande.

Nadine me dévisage, soupire et me prie d'attendre dans la cuisine. Elle saisit son téléphone, laissé sur la table, demande à ses enfants de se rendre dans leur chambre, puis ouvre la porte du salon et la referme derrière elle.

Je n'entends pas ce qu'elle dit à son interlocutrice. Quand elle revient, elle m'annonce d'un air revêche que sa sœur accepte de me rencontrer, mais pas chez elle. Elle me donne rendez-vous à 18 heures dans un restaurant situé sur Long Street, le Dubliner. C'est à prendre ou à laisser.

Je remercie Nadine, lui promets que je tenterai de ne pas impliquer officiellement Miriam dans cette sordide histoire, et retourne à ma voiture.

Une demi-heure plus tard, arrêté à un feu sur Salt River Road, j'observe une femme qui lisse sa jupe, avec l'impression de l'avoir déjà croisée, et même étreinte.

Des klaxons me sortent de ma rêverie. Puis je perçois des éclats de voix, surprends des gens sortir de leurs voitures. Certains lèvent les bras au ciel, d'autres s'énervent au téléphone ou restent debout, les bras ballants.

Je me rends alors compte que le feu est éteint, frappe de colère le volant du plat de la main. Encore une foutue coupure d'électricité. Les équipes d'Eskom doivent procéder à un nouveau délestage. Le système électrique en Afrique du Sud est tellement vieillissant que c'est le seul moyen qu'ils ont trouvé pour tenter d'éviter un effondrement du réseau. Je sors de ma voiture en allumant ma première cigarette de la journée, profite ainsi d'une atmosphère en partie allégée du brouhaha incessant de la circulation.

Tout en vérifiant l'heure, je vais m'asseoir sur un banc au soleil, observe les gens postés aux fenêtres ou arpentant les trottoirs. Certains, ne pouvant que prendre leur mal en patience, sortent des bâtiments et engagent des conversations, d'autres, plus nerveux, tentent de chercher des informations sur leurs portables.

Les magasins qui n'ont pas de générateur de secours ferment les uns après les autres. Un homme d'une soixantaine d'années déroule son rideau de fer et, de rage, le frappe du pied.

Mon iPhone sonne. Un numéro inconnu. Un homme au fort accent français se présente comme étant Raphaël Delage, le père de Manon. C'est Anne Coulanges qui lui a transmis mon numéro. Il m'annonce vouloir me voir dès que possible, comme s'il me donnait un ordre. Il n'en peut plus de tourner en rond dans sa chambre d'hôtel et a besoin de savoir où en est l'enquête. Je lui propose de le rejoindre vers 19 h 30 à son hôtel. Il me remercie et raccroche.

Je passe un coup de fil à Benny qui est sur une affaire de cadavre de jeune homme retrouvé étendu aux pieds des marches d'une église abandonnée, le pantalon baissé aux genoux.

Puis je ne pense plus à rien, le visage offert au soleil.

Des agents de la SPAS viennent, au bout d'une heure, faire la circulation. Je remonte dans ma voiture et démarre, regrettant déjà ce petit morceau de vie mise sur pause.

Je pressens que c'est elle dès qu'elle entre dans l'établissement. Une grande métisse d'environ trente ans, vêtue d'une longue robe jaune à fleurs rouges. Je lui fais un signe de la main, elle me rejoint, s'installe face à moi.

Miriam Kathrada commande un Coca, m'annonce ne pas avoir beaucoup de temps. Elle est tendue. Elle tapote la table des doigts. Elle m'avoue ne pas savoir pourquoi elle a accepté de me rencontrer.

Je lui explique la situation en sachant que sa sœur l'a déjà mise au courant. Miriam me répond, d'une voix fragilisée par l'émotion, qu'elle était certaine que ça arriverait un jour.

Sans tergiverser, je lui demande si Albert Reynaud a bien violé sa fille. Elle grimace, se cabre. Je m'attends à ce qu'elle me jette son verre à la figure, mais je ne me démonte pas, lui affirme qu'elle peut me faire confiance, que je ne suis pas son ennemi et ne suis pas là pour la juger. Miriam boit une gorgée de soda et me répond que ce monstre a violé sa fille presque tous les soirs où elle la lui a confiée, pendant plus d'un an. Durant cette période, Ayanda n'a rien osé lui dire. Albert lui répétait constamment qu'il les tuerait, elle et Miriam, si elle osait tout lui raconter. Qu'il les surveillait, qu'il avait installé des caméras dans leur appartement.

Rien de leur vie ne pouvait lui échapper. Même pas les murmures, les secrets, les rêves.

Mais un jour où elle l'a surprise dans la salle de bains, Miriam a constaté les marques sur ses cuisses, des bleus anciens et plus récents. Et Ayanda, nue devant elle, n'a pu lui cacher la souffrance qui depuis trop de temps la fractionnait de l'intérieur, les perfidies, les caresses, les sordides atteintes à sa pudeur. C'est à ce moment-là que la vie de cette femme s'est brisée. Bien trop longtemps après celle de sa fille.

Je lui demande pourquoi elle a retiré sa plainte. Après un moment d'absence, Miriam me raconte avoir été reçue au commissariat par deux jeunes Blancs qui l'ont traitée sans égards et qui, quand elle a décliné l'identité du responsable, n'ont ensuite cessé de lui expliquer ce que lui coûterait un faux témoignage.

Un homme blanc de peau lui aussi, bien installé socialement, influent.

Ici.

Vous êtes certaine de vouloir aller plus loin, madame ?

Vous savez que vous n'avez aucune chance.

Mais elle a tenu bon, pour Ayanda.

Sa fille a été vue par un médecin, qui a rapidement conclu que la petite avait depuis des mois une vie sexuelle active.

De retour chez elle, Miriam a été soulagée d'apprendre qu'Albert venait d'être arrêté et se trouvait en garde à vue. La justice, malgré tout, effectuait son travail.

Elle a promis à sa fille que tout était fini. Que dès à présent, elle passerait son temps à la protéger.

Deux nuits plus tard, un bruit dans sa chambre l'a réveillée en sursaut. Miriam a fait le geste de se lever mais une main gantée lui a fermement saisi le bas du visage et l'a forcée à s'immobiliser, tout en l'empêchant de parler, presque de respirer. Une silhouette se tenait au-dessus d'elle, un homme massif qui empestait le tabac. Il lui a expliqué, d'une voix sortie d'un cauchemar, que si elle ne retirait pas tout de suite sa plainte contre Albert Reynaud, elle et sa fille ne seraient en sécurité nulle part. Que, chaque jour, elles vivraient avec la peur qu'il lui tombe à nouveau dessus, sans savoir où ni quand. Elles n'auraient aucun moyen de l'empêcher de rentrer chez elles et de disposer, selon son bon vouloir, de leurs corps. Il se pourrait même qu'il décide de capturer Ayanda, en pleine nuit ou à la sortie du collège, pour l'emmener dans un endroit d'où elle ne pourrait pas s'échapper, un endroit plus retors que l'enfer, où elle serait à la merci de dizaines d'hommes qui se succéderaient chaque jour, jusqu'à ce que son corps n'en puisse plus d'être souillé. Violé jusqu'à la mort.

Alors, elle a dû promettre de faire machine arrière à cet intrus dont le visage restait dans l'ombre. À son départ, elle s'est précipitée dans la chambre de sa fille, qui heureusement dormait toujours.

Le lendemain matin, se sachant surveillée, Miriam est retournée au même commissariat, a affronté un des deux policiers et a dû lui déclarer qu'elle n'avait, depuis le début, fait que mentir. Délibérément. Et sous son regard rieur, elle a accepté d'affronter les conséquences de ses actes. Comme une actrice récitant un mauvais texte, elle a expliqué la mort dans l'âme ne plus vouloir que par sa faute la réputation d'un innocent soit piétinée. Elle a aussi dû prétendre que sa fille, hélas très précoce sexuellement, n'avait pas été violée, qu'elle avait accusé Albert par vengeance personnelle. Elle a refusé qu'Ayanda voie un psychologue ou qu'elle soit interrogée de manière approfondie. Elle en avait le droit, par son autorité parentale. Le flic n'a pas cherché à aller plus loin. Avant qu'elle ne parte, il lui a fait un clin d'œil, si bien qu'elle s'est un instant demandé s'il n'était pas complice avec son assaillant.

Miriam a dû expliquer à Ayanda pourquoi Albert n'irait jamais en prison. Elle lui a demandé de tout oublier, comme s'il ne s'était rien passé. Elle a cru, de bonne foi, que ce serait possible, a trop accordé sa confiance aux forces de l'esprit et de la résilience.

Ayanda s'est raccrochée à ses études, est devenue à force de travail la meilleure élève de sa classe. Elle rêve de devenir avocate. Miriam est fière de la belle personne qu'elle est. Franche, lumineuse, solide. Et confiante en son avenir. Même des ronces naissent des fleurs.

Mais il y a quelques mois, se promenant un dimanche le long du Waterfront, elles ont aperçu Albert assis à la terrasse d'un café en train de lire son journal. Image banale pour d'autres, abjecte pour elles. Ayanda s'est figée, comme si la vie l'avait désertée, et, de terreur, s'est urinée dessus. Miriam a elle-même dû maîtriser son envie de se jeter sur lui et de le frapper en hurlant aux passants ce qu'il avait commis, ce qu'elle n'avait pas eu la force ni le droit de dénoncer au grand jour. Mais elle avait réussi à bâtir des remparts autour d'elles et il était inenvisageable qu'une brèche se creuse. Miriam a pris sa fille par la main et s'est éloignée comme si c'était elles qui étaient en faute, elles qui devaient fuir, elles sur qui on était susceptible de jeter des pierres.

Albert Reynaud était protégé car il avait visiblement des relations haut placées, le genre de relation dont l'influence avarie tant d'institutions. Ayanda a un jour confié à sa mère qu'il n'avait pas été le seul à la violer chez lui. Il avait fait venir d'autres hommes, tous masqués. Ils l'ont même, parfois, filmée.

Je me dois de lui demander si elle se sent assez forte pour à nouveau se confronter à lui, auquel cas elle aura droit à une protection policière. Je ne me formalise pas de sa réponse négative. Avant de partir, je lui donne ma carte, la prie de m'appeler au moindre souci. Je sais d'avance qu'elle ne le fera pas.

La température extérieure est de 24°, pourtant je suis frigorifié. Le témoignage de Miriam m'a bouleversé, mais je dois rester prudent et accorder autant de poids à celui d'Albert Reynaud. Ne pas trop laisser, à ce stade, pencher la balance.

Si jamais elle m'a dit la vérité, intolérable, d'une saleté qui colle aux doigts, je ne sais pas comment je vais pouvoir révéler à Anne Coulanges quel monstre elle a mis sur le chemin de sa fille et de ses amies.

Et à part Ayanda et Manon, combien d'autres victimes y aurait-il ? Et pourquoi Manon en particulier ? En Afrique du Sud, s'attaquer à une adolescente noire n'est en rien comparable à s'en prendre à une jeune touriste blanche. On passe d'une relative impunité à une inévitable chasse à l'homme. Alors quoi ? Pulsion incontrôlable ? Besoin d'un challenge ? Manon était assise à côté de lui dans la voiture, il a pu se passer quelque chose à ce moment-là. Un déclic. Des idées immorales ont été susceptibles de germer sur le trajet. Ou a-t-il décidé de passer à l'acte en la voyant seule en bas ? Et pourquoi est-il revenu ? Était-il accompagné d'autres hommes ? Ceux qui ont terrorisé Miriam et Ayanda ? Et eux, qui sont-ils ?

L'année dernière, les mœurs ont démantelé un réseau pédophile très étendu. Une cinquantaine d'hommes et six femmes ont été arrêtés et jugés. Leurs victimes sont innombrables, des enfants âgés de trois à treize ans. Et on ne parle que de ceux qui sont restés en vie ou dont les corps ont été découverts.

Je rejoins Raphaël Delage au bar de son hôtel. Ambiance feutrée, piano discret, dorures, c'est le type d'endroit que je n'ai pas l'habitude de fréquenter et où je ne suis pas à mon aise. Raphaël m'attend assis dans un fauteuil club, près du bar. Mal rasé, les cheveux défaits, un verre de whisky à la main, il fait peine à voir. Il me dit, à peine suis-je assis, que lui et sa femme ne peuvent accepter de repartir en France sans le corps de leur fille, qu'il faudra apparemment des semaines avant que celui-ci leur soit restitué.

Les yeux dans les yeux, il me demande si je peux faire accélérer les choses, mais malheureusement ce n'est pas de mon ressort.

Raphaël encaisse, me confie ensuite ne pas pouvoir s'enlever de la tête l'image du cadavre carbonisé de Manon. Malgré les recommandations des médecins légistes, il a demandé qu'on soulève le drap, afin de se confronter à la réalité, de rendre la mort de sa fille moins abstraite.

Il veut savoir si j'ai des pistes, s'il peut continuer à espérer que le coupable soit retrouvé et puni. Je ne peux pas encore évoquer Albert Reynaud, n'ayant pour l'instant que des soupçons et aucune preuve pour l'incriminer. Je me contente de lui expliquer qu'on est encore au tout début de l'enquête, que mes deux premières hypothèses n'ont mené à rien, mais que je vais tout entreprendre pour que le responsable de cette atrocité soit, le plus rapidement possible, traduit devant la justice. Nous sommes tous mobilisés. Nous ne baisserons pas les bras.

Raphaël, n'ayant pas vraiment l'air de me croire, commande un autre whisky à une jolie serveuse qui passe près de nous avec un plateau, me demande, en ne la quittant pas des yeux, ce que je souhaite boire. Je prends la même chose que lui.

Sa douleur manifeste me pèse peu à peu. Je ne dois pas la laisser me comprimer trop le cœur. Mais je ne peux y rester insensible. Malgré son charisme évident et sa carrure de boxeur, Raphaël a l'air si perdu, esseulé, agenouillé au centre d'un radeau à la dérive. J'aimerais trouver les mots capables d'apaiser pour un temps cette tristesse insondable que personne ne peut comprendre, appréhender, sans l'avoir soi-même vécue.

Quand Raphaël me demande si je suis père, je lui apprends avoir un fils, Tony, âgé de six ans. Il sourit, avale deux gorgées de whisky. Je le suis sans hésiter, retrouve avec délice un goût que j'avais presque oublié.

Ici, personne ne me connaît, personne ne peut me juger.

Cachant mal sa nervosité, Raphaël me demande si sa fille a été violée. Je lui réponds que c'est probable, mais que nous n'en avons aucune certitude. Il souhaite alors savoir qui à mon sens est capable d'une telle cruauté, comme s'il espérait de moi un portrait exhaustif de l'individu qui a tué sa fille. Tout lui semble si absurde. Manon n'était au Cap que depuis quelques jours, elle ne connaissait personne dans ce pays, ce crime ne peut pas être un règlement de comptes ou une histoire de vengeance personnelle. Et elle était si douce, discrète, gentille avec tout le monde ! Qui aurait voulu lui faire mal à ce point ?

Et à quoi bon lui avoir donné la vie si c'était pour qu'elle se termine si tôt, et de cette façon ?

Ils comptent se réunir ce soir sur la plage de Camps Bay avec les filles, sa femme Béatrice, Anne et Albert, pour rendre un digne et discret hommage à Manon. La simple idée qu'Albert Reynaud soit présent à cette cérémonie improvisée me perturbe. S'il est coupable du meurtre de la jeune fille, quel pervers doit-il être pour jouer à ce point la comédie et contempler son œuvre dans les regards et les attitudes attristés de ses proches ? Je dois lutter pour ne pas demander à

Raphaël de ne pas traîner avec cet homme. Qu'aurais-je alors à lui avancer comme arguments ?

Raphaël Delage finit son verre, pose deux billets sur la table et m'annonce espérer recevoir un jour un coup de téléphone de ma part, où je lui annoncerai que j'ai arrêté l'assassin de sa fille.

Je ne peux pas m'avancer. Je connais trop bien mon pays, je connais trop bien nos limites. Je me contente de l'observer regagner l'ascenseur, puis je me lève à mon tour et quitte cet endroit qui pendant trop d'années a rejeté ceux de ma race.

Après une courte nuit, je vais me garer très tôt face à la maison d'Albert Reynaud, attends patiemment qu'il en sorte au volant de sa berline et le suis à bonne distance jusqu'à la Standard Bank Centre, sur Strand Street.

Au fil des jours, je m'évertue à connaître parfaitement son emploi du temps. L'existence d'Albert Reynaud est réglée au millimètre. Il travaille de 8 h 30 à 13 heures, principalement dans les bureaux des troisième et quatrième étages du vaste bâtiment. Se rend ensuite dans un snack situé de l'autre côté de la rue, seul ou accompagné d'un ou deux collègues. Sa pause déjeuner dure à peine une heure. Il retourne travailler à 14 heures tapantes. Reste dans les locaux jusqu'à 18 heures. La plupart du temps, il rentre directement chez lui. Parfois, il rejoint un ami dans un restaurant français sur Orange Street. Le soir, la lumière de sa chambre s'éteint presque toujours avant minuit.

Il n'est pas marié et semble n'avoir aucune relation suivie. Il n'a ni enfant ni animal de compagnie, n'emploie pas de femme de ménage, n'invite jamais personne à son domicile. Il paraît encore plus solitaire que moi. Ça ne me rassure pas.

J'enquête sans entrain sur un double homicide par arme blanche, puis je décide d'aller chercher mon fils à la sortie de son école, sans avoir au préalable prévenu sa mère. Patricia, sa nourrice, est déjà là, une dame d'une soixantaine d'années que j'ai rencontrée deux ou trois fois – et qui a tout de la vieille fille. Je lui explique sans lui laisser le choix que je compte garder Tony jusqu'au soir. Elle est agacée, m'observe comme à son habitude avec condescendance. Je ne m'attendais pas à mieux, mais c'est mon fils, après tout, j'ai le droit de le voir quand je veux. Aucun jugement n'a été prononcé.

Tony me saute dans les bras et les nuages noirs s'éloignent. J'adresse un signe de tête à Patricia et décide de l'emmener à la fête foraine qui vient d'ouvrir près de Waterfront. Sur place, nous marchons main dans la main dans les allées bruyantes et saturées d'odeurs de friture et de sucre, et montons sur tous les manèges où les enfants de son âge sont acceptés. C'est la première fois que Tony vient dans ce genre d'endroit. Tout l'émerveille, il ne sait pas où donner de la tête. Mon seul but est de préserver cette innocence dans un pays qui chaque jour s'acharne à la corrompre. Le temps passe bien trop vite en sa compagnie ; j'aimerais parfois le rattraper d'un grand geste de la main pour garder ces précieux instants encore un peu plus contre ma peau, ainsi que tous ceux que, par mon éloignement forcé, je perds de la jeune vie de mon fils.

Quand je ramène Tony chez lui, Rachel m'annonce sur le pas de la porte souhaiter qu'on discute. Je la connais assez pour savoir qu'elle se retient de me hurler dessus. Elle embrasse notre fils sur le front et lui demande d'aller dans sa chambre. Je devine la présence de Dan au salon. Il appréhende visiblement toujours de me croiser. Je ne peux pas le lui reprocher. Je n'aimerais pas me croiser non plus si j'avais la chance d'habiter le corps d'un autre.

Le téléphone sonne dans le couloir. J'en profite pour trouver une bonne excuse pour déguerpir, promets à Rachel de l'appeler dans les prochains jours et rejoins ma voiture, moi l'éternel lâche, avec la désagréable impression que ma vie glisse sur une pente de moins en moins douce, vers cet océan noir qu'au loin je devine.

Sur l'écran de ma télévision, une jeune fille en short rouge entre dans la maison en appelant son ami Kirk, le cherche dans cet intérieur sombre et malpropre, tombe la tête la première dans une pièce au sol jonché de plumes d'oiseau, de squelettes d'animaux et d'êtres humains.

Consciente d'où elle se trouve, la jeune fille se met à vomir, sanglote, tente de s'enfuir. Quand elle retourne dans le hall menant à la sortie, la porte métallique derrière elle s'ouvre, et en surgit l'ignoble Leatherface.

La fille hurle, se précipite vers l'entrée, mais il la rattrape sur le perron, la saisit par la taille, l'emmène, alors qu'elle se débat en hurlant de plus belle, dans une sorte de cuisine crasseuse où il l'empale sur un énorme croc de boucher.

Ce film m'a traumatisé quand je l'ai vu pour la première fois, vers mes dix ans, avec mon grand frère Austin. Et tout particulièrement cette scène d'une brutalité hors normes. Nous profitions ce soir-là de l'absence de notre mère pour braver un interdit, un sachet de pop-corn dans les mains. Des coups de feu se faisaient parfois entendre à l'extérieur pendant le visionnage mais ne parvenaient pas à nous faire détourner le regard. En cette fin d'été, la violence était partout et nous boulottait les mollets.

Mon grand frère est mort peu de temps après, dans des conditions encore mystérieuses. J'ai longtemps cru que Leatherface en était le responsable. Il nous avait retrouvés et j'étais le prochain sur sa liste. J'ai vécu des semaines avec la terreur de le voir surgir dans le noir de ma chambre, ou de me réveiller et de surprendre son affreux visage masqué de chair morte penché au-dessus de moi. Parfois, je croyais entendre le bruit de sa tronçonneuse prête à me couper les jambes, chez moi, dans la rue, à l'intérieur d'un squat… Je devais alors, face aux autres, à ceux qui ne pardonneraient pas ce genre de faiblesse, contenir ma terreur.

Je mate le film jusqu'au bout, avec la distance acquise avec l'âge et la certitude qu'on n'a depuis jamais rien fait de mieux dans l'horreur sèche, puis vais me coucher.

Le sol de la cave crisse sous chacun de mes pas. Désorienté, je perçois des sanglots dans le noir, discerne la silhouette de Manon agenouillée face à une paroi d'un rouge enragé, frêle comme une ombre portée. Elle me voit, tend une main dans ma direction, des coulées de larmes fractionnant ses joues, et me supplie de la sauver. Elle est entièrement nue, sa peau est meurtrie au ventre, à la poitrine, aux cuisses. Son odeur est celle d'un lièvre blessé par le tir d'un chasseur. Plissant les yeux, je remarque un homme derrière elle, haut de deux mètres au moins, son corps entièrement composé d'obscurité crasse. Ses yeux flambent et ses dents étincellent. Sa faim se répand dans la cave et frappe les parois au rythme d'un tambour de galère. L'homme saisit la jeune fille au visage, la fait s'écrouler sur le béton, se jette sur elle, la cogne sur le nez, aux joues, sur la bouche et, à l'aide d'une lame à l'aspect glacé, il mutile encore sa peau en divers endroits, fait jaillir un sang noir et fumant, un sang qui brûle. Et moi je ne peux rien tenter pour la sauver, figé dans un cauchemar qui n'obéit pas à mes règles. Je laisse, impuissant, l'homme s'allonger sur elle de tout son long, plaquer son corps contre le sien, multiplier les mouvements de son bassin, déchirant la chair.

Quand il se redresse, haletant, des flots de sang coulent de l'entrejambe de Manon.

Je me réveille en sursaut dans des draps imbibés de sueur. Il est 6 heures du matin. Je renonce à me rendormir.

J'enquête sur les individus avec qui Albert Reynaud a l'habitude de déjeuner, mais ne trouve rien qui mérite d'être creusé. Je me penche en particulier sur l'homme d'une cinquantaine d'années avec qui il dîne parfois au restaurant. Il s'appelle Laurent Deuve, est lui aussi expatrié français et travaille dans les assurances. Il a été, en 2015, accusé de viol sur une Afrikaner de quinze ans et a été défendu par le même avocat qu'Albert Reynaud. Mais la plaignante, qui à l'époque vivait en foyer social, a disparu quelques jours plus tard et n'est jamais réapparue. Les poursuites ont été abandonnées.

Ce ne peut pas être une coïncidence.

Me reviennent en tête les menaces qu'ont reçues Miriam et Ayanda.

Cette pauvre femme m'a bien dit la vérité. Je ne peux plus me permettre de douter de sa parole. Albert Reynaud est un prédateur sexuel, possiblement un meurtrier.

Et il n'est pas seul.

Je ne vais pas le lâcher. S'il est lié à la mort de Manon Delage, je m'acharnerai pour qu'il finisse sa vie derrière les barreaux.

J'appelle mon ami Mike, de l'IMC, et lui dis avoir besoin de vérifier tout de suite les déplacements d'un suspect dans une affaire de meurtre pour la soirée du 27 février. Il rechigne un peu, mais il note le numéro de téléphone d'Albert Reynaud.

Quand il me rappelle, c'est pour me dire que le téléphone indiqué a été borné à proximité de son domicile en début de soirée et qu'il est, par la suite, resté inactif jusqu'au milieu de matinée suivant, quand le suspect a passé un autre appel, toujours au même endroit. Ça corrobore ses dires. J'ai du mal à masquer ma déception. Mais Albert a pu brouiller les pistes. Je le coincerai d'une autre manière.

Samedi soir. Je n'ai rien de mieux à faire que de continuer à surveiller Albert Reynaud. Il sort de chez lui aux environs de 22 heures, et se rend en voiture jusqu'à un club de nuit sur Victoria Road. J'attends un instant et entre à sa suite dans l'établissement qui, principalement situé en sous-sol, est déjà bondé. Sur une scène dans le fond, un groupe de musiciens reprend *Come as You Are* de Nirvana. Je m'immisce dans une foule bigarrée et me rends au bar, commande une bière à un serveur aux cheveux peroxydés. Accoudé au zinc, je cherche Reynaud du regard, l'aperçois dix mètres plus loin, occupé à discuter avec deux filles qui semblent à peine majeures.

Un homme du même âge que lui les rejoint. Tous deux ont l'air de bien se connaître et vont commander à boire pendant que les filles les attendent, l'air réjoui d'avoir trouvé deux pigeons. Une barmaid leur sert des cocktails qu'ils vont offrir aux adolescentes, lesquelles les remercient en gloussant. Ils discutent quelques minutes, puis elles se dirigent vers un petit groupe de jeunes assis à une table derrière la piste de danse.

Albert et son ami se parlent en continuant à observer les gamines retournées dans leur milieu naturel, tout contents d'eux. Qu'espèrent-ils ? Qu'elles leur tomberont dans les bras pour le simple fait qu'ils leur ont offert de l'alcool ? Sont-ils à ce point naïfs ? J'en viens presque à les plaindre.

Mon verre est vide, j'en recommande un. Après tout, je ne suis pas techniquement en service. Seul face à mes anciens démons.

Je me fraye un chemin parmi les clients, croise quelques regards, effleure des corps qui dansent en rythme, me surprends à souhaiter m'oublier parmi eux, me laisser aller en leur compagnie jusqu'au lever du jour.

Pas loin de l'entrée menant à une deuxième salle, je croise Albert Reynaud, qui m'interpelle vivement. Il n'a pas l'air si surpris de me voir, comme s'il m'avait déjà aperçu plus tôt dans la soirée. Son comparse se joint à nous un verre à la main. Albert me présente comme étant l'enquêteur en charge de la sordide affaire dont il lui a parlé et me demande si j'ai du nouveau. Je dois lui répondre que non. Son regard appuyé me donne l'impression qu'il sait parfaitement pourquoi je suis ici, et qu'il mène, à mes dépens, la danse à la façon d'un diablotin. Il me redit à quel point ce qui s'est passé est terrible et qu'il n'arrive pas à s'y faire. Il parle ouvertement de la victime, de ses états d'âme, de ses théories sur ce qui est arrivé ce soir-là. Tout dans ses mots semble avoir un double sens, je perçois, peut-être à tort, dans chacune de ses phrases des sous-entendus. Il m'apparaît comme l'être que m'a décrit Miriam, pervers, calculateur, doté d'une âme de serpent. Mais en même temps je ne suis plus dans mon état normal, l'alcool brouille ma perception, altère ma clairvoyance. Je m'excuse auprès de lui, me dirige vers le fond de l'établissement, vais m'asseoir sur un canapé rouge, et finis mon verre sans parvenir à me défaire d'une vive sensation de malaise.

Je ne sors du club qu'à la fermeture. Je ne sais pas quand Albert est parti. Au bout d'un moment, la raison de ma présence en ces lieux m'est totalement sortie de la tête, je n'ai plus pensé à rien, l'alcool m'a fait tout oublier et m'a mené vers d'autres rives, vers d'autres visages, vers d'autres voix. Je ne me souviens même pas des prénoms de ceux avec qui j'ai conversé et avec qui j'ai dansé, même pas de celui de la jolie femme que j'ai embrassée dans les toilettes et qui ensuite, à l'écart, m'a mené d'une bouche experte à une jouissance explosive.

Je marche en titubant sur le trottoir, sans me souvenir où j'ai garé ma voiture. Un véhicule de la métropolitaine s'arrête face à moi, la lumière de ses gyrophares me faisant cligner des yeux. Deux flics blancs en sortent, me demandent aussitôt mes papiers. Je ne peux m'empêcher de rire devant l'absurdité de la situation. L'un d'eux, le plus jeune, me saisit par le bras, me plaque à plat ventre sur le capot en me lançant une insulte raciste bien sentie. Je les informe, hilare, que je suis capitaine à la DPCI et, tout en continuant à rire, prie l'autre flic de sortir mon insigne de la poche de ma veste. Il s'exécute, le regarde à la lumière de sa lampe, se met à bafouiller, ordonne à son collègue de me lâcher.

Alors je les toise, savoure comme il se doit ce moment, leur demande avec autorité de me décliner à leur tour leur identité. J'en ai le droit, je suis leur supérieur. Ils donnent l'air d'avoir rapetissé de vingt centimètres. Je m'amuse à les effrayer en leur promettant que ça va très mal se passer pour eux, me délecte de leurs regards coupables, de l'affaissement constant de leur assurance. Puis je m'éloigne sur le trottoir en sifflotant, ris encore quand leur voiture est repartie au loin sur Victoria Road.

Je me réveille au matin avec un terrible mal de tête. L'alcool délaisse mes veines en me donnant de grandes claques. Mon téléphone vibre, c'est Meyer, qui me convoque dans son bureau dans trente minutes. J'ai à peine le temps de prendre une douche.

Dès mon arrivée, il demande de son habituel ton coincé quelles sont mes avancées. Je n'ai rien de neuf à lui apprendre, l'informe juste que Reynaud reste mon principal suspect, sans que j'aie encore de preuves pour l'incriminer. Agacé, Meyer me fait part de pressions soutenues de la hiérarchie depuis que le père de la victime a craché sur nous dans un journal télévisé en France, je me doute du coup qu'une telle histoire peut porter sur le tourisme local. Il exige du neuf, sinon il va filer l'enquête à quelqu'un d'autre.

Je repars avec la désagréable sensation de m'être fait passer un savon.

En fin d'après-midi, j'interroge par Skype l'un des deux Américains dont m'ont parlé les filles, Colin,

Thaïs m'ayant transmis de mauvaise grâce son contact. C'est le matin à San Francisco. Il est à peine levé, bâille, se frotte les yeux. Comme je m'y attendais, il ne m'apprend rien de particulier. En y repensant, lui aussi a trouvé Albert assez chelou, pour ne pas dire gênant. Il ne se souvient pas d'un autre individu qui aurait pu lui paraître suspect. Il n'a pas beaucoup discuté avec Manon, son attention était principalement portée sur Thaïs. Pendant qu'il parle, je distingue une jeune fille blonde qui passe entièrement nue derrière lui.

J'appelle ensuite Anne Coulanges, en France. Son anglais est toujours aussi hasardeux, je dois me concentrer pour la comprendre. Sans tarder, je lui pose des questions précises au sujet d'Albert Reynaud : depuis quand elle le connaît, si elle se souvient de ses liaisons passées, si elle a déjà rencontré certaines de ses connaissances, si elle a déjà noté un comportement étrange venant de lui, des attitudes inappropriées… Anne se méfie, veut savoir pourquoi je m'intéresse à ce point à lui, ne comprend pas pour quelle raison je peux encore le considérer comme suspect dans le meurtre de Manon. Alors je lui explique ce que m'a confié Miriam, mot pour mot, tout en sachant que je fais sûrement une erreur. Anne garde le silence à l'autre bout du fil, comme accusant le choc, et me dit d'une voix atone qu'elle ne peut pas y croire, que ce n'est pas possible.

Je lui fais promettre de ne pas toucher un mot à Albert au sujet de cette discussion. Tout doit rester confidentiel. Je n'aurais même pas dû lui partager ces informations. Anne se soumet sans enthousiasme, me demande de la tenir au courant à la moindre nouvelle, et raccroche.

Le soir, je rejoins Sarah, une jeune femme que je fréquente depuis le début d'année. Je l'ai rencontrée lors d'une virée dans un bar de nuit. Elle a trente-deux ans, gagne sa vie en tant que strip-teaseuse et en servant des verres à des soûlards de mon espèce.

Nous buvons du vin, fumons de l'herbe, baisons, et ainsi de suite. Avec elle, je suis prêt à tout, mais pas à me fixer. C'est pour cette raison que notre relation reste stable et sereine. Nous ne demandons à l'autre que quelques moments d'ardeur et d'écoute par semaine.

Je quitte son domicile vers 1 heure du matin, décide en arpentant le trottoir de récupérer ma voiture pour rentrer. Je n'ai pas beaucoup de chemin à parcourir. Je roulerai lentement.

Je descends Arnold Street, perdu dans mes pensées. Tout ce qui m'entoure s'engourdit, je n'ai pas le temps de voir le véhicule qui déboule sur ma droite à plus de 80 km/h.

Le monde explose dans un grand fracas de métal. Et tout devient rouge.

Je me réveille dans une chambre d'hôpital. Rachel se tient debout près de mon lit. Quand je lui demande ce que je fais là, elle évoque l'accident, m'apprend sans montrer d'affect que l'autre conducteur est mort sur le coup. Moi, j'ai eu beaucoup de chance, au vu du choc et de l'état des deux voitures.

Rachel me demande si j'avais bu. Je m'abstiens de répondre. Je n'ai jamais été doué pour lui mentir. Mon ex-femme soupire et lâche les chiens. J'ai trahi la confiance qu'elle m'accordait. Elle est épuisée. Quelque chose en elle semble sur le point de rompre. Elle fait les cent pas dans la pièce, me lance à la façon d'une attaque qu'elle va demander la garde de Tony, et qu'elle espère que je la comprends.

Que je ne m'y opposerai pas.

Car je suis malade, je dois en prendre conscience, l'accepter et me soigner. Je suis le seul responsable de ce qui m'arrive.

Elle ne peut pas me laisser tout gâcher. Nous devons tous les deux, avant tout, penser à la vie de notre fils.

Rachel quitte la pièce sans plus un regard vers moi, sans que je puisse au moins la remercier d'être venue ainsi à mon chevet, sans me laisser l'occasion de lui dire, aussi, que je ne la laisserai pas me prendre Tony. Je tente de me lever, mais la douleur, sèche, coriace, me cloue au lit. Immobilisé, je pousse un cri misérable, incapable d'évacuer ma rage en frappant le mur ou en envoyant tout valdinguer.

Un médecin de garde me rend visite, ainsi que deux infirmières. J'ai encore des examens à passer mais ils sont plutôt optimistes. Si tout va bien, je pourrai sortir de l'hôpital en fin de semaine.

Benny fait son apparition. À ma demande, il me parle plus en détail de l'accident. C'est, sans aucun doute possible, l'autre conducteur qui était en tort. Il m'a grillé la priorité, était en excès de vitesse et n'avait plus de permis depuis trois mois. Pour l'instant, aucune charge n'est portée contre moi.

C'est lui qui en mon absence va reprendre l'enquête sur la mort de Manon Delage. Pour l'instant, rien n'incrimine Albert Reynaud. Je lui demande de se focaliser sur lui, mais il n'est pas convaincu et veut revoir toutes les autres pistes.

Je passe les journées qui suivent à regarder la télévision, abattu par les calmants, parfois dérangé par les allées et venues des infirmières, m'assoupis souvent, mange à peine, rêve peu.

De retour chez moi, je reste quelque temps en repos forcé. J'essaie d'appeler une dizaine de fois Rachel pour m'expliquer de vive voix et avoir des nouvelles de Tony, mais elle refuse de décrocher.

Un matin, je reçois les papiers du divorce. Je les jette sur la table basse sans y prêter attention. Je ne veux pas m'effondrer.

Peut-être que si je ne leur accorde aucune importance ils disparaîtront d'eux-mêmes.

Après un remontage de bretelles en règle, j'ai l'autorisation de reprendre le boulot. Pour mon premier jour, je me rends sur les lieux d'une attaque à main armée. Benny est content de me revoir. Il a même organisé une petite sauterie en mon honneur avec tous les collègues. Sans une goutte d'alcool, bien entendu. Je me retiens de fondre en larmes devant cet ersatz de famille que je me suis constitué au fil des années.

Je fais des pieds et des mains pour reprendre mon enquête sur le meurtre de Manon Delage, constate avec amertume que rien n'a avancé en mon absence. Je ne peux pas en vouloir à Benny, je sais à quel point il est surmené.

Je reprends Albert Reynaud en filature dans l'espoir de le voir baisser sa garde, qu'il commette une erreur, qu'une brèche s'ouvre dans ce quotidien ripoliné, pour que je puisse m'y engouffrer. Je n'en informe pas mon coéquipier. Je laisse mes obsessions me mener. Ainsi, je pense moins à ce qui va bientôt advenir concernant la garde de mon fils.

Un soir, après l'avoir suivi jusqu'à un cinéma du City Bowl, je vais boire un verre dans le bar d'en face, en gardant un œil sur sa voiture.

Au fur et à mesure que l'alcool, mon plus fidèle ennemi, me réchauffe la gorge, j'imagine une alternative à l'attente, tout autant dans mes cordes. Il est au cinéma pour au moins une bonne heure et demie. Je dois saisir ma chance et mettre à profit mes anciennes aptitudes. Vibrer un peu en revivant mes jeunes années. Je finis mon verre, paye, retourne à son domicile en catimini, me gare non loin et me concentre sur ce que j'ai décidé de commettre sans vouloir peser les risques encourus. Un couple mal assorti passe sur le trottoir.

Je reste immobile dans la pénombre de l'habitacle jusqu'à ce qu'il s'éloigne assez et, capuche sur la tête, vais me poster dans la petite rue longeant la propriété.

Après avoir vérifié que je suis bien seul, j'escalade le mur de l'enceinte et saute à pieds joints dans un jardin plongé dans l'obscurité. On n'entend pas un bruit à part celui, en sourdine, de la circulation. Je me dirige vers une large baie vitrée et, arrivé face à une porte en bois, je sors mon attirail et force la serrure. Je n'ai pas perdu le coup de main, la porte s'ouvre sans mal. Reynaud n'a visiblement pas installé de système d'alarme, ce qui me surprend venant de quelqu'un d'aussi consciencieux.

Le salon, à ma droite, est spacieux et de conception assez moderne. Peu de tableaux ornent les murs blancs. Une assiette vide est laissée sur une table basse design, ainsi qu'un verre à moitié rempli de vin rouge.

Le temps m'est compté, je sais parfaitement ce que je risque en venant ici. Je dois trouver une preuve, la moindre preuve reliant Reynaud au meurtre de Manon Delage.

Je me rends dans la cuisine, passe devant une buanderie, entre dans un bureau rempli de vieux livres où flotte une discrète odeur de cigare, puis dans une salle à manger qui n'a pas l'air de servir régulièrement. Tout est propre, impeccablement rangé, rien ne dépasse.

Il n'y a pas de cave, aucune chance donc de retrouver une jeune victime prisonnière à l'intérieur. Je monte à l'étage, où se trouvent deux chambres, une salle de bains et une pièce qui sert de débarras. Dans la chambre de Reynaud, je fouille tous les placards, ainsi qu'une vieille armoire qui dépareille avec le reste de l'ameublement, regarde même sous le lit et le matelas, fais à nouveau chou blanc.

Je sais que je ne me trompe pas sur lui. Je vois sous les coutures. Reynaud est un monstre froid, qui ne se permet aucune erreur, aucun pas de côté. Je décide donc de l'attendre, de le forcer à parler, de lui faire peur comme il a fait peur à Miriam. Seul avec moi, sans pouvoir demander de l'aide, il ne tiendra pas longtemps. Je trouverai ensuite un moyen de rendre ses aveux recevables. Quand la loi nous empêche de faire le bien, il faut apprendre à la tordre. Tordre pour assainir.

La lumière toujours éteinte, assis sur les plus hautes marches de l'escalier, je ferme les yeux, me concentre, pense au visage de Manon Delage et à la promesse que j'ai faite à son père. Je suis sûr de moi, je suis obligé d'être sûr de moi. Le temps se ramollit, l'ennui s'installe, je manque parfois de m'assoupir et me demande, à la longue, si je ne ferais pas mieux d'abandonner et de trouver un autre moyen, légal cette fois-ci, de coincer Reynaud. Mais j'ai besoin de cette confrontation, d'homme à homme, quelles qu'en soient les conséquences.

J'émerge de ma relative léthargie quand, aux alentours de minuit, des éclats de voix surgissent près de l'entrée. Je monte aussitôt à l'étage pour préserver l'effet de surprise. Albert est au téléphone, claque la porte en gloussant, pose ses clefs sur un guéridon et entre dans le salon. Je descends les marches avec prudence, tente d'écouter sa conversation sans me faire repérer. Assis sur son canapé et me tournant le dos, il évoque une réunion qui a du mal à s'organiser, et un certain Leonard qui commence à l'agacer à force de prendre des risques inconsidérés. Il écoute longuement la personne au bout du fil, acquiesce, et embraye sur sa journée à la banque, peste sur son patron, qu'il rêve de voir viré de la boîte.

Albert raccroche après avoir dit qu'il a bien reçu la vidéo. Je l'entends pianoter sur son clavier d'ordinateur en sifflotant.

Puis des voix d'hommes, indistinctes.

Des râles, qui recouvrent des cris et des pleurs. Les cris et les pleurs d'une jeune fille, noyés dans le brouhaha mâle.

Je m'approche sans bruit, découvre peu à peu ce qui se déroule à l'écran. La vidéo est assez sombre, filmée par un smartphone. On se trouve dans une cave, il y a plusieurs hommes, au moins cinq, tous masqués, leur nudité éclairée par une lumière du rouge des plaies à vif. Ils se tiennent debout près d'un lit double à la couverture bariolée sur lequel l'un des leurs, portant un masque vénitien, presse son corps bedonnant contre une adolescente noire qu'il tient fermement par les cheveux. Elle est attachée par les bras aux montants du lit. Elle n'a pas plus de quinze ans. Elle hurle, pleure, se débat sous une hargne puante. Son regard suppliant fixe la caméra et croise le mien. J'entends des rires dans l'assistance. Un des hommes, à sa droite, se masturbe.

Je détourne les yeux, recule, me cogne la hanche contre un meuble. Albert se retourne, m'observe d'un air ahuri, puis il se lève d'un bond et court vers la porte d'entrée. Je me précipite vers lui, l'attrape par les épaules, le projette contre le mur et le frappe le plus fort possible au visage. Albert s'écroule sur le parquet. Je me jette sur lui, le cogne à nouveau, si violemment que son crâne rebondit contre le sol. Ma haine attisée par les horreurs qui continuent à m'empoisonner le cerveau, je lui brise le nez avec un plaisir assumé, du sang giclant abondamment de ses narines. Les yeux dans les yeux, je lui hurle de m'avouer ce qu'il a fait à Manon Delage, alors que l'adolescente continue de hurler derrière moi.

Albert tousse, crache un peu de salive pourpre, le visage déformé par la souffrance. Il me jure une fois de plus qu'il n'a rien à voir avec la mort de Manon. Je le frappe de plus belle, si sauvagement qu'il est sur le point de perdre connaissance, le somme d'avouer maintenant, sinon je suis prêt à tout, quitte à le torturer pendant le reste de la nuit et à ensuite laisser son corps pourrir en plein cœur d'un désert. Albert éclate en sanglots, se recroqueville, me répète que ce n'est pas lui le coupable, que je dois le croire. *Lui qui regarde des vidéos où des jeunes filles sont violées dans une cave par une demi-douzaine d'hommes masqués.*

Je me lève et saisis son ordinateur portable. D'abord, je coupe la vidéo, et, dans ses documents, j'ouvre un dossier rempli des centaines de photographies pédopornographiques. Dans un autre, figurent des vidéos du même acabit, que je renonce à visionner. Un dossier, récemment créé, est intitulé « petites Françaises » à l'intérieur duquel sont compilés de nombreux clichés des quatre amies, pris à leur insu. Dans leur jardin, dans les rues du Cap, sur la plage de Camps Bay…

Albert se redresse, bafouille qu'il peut tout m'expliquer.

Je l'attrape par la nuque, le force à s'agenouiller. Je me rends compte qu'il s'est pissé dessus.

Cet homme est si pathétique, veule, mal dégrossi, j'ai du mal à l'imaginer en bourreau.

Pris par un spasme de douleur, de la sueur luisant contre le sang qui sèche, il me hurle que j'ai gagné, qu'il va tout m'avouer. Je le relâche. Il tousse, manque de vomir, titube jusqu'au canapé et s'assied près de sa besace en cuir noir. Pour ma part je reste debout. Il est important que je le surplombe.

Je lui demande à nouveau si c'est lui qui a enlevé, torturé, violé et tué Manon Delage. Dans l'air se fait sentir un crépitement. Avec une rapidité que je ne lui soupçonnais pas, Albert plonge une main dans sa besace, en sort un flingue argenté et tire. Je n'ai même pas le temps de me protéger, mets trois secondes avant de constater qu'il ne m'a pas touché. La balle est allée se nicher dans le mur derrière moi. Décidément la mort me refuse, ces temps-ci. *Qui donc là-haut me protège ?* Comprenant qu'il ne m'a pas atteint, Albert recule en tremblant. Alors que je sors calmement mon arme de service de sous ma veste, il se décale et tire sur l'ordinateur en poussant de petits cris, une fois, deux fois, trois fois. Je lui hurle d'arrêter en le tenant en joue. Il lâche son arme tout en me faisant un clin d'œil. Je ne sais pas ce qui me retient de lui tirer dans la jambe.

Faute de quoi, je récupère son pistolet au sol tout en continuant à le tenir en joue de mon autre main. Il me toise avec un air hautain, aux limites de la moquerie. Il se croit maintenant hors de portée. Il est persuadé d'avoir l'avantage. Tout ce dont j'avais besoin pour le coincer est parti en fumée.

Et la digue cède à nouveau. Incapable de me contrôler, je le cogne en plein front avec la crosse de son flingue. Les os craquent. Le choc projette Albert sur le canapé. Ça, il ne l'avait pas vu venir. Une intense félicité me soulève. Mes veines se gonflent et mon sang gronde. Pas rassasié pour autant, je le bastonne de plus belle, sans m'arrêter, sourd à ses suppliques, à ses pleurs, à ses râles. Le geste devient mécanique, j'y prends du plaisir, y vois une saine nécessité, et je ne m'arrête qu'à bout de forces, quand son visage est devenu méconnaissable, rendu à l'état de masse de chair boursouflée suintant de sang, de salive et de larmes.

Je le lâche et il s'écroule sur le sol, inconscient. Je reprends mon souffle au-dessus de son corps inerte et, passé l'excitation première, je me rends alors peu à peu compte de la merde dans laquelle je viens de me fourrer.

Même si la loi permettant à chaque citoyen de tuer pour défendre sa propriété a été supprimée depuis trente ans, Reynaud pourra sans peine invoquer la légitime défense pour justifier de m'avoir tiré dessus. Il sera dans son droit. Mon statut ne pourra pas me protéger, c'est moi qui ce soir suis hors la loi. Je ne suis plus un flic, mais un intrus possiblement dangereux.

Je suis entré par effraction chez un suspect, je lui ai tendu un piège, j'ai perdu mon sang-froid et ai mis sa vie en danger en toute connaissance de cause.

Même si je parvenais à récupérer des données dans l'ordinateur qu'il a détruit, elles seraient irrecevables.

Ne voyant aucune échappatoire, incapable pour autant de laisser Reynaud agoniser seul sur son parquet, j'appelle Benny, lui donne l'adresse où je me trouve et lui demande de me rejoindre dès que possible.

Je m'accroupis près de Reynaud, prends son pouls, n'arrive pas à m'assurer qu'il est toujours vivant.

Je résiste au besoin vital de trouver une bouteille d'alcool pour m'en remplir le ventre, m'assieds sur le canapé avec l'impression constante de me trouver sur un radeau qui tangue. L'océan verdâtre qui me ballotte n'a aucun fond, ce qui ne m'empêche pas d'avoir une furieuse envie d'y plonger.

J'ai appris à nager avec les requins, je peux aisément apprendre à les laisser me dévorer.

Benny me rejoint une demi-heure plus tard. Voyant le corps de Reynaud, il me demande de lui expliquer en détail tout ce qui s'est passé.

Je m'exécute, n'omets rien. À lui, je peux tout dire.

Consterné, mon collègue attrape ce qui reste de l'ordinateur portable, le jette avec une moue dépitée sur le canapé.

Ça me fait mal de lui avouer que je n'ai rien trouvé d'autre capable d'incriminer Reynaud. Benny me fait l'amitié de ne pas me demander ce qui m'est passé par la tête.

Après avoir réfléchi, tout aussi remonté que moi, il m'annonce qu'il faut l'emmener sans tarder à l'hôpital le plus proche. Ensuite nous réfléchirons calmement à la marche à suivre. Je ne peux qu'obtempérer. Nous le saisissons chacun par un bras, le portons jusqu'à la voiture de Benny et l'allongeons à l'arrière. Albert est tellement à l'ouest que je n'ai pas besoin de lui passer les menottes.

Mon coéquipier s'installe au volant. Le savoir près de moi me rassure, même si je sais qu'il ne pourra pas, cette fois, empêcher la tempête de souffler dans ma direction.

À l'arrêt au carrefour entre Constitution Street et Canterbury Street, je scrute le sang tachant mes phalanges, assombri par les lueurs changeantes des néons. Mes mains vibrent encore sous la force des coups que j'ai administrés.

Benny se gare face aux urgences, nous y déposons Reynaud, expliquons rapidement à une infirmière les causes de son état. Devant sa mine hébétée, Benny lui montre son insigne, assied son autorité, lui transmet son numéro de téléphone et lui enjoint de l'appeler dès qu'il y aura du nouveau. Je reste derrière lui sans prononcer un mot, tente, le regard fuyant, de cacher aux autres mon air coupable.

J'aurais pu le tuer.

J'aurais dû le tuer.

Nous déambulons ensuite dans les rues vides du City Bowl, testons quelques bars encore ouverts et nous arrêtons sur Beach Road, face à l'océan. Mon seul vrai ami et moi restons assis dans l'habitacle à parler et à écouter de la musique jusqu'à ce que le jour commence à poindre.

Benny appelle l'hôpital. Reynaud vient de sortir de la salle d'opération, victime d'une importante hémorragie cérébrale. Son nez est brisé en plusieurs endroits, tout comme sa mâchoire inférieure, il souffre de diverses commotions et risque de garder des séquelles quant à sa vision périphérique, mais au moins sa vie n'est pas en danger. Je ne sais pas si je dois m'en sentir soulagé.

Quoi qu'il en soit, je prends la décision de tout raconter à Meyer et d'affronter les conséquences de mes actes. Je demande à Benny de me promettre de reprendre l'enquête et de ne pas lâcher Reynaud. Je ne pourrais pas supporter qu'il s'en sorte par ma faute. Nous avons encore le temps de le coincer. En piratant son ordinateur de travail, en déterminant quels sont ses complices via ses mails, en mettant son téléphone portable sur écoute…

Benny allume une énième cigarette, me demande si je peux encore imaginer qu'il soit innocent au sujet de la mort de Manon Delage. Je lui réponds que si c'est le cas, ce dont je doute, il faut au moins l'emprisonner pour ce qu'il a fait à Ayanda Kathrada.

Et sûrement à d'autres.

Saisi par l'émotion, tout en fixant l'océan qui peu à peu se révèle, j'évoque ma femme, mon fils, ma décision de ne pas m'opposer à ce qu'elle en ait la garde exclusive. Même si cette situation me tourmente. Même si mon cœur ne pourra jamais s'en remettre. Ne pas aller sur ce terrain-là sera pour moi une lutte douloureuse. Mais je le leur dois, jusqu'à une éventuelle guérison.

Je me revois, ivre mort, frapper Rachel dans notre salon, à peine un an plus tôt. Je me revois croiser ensuite le regard de Tony, qui nous observe du haut des marches de l'escalier, sûrement réveillé par nos cris.

Je ne peux toujours pas me défaire de cette terreur dans ses yeux d'enfant, cette incompréhension, celle du familier qui se lézarde par ma faute. Ce regard brisé qui chaque jour me poignarde aux moments où je suis le plus vulnérable.

Comment réparer ça ?

Me verra-t-il un jour autrement ?

Lui en donnerai-je au moins la chance ?

Quand Benny me demande ce que je compte faire par la suite, la seule image qui ne s'obscurcit pas dans ma tête est celle d'une longue route qui serpente entre les montagnes.

Raphaël

Les jambes en feu et le dos en sueur, je décide malgré tout d'effectuer encore quelques tours de parc avant de rentrer chez moi. Je n'en ai pas assez chié, je ne suis pas assez épuisé. Je détestais courir jusqu'à maintenant, mais c'est la seule façon que j'ai trouvée pour me détendre après l'épreuve de la nuit, et pour me donner assez de tonus pour affronter une journée supplémentaire.

Il est à peine 8 heures du matin, les allées du jardin du Luxembourg ne sont encore parcourues que par une poignée de joggeurs qui bientôt seront rejoints par des retraités, des mères de famille et des touristes. Nous formons une communauté silencieuse qui se croise, se recroise, se jauge souvent, se confronte parfois. D'où je suis, je discerne au-dessus des platanes les fenêtres de l'appartement où je passe de moins en moins de temps, et qui à cette distance semble envahi de brume.

Une jolie blonde me dépasse, il me semble que c'est une actrice que j'ai vue dernièrement dans un film d'auteur chiant comme la mort. J'accélère ma foulée dans le but de la rattraper, garde une certaine distance pour ne pas me faire repérer, me cale sur son rythme tout en ne quittant pas son charmant petit cul des yeux. Voilà qui tombe à point nommé pour me donner la volonté d'atteindre mon objectif. C'est peu dire que les petits culs mènent mon monde.

Une fois de retour chez moi, je file sous la douche et me branle en pensant à la fille, l'imaginant agenouillée face à moi, l'eau dégoulinant sur ses seins fermes, sa bouche grande ouverte prête à me satisfaire.

J'observe mon visage dans la glace embuée, grimace à cause d'une calvitie qui s'affirme.

À seulement quarante-quatre ans, j'emprunte déjà le chemin de mon père.

J'enfile un costume, attrape ma sacoche et sors de ma chambre.

Du bruit de vaisselle provient de la cuisine, c'est sûrement Béatrice. Je m'éloigne sans tarder, ne voulant surtout pas la croiser dès le matin. Une fois à l'extérieur, je commande un Uber, m'installe à l'arrière et rêvasse en observant les façades du boulevard Saint-Michel défiler derrière la vitre.

Le chauffeur me dépose face à l'imposante entrée de l'hôtel particulier qui abrite depuis plus d'un demi-siècle les éditions Delage. Un garçon bien sapé et que je ne connais pas fume une cigarette sur les marches. Il a l'air gêné quand nos regards se croisent. Sûrement un stagiaire. Aucun d'eux ne parvient à rester totalement naturel en ma présence depuis que ma fille a été tuée.

Je traverse le hall sans m'arrêter et emprunte l'escalier en marbre qui mène aux étages.

Mes assistantes, Laura et Mathilde, sont déjà installées dans leur bureau, contigu au mien. Deux jolies blondes de vingt-trois et vingt-cinq ans que de nombreux éditeurs m'envient en cachette. Je vais les saluer, discute un peu avec elles des derniers manuscrits reçus par la poste un tant soit peu dignes d'intérêt, tout en appréciant comme il se doit les tenues qui mettent leurs corps agréablement en valeur.

Dans mon bureau, je consulte mes mails, en ouvre deux sur les trente reçus depuis la veille, les parcours en diagonale, n'y réponds pas. Laura m'apporte un café ainsi qu'un exemplaire de *L'Obs* et de *Marianne.* Je les ouvre directement aux pages où des Post-it m'indiquent les articles sur mes livres, globalement positifs – mais ça, je le savais déjà.

Comme à mon habitude, je vais ensuite faire un rapide tour des différents départements avant d'enchaîner les rendez-vous. Après un passage au service commercial, je tombe sur Isabelle Marceau, occupée à sermonner une stagiaire, un café à la main. Me voyant, elle baisse le ton et fait signe à la pauvre fille de dégager en faisant cliqueter ses bracelets argentés. Elle s'approche pour m'embrasser sur la joue.

Je suis surpris de la croiser ici aussi « tôt ». Normalement, elle ne débarque dans nos locaux que vers 11 heures. Isabelle bosse aux éditions Delage depuis trop longtemps à mon goût. Son excentricité et son despotisme me fatiguent depuis vingt ans. Mais elle se sait intouchable, car elle couche avec mon père depuis presque aussi longtemps. Moi, je n'ai jamais pu la blairer et elle est loin de me faire bander. Un jour, j'aurai le plaisir de la virer d'ici à grands coups de pied au cul.

Elle commence à se plaindre qu'elle doit déjeuner avec une journaliste de *Télérama* au bout du monde (rive droite, près de Beaubourg), mais je l'interromps et lui demande de m'excuser quand je vois passer dans le couloir Irène Wasimski, l'une des éditrices du domaine français. Irène est notre dernière recrue. Elle a ramené un petit vent de modernité dans nos locaux, ainsi que plusieurs auteurs qui dépassent les cinquante mille ventes. Elle nous a même offert, excusez du peu, notre dernier Goncourt.

J'échange quelques mots avec elle, et me dirige vers le service des droits étrangers et audiovisuels, où je discute un moment avec la responsable des différentes traductions en cours.

On frappe à mon bureau, alors que je suis plongé dans un manuscrit que je compte publier en octobre. C'est Stanislas Lambert, arborant le sourire satisfait de celui qui se sait en terrain conquis.

Stanislas me serre la main et s'installe face à moi. Aux cernes qui se dessinent légèrement sous ses yeux noirs, je devine que sa nuit a été courte.

Je lui confirme la date exacte de sortie de son nouveau roman, le premier jour de la prochaine rentrée littéraire. Il s'inquiète aussitôt de l'identité des autres auteurs qui paraîtront en même temps que lui, grimace quand je lui annonce des noms qui pourraient eux aussi figurer sur des listes de prix.

Cette fois, il veut mettre toutes les chances de son côté. Il a tout calculé, lui qui fait partie des auteurs pour qui le couronnement de l'œuvre ne peut être que l'obtention d'un Goncourt ou d'un Renaudot. Son dernier opus est étudié pour être présent sur un maximum de listes, assez court, bien peigné, et écrit comme s'il avait le double de son âge. Depuis des semaines, il tente de s'incruster dans de nombreux dîners où il pourra, de source sûre, croiser des jurés afin de leur faire son grand numéro de charme. Après tout, chacun sa méthode, et la sienne a souvent fait ses preuves.

Avec une pointe de perfidie dans le regard, il évoque ensuite le cas Éric Delcroix. Ce n'est pas une surprise, il a toujours jalousé son succès, tout en considérant avec snobisme que ses romans n'arrivaient pas à la cheville des siens. Et maintenant, il jubile. Depuis que la supercherie a été révélée au grand public, Delcroix fait profil bas, et nous aussi, car c'est une chance que le nom des éditions Delage, et le mien, n'aient pas été trop éclaboussé par cette affaire.

Beaucoup ont manifesté leur indignation dans le milieu, mais ce microscandale n'a pas encore affecté les ventes, heureusement pour nous. Le grand public s'en fout. Tant que le texte le divertit et que ce beau garçon en parle bien sur les plateaux de télévision, le reste n'a pas d'importance. Il n'y a rien de plus aisé à manipuler que les masses.

Stanislas finit par me quitter et va, comme à son habitude, parader dans le bureau de mes assistantes.

Je sais qu'il s'est déjà tapé Laura et présume qu'il a des vues sur Mathilde, même si la petite est maquée. Un jour, ce mec se fera couper la queue.

Je passe plusieurs coups de fil, notamment à un de nos primoromanciers de la rentrée, Arnaud Lalande, afin de savoir où il en est dans les corrections finales de son manuscrit. Il me répond avoir bientôt fini, mais je lui fous quand même un peu la pression, pour la forme. Je compte envoyer les épreuves corrigées à la presse le plus vite possible. Ce roman a du potentiel, dénote avec ce qui est majoritairement publié en rentrée littéraire. Je ne serais pas surpris qu'il fasse une belle carrière en librairie. Comme chaque fois que je l'ai au téléphone, Arnaud me pose de nombreuses questions sur la parution, auxquelles je tente de répondre du mieux possible. Tout aussi anxieux qu'excité, il m'avoue avoir l'impression d'être un jeune conducteur prêt à traverser la place de l'Étoile. Je ne pourrais trouver meilleure métaphore pour ce qui l'attend dans quelques mois. On verra déjà comment il se débrouille face aux représentants et aux libraires.

Je remarque que Béatrice a tenté de me joindre sur mon portable, mais décide de ne pas la rappeler. Elle n'a pas laissé de message, ce qu'elle veut me dire pourra attendre le vernissage de ce soir. Je ne supporte plus de la voir déambuler tel un zombie dans notre appartement ou l'entendre geindre dès qu'elle s'enferme dans sa chambre. Je ne veux pas être comme elle. Je m'accroche. Je me fais violence. Mon travail me permet de garder la tête hors de l'eau, je ne peux pas me permettre de sombrer, même si j'ai parfois envie de tout lâcher pour laisser éclater ma douleur. Ce n'est pas de cette façon que j'ai été éduqué.

Il est à peine midi, je sors du bureau et me dirige prestement vers l'hôtel Saint-Germain. Le réceptionniste, un petit gars à l'accent du Sud, m'adresse un sourire, lui qui me connaît dorénavant comme le loup blanc. Je monte sans tarder au troisième étage, frappe, comme je le fais environ trois fois par semaine, à la porte de la chambre 34. Izia, une stagiaire eurasienne du service commercial, m'ouvre, déjà en nuisette. Nous n'avons pas beaucoup de temps. Après une bonne pipe, je la baise contre le mur et sur le lit. Sans passion, mais avec efficacité. Ça fait un mois que nous nous voyons selon le même rituel. Je ne sais pas ce qu'elle attend vraiment de moi mais j'en profite du mieux possible. Elle espère peut-être qu'ainsi on lui trouvera une place chez nous, la pauvre.

La chaleur de la pièce et l'ardeur de la gamine m'ont fait beaucoup transpirer. Je passe sous la douche et me rhabille en vérifiant l'heure. Une fois dehors, je hèle un taxi qui m'emmène jusqu'à la Casa Bini, où un journaliste m'attend pour déjeuner.

Sur le chemin du retour au bureau, je reçois un mail de Baptiste Roche, un jeune auteur que j'ai sollicité lors d'un festival littéraire en Auvergne où il venait d'obtenir un prix. Je ne le connaissais que de nom, mais ça ne m'a pas empêché de lui donner ma carte et de lui conseiller de me contacter. Il faut toujours s'intéresser aux nouveaux noms émergeant. Roche, avec qui j'ai depuis correspondu par SMS, m'annonce qu'il a bien réfléchi et que ma proposition l'intéresse. Tu m'étonnes. Son prochain roman est quasi fini et il serait heureux de le voir publié chez nous l'année prochaine. Il est bien conscient, je le lui ai assez seriné, qu'il aura bien plus de chance d'avoir un grand prix dans notre maison. Le mec possède une certaine culture, et ce que j'ai lu de lui n'est pas trop mal, même si très académique. Je lui propose qu'on se rencontre dans la semaine, à mon bureau.

Alors que je sors d'un rendez-vous avec un énième acteur se prenant subitement pour un écrivain, un numéro étranger s'affiche sur mon portable. Je m'éloigne dans le couloir et décroche. À l'autre bout du fil, un homme me demande en anglais si je suis bien Raphaël Delage, me dit s'appeler Benny Hegarty, être enquêteur au groupe criminalité violente du Cap, et m'explique qu'un suspect vient d'être arrêté pour le meurtre de ma fille.

Mes jambes se mettent à flageoler, tout ce qui compose mon univers bien rodé me fuit, je dois m'asseoir sur le fauteuil le plus proche. Ce moment que j'attendais avec hâte vient enfin d'advenir. Quand je lui demande de m'en dire davantage, il m'informe que le suspect s'appelle Trevor Dikela. Un jeune homme de vingt-deux ans, originaire du township de Mitchells Plain et déjà connu des services de police pour plusieurs attaques à main armée. L'individu a été appréhendé dans une sombre affaire de proxénétisme après la découverte de six cadavres d'adolescentes enterrés dans le sous-sol d'une maison et a, lors d'une garde à vue plutôt musclée, aussi avoué le meurtre de ma fille.

Au départ, le flic en charge de l'enquête ne l'a pas pris au sérieux, mais Dikela a parfaitement décrit la maison de Camps Bay, les vêtements que Manon portait ce soir-là, la cave de la ruine de Langa où son corps a été retrouvé. Dikela a selon sa déposition croisé les filles sur la plage, les a suivies à bonne distance, s'est introduit dans le jardin et a décidé de passer à l'action quand Manon s'est retrouvée seule dans le salon. L'heure qu'il a déclarée correspond. C'était elle, ça aurait pu être une des autres. Il ne se souvient même plus de la tête qu'elle avait. L'important était qu'elle soit blanche.

Il pensait d'abord la séquestrer dans une planque, puis la rendre assez accro à l'héroïne pour la foutre ensuite sur le trottoir comme les autres, bien conscient qu'il gagnerait beaucoup plus de fric avec une Blanche qu'avec une Noire. Mais les choses ont dégénéré. La fille s'est réveillée trop vite et l'a frappé à la tête en tentant de s'enfuir. Il a été pris d'une folie subite, incontrôlable, comme si le démon avait pris possession de lui. Il s'est défoulé sur elle, dans un état second, et a amené le corps dans cette maison abandonnée pour tenter de détruire les preuves qui pourraient l'incriminer en lui foutant le feu.

J'ai un peu de mal à tout encaisser et demande à mon interlocuteur ce que va devenir l'assassin de ma fille.

Il me répond qu'il va être jugé et incarcéré, vraisemblablement à perpétuité. La justice, pour son cas, sera exemplaire. Quand je veux savoir pourquoi ce n'est pas Wayde qui m'a appelé, il me répond avec une gêne palpable que le capitaine Masekela a été démis de ses fonctions et que c'est lui qui a repris l'enquête. Je ne cherche pas à en apprendre davantage, lui déclare que je le rappellerai, et raccroche.

Je reste un temps immobile à fixer le mur, sans penser à rien, comme si mon cerveau était subitement anesthésié.

Laura s'approche de moi et me demande si je vais bien. Je lève les yeux vers elle, lui annonce que c'est fini, qu'ils l'ont retrouvé. Elle comprend aussitôt, pose sa main sur mon épaule, va me chercher un verre d'eau.

Je vais m'isoler dans mon bureau et contacte Béatrice. Après un instant de sidération, elle me sort d'une voix chevrotante que ce n'est pas un hasard si nous apprenons ça le jour même de l'inauguration de l'exposition des photos de Manon. Vite fatigué par ces inepties, je lui promets une fois de plus d'être à l'heure au vernissage, et raccroche.

Je demande à Mathilde d'annuler mes deux prochains rendez-vous, et décide d'aller marcher. Je remonte la rue du Bac, m'arrête un instant devant la vitrine d'un magasin de céramiques, puis vais m'asseoir au bord de la Seine, face au Louvre, où je suis à peu près certain de ne croiser personne que je connais.

Je sors une flasque de whisky de ma poche et en bois quelques gorgées en adressant un doigt d'honneur aux touristes amorphes qui passent devant moi sur un bateau-mouche.

Une vieille bourgeoise aux traits amollis me dévisage, ayant flairé mon désarroi comme un renard un gibier. J'ai subitement envie de me lever et d'aller la gifler si fort que son fond de teint resterait collé à la paume de ma main.

Trevor Dikela. C'est donc le nom de l'individu qui a empêché ma fille de devenir un jour majeure, de tomber amoureuse, de se marier, d'avoir des enfants. Depuis sa mort, j'ai tant imaginé ce moment, l'ai si souvent espéré, comme une libération. Mais là, je ne ressens rien. Le vide. Je suis déçu de ne pas me retrouver emporté par une vague de félicité. Quoi qu'il en soit, même la prison à perpétuité est une peine trop légère pour ce qu'il a commis. Mais je ne peux rien y faire, simplement tenter, une bonne fois pour toutes, de soigner ma peine.

Au moins, il a été arrêté, l'infâme questionnement prend fin. Je n'aurais pas supporté beaucoup plus longtemps de savoir l'assassin de Manon en liberté. De me sentir aussi impuissant, de ne rien pouvoir tenter pour que justice soit rendue.

Elle s'est simplement trouvée au mauvais endroit au mauvais moment. L'absurdité de cette situation est sidérante, son injustice, tout autant.

Je tape le nom de Dikela sur Google et trouve un article narrant son arrestation. Avec une photo, qui représente un jeune homme noir au crâne rasé et aux yeux un peu trop écartés.

J'ai du mal à me dire que ce visage banal est le dernier qu'a vu ma fille en ce monde.

Je m'imagine le frapper jusqu'au sang.

Au ralenti. En accéléré.

Jusqu'à tout repeindre en rouge.

Je m'imagine le torturer de multiples manières jusqu'à ce que la faucheuse lui attrape l'âme.

Le vernissage de l'exposition a lieu à 18 heures à la galerie Dulong, tenue par un ami de longue date. C'est Béatrice qui s'est occupée de tout. Je n'ai pas voulu la freiner dans ce projet, même si je ne sais pas ce que ma fille aurait pensé de l'idée de voir ses photographies accrochées en grand sur des murs, offertes au regard et aux critiques de sa famille, de ses amis et aussi d'inconnus, elle qui, il n'y a pas encore si longtemps, rechignait à nous les montrer, rougissait quand sous notre pression elle cédait.

Je reste seul jusqu'à l'heure dite, puis m'y rends d'un pas traînant. L'alcool m'aide, me soutient.

Dès mon entrée, je suis impressionné par la disposition très élaborée des lieux et par le nombre conséquent de photographies. De toutes les dimensions, en couleur ou en noir et blanc, où figurent des anonymes d'âge et d'origine variables, souvent des sans-domicile fixe ou des désœuvrés, mais aussi des bâtiments aux formes coupantes, la plupart désaffectés ou en ruine, des rues de Paris ou de banlieue vides ou animées, des ciels clairs ou orageux, des visages en gros plans exprimant joie, amusement, peur, douleur, tristesse, tous unifiés par un même regard, si mature et précis pour son âge. Un regard qui peut se faire à la fois doux, caressant, aimant, mais aussi rude, acéré, parfois même transgressif. J'ai l'impression, cerné par tant de fenêtres ouvertes sur d'autres vies que la sienne, de saisir pour la première fois qui était vraiment ma fille. Me retrouver dans l'incapacité de la féliciter pour son travail est une aberration.

Je distingue Béatrice dans le fond de la salle, près du buffet. Elle a fourni un effort pour s'habiller, se maquiller, se coiffer. Je la rejoins, l'embrasse sur la joue, respire dans son cou un parfum floral que je n'ai plus senti sur elle depuis longtemps. Et je la remercie pour tout. Sincèrement.

Surprise, elle serre ma main dans la sienne, me donne l'impression qu'elle n'attendait que ces quelques mots pour reprendre des forces.

Elle m'est tellement soumise que c'en est effrayant. Mais c'est aussi pour cette raison que je continue de la laisser vivre à mes côtés.

Florence nous rejoint, accompagnée de Thaïs. Ma sœur perçoit tout de suite que quelque chose me perturbe, me prend un instant à l'écart pour que je lui lâche le morceau. En tant que jumelle et psychiatre, elle ne supporte pas l'idée que je puisse lui cacher quoi que ce soit. Je lui raconte tout ce que m'a appris l'enquêteur sud-africain. Florence ne paraît pas surprise, elle me dit qu'elle était persuadée que l'assassin aurait un profil similaire. Thaïs nous rejoint et veut savoir ce qui se passe, sa mère lui ordonne sèchement de nous laisser.

Florence me demande ce que je compte faire. Je reste silencieux. Après un moment de réflexion, elle avance que ce serait une bonne idée que je retourne au Cap, lors du procès, que je me trouve en mesure de dire à haute voix à cet homme la souffrance que je ressens, tout ce que je vis par sa faute, d'ainsi me décharger de toute ma frustration, de toute ma rage à son égard. Selon elle, c'est à cette condition que je pourrai aller de l'avant. Le savoir simplement enfermé à vie à l'autre bout du monde resterait trop abstrait dans ma tête pour que j'aie une chance de me reconstruire. Je dois me confronter physiquement au bourreau de Manon.

Je doute un instant qu'elle soit sérieuse. Mais je comprends vite que si. Ma sœur est incapable de la moindre plaisanterie.

En y réfléchissant, je vois néanmoins ce qu'elle veut dire. Elle a même sans doute raison. J'ai très souvent imaginé me retrouver face à lui. Seul à seul. Avec pour armes uniquement nos poings.

Je gagnais toujours. Et lui, jamais ne s'en remettait.

Même si j'étais incapable de lui attribuer un visage.

Maintenant, je le peux.

Maintenant, j'ai un être avec un nom et un visage à haïr. Je peux tenter, simplement par des mots bien choisis, de l'atteindre.

De broyer son cœur nègre.

Une serveuse nous propose une flûte de champagne, Florence et moi trinquons sans entrain, évoquons ce déjeuner familial auquel nous ne pouvons, hélas, nous soustraire demain, et je vais me poster devant une photo de ma fille qui représente un couple d'amoureux occupé à discuter sur un toit de Paris.

Arthur débarque avec son ami Mathis. Il s'excuse pour son retard, s'empare du verre qu'un serveur lui propose, essoufflé comme s'il avait sprinté depuis la bouche de métro. Je sais qu'il a aidé sa mère ces deux derniers jours à tout installer et je n'ai pas encore pensé à l'en remercier. Je le vois de moins en moins. Tout le temps parti à droite et à gauche. Mais je comprends qu'il ait du mal à rester chez nous, dans cet appartement où la mort de sa sœur hante durablement les couloirs. Lui et Manon étaient très liés, je ne pourrai jamais oublier le moment où sa mère et moi avons dû lui annoncer que sa sœur était décédée. Nous étions à peine arrivés au Cap et nous trouvions au consulat. Il était seul à la maison, s'est comme brisé de l'intérieur, a retrouvé la fragilité d'une enfance qu'il pensait avoir définitivement quittée.

À mon grand désarroi, Arthur n'a aucune envie de travailler dans l'édition, malgré mes différentes tentatives de lui proposer un poste d'assistant. Il souhaite devenir guitariste, joue parfois avec son groupe dans des bars ou des clubs. C'est de son âge, je le laisse s'amuser tant qu'il continue ses études. Il pourra nous rejoindre quand il le décidera. Je ne veux pas le brusquer.

Béatrice lui apprend la nouvelle au sujet du meurtrier de sa sœur et le console quand les larmes, inévitablement, surgissent. Mais cette fois ce sont des larmes de soulagement, qui marqueront, je l'espère, l'apaisement d'une tension mentale qui s'est trop installée chez ce jeune homme à peine sorti de l'adolescence. J'aimerais les rejoindre, les étreindre à mon tour, mais trop de monde me regarde et je déteste me donner ainsi en spectacle.

Il y a beaucoup de gens de l'édition présents ce soir, en plus d'amis et de membres de ma famille. Cela me touche quand même un peu, même si je sais que la plupart d'entre eux sont là pour de mauvaises raisons. Voir et se faire voir, m'arracher au passage un peu de considération, le reste est sans importance.

Anne Coulanges et sa fille Chloé font leur apparition. Anne va directement embrasser Béatrice, sa grande amie. Chloé, elle, rejoint naturellement Thaïs, qui discute avec deux autres filles de leur âge. Je ne les ai pas revues depuis l'enterrement de Manon. Me retrouver en leur présence, même si je me doutais bien qu'elles seraient là, me ramène aux quelques jours de cauchemar passés dans l'autre hémisphère. Si ça ne tenait qu'à moi, je couperais totalement les ponts. Je n'ai jamais eu de remords à me séparer des gens qui ne m'apportaient plus rien, à plus forte raison de ceux qui provoquent en moi une quelconque forme de souffrance.

Sur un même mur, sont accrochées les unes à côté des autres certaines des photos que Manon a prises en Afrique du Sud. Béatrice a un temps hésité à les exposer, mais Arthur a insisté, tant les clichés sont forts et naturellement chargés en émotion.

À travers eux, je me replonge dans les derniers jours de vie de ma fille, ceux de la découverte d'une ville, de ses habitants, de nouvelles cultures ; ces jours où un avenir éclatant l'attendait encore au pas de sa porte.

Je m'arrête face à la photographie d'une vieille Noire assise sur un banc. Les mains serrées, un fichu sur le crâne, elle fixe l'objectif comme si elle ne se rendait pas compte de sa présence. Ce regard vide et un peu laiteux, chargé d'histoires et de songes affligés, me transperce, me sonde presque.

Elle a l'air d'avoir cent ans, elle a l'air d'avoir connu des dizaines de mondes. Pourtant, c'est elle qui continue de vivre, et c'est ma fille qui est morte.

Une main se pose sur mon épaule. C'est Nadia Yacoub, une présentatrice de BFM TV, qui me dit à quel point ma fille avait du talent. *Avait.* Pense-t-elle que ce sont les mots adéquats pour me réconforter ?

Ne perdant pas pour autant mes bonnes manières, je m'oblige à la remercier et me tourne vers Béatrice, occupée à converser près de la vitre avec un garçon que je ne connais pas.

Anne Coulanges me rejoint sur le trottoir et m'informe que Béatrice vient de la mettre au courant. Elle ajoute, comme si c'était nécessaire, que c'est important de mettre un nom et un visage sur le meurtrier de Manon, et surtout qu'il soit jugé et emprisonné pour son crime. C'est un premier pas vers la guérison.

Qu'en sait-elle, cette conne ?

Je me retiens de lui balancer que j'aurais mille fois préféré que ce soit sa fille à elle qui se soit retrouvée seule dans le salon de cette maison du Cap plutôt que la mienne.

Anne allume une cigarette, m'en propose une, tire deux taffes et m'avoue qu'en un sens, ce dénouement la rassure, car l'enquêteur Wayde Masekela lui avait fait part d'une théorie absolument rocambolesque il y a quelques semaines, à laquelle elle a refusé de croire.

Je ne vois pas ce qu'elle veut dire. Elle m'apprend que le flic l'avait appelée pour lui signifier que c'était Albert le responsable de la mort de Manon.

Albert. Son visage me revient en mémoire. Cette éventualité me scie les jambes. Je demande à Anne pourquoi elle ne m'en a pas parlé. Elle fait la moue, me répond que c'était trop absurde, que jamais Albert, son ami depuis au moins vingt ans, n'aurait pu commettre un tel acte.

Cet homme ne m'a pas vraiment laissé une bonne impression. Le regard toujours fuyant, un physique assez quelconque, sa présence un peu gauche m'a plusieurs fois été désagréable, en particulier pendant notre petite cérémonie en l'honneur de Manon, sur la plage de Camps Bay.

Anne jette son mégot dans le caniveau, s'excuse auprès de moi et retourne à l'intérieur de la galerie.

Je finis de tirer sur ma cigarette et rentre à mon tour. Au moment où je m'apprête à rejoindre mon fils près du buffet, j'entends un rire à ma droite, remarque deux hommes debout face à une des photos de Manon, représentant une sorte de mouette perdue dans un paysage industriel. Le plus grand, assez laid, cheveux noirs, barbe, et grosses lunettes, se moque ouvertement du cadrage maladroit du cliché, d'un mauvais équilibre des volumes, du manque de contraste et de netteté, le tout en se dandinant sur place.

Je m'approche de lui, alors qu'il engloutit un petit four en gloussant, lui demande qui il est et, sans attendre sa réponse, le frappe en plein visage.

Pas la peine qu'il me réponde, il n'est personne.

Ce bouffon s'étale piteusement sur le sol. La violence du coup a brisé ses lunettes, du sang gicle de son nez et tache son polo Ralph Lauren. Le surplombant, je lui enjoins le plus aimablement possible de vite mettre les voiles avant que je ne lui refasse complètement le portrait. J'ai encore de la ressource. Le pauvre type se relève en poussant des cris de pucelle et se précipite vers la porte, une main plaquée sur son nez cassé. Tout le monde me regarde, comme mis sur pause, mais je n'en ai cure. Tout comme je me fous qu'ils se jettent ensuite sur leurs portables pour cancaner. Quand Béatrice me demande ce qui m'a pris de perdre ainsi mon sang-froid, je lui réponds que ce sinistre individu a osé cracher sur le travail de Manon, puis je vais me servir un verre de blanc et me l'envoie cul sec.

Je tente encore un peu de jouer le jeu, de remercier les quelques personnes importantes qui se sont déplacées, de répondre aux diverses sollicitations en gardant un semblant de politesse, et, sans prévenir ma femme ni mon fils, je décide sur un coup de tête de foutre le camp. Je sais qu'ils ne m'en tiendront pas rigueur. Je reviendrai plus tard, quand cet endroit sera assaini et que j'aurai tout mon temps pour faire honneur à l'art naissant et déjà avorté de ma fille.

Au réveil, le lendemain, après une douche rapide, j'enfile des vêtements propres et rejoins mon fils dans le salon. Il est plongé dans la lecture du *Maître et Marguerite*, l'un des livres cultes de mon adolescence, le genre de roman que je rêve d'un jour éditer. Je lui subtilise son pétard, négligemment laissé dans le cendrier, en fume quelques lattes sous son regard désapprobateur. J'en profite pour essayer d'engager la conversation mais, en agréable compagnie du diable à Moscou, il n'a pas l'air de vouloir s'épancher.

Béatrice nous rejoint, déjà prête, presque belle. Aucun de nous n'a le cœur à se rendre à Bougival pour fêter le soixante-quinzième anniversaire de mon père. Ce sera le premier rassemblement familial organisé en ces lieux depuis la mort de Manon, nous nous attendons d'avance à subir une longue et pénible épreuve, qu'au détour de chaque conversation risque de surgir son jeune fantôme. Nous ne recevrons que des messages d'amour, certes, mais qui s'acidifieront inévitablement au contact de nos cœurs.

Ma chère épouse propose qu'on appelle un taxi. Je lui rétorque que je préfère conduire. Ça fait longtemps que je n'ai pas utilisé ma Jaguar.

Arthur s'installe à l'arrière, son casque sur les oreilles, Béatrice près de moi. Je branche le GPS, allume l'autoradio sur Inter et descends le boulevard Saint-Michel vers l'île de la Cité, direction la porte Maillot. Heureusement, la circulation est assez fluide en ce samedi midi. Nous arrivons à destination à peine une heure plus tard.

Je récupère mon cadeau dans le coffre, un exemplaire original d'*Illusions perdues*, et me dirige en compagnie de Béatrice et d'Arthur vers l'entrée principale de la maison où j'ai passé une partie de mon enfance et mon adolescence.

Je pose le paquet sur une console en marbre, salue Nadine, une des femmes de ménage, occupée à laver le sol où une bouteille de vin rouge a visiblement été récemment brisée.

Comme à son habitude, Catherine, la compagne de mon père, a eu la folie des grandeurs. Une table immense et superbement décorée est dressée sur la terrasse située de l'autre côté de la bâtisse. Des sortes de sphères argentées pendent des branches des arbres et se balancent avec constance au-dessus de dizaines d'énormes bouquets de pivoines blanches. Des appareils étranges projettent des bulles de savon dans l'air. Un groupe de musiciens, installé sur une estrade près d'un chêne centenaire, joue un entraînant morceau de jazz. Éparpillés un peu partout dans le vaste jardin arboré, les invités, tous endimanchés, sont incessamment servis en champagne et en petits fours par un important personnel de maison.

Des enfants courent dans tous les sens, crient à m'en écorcher les oreilles. Je n'en connais pas le tiers.

Je distingue Florence debout près de la piscine. Elle m'informe avec agacement que notre père a été victime d'un léger malaise et que son médecin vient de partir. Elle a demandé à Catherine de tout annuler pour le laisser se reposer mais notre belle-mère n'a rien voulu entendre. Elle prépare cette fête depuis des mois, a invité tous les membres de la famille, même ceux qui vivent à l'étranger, ainsi que des personnalités politiques et médiatiques particulièrement en vue. Notre père se ménagera, mais sera présent pour cette célébration en son honneur. Florence pousse un juron et vérifie que personne n'était assez près de nous pour l'avoir entendu. Puis elle jette son mégot dans l'eau de la piscine.

Catherine n'a que cinq ans de plus que nous. Nous n'avons jamais réussi à la supporter, mais nous jouons le jeu en présence du paternel, tout en cherchant en secret un moyen efficace de la faire dégager. Hors de question que notre père lui refile la moitié de sa fortune quand il clamsera.

J'accompagne Florence jusqu'à l'endroit où son fils est assis dans l'herbe avec ses jouets. Gaspard a déjà quatre mois. Le temps passe si vite. Quelle n'a pas été ma surprise quand Florence m'a appris être enceinte, à quarante-trois ans passés ! J'aurais pensé qu'elle aurait fini par avorter mais, malgré les risques et son absence totale d'instinct maternel, elle a sèchement écarté cette éventualité. Par chance, Gaspard n'est ni trisomique ni, *a priori*, déficient mental. Il est même plutôt mignon avec ses grands yeux bleus et ses cheveux blonds. Mon père m'a récemment confié à quel point je lui ressemblais au même âge. Personnellement, je ne trouve pas, mais si ça lui fait plaisir de le penser avant de devenir totalement gâteux, ça ne fait de mal à personne. En tout cas, Florence a beaucoup changé depuis qu'il est entré dans sa vie. Elle l'emmène partout avec elle quand elle est en repos, s'est occupée pendant toute une semaine de repeindre et décorer sa chambre. Ma sœur m'a récemment confié qu'elle comprenait enfin ce que ça faisait d'être mère et d'aimer profondément son enfant. Je ne sais pas comment réagirait Thaïs si elle entendait une telle chose. Le pire, c'est que je sais que Florence ne se gênerait pas pour le lui dire en face.

Manon était folle de son cousin, qui peut-être lui faisait penser au petit frère qu'elle aurait dû avoir si le ventre de Béatrice n'en avait pas, trois ans plus tôt, décidé autrement. Elle s'est occupée de lui certains soirs quand Florence sortait et que Thaïs n'était pas là. Ça me fend le cœur de me rendre compte qu'il ne gardera, malgré tout l'amour dont elle a fait preuve à son égard, aucun souvenir d'elle.

Catherine nous rejoint. Trop tard pour fuir. Elle porte une longue robe d'un rose pétant pour qu'aucun des invités ne lui fasse l'affront de la perdre de vue. Elle a toujours aimé être le centre de l'attention, surtout parmi des gens qu'elle estime et dont l'avis importe à ses yeux. Quand je lui demande, par politesse, comment va mon père, elle me répond de sa voix crispante qu'il est en pleine forme et nous rejoindra bientôt. Comme pour faire de l'humour, elle ajoute en me faisant un clin d'œil que ce n'est pas encore aujourd'hui que je vais récupérer sa place aux éditions Delage. Mon regard croise celui, atterré, de ma sœur. Je sais exactement ce qu'elle pense. Je ne suis pas certain de survivre à cette journée, et regrette de ne pas avoir emporté avec moi ne serait-ce qu'une boîte de Lexomil.

Une jeune fille nous présente un plateau recouvert de diverses gourmandises. J'en saisis une au saumon fumé, la remercie tout en matant ses seins légèrement comprimés par son chemisier. Toutes les demoiselles qui nous servent sont des bombes, à croire que c'est mon père qui les a choisies sur catalogue.

Une de mes tantes éloignées, vivant depuis dix ans à Stockholm, tient à me présenter en personne ses condoléances. Je n'ai croisé cette femme que deux ou trois fois dans ma vie, Manon ne l'a, elle, jamais connue. Pourtant, à son expression exagérément attristée, on croirait que c'est elle qui vient de perdre sa fille. La douleur des autres attire certains parasites comme le sucre les guêpes. Ils s'en nourrissent. À l'écouter, je devrais encore être enfermé chez moi à pleurer toutes les larmes de mon corps. Sa commisération me dégouline sur les épaules. Je la remercie toutefois en me promettant de ne plus croiser sa route. Sinon, je me comporterai volontiers en chauffard.

Déçue par ma réaction sans affect, elle se dirige vers Béatrice, proie bien plus facile, afin de répéter peu ou prou le même discours. Elle aura ainsi accompli son devoir familial et pourra boire et se gaver tout le reste de la journée le cœur un peu moins lourd.

Près de la table, discutent Thaïs et un cousin éloigné, Jonathan. Ils ont à peu près le même âge. Ils pourraient facilement passer pour frère et sœur. Je suis persuadé qu'ils couchent ensemble. Je les ai déjà surpris entrer en cachette dans l'une des dépendances un soir, alors que je fumais une cigarette sur la terrasse. J'ai longuement hésité à aller me rincer l'œil, mais j'ai eu trop peur qu'on me surprenne. Comme un gosse.

Béatrice est assise seule près d'un arbre, dans une posture qui ne la flatte pas. Deux amies de Catherine, qui bossent pour C News, discutent un peu plus loin en la fixant. À l'expression de leurs visages, je me doute qu'elles n'en disent pas que du bien. Parfois, ma femme me fait honte.

Nous sommes en tout une bonne centaine, j'ai fait l'effort de saluer une grande partie des convives, en ai sciemment évité d'autres. Je ne suis pas ici pour faire du social. J'ai passé l'âge des excès de flagornerie.

Mon père sort de la maison vers 13 h 30, sous les acclamations de l'assistance et des envolées cuivrées du groupe de jazz. Je le soupçonne d'avoir soigneusement orchestré son apparition.

Quand les applaudissements cessent, Catherine propose que nous passions enfin à table. Je m'installe à la place qui m'est attribuée, entre mes deux sœurs, Florence et Solange. Heureusement, les enfants ont une table à part. Catherine nous aura au moins épargné leur compagnie braillarde durant le repas.

Solange a quelques années de moins que nous. Elle aussi travaille aux éditions Delage, où elle s'occupe de la collection de littérature étrangère. J'ai appris très tard qu'elle n'était pas la fille biologique de mon père, mais d'un ancien auteur de la maison qui a eu la bonne idée d'entamer une relation adultérine avec la femme de son éditeur. Bien entendu, mon père l'a viré en l'apprenant. Il a néanmoins toujours considéré Solange comme sa propre fille, même après le suicide de notre mère, il y a dix ans. Je n'ai jamais réussi à nouer avec Solange une relation aussi forte qu'avec Florence. Cette dernière et moi sommes liés comme seuls des jumeaux peuvent l'être. Il y a nous, et les autres.

Mon père s'installe face à moi et me salue. Aujourd'hui, il n'est pas mon patron, simplement mon géniteur. Je lui trouve le teint cireux. Il paraît encore un peu diminué, même s'il fait tout pour le cacher. Philippe Delage n'a jamais accepté de montrer la moindre faiblesse en présence des autres. Il trouvera le moyen de mourir seul, quand personne ne pourra assister au dernier acte de sa déchéance.

Le repas est, comme il fallait s'y attendre, pantagruélique, champagnes et vins de grandes maisons coulent à flots. Mon père fait son show, comme à son habitude, face à un auditoire conquis d'avance. Blagues graveleuses, considérations politiques datées, saillies racistes, tout y passe. Au moment du dessert, il se lève un verre à la main et, en tanguant un peu, prononce un discours de remerciements si ennuyeux et plat que je soupçonne Catherine de l'avoir écrit à sa place. Je sors de ma léthargie quand il évoque Manon, qui lui manque terriblement, et demande à toute l'assistance de lui rendre hommage en marquant une minute de silence. Après m'avoir longuement dévisagé, il prétend que lui n'aurait jamais laissé sa petite-fille partir dans un pays aussi violent que l'Afrique du Sud. Béatrice se liquéfie. Un peu plus loin, Thaïs garde le regard baissé. Mon père embraye sur le fait que l'assassin a enfin été arrêté, un jeune Noir, comme il fallait s'y attendre. Quelques manifestations de soulagement percent tout autour de nous. Je garde les yeux rivés sur la table, mes joues chauffent comme si je venais de recevoir une paire de claques. J'ai l'impression d'avoir rapetissé de trente centimètres, me retiens de me lever à mon tour et de balancer, façon *Festen,* tout ce que ce vieil homme nous a fait subir, enfants, à mes sœurs et à moi, comme pour répondre à l'affront. Pas de viol, non, mais tant de vexations, de remarques assassines, de trop longues absences, de critiques acerbes, d'incapacité à témoigner du moindre amour. Mais je me tais lâchement, mon père a encore trop de pouvoir en mon monde pour que je le défie devant sa cour.

Vient enfin le moment solennel de la remise des cadeaux. Comme je m'y attendais, il ouvre le mien sans laisser poindre d'émotion. J'aurais pu lui apporter le dernier Michel Houellebecq, le résultat aurait été le même. En y repensant, je n'ai, au cours de ma vie, jamais réussi à offrir à mon père quelque chose qui ait semblé lui procurer du plaisir.

Je vais me poser à l'écart, le dos contre le tronc d'un chêne centenaire sur lequel à dix ans j'ai gravé mon nom, et fais défiler mes mails sur mon iPhone. L'esprit un peu ailleurs, je me remémore ce que m'a dit Anne Coulanges hier soir au sujet d'Albert Reynaud. J'ignore pourquoi Wayde Masekela ne m'en a pas parlé, alors qu'il m'avait promis de me tenir au courant des avancées de l'enquête. Et pourquoi diable a-t-il été mis à pied ? Est-ce lié à cette affaire ? Voulant en avoir le cœur net, je cherche son numéro de téléphone dans mon répertoire, l'appelle et, après quelques sonneries, tombe sur le répondeur. Je ne laisse pas de message.

Je profite du fait que mon père soit assis seul à table pour le rejoindre, lui demande, en m'évertuant à garder mon calme, pourquoi il s'est permis de sous-entendre que ma femme et moi étions en partie responsables du drame qui nous a arraché notre fille. Il me toise, me lance que j'aurais dû me montrer plus ferme avec elle. Que je ne sais pas tenir mes propres enfants par la bride. Je me retiens de ne pas lui demander depuis quand il n'avait pas vu sa petite-fille, depuis quand il ne s'était pas intéressé à elle.

Je me retiens tout autant de le frapper devant tous ses invités. Même si j'en meurs d'envie, et ce depuis ma plus tendre enfance, depuis qu'il me cognait quand il estimait que je me montrais trop insolent ou que je commettais une faute à ses yeux impardonnable.

Avec ses poings, une règle en métal, une cravache.

C'était sa façon de nous signifier qui était le maître en sa demeure, de maintenir la distance avec son seul fils, de se défouler de ses journées éprouvantes sur ce qui à portée de main était le plus fragile et le plus susceptible de se briser sans fracas. Comme si la fermeté dont il faisait constamment preuve au travail ne pouvait s'estomper une fois de retour en son foyer et devait contre nous se libérer par les coups.

Cette froideur maladive a peu à peu infecté ma sœur jumelle, qui est restée plus proche de lui que je ne saurais l'être. Heureusement, Florence n'a jamais souhaité intégrer notre empire familial. Il aurait été inenvisageable de l'avoir comme adversaire.

Même s'il m'a fait entrer aux éditions Delage, d'abord en tant qu'assistant, puis en tant qu'éditeur, il ne m'a jamais considéré comme son héritier. Pourtant, à sa suite, c'est moi qui dirigerai l'entreprise que mon grand-père a fondée. C'est dans l'ordre des choses, mais il ne parvient pas encore à s'habituer à cette idée. Il m'a un jour menacé de nommer ma sœur cadette, Solange, à la place qui m'est due. Je suis persuadé que c'est du flan. Elle n'a pas les épaules pour. Et nullement le sang. Il en est conscient tout autant que moi.

Et le vieux sait parfaitement qu'il n'a pas intérêt à me la faire à l'envers. J'en sais trop sur lui.

Notamment sur ses amitiés sulfureuses avec des politiciens d'extrême droite, d'anciens criminels de guerre, des trafiquants d'armes, des antisémites notoires.

Sur les nombreuses malversations financières qu'il a chapeautées afin que le vaisseau amiral reste à flot.

Sur des menaces de procès pour agressions sexuelles, étouffés dans l'œuf à coups de pression et de billets.

Et, d'un point de vue plus personnel, sur ce qui s'est passé une nuit de janvier 1988, alors que j'avais à peine douze ans et que nous avions emménagé il y a peu à Bougival. Ce dont je n'ai, depuis, jamais osé parler à personne et qui a alimenté nombre de mes cauchemars.

Ma mère était en voyage d'affaires. Il neigeait fortement, du moins dans mon souvenir. Ne parvenant pas à m'assoupir, je lisais en cachette un exemplaire de *Shining* que j'avais subtilisé la veille dans la bibliothèque familiale.

Au moment où Jack Torrance entre pour la première fois dans la chambre 217, j'ai entendu les rires d'une femme au rez-de-chaussée. Intrigué, l'esprit encore embrumé par les mots de Stephen King, je me suis levé, j'ai ouvert la porte et ai descendu l'escalier en me tenant à la rampe. De la musique provenait du salon, dont la porte massive était à moitié ouverte. Il y avait de la lumière à l'intérieur de la pièce, le feu était allumé dans la cheminée, un feu de château d'ogre.

Une femme se tenait debout face aux flammes, entièrement nue. Sa peau était si blanche que j'ai d'abord cru qu'il s'agissait d'un spectre.

Surpris par cette apparition, j'ai eu du mal à quitter ses seins des yeux, bien plus volumineux que ceux de ma mère, et son entrejambe, entièrement épilé, offert de façon indécente à mon regard de quasi-adolescent.

La femme tenait un verre de vin rouge, se déhanchait de façon langoureuse au son de la musique. Mon père, encore habillé, l'a rejointe en me tournant le dos, et l'a embrassée en empoignant fermement un de ses seins, ce qui lui a fait pousser un cri qui a résonné comme un rire et a provoqué une gerbe d'étincelles dans l'âtre.

Par peur d'être surpris et de recevoir une sévère correction, je suis remonté dans ma chambre.

L'absence de ma mère s'est encore plus fait sentir. Je n'avais aucun moyen de l'appeler pour qu'elle me rassure, je ne comprenais pas pourquoi mon père avait invité chez nous une étrangère. Pourquoi il lui avait fait ces choses. Pourquoi je me sentais en trop dans ma propre maison.

J'ai ensuite eu du mal à me rendormir, encore tout émoustillé par cette vision d'adulte qui perturbait ce qui me restait d'enfance. Jusqu'à cet instant, les seules femmes nues que j'avais eu le privilège de voir, c'était dans un vieux *Playboy* qu'on s'était échangé avec mes copains Marc et Yann dans la cour du collège Saint-Exupéry.

Ça aurait pu en rester là, mais des cris m'ont réveillé au cœur de la nuit, ceux de la femme inconnue, j'en étais persuadé. Elle hurlait comme dans un de ces films d'horreur que Yann m'avait montrés quand je dormais chez lui.

Je n'ai cette fois pas osé sortir de mon lit. J'ai fermé les yeux très fort, dans l'espoir de vite me rendormir.

Le silence qui a suivi a failli m'y aider.

Mais j'ai entendu la porte de l'entrée claquer.

Je me suis précipité à la fenêtre, n'ai d'abord rien discerné de particulier dans cette nuit d'hiver, avant de voir mon père vêtu d'une doudoune traîner quelque chose de lourd dans la neige, enveloppé dans une sorte de grosse couverture à carreaux. À un moment, arrivé près de la balançoire, il s'est arrêté pour reprendre son souffle et s'est retourné vers moi. J'ai aussitôt bondi sur mon lit, n'ai plus osé bouger, recroquevillé sous les draps, avec la peur tenace qu'il vienne me punir, ou pire. Je savais déjà alors ce dont il était capable quand son visage devenait tout rouge.

Le lendemain matin, j'ai demandé à Florence si elle avait entendu des bruits bizarres durant la nuit, mais elle m'a répondu par la négative, son bol de chocolat chaud dans les mains. J'ai renoncé à lui parler de ma drôle d'expérience, en ai déduit que j'avais sûrement rêvé et je m'en suis trouvé quelque peu rassuré.

Quatre jours plus tard, pendant que nous regardions le journal télévisé en famille, un reportage a évoqué la disparition inquiétante d'une jeune mannequin française. Quand sa photo est apparue à l'écran, j'ai reconnu la femme dont le corps nu restait présent dans mon esprit. Assis dans son fauteuil, mon père a fait comme si de rien n'était, son visage n'exprimant ni surprise ni peine.

J'ai supposé qu'il l'avait tuée et avait enterré son cadavre quelque part dans le parc. J'ai ensuite passé des journées entières à chercher sa tombe improvisée, sans résultat.

Mais qu'aurais-je alors fait ?

L'aurais-je dénoncé ?

Me serais-je saisi de cette chance pour l'exclure de nos vies ?

Au fil du temps, j'ai fini par me convaincre que tout ça n'était que pure coïncidence et que mon trop-plein d'imagination m'avait joué un vilain tour. Ça m'a aussi aidé à ne pas trop craindre que son fantôme courroucé ne vienne hanter le couloir menant à ma chambre.

Par la suite, cette femme à la beauté inaltérée m'a parfois rendu visite dans certains rêves. Je l'ai aussi souvent imaginée quand je me masturbais. Dans mon lit, dans les toilettes, dans la salle de bains.

Je me voyais lui saisir les seins, les lécher, les mordre ; la prendre, sans lui laisser le choix, à la lueur du brasier. Je la faisais ainsi hurler d'un plaisir qu'elle n'avait jamais connu.

Quand mon père me battait ou m'insultait, je résistais à l'envie de tout lui lancer à la figure, afin de voir, pour une fois, un semblant de terreur sur son visage à lui.

Moi en marionnettiste.

Le corps est peut-être toujours caché dans notre propriété. Un jour, j'organiserai des fouilles pour répondre enfin aux questions de l'enfant que j'étais.

Je ne peux plus rien changer à la vie de mon père, cependant je peux ternir sa réputation. Et il tient bien plus à celle-ci qu'à tous les pauvres hères qu'il a engendrés.

Je soupèse avec bonheur l'idée de pouvoir le tenir à ce point par les couilles.

Mais patience. Le vieux ayant rejoint ses invités de marque, je finis une bouteille de vin quand Thaïs me demande comment je me sens en s'appuyant lascivement contre le rebord de la table. Elle n'est habillée que d'un jean moulant et d'un haut blanc, ses cheveux blonds et ondulés paraissent plus clairs que d'habitude. Sur son front et le haut de sa poitrine perlent des gouttes de sueur. Elle sait parfaitement comment me chauffer, cette garce.

Honnêtement, je ne sais pas quoi lui répondre. Je ne vois même pas pourquoi elle s'intéresse d'un coup à ce que j'éprouve. Se mordillant la lèvre inférieure, elle me dit ne pas arrêter de penser à la dernière soirée qu'elle a passée avec Manon, qu'elle s'en veut à mort de l'avoir laissée seule dans le salon, de ne pas être restée avec elle jusqu'au moment d'aller toutes les deux se coucher.

Je la remercie, lui dis que ce n'est pas sa faute, puisque c'est en gros ce qu'elle a besoin d'entendre. Pris par un doute, je veux savoir si elle a le souvenir d'avoir vu Albert ce soir-là. Elle paraît surprise, réfléchit, me répond que non. Elle n'a vu personne, pourtant, l'espace d'un instant, elle a eu la désagréable impression d'être observée du jardin plongé dans le noir. Mais elle s'est rapidement raisonnée. Si seulement elle avait suivi son intuition, tout aurait pu être différent.

Le reste de la journée se déroule sans drame majeur. Nous repartons vers 17 heures et dînons tous les trois pour la première fois depuis des semaines.

Arthur va rejoindre ses amis, nous prévient qu'il ne rentrera que demain soir.

Mal à l'aise de me retrouver seul avec Béatrice, je vais m'enfermer dans ma chambre avec ce qui reste d'une bouteille de bordeaux, allume mon écran plat. Sans savoir quoi regarder, je fais défiler les films sans passion, m'arrête sur le *Twin Peaks: Fire Walk With Me* de David Lynch.

Je me souviens être allé le voir à sa sortie, à l'époque du collège. Je n'avais absolument rien compris, sûrement en grande partie, car je n'avais jamais regardé la série.

Cette fois, les images, les sons, les musiques me fascinent, et je me laisse agripper sans résister par cet univers si particulier.

L'actrice principale ressemble un peu à ma sœur au même âge. Je tente de comprendre les signes et les indices que le réalisateur a parsemés pour ne pas nous perdre définitivement, mais j'ai du mal à garder les yeux ouverts, je m'endors par intermittence pour me réveiller dans des scènes qui s'apparentent à de lents cauchemars.

À un moment, quand je reviens à moi, après un court assoupissement, Laura Palmer hurle à son petit ami motard qu'elle l'aime, avant de s'enfuir en direction des arbres de la forêt.

Elle marche seule dans l'obscurité, et rejoint deux hommes et une brune.

Elle danse en sous-vêtements dans une cabane perdue au fond des bois, au son d'une musique répétitive.

Sniffe de la cocaïne en compagnie de la fille et des deux hommes.

L'un d'eux, limite obèse, tente de la violer sur un vieux matelas alors qu'elle le supplie d'arrêter.

Son père, Leland Palmer, les observe derrière une vitre sale. Dans sa cage, un mainate s'agite. Je ferme les yeux, le sommeil m'emporte par vagues, je laisse le démon entrer…

Manon hurle et pleure sous une musique de plus en plus inquiétante. L'homme la plaque contre le sol, la frappe, arrache ses vêtements, lui lie les poignets. Une autre fille murmure à ses côtés, mais je ne parviens pas à la distinguer dans la pénombre de la cave. Manon hurle à nouveau. L'homme qui l'agresse parle d'un journal intime. Puis je perçois des bruits de lutte. Des chants s'élèvent, qui font penser à ceux d'un requiem. L'homme plante la lame de son couteau dans le ventre de Manon, plusieurs fois, se redresse, haletant, et je vois enfin son visage. C'est Albert, recouvert du sang de ma fille, les yeux entièrement blancs, des excroissances nerveuses lui poussant dans le dos. Je ne peux rien faire, figé dans la pierre molle et grouillante. Albert remarque ma présence, me provoque, ironise sur mon impuissance.

Je me réveille en sursaut. Il est minuit et demi. À l'écran, Laura Palmer est assise, magnifiquement coiffée et habillée, dans l'étrange pièce aux rideaux rouges et au sol strié de noir et de blanc. La musique est douce, réconfortante, calme les battements affolés de mon cœur. Près de Laura se tient l'agent Dale Cooper, la main posée sur son épaule de façon protectrice. Face à elle, alors que des lumières bleues se reflètent sur son visage, un ange apparaît. Laura, filmée dans une sorte de ralenti, se met à rire en lâchant quelques larmes, pendant que l'ange, en suspension, prie pour elle. La caméra surplombe Laura Palmer et Dale Cooper, et s'éloigne lentement…

Et Manon, où se trouve-t-elle, à part dans sa tombe ? Y a-t-il près d'elle un ange pour la guider ? Un Dale Cooper pour la protéger ?

Sous le coup de l'émotion, je rappelle Wayde, laisse cette fois un message où je lui fais part de ce que m'a appris Anne au sujet d'Albert Reynaud. Je lui demande des explications, le supplie de me rappeler dès qu'il le pourra.

Et, évidemment, c'est quand je tente ensuite de me rendormir que je n'y parviens plus.

Mon iPhone vibre le lendemain matin, alors que je sors de la douche. Je me jette sur le lit et décroche.

C'est Wayde. Sa voix est enrouée. Il me dit en toussant qu'il ne devrait pas m'appeler, qu'il ne sait pas pourquoi il le fait. Je sens en lui un besoin pressant de se confier. Il s'excuse de m'avoir laissé sans nouvelles, mais il ne travaille plus dans la police. Cette vie n'est plus la sienne et il tente de sauver ce qui en reste. Selon lui, toute cette histoire est du flan. Trevor Dikela n'a pas du tout le bon profil pour être le meurtrier. Il s'agit, selon ses dires, d'une grossière mise en scène. Le gamin savait qu'il était foutu dans cette sordide histoire de proxénétisme et de meurtres d'adolescentes, et il a sûrement accepté de charger la barque avec un crime supplémentaire en échange d'une compensation. Une vie confortable en prison par exemple, ou une importante somme d'argent envoyée à sa famille. Ce sont des méthodes répandues dans les prisons d'Afrique du Sud. Tout le monde y gagne. Pour le bien-être de tous, il fallait qu'un Noir soit arrêté.

Quand je lui demande qui aurait pu exercer un tel chantage, il me répond soit la police elle-même, afin de clore une enquête embarrassante, soit, évidemment, le responsable du meurtre, grâce à de probables relations haut placées. Je prononce le prénom d'Albert. Wayde ricane, me confie être certain que c'est lui qui a tué Manon. Mais il n'a aucune preuve concrète. Il a effectivement appelé Anne Coulanges, lui a appris qu'Albert avait violé une jeune fille un an plus tôt et que ce n'était sans doute que la partie émergée de l'iceberg. Wayde a ensuite tout tenté pour le confondre, jusqu'à entrer chez lui par effraction. Il a ainsi trouvé dans son ordinateur personnel de nombreux documents compromettants, dont des photos de Manon et de ses amies prises à leur insu pendant leurs vacances, mais il a tout foutu en l'air. Albert a porté plainte contre lui, il n'a plus le droit de l'approcher à moins de cent mètres. Et, depuis, Reynaud a dû effacer tout ce qui pouvait l'incriminer.

Sous le choc, je l'informe que je ne peux pas rester à Paris les bras ballants. C'est trop grave. Il faut que je retourne au Cap, comme ma sœur me l'a conseillé, et que je tire une bonne fois pour toutes cette affaire au clair, quitte à tenter de parler à ce Trevor Dikela en cellule. Wayde me le déconseille, mais je ne suis pas du style à lâcher si facilement. Quand je lui demande s'il existe encore un moyen de faire payer Albert Reynaud, il me dit, après un long silence, que ce ne sont pas des choses à évoquer au téléphone. Piqué au vif, je lui annonce que je compte prendre le premier avion et le rappellerai une fois que je serai arrivé. Je ne lui laisse pas le choix et je raccroche.

Je reste de longues minutes immobile sur mon lit sans savoir dans quel monde je vais m'immiscer. Un monde souterrain, à la lumière blafarde, où j'ai peu de prise et dont les règles me sont obscures.

Je me connecte sur le site d'Air France et réserve une place sur le premier vol disponible le lendemain pour Le Cap.

Roissy. 15 h 30.

J'envoie un message à Laura et lui demande d'annuler tous mes rendez-vous des quatre prochains jours sans m'épancher.

Béatrice n'est pas encore levée. Tant mieux, je ne sais pas ce que j'aurais été capable de lui dire. J'attrape une veste et sors de chez moi, pris par le besoin de marcher.

Je me revois avec Albert dans la maison de Camps Bay et sur la plage, me souviens que Chloé nous a raconté que c'est lui qui est allé les chercher dans cette ferme perdue au milieu de nulle part. Manon est montée sur le siège à ses côtés. Ce ne peut pas être un hasard. Les pièces du puzzle se rassemblent. Ma colère enfle, je presse le pas jusqu'à l'immeuble où vit Anne Coulanges et sonne à l'interphone. Aussitôt entré chez elle, je lui jette toute ma rancœur à la figure. C'est elle qui leur a mis Albert dans les pattes. Je lui ai fait confiance. Elle nous avait assuré que c'était un type fiable. Le pire, c'est que Wayde l'a contactée pour lui apprendre que son ami était un violeur et elle me l'a caché, bien consciente de ce dont elle était indirectement responsable. Si Dikela n'avait pas été arrêté, elle ne m'aurait jamais rien dit, je n'aurais jamais rien su.

Chloé nous rejoint, alertée par le bruit, je ne la ménage pas non plus, lui reproche d'avoir appelé Albert à leur rescousse quand elles ont eu besoin de rentrer au Cap après leur virée inconsciente. Il a eu tout le temps, lors du trajet du retour, de fantasmer sur ma fille, et de laisser à l'intérieur de son crâne se former de noirs desseins.

À aucun moment, je ne consens à supposer que Wayde se soit trompé au sujet d'Albert, à admettre qu'Anne et sa fille ne pouvaient imaginer ce qu'il avait en tête. Moi qui suis pourtant le premier à savoir qu'on ne connaît jamais autant les gens qu'on le voudrait. Que chacun d'entre nous abrite en secret son lot de tourments.

Chloé éclate en sanglots et se réfugie dans les bras de sa mère. Je n'éprouve aucun remords à voir cette gamine souffrir par ma faute. Ma fille est morte, je me contrefous de causer du mal aux autres. Je ne daigne pas m'excuser pour cette violente intrusion et me dirige vers l'entrée sans un mot de plus.

Nous sommes dimanche, je ne peux même pas me rendre à mon travail pour me changer les idées et passer ma colère sur plusieurs membres de notre équipe.

J'envoie un message aux différentes nanas que je fréquente en ce moment. La première qui me répond est Lydia, une traductrice que j'ai rencontrée à la remise du prix de Flore. Je la rejoins chez elle et la baise sans ménagement jusqu'à ce que j'en vienne à manquer de souffle.

Je suis forcé, à mon retour chez moi, d'informer Béatrice que je compte repartir en Afrique du Sud. Je n'évoque pas Albert Reynaud et les théories de Wayde, lui dis seulement avoir besoin de parler à Trevor Dikela face à face. Elle me répond ne pas comprendre ce que ça va m'apporter. L'argumentaire que je lui oppose est visiblement si persuasif qu'il lui prend l'envie, cette girouette, de m'accompagner. Je refuse, elle insiste, je tente de couper court à la discussion, elle commence à s'énerver, après tout c'est aussi sa fille qui est morte, je ne suis pas le seul à souffrir et à avoir besoin de réponses. Elle se met à crier, s'agite, m'insulte. Et le coup part tout seul. Je la gifle si fort qu'elle vacille. Ça la calme direct. Béatrice s'agenouille sur le parquet, se cache le visage des mains, sanglote. Je ne cherche pas à la réconforter. C'est entièrement sa faute, elle sait comment je réagis lorsqu'elle me sort de mes gonds. Ça va me faire le plus grand bien de ne pas la voir pendant quelques jours.

Le lendemain midi, je monte seul dans un taxi qui m'amène à Roissy. Une dizaine de mes auteurs et collaborateurs m'appellent lors du trajet. C'est comme s'ils s'étaient tous donné le mot.

Assis à ma place dans l'avion, j'avale un maximum de tranquillisants pour dormir le plus longtemps possible durant le vol.

Nous atterrissons au Cap aux alentours de 6 heures du matin. Un taxi m'amène à mon hôtel, situé en plein cœur du City Bowl. Je finis ma nuit et, vers 11 heures, j'appelle Wayde. Heureusement, il décroche direct et me donne rendez-vous dans un snack dont je note l'adresse. J'arrive en premier, m'installe à une table près de la vitre, commande un café en français, tant j'ai encore du mal à réaliser que je suis revenu dans ce maudit pays.

Wayde a les traits tirés, sa barbe a poussé. Une balafre sur sa joue indique une bagarre récente.

Il s'assied face à moi, me serre la main. Tendu, il regarde tout autour de lui comme s'il craignait d'être suivi ou surveillé. Son haleine dégage une lourde odeur d'alcool.

Nous commandons deux burgers. En les attendant, je lui enjoins de me révéler tout ce qu'il sait au sujet d'Albert Reynaud.

Plus il parle, plus je suis atterré. Et plus je me rends compte du vrai visage de l'homme que ma fille a côtoyé lors des derniers jours de sa vie.

C'est lui qui me l'a prise. Moi aussi, j'en suis persuadé. Je le revois sur la plage de Camps Bay me confier à quel point il était désolé, à quel point Manon était une adolescente adorable. Je me remémore son regard et comprends enfin ce qui m'a perturbé. Je ne décèle que maintenant la réelle perversion qui transparaissait dans ses yeux d'un vert de marécage.

Je demande à Wayde ce qui est nécessaire pour le confondre. Il sourit, me dit que d'un point de vue juridique nous avons les mains liées. Je ne comprends pas, lui rétorque qu'il y a forcément une façon de prouver que c'est Albert le coupable, que je peux engager un privé ou contacter mes relations pour faire pression sur la police et rouvrir l'enquête. Et Albert a encore la nationalité française, il serait peut-être possible de l'extrader pour qu'il soit jugé dans notre pays. Wayde déclare d'un air las qu'il a tout tenté pour le piéger, mais qu'il est à présent intouchable. Des gens haut placés le protègent et, de toute façon, ce sale pervers a eu le temps nécessaire pour effacer toutes les preuves qui auraient pu le relier au meurtre de ma fille. Je me retiens de lui dire qu'on n'en serait pas là s'il n'était pas entré chez lui par effraction pour le tabasser. Il sourit comme s'il avait attrapé mes pensées au vol.

J'ai la certitude qu'il a une idée en tête et lui demande de me la confier sans perdre de temps. Il réfléchit, finit sa bière, se racle la gorge.

Wayde connaît des hommes de confiance qui ne craignent pas de se salir les mains. Bien payés, ils pourraient s'occuper de Reynaud. Un plan net, rapide, sans bavures. Son corps ne serait jamais retrouvé. Rien ne pourrait me relier à lui. Je repartirais en France sans courir le moindre risque qu'on remonte jusqu'à moi, avec l'agréable sensation du travail bien fait. C'est la seule façon de lui faire payer son crime, dans ce pays à l'âme viciée.

Après un moment de flottement, je lui demande s'il est sérieux, ose lui dire que j'ai du mal à croire qu'un ex-flic me fasse une telle proposition. Il éclate de rire, me rétorque qu'il a eu une autre vie avant de rentrer dans le rang, une vie où il était lui-même hors-la-loi. Depuis qu'il a rendu son insigne, il ne se fait plus aucune illusion. Il ne veut plus se sentir impuissant. Il a compris à quel point ses supérieurs sont corrompus et que rien n'a changé à ce niveau depuis la démission de Jacob Zuma. Au moins l'un d'eux connaît Reynaud, le protège, c'est une certitude. Lui-même a besoin d'aller jusqu'au bout avant de pouvoir tourner la page. Sa vie de famille a volé en éclats. Il a perdu la garde de son fils et le peu de foi que ses proches gardaient en lui. Nous devons tous deux concentrer notre haine sur l'homme qui nous a réunis. Wayde ne demande qu'une chose :

que les gars que je vais payer forcent Albert à leur communiquer la liste de tous ses complices. Les hommes des vidéos, ceux qui, masque sur le visage, violent des jeunes filles dans des caves.

Au fond, je ne peux pas affirmer être surpris, ayant imaginé cette éventualité dès qu'il m'a appris connaître une autre façon de faire payer Reynaud, au téléphone. D'abord absurde, cette idée est même devenue évidente. Je m'y suis habitué. Elle a fini par m'exciter, par constituer la seule issue.

J'ai toujours été contre la peine de mort, celle qu'un groupe de personnes inflige froidement à un individu. Mais là, je parle de l'homme qui a arraché une partie de mon cœur. De l'homme qui a fait subir les pires horreurs possibles à ma fille. Le savoir libre m'est insupportable. Savoir qu'il ne sera jamais jugé m'échauffe le sang. Je veux qu'il paie. Et je veux qu'avant, il souffre sans retenue. Que son supplice lui paraisse interminable. Que chaque seconde ait un poids d'enclume. Qu'il nous implore de l'achever comme ma fille a dû l'implorer de la laisser vivre.

Wayde me propose de le suivre jusqu'à sa voiture. Il ne veut pas me dire où nous nous rendons et traverse des quartiers qui sensiblement s'appauvrissent, jusqu'à s'arrêter face à une maison construite près d'un vaste terrain vague.

La masure, du moins ce qu'il en reste, est encore plus sinistre que dans mon imagination.

Wayde coupe le moteur et prétend d'un air grave qu'il est nécessaire que je voie pour comprendre.

Je le suis à l'intérieur sans me poser de questions. Wayde m'apprend que de nombreuses bandes du quartier viennent squatter ici depuis la découverte du corps de Manon, pour fumer, se droguer, baiser, jouer à se faire peur. Ces murs sont devenus tristement célèbres dans le township, une attraction locale. Ce n'est pas tous les jours qu'on retrouve le cadavre calciné d'une jeune touriste blanche à Langa.

Nous descendons les marches poussiéreuses menant à la cave. Wayde allume sa lampe torche. La suie qui tapisse encore le sol, les murs, et le plafond, rend l'endroit encore plus obscur.

De l'eau goutte quelque part, je perçois parfois des grattements que j'attribue à des rats.

Inhalant des relents de pourriture, j'ai l'impression de me retrouver au cœur du dernier cauchemar de ma fille, de discerner sa silhouette prostrée quelques mètres plus loin. Sa terreur, encore présente, comme encagée, me contamine et devient mienne, tout comme sa souffrance qui, plaquée aux parois de la cave, s'en détache comme de la graisse qu'on racle.

Je sursaute quand, sa voix résonnant fortement tout autour de nous, Wayde me rappelle ce qu'Albert lui a fait.

Les coups, les mutilations, le viol, le feu.

Du sadisme à l'état pur. De bonnes tranches de mal absolu.

Je revois le corps de Manon à la morgue, alors que je tentais vainement de retrouver des traces, dans cette abomination, de celle que j'ai élevée pendant dix-sept ans.

Me sentant trop proche de la brisure, je remonte les marches, cours vers l'extérieur à la recherche d'une bolée d'air vif, et, sans pouvoir me retenir, je gerbe sur ce qui reste d'un lave-linge.

Wayde me rejoint. Je le gifle. La main sur la joue, il me sourit, ne semble pas m'en tenir rigueur. Lui-même sait qu'il l'a bien cherché.

Je lui dis que je suis OK. Que j'irai jusqu'au bout. Que oui, je marche dans sa combine.

Wayde me ramène en voiture jusqu'à mon hôtel, me dit en coupant le moteur que j'ai pris la bonne décision, me prévient ensuite qu'il me recontactera dans la soirée.

Une fois qu'il est parti, ne voulant pas encore m'enfermer dans ma chambre, je remonte la rue à pied, erre d'abord sans but au cœur d'une ville qui paraît constamment refuser ma présence. Je distingue Table Mountain se découper au loin, et, me souvenant des photographies que ma fille a prises à son sommet, je décide de m'y rendre, m'installe, un peu anxieux, dans le téléphérique. Arrivé au sommet, je profite, après une randonnée assez physique, de splendides points de vue sur la ville.

J'en viens à regretter de venir ici dans de si étranges conditions. De découvrir ce riche panorama en décalé avec ma fille.

Et, comme pour rendre hommage à Manon, je vais à mon tour visiter Bo-Kaap, le Waterfront, retrouve sans mal les endroits qu'elle a pris en photo et m'a ainsi rendus familiers. Son regard d'alors déteint sur le mien, le guide, l'élève.

J'imagine Albert Reynaud se pavaner quelque part dans cette ville, libre de continuer son existence comme bon lui semble. Je dois résister à la pulsion d'aller le trouver et de m'occuper de lui à ma façon. Je ne veux pas risquer quoi que ce soit. Je dois me protéger. Être patient. Le plaisir n'en sera que plus vivace.

Wayde m'appelle comme prévu en début de soirée, me confirme que tout est programmé et me communique la somme que je dois remettre à ses contacts. Il me donne rendez-vous le lendemain après-midi dans un bar sur Victoria Road, m'informe que, dorénavant, il n'est plus possible de reculer, avant de raccrocher.

Je parcours mes mails, me connecte à quelques sites littéraires et à mon Facebook, retrouve ainsi cette vie que j'ai mise entre parenthèses et qui m'est déjà si lointaine.

Et si fade.

Je passe ensuite la soirée devant des films, un peu hagard, ne réponds pas aux nombreux appels de Béatrice.

Je n'arrive pas à croire à ce que je m'apprête à commettre. Je résiste cent fois à l'envie de contacter Wayde pour tout annuler.

Ma fille a été torturée et brûlée vive. Je ne pourrais plus me regarder dans une glace si je ne punissais pas le monstre qui l'a arrachée à moi. Tout parent ferait de même si on lui en donnait la possibilité. Ce ne sont pas des choses qui s'expliquent, mais que l'on ressent avec les tripes.

Le lendemain matin, à peine remis d'une nuit où je n'ai que peu dormi, je me rends dans une banque au cœur du City Bowl, retire au guichet, après avoir subi plusieurs vérifications de mon identité, l'indécente somme qu'on m'a demandée, que je range dans une grosse enveloppe avec l'impression de rejouer une scène de *Scarface*.

Je vais acheter un hot-dog à un vendeur ambulant, appelle Benny Hegarty, lui apprends que je suis au Cap et que j'ai besoin de voir Trevor Dikela au plus vite.

Ne cachant pas sa surprise, il me répond d'abord que ce n'est pas aussi simple, que Dikela n'a pas droit aux visites. Ne me démontant pas pour autant, je lui rétorque que je suis venu expressément pour me confronter à lui, que j'ai besoin de comprendre pourquoi cet homme m'a pris ma fille. Et, surtout, pour qu'il implore mon pardon à genoux. C'est la seule manière d'avoir la chance de passer un jour à autre chose. S'il a des enfants lui-même, il ne peut que me comprendre.

Après un temps de silence, il me propose de le rejoindre d'ici à une heure à un poste de police dont il me transmet l'adresse.

Je le remercie pour sa sollicitude, et raccroche.

Benny Hegarty m'attend face à l'entrée principale, un beau Noir élégamment habillé qui me fait penser à Wayde, en plus sain. Après m'avoir salué, il m'informe que Trevor Dikela est incarcéré ici jusqu'à son jugement et sera par la suite transféré à la prison de Pollsmoor, dans un quartier de haute sécurité.

Deux agents me fouillent, me demandent de leur présenter ma carte d'identité et mon passeport, me font ensuite passer au détecteur de métaux. Je suis Benny dans un long couloir aux murs ocre avec la curieuse impression de m'enfoncer sous terre.

Benny me prévient que je n'ai que dix minutes, ouvre la porte et me fait signe d'entrer.

Trevor Dikela m'attend dans une salle puant l'encaustique, assis à une table en formica, les poignets menottés.

Je m'installe face à lui. Il semble bien plus jeune que sur la photo du journal, garde les yeux rivés sur la table et a l'air très faible. Je remarque des contusions sur son visage, son cou et ses bras.

Après un moment de doute, je lui annonce en anglais qui je suis, sans que ça provoque en lui la moindre émotion. Je ne m'attendais pas à ce qu'il se montre expansif. Il me serait difficile d'exprimer précisément ce que je ressens à l'instant présent.

Tout en vérifiant s'il y a des caméras ou des micros dans la pièce, je lui chuchote que j'ai besoin de savoir si c'est bien lui qui a tué Manon, ce dont je doute fortement. Il peut me l'avouer, je le garderai pour moi. J'ose lui dire que je sais qu'il couvre quelqu'un d'autre. Il doit juste me donner son nom. Ce sera notre secret.

La main de Trevor, posée sur la table, tremblote. Je croise son regard apeuré et qui d'un coup se durcit.

Puis il se lève d'un bond, crie au gardien qui se tient de l'autre côté de la porte de le ramener en cellule.

Je ne songe pas à le retenir. J'ai eu ce que je voulais.

Le regard ne trompe pas. Wayde a raison, ce pauvre type n'a pas touché ma fille, j'en suis persuadé.

De retour à l'extérieur, je demande à Benny s'il y a eu d'autres suspects avant que Trevor n'avoue. Il me parle d'un chauffeur de taxi et de son ami cambrioleur, et des deux Noirs responsables du car-jacking. Mais à aucun moment il n'évoque Albert Reynaud.

Benny Hegarty ne m'en dit pas beaucoup plus quand je veux savoir ce qui est arrivé à Wayde.

Selon lui, le capitaine Masekela était alcoolique et violent. Son équipe et ses amis l'ont protégé tant qu'ils l'ont pu. Il a, en connaissance de cause, creusé sa propre tombe.

Je retrouve Wayde comme prévu dans un bar, ne lui dis rien de mon entrevue avec Trevor et Benny. Je ne veux pas qu'il pense que j'ai mis sa parole en doute. Nous partageons des bières, et deux hommes nous rejoignent. Ils ont des attitudes de camés et parlent un anglais très approximatif. Je comprends vite qu'ils font partie d'un gang.

Je tente de cacher à quel point leur présence me met mal à l'aise, et leur passe sous la table une enveloppe marron contenant la première moitié de la somme demandée. Je les préviens avec un semblant d'autorité qu'ils auront la seconde moitié une fois leur travail accompli. L'un d'eux se marre, me lance qu'on n'est pas dans un film, m'ordonne de la leur donner tout de suite. Pris de cours, je lui tends le reste de la somme sans réussir à croiser son regard, ni celui de Wayde. Je n'ai aucun pouvoir ici, je ne suis pas à Saint-Germain-des-Prés face à mes dociles collaborateurs.

Le jeune homme compte le tout rapidement, et range les liasses dans une sacoche. Il fait un clin d'œil à Wayde. Tout roule.

L'ambiance se relâche un peu. Wayde nous commande quatre moscow mules. Les deux garçons assis face à nous redeviennent des gamins de leur âge. L'un s'appelle Travis, l'autre, Wilson.

Wayde leur fournit l'emploi du temps d'Albert, son adresse personnelle et celle de son travail. Je ne sais pas qui de lui ou de moi aura le plus de plaisir à le voir souffrir sans espoir de guérison. Qu'il me manipule n'a aucune importance.

Albert Reynaud vit seul. Il a, semble-t-il, installé un système d'alarme dans sa maison depuis l'intrusion de Wayde, mais ça ne représentera pas un obstacle majeur. Les deux jeunes comptent frapper dès ce soir. Je leur suis reconnaissant de ne pas perdre de temps et de ne pas me faire perdre le mien.

Quand je veux savoir de quelle manière ils vont s'y prendre, ils me répondent sans me ménager que ce n'est pas mon affaire. J'exige toutefois d'être présent quand ils s'occuperont de lui. Je veux le voir hurler et supplier, je veux qu'il comprenne qui a ordonné son exécution et pourquoi. Je veux être la dernière personne qu'il verra en ce monde.

Après s'être rapidement concertés, les deux lascars acceptent que Wayde et moi les rejoignions dans un lieu déterminé quand la situation sera sous contrôle. Et que ce soit moi qui décide alors ce qu'on lui fera subir. Je ne l'avouerai jamais à personne, mais l'excitation est à son comble.

La journée se déroule à un rythme irréel. Plusieurs fois, j'ai envie de sauter dans le premier avion pour Paris et de m'enfouir sous des tonnes de quotidien. Plusieurs fois, j'ai envie que le temps s'accélère.

J'ai la crainte que soudainement quelque chose tourne mal.

Que ce soit moi, pour une raison que j'ignore encore, qui finisse dans une fosse en plein désert.

J'aurais peut-être dû me trouver une arme pour me défendre. Assurer mes arrières. Je ne connais pas Wayde tant que ça, il pourrait me manipuler depuis le début, être de mèche avec ces hommes dans l'optique de me voler mon argent. Il a peut-être été viré de la police à cause d'agissements criminels. Je suis à sa merci en cette terre étrangère. Ce n'est pas moi qui contrôle la situation, si loin de Paris. Je suis peut-être déjà au cœur d'un piège.

Wayde et moi, nous nous retrouvons en début de soirée, passons le temps en buvant et en évoquant sans nostalgie nos jeunesses éteintes. Quand je me risque à lui demander s'il a totalement confiance dans les deux hommes que j'ai engagés pour en tuer un autre, il s'efforce de trouver les bons mots pour me rassurer.

Je ne cherche pas à imaginer ce que je risque s'ils se font prendre et nous dénoncent. Je dois assumer ma décision jusqu'au bout et mépriser la fatalité.

Wayde reçoit un texto vers 22 heures. Une simple adresse, située, il me le précise, à quinze minutes d'où nous nous trouvons.

Nous nous y rendons aussitôt en voiture. Pour ne pas trop penser à la suite, je me concentre sur les façades des bâtiments qui défilent, les lumières des néons qui parfois nous frôlent, parfois nous éblouissent, sur les passants anonymes qui, à l'écart de ma vie en pente, continuent à vaquer à leurs occupations dans la nuit drue.

Pour la première fois depuis longtemps, j'ai la peur au ventre. Je ne me suis jamais senti aussi proche du danger. Je ne peux même pas fixer le ciel pour me rassurer tant, dans les étoiles qui le parsèment, je ne retrouve rien de familier.

Wayde s'arrête face à un immeuble de cinq étages qui paraît abandonné. Deux ados asiatiques déboulent sur le trottoir, juchés sur leurs trottinettes. Ça sent une odeur de feu de forêt. Une intense pauvreté suinte de tous les bâtiments qui s'offrent à ma vue. J'ai rarement ressenti à ce point l'impression d'être loin de chez moi.

Le hall est rempli de débris de toutes sortes. Wayde me demande de le suivre vers la porte qui semble mener à la cave, puis il appuie sur un interrupteur et descend les marches raides d'un escalier en effleurant le mur sale du plat de la main.

Nous arrivons dans un couloir au sol en ciment, qui longe une vingtaine de boxes aux portes en bois toutes ouvertes ou défoncées. Wayde se dirige vers la gauche. Je le suis, entends des gémissements, des bruits de coups, des cliquètements métalliques. Nous débouchons sur une vaste pièce éclairée par une unique ampoule accrochée au plafond. Albert est agenouillé à même le béton, entièrement nu et les mains liées dans le dos par du fil de fer. Wilson et Travis se tiennent à ses côtés. Nous entendant, Albert lève le visage, déjà bien commotionné. Il nous reconnaît, pousse un cri misérable. Le peu d'espoir qui lui restait de s'en sortir vivant s'évapore de ses yeux.

Travis nous apprend qu'il n'a encore rien voulu avouer. Malgré les coups, malgré les menaces, malgré les décharges électriques et les incisions.

Ce fils de pute ose encore prétendre qu'il n'a rien fait à Manon. Que Wayde est cinglé, que je ne dois pas lui accorder ma confiance.

Je lui crache au visage, le gifle de toutes mes forces. Je sens dans mes veines gronder le sang de mon père.

Que penserait-il en me voyant ?

Qu'Albert avoue n'a plus d'importance, nous ne sommes pas dans une salle d'interrogatoire. Ce temps-là est fini. Plus de parodie de justice, plus de faux-semblants, que des hommes nus face à face.

Je pourrais encore tout arrêter, leur dire que c'est suffisant pour ce soir, que j'en ai assez vu, qu'ils peuvent le laisser dans cette misère et garder leur argent. Mais je ne le souhaite pas, je veux aller jusqu'au bout, je veux que ses yeux et son âme à lui aussi fondent.

Je saisis, dans l'attirail de Wilson et Travis, un petit couteau parfaitement aiguisé et m'approche de lui. Ma main tremble, je tente de le cacher aux autres. Albert me supplie de renoncer, me répète qu'il n'a pas touché à ma fille.

Que ce n'était même pas elle qui lui plaisait dans le lot.

Pris de fureur, je plante la lame dans son ventre, juste au-dessus du nombril. Albert crie en chialant. Son sang coule sur sa peau plus lentement que ses larmes.

Le plaisir que je ressens vient du fond des âges. C'est comme si toutes ces dernières semaines n'avaient été qu'attente de ce moment. Pas rassasié pour autant, je le poignarde au niveau de l'aine, le regarde cette fois droit dans les yeux et lui murmure que c'est pour Manon, et qu'il n'aurait jamais dû s'en prendre à elle. Albert tente encore de me mentir. Je lui perfore la joue pour qu'il se taise. S'ils voyaient ça, à Paris, ils s'en décrocheraient tous la mâchoire. Et plus aucun auteur ne me ferait chier sur ses à-valoir ou ses dates de parution.

Je me redresse et tends le couteau à Wayde, qui s'agenouille à son tour face à Albert. L'arme en évidence, il lui ordonne de lui fournir la liste des participants d'une certaine vidéo. Albert se borne à refuser. Wayde le poignarde à l'épaule, tourne lentement la lame dans la chair. Sur le point de perdre connaissance, Albert finit par céder, chuchote une dizaine de noms après que Wayde a activé son dictaphone. Wayde se redresse et me fait un clin d'œil. Il a eu ce qu'il voulait.

Je fais signe aux deux autres de continuer leur travail. Conformément au plan, Wilson attrape une barre de fer pendant que Travis jette Albert sur le sol. Ils le maintiennent tous deux immobile, alors qu'il tente vainement de se débattre, et Wilson, sans ménagement, lui enfonce la barre dans l'anus. Albert beugle et se contorsionne de douleur. Wilson accélère le va-et-vient, le pilonne jusqu'à ce que son poignet soit recouvert de sang mêlé de merde.

Je suis absolument fasciné. J'ai déjà tenté par le passé de choper des snuff movies sur Internet, mais là, c'est la putain de réalité.

Wilson jette la barre de fer contre un mur. Une odeur pestilentielle s'élève et me force à plaquer ma main sur mon nez.

Travis attrape Albert par les cheveux, le projette en arrière. Le choc de sa nuque contre la pierre l'assomme d'un coup. Il gît la bouche ouverte, les jambes écartées. Wilson s'empare d'une grosse paire de tenailles et les approche en sifflotant de ses organes génitaux.

Albert revient à lui. D'abord hagard, il se rend compte de ce qu'on s'apprête à lui faire, pousse de petits cris aigus, me lance un regard humide et suppliant. Mais je tiens bon, je permets à Wilson de continuer. Il attrape son sexe et ses couilles en entier avec les tenailles.

Et serre.

Incapable d'en voir davantage, je ferme les yeux, alors que les hurlements d'Albert résonnent de plus en plus fort dans la cave, masquant pourtant à peine le bruit du métal qui broie.

Je ne les rouvre qu'une fois le silence revenu.

Albert s'est à nouveau évanoui, une nappe de sang noir s'écoule de son entrejambe écrabouillé et forme une flaque.

Mais nous n'en avons pas fini avec ce minable. Il doit ressentir jusqu'au bout tout ce que Manon a ressenti.

Albert ouvre les yeux avec peine, se vomit dessus, se met à geindre en voyant ce qui lui reste entre les jambes. J'en ai mal pour lui.

Wilson lui jette de l'essence sur le visage. Albert tousse, recrache.

Je garde mon calme, laisse à Travis le soin de s'emparer du chalumeau et de l'allumer. Ce n'est pas moi qui ce soir donnerai la mort. Je ne m'y suis pas assez préparé. J'ai toujours été de la race des commanditaires.

Albert s'embrase en un instant, ce qui me fait bondir en arrière et cligner des yeux, alors qu'une chaleur intense se fait déjà ressentir et me laisse imaginer l'intensité du feu qui dévore mon ennemi. Tout en poussant des cris qui n'ont plus rien d'humain, Albert se relève dans un dernier effort et, désorienté, se met à courir droit devant lui pour s'enfuir de cet enfer, se cogne contre un mur en béton, retombe lourdement en arrière en provoquant une gerbe d'étincelles. Protégé par la distance que j'ai instinctivement établie, je ne peux m'empêcher de pouffer. Ce mec restera ridicule jusqu'au bout. Malgré l'intensité de l'incendie et la fumée sale qui s'élève en panaches, je parviens à contempler sa peau devenir écorce chaude.

Je me protège le nez à cause de l'odeur envenimée se répandant dans la cave, et qui me fait penser à celle qui, par grand vent, se dégageait de l'abattoir situé non loin de la maison de ma tante, près de Rouen.

Le corps d'Albert, étendu de tout son long sur le sol, est encore secoué de spasmes. Avec mon accord, Travis s'empare d'un extincteur et l'asperge de neige carbonique.

Le spectacle fini, Wayde et moi retournons à l'extérieur, où il m'informe que Travis et Wilson vont s'occuper de transporter le corps et de l'enterrer dans le désert, cinquante kilomètres plus au nord.

Ce qui me réjouit. Il n'aura pas droit à un enterrement en terre consacrée, à la moindre célébration, à la moindre prière.

Personne ne pourra se recueillir sur sa sépulture.

Nous n'échangeons pas un mot durant le trajet qui nous ramène au City Bowl. Arrivés en bas de l'hôtel, je lui propose de boire un dernier verre. Il me semble difficile de se quitter ainsi, après tout ce que nous venons de vivre.

Nous entrons dans le premier établissement ouvert que nous croisons, un bar de nuit aux couleurs vives et à la décoration rétro, commandons deux bières au bar et nous asseyons près d'un gros juke-box qui passe un morceau de Nina Simone. L'atmosphère est calme et détendue. La tension qui ne m'a pas quitté de la journée retombe enfin. J'ai encore du mal à croire à ce qui vient de se passer, et à quel point je ne regrette rien, à quel point je le vis bien, à quel point la mort de cet homme est pour moi un apaisement.

Je sais que de là-haut Manon me remercie.

Nous trinquons dès que nos commandes arrivent, à présent liés par un très lourd secret, de ceux qui peuvent faire vriller les esprits les plus solides. Nous nous promettons néanmoins de ne plus jamais évoquer ce sujet, de définitivement nous en libérer.

Wayde et moi savons que c'est la dernière fois que nous nous voyons. Chacun de nous tentera d'oublier l'autre et ce qu'on a commis. Mais ce que nous avons vécu ensemble, peu d'hommes en feront l'expérience. Nous sommes liés par le sang et la souffrance de l'être que nous avons mis à terre.

Wayde compte maintenant tout mettre en œuvre pour débusquer ceux qui se trouvent sur la liste d'Albert et dévoiler au grand jour leurs agissements. Ensuite, il quittera Le Cap, prendra la route sans destination établie. Il aura toujours son téléphone sur lui dans l'espoir qu'un jour son fils décide de le contacter.

L'alcool aidant, un climat de confiance s'est installé. Wayde me révèle des choses de plus en plus personnelles et, de façon naturelle, je fais de même. Ça ne m'était pas arrivé depuis longtemps de m'épancher ainsi. J'espère qu'aucun dictaphone ne tourne sous la table. Finalement, j'aime bien ce mec, j'aurais voulu le connaître dans d'autres circonstances. Par certains côtés, nous nous ressemblons assez, même si nous vivons dans deux mondes diamétralement opposés.

Une fois dans ma chambre d'hôtel, je sors sur le balcon et contemple les scintillations de la ville qui au loin butent contre l'obscurité impénétrable des montagnes.

À l'heure qu'il est, le cadavre d'Albert est enterré. Seuls, peut-être, quelques animaux sauvages sentiront désormais sa présence.

Son agonie est notre secret, tout comme la localisation de sa tombe.

Au cours de la nuit, je rêve de Manon, épanouie, son appareil photo à la main, occupée à capturer les éclats d'une plage infinie.

Béatrice est assise dans le salon quand je rentre chez nous. Je pose ma valise sur le tapis, la prends dans mes bras, lui chuchote à l'oreille que j'ai parlé à Dikela, que c'est bien lui qui nous a pris notre Manon, qu'il m'a demandé en pleurant de lui pardonner.

Tout est fini.

Elle se met à chialer contre ma poitrine. Je n'ajoute rien.

Après le dîner, je prétexte la fatigue pour aller me coucher tôt. Ce soir, je n'ai aucune envie de sortir et de me défouler dans le corps d'une femme.

Une sourde angoisse me submerge. Je sue comme jamais, les battements de mon cœur se répandent sur ma peau humide.

Je revois Albert agenouillé à mes pieds.

Je me revois lui planter la lame d'un couteau dans le ventre.

Je revois Albert brûler.

Ayant du mal à respirer, je fonce dans ma salle de bains, avale deux anxiolytiques et me passe la tête sous l'eau froide.

Et je ferme les yeux. Me concentre sur mon souffle qui lentement s'apaise.

Je ressors de ma valise les vêtements que je portais ce soir-là, vérifie sous la lampe qu'aucun ne garde de trace de sang.

Ils sentent encore l'homme qui brûle.

Par mesure de sécurité, je jetterai tout demain aux ordures.

Je me recouche alors qu'une sombre tempête souffle sous mon crâne.

Et si Wayde craquait, racontait tout à l'un de ses ex-collègues ? Si son éthique de flic reprenait le dessus ?

Travis et Wilson pourraient facilement me retrouver, me faire du chantage.

Les effets du Xanax commençant à monter, j'accepte plus sereinement qu'il m'est nécessaire de leur accorder ma confiance. Que peut-être que dans leur monde à eux une parole est une parole.

Et quelles preuves auraient-ils contre moi ?

Je retourne au travail dès le lendemain. Laura et Mathilde prétendent que j'ai bonne mine et me préviennent qu'une dizaine de journalistes ont cherché à me contacter depuis la veille, à la suite de la diffusion du nom et du portrait de l'assassin de ma fille dans la presse française.

Je les informe que je ne compte donner aucune interview à ce sujet.

Ma sœur me rappelle par texto que je suis censé dîner chez elle ce soir. J'avais totalement zappé. Ça va me faire beaucoup de bien de la voir. Je lui confirme que je la retrouverai en sortant du boulot.

De retour de pause déjeuner, j'aperçois Solange assise dans un restaurant en compagnie d'Alexandra Vincentini, une jeune autrice. Je ne savais pas qu'elles se connaissaient et me demande ce qu'elles peuvent bien se dire et si je suis le sujet de leur conversation. Je sais que Solange tente de me coincer depuis quelque temps et j'espère qu'elle ne va pas prendre cette voie-là, sinon je n'hésiterai pas à foncer dans le tas. Conscient que j'aurai trop à perdre en les rejoignant, je m'éloigne en me promettant de veiller à en apprendre davantage. Je suis bien placé pour savoir que les coups les plus perfides viennent des êtres les plus proches.

À 15 heures a lieu la réunion mensuelle du comité de lecture du domaine français. Je préside une assemblée de six éditeurs. Nous nous asseyons tous à une immense table ovale et je m'efforce, pendant une bonne heure, de trouver de l'intérêt aux présentations de romans qui se succèdent.

Une fois les échanges terminés, Irène me demande si je tiens le coup, me dit, avec une émotion qui ne semble pas feinte, que c'est une bonne chose que le meurtrier de Manon ait été arrêté. Les autres, comme un peu obligés, la suivent.

Je m'imagine leur confier ce que j'ai commis dans cette cave du Cap, l'intense félicité que ça m'a procurée. M'amuse du beau dégradé de leurs visages épouvantés.

Qui garderait le secret ? Qui serait le premier à cafter ? Qui se précipiterait vers mon père en espérant qu'il me vire et lui offre ma place ?

Je retourne dans mon bureau et m'y enferme pour fumer un cigare bien mérité.

Puis je vais boire quelques verres au Rouquet avec mon ami François et sa maîtresse du moment, une brune un peu idiote qui semble à peine majeure.

Le salopard.

En marchant vers l'appartement de Florence, je flâne sur les quais de Seine, m'arrête devant certains bouquinistes, slalome entre des touristes de plus en plus nombreux au fur et à mesure que je me rapproche de la place Saint-Michel.

J'en profite pour faire une halte à Shakespeare and Co, achète un exemplaire de *The Naked Lunch* de William Burroughs et un de *Ada or Ardor* de Vladimir Nabokov, deux de mes romans préférés, que je me suis toujours promis de lire en version originale.

Florence m'ouvre la porte et m'invite à m'asseoir au salon, dont les larges fenêtres donnent sur Notre-Dame. Les murs de son appartement ont été récemment repeints, dans un blanc encore plus blanc que le précédent. Thaïs est absente, ce dont je ne me plains pas. Gaspard gazouille dans son parc. Je pose mon sac en papier sur la table basse, m'approche de lui et le prends dans mes bras. Le gamin me pince les joues et éclate de rire. Florence sourit en nous voyant, on dirait presque que ça l'attendrit.

Après m'avoir servi un verre de vin, ma sœur m'interroge sur mon voyage exprès en Afrique du Sud, bien contente de m'avoir mis cette idée en tête. Je lui raconte d'abord ce que j'ai partagé à Béatrice au sujet de Dikela, mais Florence, contrairement à ma chère femme, m'observe d'un air perplexe. Elle sait que je ne lui dis pas tout, elle me connaît tellement que ça m'effraie. Je n'ai jamais rien pu lui cacher.

Je tente de changer de sujet en lui demandant si elle a des nouvelles de notre père, que je n'ai pas croisé depuis mon retour. Elle m'apprend qu'il a été victime d'une nouvelle attaque cardiaque il y a deux jours et a passé de nombreux examens à l'hôpital Foch. Elle en profite pour s'excuser de ne pas m'avoir averti, sachant que j'avais d'autres préoccupations. Son cardiologue, très inquiet, lui a demandé de se reposer, de rester au calme, ce qui, on ne va pas se mentir, arrange bien mes affaires.

Bien sûr, personne n'est au courant aux éditions Delage, surtout pas les actionnaires.

Du moins jusqu'à présent.

Avec un peu de chance, ces crises vont se multiplier.

Si j'en avais la possibilité, je lui écraserais moi-même le cœur entre les doigts.

Le soir commence à tomber sur les toits de l'île de la Cité. Florence évoque, faisant fi du secret professionnel, certains patients bien corsés qu'elle a reçus dans la journée, et nous passons à notre sujet de discussion préféré : Catherine. Ma sœur la soupçonne d'avoir une liaison avec son jardinier, ce qui ne m'étonnerait pas tant cette radasse n'a jamais fait dans l'originalité. Notre belle-mère a le don de constamment jouer avec nos nerfs, comme si notre père ne restait avec elle que pour nous agacer. Et, je le crains, jusqu'à la mort.

Je me rends aux toilettes pendant que Florence ouvre une nouvelle bouteille. Tout en pissant, j'allume mon portable, tape sur Google le nom d'Albert Reynaud, et trouve un article évoquant brièvement la disparition inquiétante, à son domicile, de cet homme discret et sans histoire. Je ne pensais pas que ça irait aussi vite. L'alerte a été donnée en fin de matinée par ses collègues, car il ne s'est pas présenté à son travail, lui d'ordinaire si ponctuel, quelques semaines seulement après qu'il a été passé à tabac par un voyou jamais identifié. Personne ne répondant à son téléphone, deux agents de police se sont présentés chez lui. Aucune trace d'effraction ou de lutte n'a été retrouvée sur les lieux, aucun indice susceptible d'expliquer la disparation du quinquagénaire.

Je me doute que l'enquêteur Hegarty va interroger Wayde à ce sujet. S'il le trouve.

Et j'ose imaginer que Wayde a pensé à se forger un bon alibi. Il n'a pas le droit de me décevoir à ce sujet.

Nous dînons au son du *Concerto pour piano n° 3* de Rachmaninov. Florence s'est fait livrer des sushis et des sashimis qui s'avèrent bien plus goûteux que ceux que Béatrice commande habituellement. Même pour ça elle fait mieux qu'elle.

Je décide de lui raconter ce qui s'est réellement passé au Cap. Mes jambes tremblent sous la table, alors que Florence est pourtant la seule personne en ce monde en qui j'ai confiance et qui jamais ne me trahira. Quand j'ai fini, la gorge sèche de prononcer tous ces mots insensés, elle me dévisage un instant, puis éclate d'un rire franc. Je lui affirme que je ne plaisante pas. Elle me répond qu'elle le sait et qu'elle est terriblement impressionnée par ce que je viens de lui confier. Dans ses yeux couve ce feu si particulier qui me réchauffe de l'intérieur. J'aime l'idée de réussir encore à la surprendre.

Florence se lève de table, me demande, en posant sa main à plat sur mon cœur, de lui dire exactement ce que ça m'a fait de tuer cet homme de sang-froid.

La femme vampire veut tout absorber.

Je ne peux nier le plaisir que j'ai ressenti en le poignardant, en le voyant souffrir et cramer, entièrement à ma merci, moi, dieu en cette cave. À aucun moment, je n'ai éprouvé de remords ou de regrets. *Est-ce si mal ? Devrai-je un jour me repentir ?* J'étais à ma place, et lui à la sienne. Je reste persuadé que c'était la seule chose à faire. Je pourrais recommencer cent fois si nécessaire. J'aimerais prendre plus mon temps, contempler à travers ses yeux tout son être se vider.

Un peu inquiet de la réaction de Florence, je lui demande si tout ça est normal et si je ne me voile pas la face. Mais, selon elle, j'ai eu l'opportunité de me faire justice moi-même et le courage de la saisir. Bien entendu, elle aurait agi de la même façon. Tout le monde, qu'il se l'avoue ou non, aurait fait pareil.

Depuis toujours l'âme de ma sœur épouse la forme d'un sabre. Je repense souvent à la fois où, alors que nous avions dans les douze ans, je l'ai aperçue se tenir debout devant la piscine de notre manoir de Bougival. Quand je me suis approché d'elle pour lui demander ce qu'elle avait, elle est restée silencieuse, imperturbable. J'ai suivi son regard et ai remarqué notre petite sœur, Solange, se débattre dans le fond du bassin. La pauvre cruche savait à peine nager. J'ai aussitôt plongé et l'ai ramenée à la surface, puis j'ai hurlé à l'aide à nos parents en allongeant son corps inerte sur les dalles. Ma mère a accouru de la cuisine et lui a fait du bouche-à-bouche. Solange a repris conscience en recrachant de l'eau sur la pierre. Il s'en est fallu de peu. Aidée par notre majordome de l'époque, ma mère a porté notre sœur à l'intérieur et a appelé une ambulance.

Florence, elle, est restée immobile à fixer le bassin, comme si elle espérait encore y voir flotter le cadavre de Solange. Quand je lui ai demandé pourquoi elle n'avait pas cherché à l'aider, elle m'a répondu que tout aurait été tellement plus simple pour nous deux si elle s'était noyée. Nous n'en avons jamais reparlé.

Me resservant un verre, je rétorque à Florence que c'est aussi à ma fille que j'ai fait justice. Elle soupire, rapproche son visage du mien et m'embrasse à pleine bouche, coupant ainsi court à toute discussion.

Je suis pris par un exquis frisson, comme chaque fois que mes lèvres se pressent contre les siennes et que nos langues se cherchent et s'épousent. Je plonge une main sous son chemisier, palpe ses seins ronds et fermes, encore si parfaits. *Mais pour combien de temps ?*

Je lui remonte sa jupe, la plaque au sol et lui donne ce dont elle avait furieusement envie depuis le début du dîner.

Aucune de mes multiples conquêtes n'est parvenue à m'échauffer et à m'apaiser à la fois comme Florence, et ce depuis cette nuit, quelques semaines seulement après avoir surpris la femme nue dans le salon familial, où je suis entré dans sa chambre et me suis glissé, avec son accord, dans son lit.

Action répétée de façon quotidienne, d'abord embellie de caresses et de câlins pudiques, de frottements langoureux, de baisers en premier lieu timides et ensuite passionnés, et, l'âge avançant, de masturbations mutuelles, de découvertes plus précises de nos corps et de nos désirs cachés, jusqu'à cette première fois tant attendue, le jour de nos quatorze ans, forcément un peu décevante, mais très vite suivie d'ébats de plus en plus maîtrisés, profonds, extatiques, pourtant nécessairement silencieux, nos cris de jouissance et les manifestations de nos ardeurs étouffés par les portes closes, nos peaux ou la surface du matelas. Notre premier grand secret. Celui qui nous a définitivement soudés.

Cette relation, je le conçois, est unique, inacceptable pour ceux dont l'esprit est trop étriqué, elle représente, pour nous deux, un équilibre, l'évidence qui relie à vie nos chairs jumelles.

Même si nous ne vivons plus ensemble depuis longtemps. Même si je l'ai maintes fois trompée dans les bras d'autres femmes. Même si je me suis marié et que j'ai fait des enfants avec une autre. Alors qu'elle, au contraire, n'a jamais permis à un autre homme que moi de s'immiscer entre ses cuisses.

Réveillé par nos ébats, Gaspard se met à geindre, sans discontinuer. À mon grand désespoir, Florence se relève, le prend dans ses bras pour le calmer, le berce pendant que je me retrouve esseulé sur le parquet. Pas encore prête à l'abandonner pour moi, elle guide sa bouche avide vers son mamelon, un filet de lait coulant en orvet sur son ventre.

Je les observe en imaginant que c'est moi qui me nourris ainsi de ma plus fidèle amante. Florence capte mon regard et, comme si elle y lisait mes pensées, elle plaque plus fort le visage de Gaspard contre son sein et exerce, en lui tenant fermement le crâne, de petits mouvements circulaires. Excité en diable, je me branle alors qu'accélérant le mouvement, ma sœur se laisse à son tour dériver, ne relâchant la pression sur la tête du gamin que quand, les joues rougies, il commence à étouffer.

C'est après avoir joui que je prends conscience que ce petit garçon au sang pur est, à ses yeux, la seule part de moi qui lui appartient entièrement.

Arthur

À peine réveillé, ne voulant pas trop rêvasser en ce jour plus difficile à accueillir que les autres, je file direct sous la douche et saisis les premiers vêtements qui me passent sous la main, mon esprit un peu altéré par un rêve où le vent soufflait fort et où, au bord d'une falaise, j'étais en fuite.

J'entends mon père parler au téléphone dans le salon, et attends qu'il quitte l'appartement pour sortir de ma chambre. Il ne sera *a priori* de retour que ce soir, s'il daigne rentrer. Je ne suis même pas certain qu'il se rende compte à quel point je l'évite.

La porte de la chambre de Manon est entrouverte, ce qui projette un rai de lumière rosée sur le parquet du couloir. Rien n'y a bougé depuis son départ, son lit n'a même pas été refait. Ma mère s'y enferme parfois, afin de s'oublier tant qu'elle le peut encore dans ce qui subsiste des odeurs de ma sœur. Mon père le lui a ouvertement reproché l'autre soir, lui déclarant que, selon Florence, ça l'empêchait d'aller au bout de son travail de deuil. Piquée au vif, ma mère a néanmoins gardé son calme. Après tout, elle est la seule à savoir ce qui, en cette période, est bon pour elle. Moi, ce qui m'inquiète bien davantage, c'est qu'elle ne sort presque plus de chez nous, ne voit plus ses amies, ne leur répond même plus au téléphone. Qu'elle se mette prématurément à faner.

Comment agir pour l'aider ? Je ne suis même pas sûr qu'elle veuille de l'aide. C'est comme si elle tentait de s'enterrer à son tour, comme si la présence de ceux qui ne sont pas Manon représentait à ses yeux un poids trop lourd à porter. Un équilibre est rompu, son monde est désaxé, ne peut plus tourner normalement.

Je tire les rideaux du salon et ouvre les portes-fenêtres qui donnent sur le jardin du Luxembourg, me poste un instant sur le balcon pour observer les passants, me surprends à détester cette vue pour laquelle mon père a acheté cet appartement alors que j'avais à peine une dizaine d'années.

Je ne sais pas si ma mère dort encore. Depuis la mort de Manon, chaque jour qui se succède lui est à la fois douloureux et inutile, celui-ci, par sa symbolique, ouvrira inévitablement de nouvelles blessures. À moi de faire mon boulot de fils et de les panser avant qu'elles ne saignent trop.

Quand elle me rejoint une heure plus tard, l'air encore ensommeillée et les cheveux défaits, ma mère, surprise de me croiser, me demande quand je dois me rendre à la fac. Je lui explique avoir pris la décision de sécher les cours pour rester avec elle. Évidemment, elle comprend vite pourquoi. Je la sens à la fois émue et anxieuse. Ma mère a toujours craint de déranger les autres, je dois la convaincre que ça me fait plaisir de rester en sa compagnie. Que ça m'est nécessaire. Que j'espère que ça l'est aussi pour elle.

Pendant qu'elle boit son thé dans la cuisine, je lui propose de sortir un peu tous les deux pour profiter de cette belle journée de début juin. Comme je m'en doutais, elle refuse, prétexte qu'elle est fatiguée et préfère rester seule.

Mais je ne lâche pas l'affaire, et tente de la convaincre qu'à deux, dans les rues ensoleillées de Paris, peut-être parviendrons-nous à trouver un intérêt à cette journée où ma petite sœur aurait dû fêter son dix-huitième anniversaire.

Devant mon entêtement, ma mère retourne dans sa chambre pour se préparer. Je vérifie mes mails, et regarder où ça en est en Afrique du Sud. Comme chaque fois, avec le ventre noué.

Tout a commencé il y a une semaine, quand l'homme présumé coupable du meurtre de ma sœur, Trevor Dikela, a été retrouvé pendu avec un drap dans sa cellule de prison.

Dikela est depuis plongé dans le coma. Les médecins ne savent pas s'il se réveillera un jour et ont naturellement établi qu'il avait tenté de se suicider, ce qui n'a convaincu ni sa famille, ni ses amis, ni, au fil des jours, une grande partie de l'opinion parmi la population noire du township de Mitchell's Plain.

Pour beaucoup, Trevor Dikela est innocent du crime dont il s'est lui-même accusé, n'a rien à voir non plus avec les cadavres retrouvés enterrés dans le sous-sol de la maison qu'il squattait depuis des semaines.

On l'a tout simplement piégé. Tout n'était qu'une mise en scène. Pour preuve, une jeune femme a déclaré aux flics qu'il était resté chez elle la nuit de l'enlèvement et du meurtre de ma sœur.

Son témoignage n'a pas été pris en compte.

Les autorités avaient des aveux, bien plus qu'elles n'en espéraient pour mettre un criminel de son espèce sous les verrous. Cette pauvre fille mentait sûrement pour le tirer de là. C'était une camée, elle a plusieurs fois été arrêtée pour prostitution sur la voie publique. Pas un prix de vertu. Pas un témoin fiable.

Sur la toile, de nombreuses connaissances ont présenté Trevor Dikela comme un homme certes un peu perdu, flirtant trop avec l'interdit, mais incapable de violence.

On a évoqué des pressions policières pour qu'il avoue le meurtre de Manon.

Un passage à tabac.

Un chantage pervers.

Pour le symbole, il semblait nécessaire que ce soit un homme noir qui tombe pour le meurtre d'une femme blanche.

Sa famille est au contraire persuadée que le coupable est un homme blanc vivant à Camps Bay, là où la victime a disparu, et assez riche et puissant pour corrompre les autorités. Rien de neuf sous le soleil encore malade de l'Afrique du Sud.

Les proches de Trevor Dikela sont également convaincus que jamais il n'aurait pu se suicider.

Que c'était une tentative de meurtre.

Car il était devenu un danger à cause de ce qu'il savait.

Peut-être voulait-il déjà revenir sur ses déclarations.

L'enfermement forcé peut changer n'importe quel homme.

Tous prient pour qu'il se réveille et revienne sur ses aveux. Des associations de droits civiques ont fait pression sur la prison pour qu'il soit surveillé jour et nuit.

Des manifestations ont commencé à s'organiser au cœur du township où vivait Dikela, puis dans d'autres quartiers prolétaires du Cap.

Certaines ont tourné en émeutes.

Un premier bilan évoque huit morts et une quarantaine de blessés.

Je me souviens parfaitement du moment où mes parents m'ont appelé pour m'apprendre la mort de ma sœur.

J'étais seul chez nous, toutes mes pensées tendues vers un pays dont je ne connaissais que le passé tragique. À l'autre bout du fil, ma mère avait la voix brisée à force d'avoir hurlé. Mon père, lui, donnait l'impression de ne plus avoir aucune force, d'être éteint, vidé.

J'ai mis de longues minutes à intégrer la portée de leurs mots, l'âme réfrigérée, sans plus avoir conscience de mon propre corps.

Quand je suis revenu à moi, j'ai téléphoné à Mathis, qui m'a rejoint aussitôt. Je n'ai pas arrêté de pleurer contre sa poitrine. Il est parvenu à me calmer dans ce vaste salon que le soleil envahissait en intrus. C'est à ce moment précis que j'ai compris à quel point je l'aimais. À quel point sa présence m'était nécessaire.

Puis le choc a laissé sa place à l'incompréhension, au besoin de savoir.

Qui. Comment. Pourquoi.

À son retour du Cap, mon père m'a dit que Dikela lui avait avoué les yeux dans les yeux avoir tué Manon et qu'il le regrettait amèrement. Il lui a même demandé de lui pardonner. Selon lui, c'était tout à fait prévisible qu'il finisse par attenter à ses jours. Et que ses proches continuent à le défendre.

Je le crois.

Je dois le croire.

Je ne pourrais pas supporter l'idée que l'assassin de Manon soit toujours en liberté. Qu'il ne soit jamais puni pour ce qu'il lui a fait subir.

Je suis obligé de m'accrocher au fait que c'était bien Trevor Dikela le responsable et que justice a été rendue, pour aller de l'avant.

Ma mère aussi.

Mon père aussi.

Comme tous ceux pour qui la vie de Manon comptait.

Ma mère me rejoint vêtue d'une jolie robe d'été. Elle a relevé ses cheveux en chignon, s'est légèrement maquillée. Je sais que s'apprêter et faire attention à elle lui demande un grand effort et qu'elle le fait plus pour moi que pour elle, et lui dis tout naturellement comme je la trouve belle. Je me doute qu'elle ne me croit pas, mais j'ose quand même espérer que ça lui fait du bien de l'entendre.

Avant de sortir de l'appartement, elle met ses lunettes de soleil sur le nez. Masquer aux autres son regard voilé la protège. Il faudra sûrement du temps pour se réacclimater à sa vie mise sur pause.

Nous longeons à son rythme le jardin du Luxembourg, puis remontons la rue Bonaparte jusqu'aux quais de Seine en nous arrêtant parfois devant certaines vitrines d'antiquaires ou de marchands d'art. La chaleur intense qui se plaque au sol et aux murs nous pousse vers les coins d'ombre. Malgré le contact de mon corps contre le sien, ma mère semble encore nerveuse, comme si tout ce qui l'entourait lui était devenu hostile.

Après avoir dépassé l'île Saint-Louis et ses flopées de touristes, nous allons nous installer à la terrasse d'une péniche et, accoudés au bastingage, commandons des jus de fruits.

Ma mère s'absente pour se rendre aux toilettes. Je saisis mon verre tout en observant des jongleurs impressionner les passants sur le quai opposé, le fais lentement glisser sur mon front pour y propager sa fraîcheur. Mon regard saute de bateau en bateau, suit quelques mouettes, détaille la symphonie des vagues. Je m'imagine parcourir la Seine jusqu'au Havre et, avec le vent et les courants pour alliés, naviguer en pleine mer, refaire ma vie de l'autre côté de l'eau, sur une terre que je n'ai jamais foulée. Sans attache, sans poids mort qui me plombe la tête, sans même me souvenir des rudiments de ma langue natale.

En me rejoignant, ma mère m'apprend les yeux un peu rougis que mon père vient de l'appeler et qu'il lui a proposé que nous déjeunions ensemble. Je me braque direct, lui réponds sans réfléchir que ça sera sans moi mais, à son visage, je comprends qu'elle y tient vraiment. Elle me prie de faire un effort, ajoute que Manon aimerait nous voir tous les trois réunis.

Et là, bien évidemment, je cède.

Ma mère boit une gorgée de jus d'ananas et souhaite savoir, en fixant un affreux bateau-mouche qui nous longe, à quelle date est programmé notre prochain concert. Nous ne jouons pas du tout son genre de musique mais, avant la mort de Manon, elle s'efforçait de venir à chaque fois, pour me montrer je pense qu'elle était à fond derrière moi et mon envie de devenir guitariste professionnel. Elle s'asseyait en général dans le fond de la salle ou du bar, parfois accompagnée de Manon ou d'une ou deux de ses copines, disparaissait juste après la fin du dernier morceau pour, selon elle, me laisser passer le reste de la soirée avec mes amis, *des jeunes de mon âge.* L'idée qu'elle pense revenir nous voir me ravit, ça sera dans un rade près de la Bastille, j'ai si hâte d'y être.

Il est à peine midi et quart. Ma mère me propose d'y aller tranquillement en masquant mal son anxiété. Même avec les membres de sa famille, mon père tolère très mal les retards.

Je ne me suis pas rendu aux éditions Delage depuis des années. Nous entrons dans le vaste hall, où s'affairent une dizaine de personnes, et je suis, sans entrain, ma mère jusqu'à l'accueil, où elle demande à l'une des deux standardistes d'avertir mon père que nous sommes arrivés. Comprenant qui elle est, la nana la regarde d'un air navré. Ma mère feint de ne pas le remarquer et s'approche d'un mur où sont accrochées les photos des écrivains emblématiques de la maison. Un des visages me fait monter les nerfs, celui de Christophe Monnier. La dernière fois que je l'ai croisé, c'était chez nous, un soir où mon père avait organisé un dîner avec certains de ses auteurs les plus en vue. J'avais à peine quinze ans, vers minuit je suis sorti de ma chambre en caleçon pour me rendre aux toilettes quand je suis tombé sur lui qui en sortait, la braguette encore ouverte, totalement bourré. Me voyant, il a poussé un petit rire, tout en me barrant le passage de sa carrure imposante. Je ne savais pas où me mettre. Je connaissais déjà sa réputation et son goût pour les garçons. Il a commencé par me poser des questions super intimes tout en me matant sans vergogne, a posé sa main sur mon épaule, m'a demandé si j'avais une petite copine et, sans attendre ma réponse, il m'a plaqué au mur et m'a caressé le torse en me chuchotant qu'il avait grave envie de me sucer. Je me suis retenu de lui foutre un coup de genou dans les couilles, me suis rué dans ma chambre et ai fermé la porte à clef.

J'en ai parlé à mon père dès le lendemain. Il ne m'a d'abord pas cru, puis a prétendu sans sourciller qu'il prendrait les dispositions nécessaires. Résultat,

Monnier est toujours aux éditions Delage, et sa sale gueule trône en tête de gondole dès qu'un nouveau roman sort en librairie.

Je me suis souvent demandé comment, même ivre, ce vieux dégueulasse avait eu l'audace de proposer une gâterie au fils mineur de son éditeur, et sous son propre toit. Mais grâce au mouvement #MeToo, j'ai vite compris que ce type de mec pense naturellement avoir tous les droits.

Passe devant nous une femme d'une cinquantaine d'années accompagnée d'une autrice de bande dessinée dont j'ai oublié le nom. Elle a un instant l'air de soupçonner qui je suis, et se dirige vers la sortie en faisant claquer ses talons, croise alors un jeune homme qui franchit les portes en la bousculant presque, un gros sac en bandoulière, et qui marche timidement vers l'accueil. Le front en sueur, il sort une enveloppe kraft de son sac et la tend à la standardiste en lui bafouillant qu'il souhaite déposer un manuscrit. Il n'a pas l'air à l'aise, regarde tout autour de lui comme s'il se demandait ce qu'il peut bien faire dans cet univers qui n'a peut-être aucune intention de l'accepter. La standardiste saisit son texte sans un sourire, le pose sur une pile derrière elle et lui annonce mécaniquement qu'il recevra une réponse sous trois mois. Le garçon la remercie. Je croise un instant son regard, y discerne tous ses espoirs. Tout en fermant son sac, il observe les portraits d'écrivains accrochés au mur, rêve sûrement d'y voir un jour le sien, puis retourne d'un pas pressé vers la sortie, d'autres exemplaires de son manuscrit sous le bras.

Une voix rocailleuse me fait encore plus regretter d'être là. Trop tard pour m'éclipser. Je suis au milieu du champ de tir. Accompagné d'un ancien ministre de la Culture et d'une journaliste politique, mon grand-père descend avec précaution les marches de l'escalier principal, toujours impeccablement vêtu mais le teint encore un peu pâle à la suite de sa dernière attaque cardiaque.

Il remarque alors ma mère, debout au milieu du hall, s'en approche en ouvrant grand les bras d'un air ravi, la serre contre lui comme s'il éprouvait une soudaine et irrépressible affection envers elle. Tout aussi surprise que moi, elle n'ose pas bouger. D'un ton faussement affecté, mon grand-père lui demande comment elle se sent, lui déclare qu'il est heureux de la voir en meilleure forme, qu'ils devraient s'organiser un déjeuner, un de ces jours. Déjà blasé par cette mascarade, je m'approche et lui serre la main, seule marque de politesse dont je me sens capable envers cet homme dont je partage le sang mais qui m'est constamment resté étranger. Pas dupe, il me fait un clin d'œil, et nous présente aux personnes qui l'accompagnent comme si nous comptions réellement pour lui et que nous représentions un exemple parfait de famille unie dans l'adversité.

À leurs regards posés sur nous, je me doute bien qu'ils sont pleinement conscients du drame qui nous a frappés. Ma mère m'a raconté la semaine dernière que le vieux avait accroché un portrait de Manon dans son bureau, chose que jusqu'à présent il n'avait faite pour aucun membre de sa famille. Si ça ne tenait qu'à moi, j'irais le décrocher direct tant je suis certain que Manon détesterait l'idée de compter plus pour lui morte que vivante.

Mon père daigne enfin se joindre à nous, accompagné d'un jeune homme que ma mère semble connaître et qu'elle salue chaleureusement. Il a une bonne tête, s'appelle Arnaud Lalande, et va, à ce que je comprends, publier son premier roman fin août. Mon père annonce à mon grand-père que la plupart des représentants commerciaux de la maison ont adoré ce texte. Mon grand-père félicite l'intéressé, qui semble un peu dépassé par tout ce qui se cristallise autour de son livre.

Après avoir regardé sa montre, mon grand-père nous prie de l'excuser et s'échappe vers la sortie en compagnie de ses deux invités de marque. Tout en le suivant du regard, mon père demande à Arnaud d'être disponible début août au cas où de très probables demandes d'interviews tomberaient, et nous propose de nous rendre à la brasserie Lipp.

Sa table est réservée. Pendant que nous nous installons, il s'excuse et va saluer quelques personnes qu'il connaît dans la salle, s'attarde avec certaines plus qu'avec d'autres, parade avec aisance sous les regards complices et les considérations d'un monde qui m'est étranger.

Son petit tour effectué, il s'installe sur la banquette et nous remercie de l'avoir rejoint tout en nous servant de l'eau. C'était important de nous retrouver tous les trois en ce jour particulier. Il prétend regretter que nous ne passions pas plus de temps ensemble, avec un ton qui fait de ma mère et moi les seuls fautifs du délitement progressif de nos rapports.

Le serveur, qu'il appelle par son prénom, nous tend les cartes et nous demande si nous désirons des apéritifs. Je me concentre sur les noms des plats alors que je ne me sens pas le cœur à avaler quoi que ce soit.

Mon père profite de m'avoir à ses côtés pour me demander ce que je compte faire cet été, ne s'intéresse pas spécialement à ma réponse, nous propose, après une courte réflexion, de nous rendre tous les trois à la mi-juillet en Corse, comme c'était initialement prévu. Ma mère reste évasive, je m'en sors plus ou moins en disant que, hélas, comme je viens de le lui dire, je bosserai au Reflet Médicis à cette date.

Le serveur nous apporte nos apéritifs et mon père nous propose à haute voix de trinquer à la mémoire de Manon. Le bras de ma mère qui tient son verre tremble. Mon père la dévisage comme s'il attendait qu'elle s'effondre pour la réprimander.

Un vieux beau aux cheveux teints dans un marron approximatif s'approche de notre table, tape mon père sur l'épaule, nous salue et lui dit qu'il faut qu'ils se parlent bientôt. Mon père le rembarre en lui répondant qu'il a son numéro.

Au moment où les plats arrivent, je reçois une alerte Google sur mon portable et constate en faisant défiler l'article que de nouveaux affrontements ont eu lieu entre la police et des manifestants devant la prison où est retenu Dikela. Quand mon père veut savoir ce que je regarde, je lui raconte les faits, et il me demande sèchement si je pense que c'est le bon moment pour évoquer le sujet. Ma mère, elle, n'a aucune réaction. Je parle du témoignage, repris dans l'article, d'un ancien membre du gang de Dikela, à qui il aurait avoué en plein trip avoir exécuté une jeune Blanche dans la nuit et l'avoir fait cramer dans une cave. C'était, selon lui, bien avant que les flics le forcent soi-disant à avouer. Ça prouve bien que c'était lui, qu'il n'y a pas eu de manipulation de la police.

Mon père peste, tranche nerveusement son entrecôte.

Ma mère déclare alors que si Dikela meurt, il n'y aura pas de procès, et que, malgré tout, un doute subsistera.

Mon père jette son couteau sur la nappe et y projette des gouttes de sauce brune. Serre les poings. Observe longuement ma mère comme s'il hésitait à lui dire quelque chose qu'il a sur le cœur.

Il se reprend, pose une de ses mains à plat sur la table, se ressert un verre de vin rouge qu'il boit lentement, en fermant les yeux. Je sens en lui la tension s'évacuer.

Mon père a beaucoup changé depuis son retour d'Afrique du Sud. Il est devenu plus irascible encore, plus cassant, parfois sujet à des accès de violence qu'il ne cherche même pas à maîtriser en notre présence. Nous vivons notre deuil chacun à notre manière, mais je ne peux pas laisser la sienne m'atteindre ou atteindre ma mère. C'est en grande partie à cause de lui que je passe la plupart de mon temps dehors. Je n'ose pas imaginer comment il agit envers ses employés et ses auteurs. Le mois dernier, il a exigé les excuses publiques d'un député d'extrême droite s'étant honteusement servi de la mort de Manon pour affirmer que son sort était ce qui attendait toutes les jeunes filles françaises dans les zones où l'immigration explosait. Mon père s'est même rendu en bas de sa permanence, a failli en venir aux mains avec lui. Perso, ça ne m'aurait pas gêné qu'il lui refasse le portrait.

Au moment du dessert, mon père demande à ma mère où en est son projet de livre de photos de Manon qu'elle compte publier. Elle en a parlé à de nombreux éditeurs et ne veut surtout pas qu'il l'aide. Elle doit s'en occuper toute seule. Nous avons commencé à faire une première sélection de nos clichés préférés. Je ne sais pas ce que ma petite sœur en penserait, elle qui a mis du temps à nous montrer ce qu'elle considérait alors comme ce qu'elle avait de plus intime.

Vers 14 heures, mon père regarde sa montre, demande l'addition, nous déclare qu'il a un rendez-vous à son bureau avec le directeur commercial de la maison. Il ne sait pas à quelle heure il rentre ce soir, nous conseille de ne pas l'attendre pour dîner. Ma mère ne lui en fait pas le reproche, tant elle y est habituée. Je ne sais pas si elle est au courant de toutes les femmes qu'il baise dans son dos. L'inverse me surprendrait, mais ce n'est pas le genre de conversation que j'ai envie d'avoir avec elle.

Avec moi, en tout cas, il ne s'en est pas caché. Une fois où je suis parti en vacances en sa compagnie à New York, je l'ai surpris, du haut de mes huit ans, draguiller une femme dans l'avion. Dès notre arrivée à JFK, il m'a laissé à deux membres du personnel pour se rendre avec elle dans les chiottes les plus proches.

J'ai un instant eu peur qu'il ne revienne pas et me laisse seul dans ce pays étranger. J'en ai fait des cauchemars. Je n'étais qu'un enfant mais déjà assez grand pour savoir qu'il ne fallait rien dire à ma mère quand elle nous a rejoints. Et que je devais tout enfouir dans un coin de ma tête.

Quelques années plus tard, je l'ai surpris, en rentrant du collège, en train de culbuter une nana sur le canapé du salon. Je ne sais plus où ma mère était, qu'importe. Me voir ne l'a pas coupé dans son élan, il s'est contenté de m'ordonner d'aller réviser mes cours dans ma chambre.

Il ne m'en a jamais parlé, comme si c'était normal et que se faire surprendre par son fils en plein adultère n'était pas un sujet.

J'ai croisé cette femme plusieurs fois par la suite, elle est devenue une de ses autrices les plus populaires.

Comment ma mère peut-elle encore le supporter ? Je pense à déménager pour de bon, mais je refuse de la laisser seule avec lui. Je ne peux pas imaginer qu'après mon départ, elle finira sa vie à ses côtés, jamais plus considérée, jamais plus regardée, jamais plus aimée comme elle le devrait.

Nous remontons le boulevard Saint-Michel, et nous arrêtons chez Gibert Joseph, là où j'ai pris l'habitude d'acheter mes livres pour mes cours. Ma mère me demande dans l'escalator comment va Mathis. Elle sait qu'il est pour moi davantage qu'un ami. Je lui ai tout confié il y a deux semaines, ne pouvant plus le cacher, ne le voulant plus. Je craignais tant sa réaction, que ce ne soit pas le moment de lui imposer des tracas supplémentaires, mais, au lieu de l'incompréhension redoutée, de la gêne, du rejet, elle m'a simplement remercié de me livrer ainsi à elle, m'a appris qu'elle le sentait, qu'elle ne savait pas comment m'en parler, car elle ne voulait pas se montrer trop intrusive. Mon père n'est évidemment pas au courant. Avec lui, ce sera différent. Je sais d'avance que j'aurai l'impression de le lui avouer comme si j'étais en faute.

Je connais Mathis depuis bientôt sept mois. Avant lui, je n'ai eu des relations sérieuses qu'avec deux filles, Sophie et Joanna. Je les ai aimées chacune de mon mieux, mais jamais comme elles l'auraient mérité. J'ai toujours senti qu'en leur compagnie je ne respectais pas mes désirs véritables.

Me retrouver au lit avec elles était chaque fois un défi, je devais jouer un rôle trop inconfortable pour moi, ce n'étaient pas leurs corps qui m'excitaient quand je devais m'efforcer de les combler, mais les corps, si différents, inatteignables, que je goûtais et caressais en secret.

Elles me permettaient avant tout de faire en sorte que personne ne me pose de questions dans le milieu très machiste dans lequel je vivais. Je me suis détesté pour ça. Mais il m'a fallu du temps pour accepter, me donner une chance d'être qui j'étais vraiment.

C'est par une appli que j'ai rencontré un premier garçon. Il s'appelait Corentin et vivait dans un appartement près du Sentier. Il était plutôt pas mal, un peu plus vieux que moi et assez baraqué, et il avait l'avantage d'être le premier à venir me draguer. J'ai dû boire une demi-bouteille de vin blanc pour me donner le courage de le rejoindre. Une fois chez lui, même si tout mon corps le désirait, ma timidité brusque et mon embarras ont agi comme des remparts. Heureusement, il a vite pris les devants, m'a guidé par ses mains, sa bouche, et l'odeur de sa peau. Je me suis laissé faire, je me suis oublié en lui et à travers lui.

J'ai ensuite enchaîné les mecs, chaque fois pour des plans sans lendemain, avec l'envie de rattraper tout le temps perdu.

Lors d'une soirée chez un couple d'amis de la fac, je suis tombé sur Mathis. Ou plutôt j'ai été capturé par les yeux et la voix de Mathis. C'est moi qui l'ai abordé et j'ai vite été rassuré quand il m'a confié m'avoir déjà repéré.

J'ai tout de suite su qu'avec lui ce serait différent. Qu'avec lui j'aurais bien plus de réponses que de questions.

Nous avons passé des heures à discuter, sans nous soucier de ce qui se passait autour de nous, nous sommes amusés, par des sous-entendus, des caresses et quelques baisers furtifs, à jouer avec les battements de nos cœurs.

Je l'ai suivi chez lui. Je n'avais déjà plus envie de le quitter.

Nous nous sommes revus dès le lendemain. J'ai vite compris que ce n'était pas non plus dans ses habitudes de rappeler le garçon avec qui il avait couché la veille.

Je suis peut-être trop vite tombé amoureux.

Ce que je vis depuis avec Mathis, je n'étais préparé à le vivre avec personne.

En arrivant face au MK2 Odéon, nous nous promettons d'aller bientôt au cinéma ensemble. Ma mère nous a souvent emmenés à la Cinémathèque quand nous étions enfants et adolescents, ainsi qu'au Louxor ou au Max Linder, c'est grâce à elle que j'ai découvert des cinéastes comme Cassavetes, Malick, Welles, Lubitsch ou encore Fassbinder. C'est grâce à elle que par leurs images mon regard sur le monde a commencé à changer. Que je me suis mis à voir plus loin.

Comme nous nous rapprochons, au fil des rues bondées, de l'appartement qui a trop longtemps encapsulé sa vie, ma mère me dit d'un ton un peu las qu'elle préfère rentrer, que j'ai sûrement mieux à faire du reste de ma journée que de m'occuper d'elle. Je lui réponds que c'est hors de question, et lui avoue à demi-mot avoir une surprise pour elle et qu'elle est obligée de rester avec moi. Évidemment, elle veut savoir de quoi je parle, mais je tiens bon, jamais ne cède, la prends par le bras et l'emmène vers la rue de Buci. Nous nous arrêtons chez Taschen, puis dans un salon de thé situé à l'ombre d'une allée pavée.

Ma mère me rappelle que c'est à peu près à cette heure-là qu'elle a accouché de Manon. Elle a du mal à croire que ça fait déjà dix-huit ans. Elle était avec ma grand-mère quand le travail a commencé, accourue de Nantes pour l'aider dans son dernier mois de grossesse. C'est elle qui l'a amenée à la maternité. Mon père ne les a rejointes que bien plus tard, comme si être présent auprès d'elle était une corvée. Moi, du haut de mes trois ans, j'étais resté avec notre voisine. Il paraît que je ne voulais pas arrêter mon dessin animé pour aller découvrir cette petite sœur dont la présence était encore trop abstraite dans mon esprit. Je ne me souviens de rien, je sais juste par ma mère que j'ai vite pris conscience que c'était mon rôle de grand frère de la protéger. Ce que j'ai tenté de faire tout au long de nos scolarités, jusqu'à ce qu'elle prenne, seule, l'avion pour l'Afrique du Sud.

Le sourire aux lèvres, mais un sourire fragilisé par le chagrin, ma mère évoque nos dernières vacances d'été passées ensemble, en Sicile. Nous sommes partis seulement tous les trois, mon père ayant préféré rester à Paris pour préparer sa foutue rentrée littéraire. Nous sommes restés une semaine à Palerme, puis avons longé la côte à vélo jusqu'à Syracuse en passant par Marsala et Agrigente. Nous avons partagé tant de merveilleux moments. Tout était ensoleillé. Tout était simple. Tout allait de l'avant le long des routes.

C'était quelques mois seulement avant le cyberharcèlement dont Manon a été victime. On n'a jamais su qui avait lancé ces attaques, personne n'a été incriminé. C'était tellement injuste, Manon a été si atteinte par toutes les injures qu'elle recevait continuellement sur les réseaux sociaux, par mails et, on ne sait comment, par courrier. Elle a fini par ne plus sortir de sa chambre et par refuser de s'alimenter correctement. Il était hors de question pour elle de retourner en cours. Ma sœur a supprimé tous ses comptes, les choses se sont tassées, ses harceleurs, pour la plupart anonymes, ont tourné le regard vers une autre victime. Elle a pu reprendre une vie normale, laisser toute cette merde derrière elle. J'ai été très admiratif de sa force de caractère.

Après un long silence, ma mère me demande si la vie de Manon a eu le temps d'avoir un sens. Je ne sais pas quoi dire, trop conscient que n'importe quelle réponse serait susceptible de la blesser. Je ne sais même pas s'il y a quelque chose à répondre. Voulant changer de sujet, elle souhaite savoir comment se passent mes derniers jours de cours, si c'est toujours inenvisageable pour moi d'accepter, une fois mon master de lettres en poche, un poste aux éditions Delage.

Je suis un peu surpris qu'elle me pose cette question. Elle sait parfaitement ce que j'en pense. Mais je ne peux pas lui en vouloir de s'inquiéter pour mon avenir. J'ai la lourde tâche d'être, des deux enfants qu'elle a mis au monde, le seul à encore en avoir un.

Après tout ce qu'elle-même a vécu, elle n'a pas le droit de me reprocher de me détacher progressivement de cette famille. Elle sait tout comme moi à quel point la plupart de ses membres sont toxiques. Elle en fait chaque jour l'expérience.

Le dernier anniversaire de mon grand-père a été pour nous deux une épreuve. J'ai entendu tant d'horreurs sur la pelouse parfaitement tondue ou à l'abri des vieilles pierres que j'en suis tombé malade en rentrant à Paris. Le soir, je me suis juré de ne plus jamais participer à ce genre de réunion familiale. J'en ai tant appris sur eux au cours des derniers mois que j'ai honte de la moitié du sang qui coule dans mes veines.

L'autre jour, j'ai raconté à Mathis l'histoire tragique de Joséphine Delage, la petite sœur de mon grand-père, diagnostiquée très tôt schizophrène et traitée par beaucoup des siens comme une étrangeté encombrante. Joséphine était, selon les gens qui l'ont connue, une enfant, puis une adolescente très solitaire et sujette à de violentes sautes d'humeur. Elle n'avait pas d'amis, quittait très peu le manoir, où elle pouvait rester enfermée des semaines, voire des mois. Elle traînait son corps comme un boulet, cachait de nombreuses scarifications sous ses vêtements. Quand elle a eu quatorze ans, elle a accusé, lors d'un dîner familial, son propre père de viol. Bien entendu, personne ne l'a crue. Depuis son plus jeune âge, elle était connue pour déborder d'idées fantasques et ne proférer que des mensonges. Sur ordre de son père, elle a été hospitalisée dans un institut spécialisé pendant de longues années. Le jour même de son retour à Bougival, alors que tout le monde espérait que les nombreuses lobotomies l'auraient calmée, elle est montée sans un mot au troisième étage, a ouvert la fenêtre et a sauté dans le vide.

Elle avait à peine dix-huit ans.

Une victime parmi d'autres de ce clan.

De mon côté, je n'ai jamais accepté la façon dont ma mère a toujours été traitée par mes grands-parents et par ma tante. Avec une condescendance à peine masquée, un mépris de classe affiché, une animosité dont je méconnais les racines. Elle n'a pour eux jamais été autre chose que la femme de mon père. Lui n'a jamais tenté de la défendre, comme si cette situation l'amusait ou qu'il ne remarquait pas les messes basses, les regards en coin, les rires complices. J'ai encore en travers de la gorge ce dîner où Florence l'a humiliée devant tout le monde pour je ne sais plus quelle raison. J'avais neuf ans, j'étais assez grand pour comprendre à quel point ma mère, assise à table, souffrait en silence et faisait tout pour se maîtriser face à eux, pour ne pas leur offrir le plaisir de sa défaite. Ça m'a fait pleurer à sa place. Je me suis jeté dans ses bras, elle a essayé de me consoler même si c'était elle qui, de loin, était la plus blessée.

Oui, je suis prêt à tous les rayer de ma vie. Et j'aimerais tant que ma mère en fasse autant.

Elle me sort de mes pensées en me demandant si j'ai revu Thaïs depuis l'anniversaire de mon grand-père. Je lui réponds un peu sèchement que c'est Manon qui était proche d'elle, pas moi. Elle me dit s'inquiéter à son sujet. Elle l'a trouvée éteinte à Bougival, soucieuse. Je ne parviens pas à me sentir concerné. Ma cousine est une petite conne capricieuse, aussi manipulatrice que sa mère. Je n'ai jamais apprécié la façon dont elle se comportait avec Manon, surtout ces derniers temps, et je ne parviens pas à m'enlever de la tête que si elle ne leur avait pas donné l'idée de se rendre en Afrique du Sud, ma sœur serait avec nous en ce moment même. Je ne peux pas la blâmer, mais ce n'est pas une raison pour m'écraser devant elle. Ma mère propose qu'on l'invite à dîner un prochain soir, sans Florence, pour lui changer les idées. Je lui fais un signe de tête, mais je suis moyennement motivé. Je trouverai bien une excuse à la dernière minute pour ne pas être présent.

Quand nous passons devant le magasin d'une marque de vêtements que j'adore, ma mère me force à entrer. À l'intérieur, elle ne tarde pas à me montrer une veste en daim qui pourrait me plaire, un pantalon, des chemises, des chaussures… J'ai beau lui dire que je n'ai besoin de rien, elle ne m'écoute pas, me rétorque que ça lui fait plaisir de m'offrir ce qui me fait envie. Aujourd'hui, elle aurait dû gâter ma petite sœur, qu'elle me laisse me gâter, moi. Résultat, je ressors avec deux sacs remplis de fringues.

Nous continuons notre promenade et, un peu avant 17 heures, j'emmène ma mère vers la terrasse des Deux Magots. Je les vois avant elle, assises à une table au bord de la place Saint-Germain-des-Prés, Monica, Hélène, Mathilde et Lisa, ses meilleures amies depuis des années. Les voyant à son tour, ma mère serre mon bras, avec dans les yeux un léger reproche. À peine arrivés, ses amies se lèvent, la prennent chacune dans leurs bras, lui disent qu'elle leur a manqué. Leurs parfums se mêlent, comme leur affection. Ma mère paraît un peu perdue, gênée de ne pas leur avoir donné de nouvelles depuis si longtemps. Mais les filles savent s'y prendre pour vite évacuer les regrets et la ramener au temps présent. Je m'installe à côté d'elles. Sous la table, ma mère prend ma main dans la sienne. Après avoir commandé une pinte de bière, je les écoute parler de tout et de rien, se remémorer sous les effets du vin nombre de souvenirs. Ma mère se détend légèrement en leur compagnie, même si je la sens encore stressée. Quand Monica la voit au bord des larmes, elle la serre contre elle, lui chuchote quelque chose à l'oreille. Ma mère se frotte les yeux en acquiesçant. Je sais qu'il faudra beaucoup de temps pour la soigner du drame qui l'a frappée avec tant de force. Mais elle ne pourra pas le faire seule. J'espère qu'elle finira par s'en rendre compte.

Les cinq amies, avant de se quitter peu avant 21 heures, se promettent de vite se revoir. Je reconduis ma mère à notre immeuble au fil des rues qui s'apaisent, tous deux un peu ivres.

Face à la porte, elle me remercie pour cette belle journée que je lui ai permis de passer, une journée où je lui ai offert le luxe de penser parfois à autre chose qu'à l'absente.

D'une fenêtre ouverte se fait entendre le *More Than This* de Roxy Music. Ma mère, tendant l'oreille, me déclare avec nostalgie que c'est sur ce morceau qu'elle a pour la première fois embrassé un garçon, Florent, lors d'une « boum » organisée dans un garage, à l'époque du collège. Emportée par la suavité de la musique et de la voix de Bryan Ferry, elle ferme les yeux, chantonne les paroles, un peu ailleurs, le cœur rajeuni, peut-être à nouveau dans les bras de ce Florent ressurgi d'un passé où je n'avais pas encore ma place. J'ai l'impression d'avoir debout près de moi l'adolescente qu'elle était alors, l'esprit saturé de promesses, encore confiante en son avenir. Je me retiens de lui demander de ne pas commettre les mêmes erreurs, d'éconduire mon père lors de leur première rencontre, de partir dès que possible en voyage, de s'accomplir seule, de ne jamais laisser personne la rabaisser ni diriger sa vie. Elle mérite tellement mieux que tout ce qu'elle a vécu.

Quand je lui propose de monter et de rester avec elle, ma mère me répond que ce n'est pas la peine et qu'elle va directement s'allonger devant un film. Elle veut que je profite du reste de ma soirée comme je l'entends, et me demande d'embrasser Mathis de sa part.

D'un air soucieux, elle me déclare tout à coup qu'elle a décidé de quitter mon père.

Je ne sais d'abord pas comment réagir, puis, tout naturellement, je laisse éclater ma joie, ce qui aussitôt la soulage. Et j'ajoute que, tout au long de la procédure, je la soutiendrai du mieux possible.

Elle m'embrasse sur la joue et compose le code de l'immeuble. J'attends que la porte se referme derrière elle pour m'éloigner, mes sacs de vêtements sous le bras, encore un peu tourneboulé par son annonce. Et si fier d'elle pour avoir enfin pris cette décision, déjà prêt à l'accompagner dans ce que je sais être une longue épreuve.

Je décide de me rendre chez Mathis à pied plutôt qu'en métro. Arrivé au niveau de la place Saint-Michel, je m'arrête un instant face à une femme en robe bleu roi qui, tournant le dos à la fontaine, chante une sorte de fado, accompagnée à la guitare par un homme aux cheveux noirs coiffés en catogan. Sa voix à la fois douce et racée m'émeut, tout comme la mélancolie qu'elle charrie dans ses intonations limpides. Une petite foule s'est amassée face à eux. Des garçons et des filles de tous les âges, conquis par la beauté simple que ces deux êtres proposent sous un ciel où ne manquent que les étoiles.

Je m'attarde sur le visage subjugué d'une petite fille lovée dans les bras de son père, et me demande, gagné par une affliction que la plainte me parvenant aux oreilles attise, comment sera notre monde quand elle aura atteint mon âge, jusqu'à quel point il sera vivable, jusqu'où les générations qui la précèdent l'auront détruit.

Un peu plus loin se tient une adolescente aux cheveux bruns escortée de deux amies du même âge qu'elle. À cette distance, elle ressemble à s'y méprendre à Manon. Tout en l'observant discrètement, je me plais à imaginer que c'est bien elle, et qu'elle ressent les mêmes émotions que moi pendant ce concert qu'on nous offre. Elle saisit son vieil argentique et prend la chanteuse et le guitariste en photo, ainsi que quelques membres du public, dont la petite fille, toujours dans les bras de son père. Je me demande ce qu'elle a prévu de faire ensuite dans cette vie qui par miracle lui a été rendue. Si elle compte suivre ses amies, se rendre au cinéma ou dans un bar, rejoindre chez lui ce garçon qu'elle fréquente depuis quelque temps et qu'elle m'a promis de bientôt me présenter.

À la fin du morceau, le réel s'infiltre dans la rêverie et la brise. Comme si je me retrouvais d'un coup nu face à tous, je m'éloigne alors que les applaudissements, dans mon dos, retentissent.

J'imagine ma sœur partir elle aussi pour finir la soirée ailleurs, arpenter les quais de Seine, traverser l'île de la Cité, se rendre chez sa copine Lou, qui donne une fête improvisée.

Je l'imagine obtenir son bac avec mention. Le fêter avec tous les gens qu'elle aime.

Je l'imagine me dire que Matthieu la rend heureuse.

Se rendre avec lui tout l'été en Grèce.

Intégrer une grande école de photographie. Rencontrer de nouvelles amies, plus proches de ses aspirations. Changer, s'épanouir, s'affirmer.

Je l'imagine faire le tour du monde avec son appareil photo et l'homme de sa vie.

Organiser sa première exposition à Paris. Devenir au fil des années une photographe reconnue.

Je l'imagine partir vivre à Barcelone, un de ses rêves depuis l'enfance.

Exposer dans plusieurs pays.

Ne jamais plus regarder en arrière. Toujours s'élever, libre et confiante en son avenir. Savourer chaque seconde de son existence.

Et, autant que possible, repousser la mort.

Quand je le rejoins dans son appartement sous les toits, Mathis est attablé en compagnie de trois amis qu'il m'a présentés peu de temps après notre rencontre. Ils se connaissent depuis le collège et sont inséparables. Je me réchauffe à l'amour qu'ils portent à l'homme que j'aime. Tous savent en quoi cette journée était pour moi particulière, et m'accueillent comme si j'étais l'un des leurs. Mathis me sert, même si je lui ai dit ne pas avoir faim, une assiette de son fameux risotto au safran, que je dévore en les écoutant parler de leurs prochaines vacances.

Une fois seuls, Mathis m'embrasse longuement, regarde sa montre, puis m'invite à le suivre. Nous nous rendons sur son balcon et, grâce à une échelle, montons sur le toit de son immeuble. De là où nous sommes, nous profitons d'une vue imprenable sur tout Paris. J'observe le Sacré-Cœur quand je l'entends craquer une allumette. Je me retourne et constate qu'il tient une grosse bougie dorée. Il me dit que c'est en mémoire de Manon, la pose sur la toiture en zinc, à un endroit où le léger vent qui nous caresse ne pourra pas l'atteindre. Nous nous asseyons face à elle en silence et en nous tenant la main, comme en communion, et je me revois le soir où Manon est venue ici pour la première fois et que j'ai constaté avec joie combien elle s'entendait bien avec Mathis. Maintenant, la présence de ma sœur est réduite à cette petite flamme qui vacille dans la nuit de Paris. Mais elle est là, bien réelle, physique, et je rejette l'idée qu'un jour elle s'éteigne.

Étendu sur le lit, Mathis endormi contre moi, j'allume mon portable et apprends que Trevor Dikela est décédé dans son coma en fin d'après-midi. J'ouvre la fenêtre, respire l'air nocturne, et reprends ma lecture. De nouvelles manifestations ont eu lieu devant la prison, les forces de l'ordre ont été obligées d'intervenir. Je me demande, parmi tous ceux qui défendent son honneur, combien connaissent le prénom de ma sœur.

Quoi qu'il en soit, Trevor Dikela emporte ses secrets avec lui. Le doute sera toujours présent, mais je ne peux pas me permettre de lui accorder trop d'importance. Je suis forcé d'aller de l'avant et décide, en me recouchant, de m'endormir avec la certitude que l'assassin de ma sœur ne fait plus partie de ce monde.

Manon

La poussière des plaines que nous traversons me colle à la peau, s'engouffre dans ma gorge, l'irrite jusqu'à me faire tousser. Je ne pense qu'à me réfugier chez moi, à m'enfermer dans ma chambre avec ma fenêtre grande ouverte sur le jardin du Luxembourg, afin d'attendre un appel du garçon que j'aime.

Être ensuite dans ses bras écoutée, consolée, aimée en retour.

Avec un peu de chance, après tout ce qui vient de nous arriver, nous rentrerons bien plus tôt que prévu en France.

Ce matin, malgré le soleil, le mouvement et notre vie sauve, je suis particulièrement triste à cause de toutes les photos que j'ai perdues, ces instants de vie capturés pour rien et qui à présent leur appartiennent, comme tout ce qu'ils nous ont volé.

Nous avons été de parfaites idiotes, nos parents nous avaient pourtant mises en garde. Je redoute leur réaction.

Surtout celle de mon père. Il ne me laissera plus jamais partir seule après ça.

Mais nous avons échappé au pire. C'est la seule chose qui compte.

Albert, tout en dépassant une voiture, tente à nouveau d'engager la conversation, veut savoir si je suis bien installée, si je n'ai pas trop froid à cause de la climatisation. Quelle idée j'ai eu de m'asseoir à l'avant à côté de lui ! Il n'est pas méchant mais il est tellement lourd... En même temps, je dois être aimable, il a eu la gentillesse de venir nous chercher chez Jan et Fiona, sans nous poser de questions. J'ai un peu honte de la façon dont nous l'avons traité jusqu'à présent, je n'aime pas faire du mal aux gens inutilement, même s'il n'a pas l'air de nous en vouloir. Il ne s'en est peut-être même pas rendu compte.

Albert me propose un chocolat, sa boîte à gant en est pleine. Je refuse poliment. Déjà ce matin je n'ai rien pu avaler. Je n'arrête pas d'imaginer ce qui aurait pu arriver si Thaïs n'avait pas utilisé sa bombe lacrymo pour nous défendre. Les filles ont tout raconté à Albert avec un tel détachement quand nous avons pris la route, presque amusées. Je ne sais pas comment elles font, moi, je continue à être terrifiée, comme si le danger nous suivait à la trace. La tension persiste, je n'arrive toujours pas à être sereine. Je sens que le pire est à venir, et que ce pays ne nous a pas encore fait assez de mal.

Nous nous rendons en premier lieu dans un commissariat afin de déclarer le vol de la voiture et de nos affaires. Nous devons chacune effectuer une déposition. Quand c'est à mon tour, je tente de tout raconter dans le moindre détail à une femme aux yeux cernés, de décrire le plus fidèlement possible nos agresseurs. Leurs visages se gravent dans mon esprit. Je les frappe avec acharnement, jusqu'à ce qu'ils s'évanouissent dans leur sang. Nous courons vers la voiture, démarrons, accélérons sur la route qui s'éclaire comme si le jour se levait. Nous hurlons de joie. Je nous ai libérées.

Au consulat de France, après un point rapide sur nos situations, nous sont délivrés des laissez-passer. Heureusement, ça ne pose aucun problème. Je n'aurais pas supporté l'idée de rester coincée dans ce pays.

Je contacte ma banque à Paris, afin de faire opposition sur ma carte bleue. Comme pour les filles, ils n'ont pour le moment relevé aucun mouvement suspect sur mon compte. C'est un soulagement, même si aucune de nous ne se fait à l'idée qu'ils ont déjà fouillé nos sacs, et ainsi visité notre intimité.

Albert insiste pour nous emmener dans un supermarché du coin afin d'acheter de quoi nous faire plaisir. Je furète dans les rayons, l'esprit un peu ailleurs, attrape une bouteille de jus d'orange, sens alors une présence juste derrière moi et tombe sur Albert. L'espace d'un instant, je me suis attendue au pire : des doigts qui se pressent sur ma bouche, des mains qui me maintiennent pendant qu'on me force à sortir du magasin par l'entrée de service et à m'engouffrer à l'arrière d'une voiture… Tout en bégayant, il me demande si je connais un grand photographe s'appelant Roger Ballen, ajoute qu'une exposition lui est consacrée au PH Center et que son œuvre devrait m'intéresser au vu de ce que je lui ai raconté sur mes goûts pendant le trajet. En effet, ce nom me dit vaguement quelque chose, j'irai en chercher plus sur lui en rentrant à la maison de Camps Bay.

Je rejoins les autres filles au rayon des produits frais. Nous remplissons notre caddie de conneries en tous genres, d'autant que c'est Albert qui paye.

Nous installons les sacs dans le coffre, puis Albert nous ramène à la maison et nous aide à ranger les courses dans la cuisine.

Nous nous savons obligées d'appeler nos parents. Juliette et Chloé vont utiliser le téléphone de cette dernière, Thaïs et moi le sien. C'est Thaïs qui commence, de mauvaise grâce, tant elle est certaine que Florence va être hors d'elle, ce qui ne manque pas d'arriver. Elle me tend son iPhone et je vais appeler mon père sur la terrasse. Je le dérange en pleine réunion. Évidemment il est furieux lui aussi, me prévient qu'il va appeler les autres parents pour nous faire revenir en France. Il me demande ensuite de ne plus sortir de cette maison et d'attendre son appel.

Je plonge un instant le pied dans l'eau de la piscine et rejoins les filles dans le salon. Nous ne nous faisons plus d'illusions sur la fin imminente de nos vacances à l'autre bout du monde. Juliette, un paquet d'Arlequins sur les cuisses, allume Netflix pour passer le temps avant la sentence, aucune de nous n'ayant envie de nous confronter à l'extérieur pour le moment. Cette fois, nous décidons de ne pas désobéir.

Le téléphone de Thaïs sonne. Elle répond et me le passe avec une petite moue de dédain. C'est ma mère. Je tente de la rassurer comme je peux. Lui promets de vite la rappeler.

Nous trouvons un film qui a l'air potable, avec Kristen Stewart, et le regardons en nous gavant de bonbons et de caramels. Me sentant enfin en sécurité, l'appétit est vite revenu. J'espère qu'au moins cette nuit je vais bien dormir et ne vais pas retrouver nos agresseurs en rêve. À mon retour, je passerai le plus de nuits possible dans les bras de Matthieu, il me protégera même dans mon sommeil.

En fin d'après-midi, un peu lassée de rester devant des films de série B, je monte dans ma chambre, me jette sur mon lit, ouvre mon Mac et vais fureter sur Internet. Je regarde d'abord mes mails, et fais un tour sur Insta. Depuis que j'ai été cyberharcelée, j'utilise un pseudo et n'ai que mes proches en amis, pourtant, je ressens une pointe d'angoisse à chaque fois que je me connecte à l'idée de trouver un ou plusieurs messages haineux. Je clique sur le profil de Matthieu, regarde ses dernières stories, dont une où il est en soirée, dans un appartement avec vue sur le Louvre. Je l'ai prévenu qu'on m'a volé mon téléphone. Je le rappellerai ce soir, quand il sera chez lui. J'ai hâte d'entendre à nouveau sa voix. Remarquant que mon frère vient de publier une photo, je lui envoie un MP, lui demande si tout roule de son côté. Il me répond aussitôt que oui, veut savoir si je m'amuse bien. Je présume qu'il n'est pas au courant pour notre mésaventure et me garde bien de lui en parler. Arthur me dit qu'il est chez Mathis, où il va passer la nuit. Les parents reçoivent à dîner. Je ne peux que le comprendre d'avoir fui l'appartement. Quand ça arrive, je m'enferme dans ma chambre jusqu'à ce qu'ils se tirent. Je déteste ces gens, je déteste ce milieu de l'édition, et Arthur pareil. En tout cas, je suis contente que ça se passe nickel avec Mathis. Quand un jour mon frère m'a annoncé qu'il était gay, un peu tremblant, sans trop oser me regarder dans les yeux, je lui ai répondu un truc du style : « Oui, et alors ? ». Comme si ça allait changer quelque chose entre nous ! Arthur a paru soulagé et m'a serrée fort dans ses bras. En revanche, il ne veut toujours pas en parler aux parents. Il craint leur réaction, surtout celle de notre père. C'est clair que ça sera tendu, mais il devra bien y passer un jour ou l'autre. Je ne veux pas qu'il devienne un de ceux qui ne peuvent pas présenter la personne qu'ils aiment à leur famille.

De toutes mes photos, une de mes préférées est celle que j'ai prise de lui quand il était assis torse nu sur son lit face à la fenêtre ouverte, en train de chantonner sur un air de guitare. À chaque fois que je la regarde, j'entends à nouveau la mélodie qu'il jouait cet après-midi-là, celui de *Famous Blue Raincoat*, de Leonard Cohen, la chanson favorite de notre mère, dont il lui a offert sa version le soir de son dernier anniversaire.

Heureusement, il me reste mon vieil argentique, celui qui appartenait à mon grand-père. J'aurai le temps de finir ma pellicule avant notre départ. C'est de toute façon avec celui-là que je m'en sors le mieux.

Me souvenant de ce que m'a dit Albert, je tape le nom de Roger Ballen sur Google et sélectionne quelques photos qui me font beaucoup d'effet. Sur l'une d'elles, on voit au premier plan un vieil homme torse nu étendu sur une table en bois, les yeux ouverts. À l'arrière-plan, un garçon noir, torse nu lui aussi, nous fixe d'un regard sans expression, tenant dans l'une de ses mains un masque étrange, celui d'un animal trop bizarre.

Sur une autre photo, figure un homme gras et affreux, assis sur le lit d'une chambre sordide, et qui tient dans ses bras un gros porc au poil noir.

Je m'arrête encore plus longuement sur un cliché assez incroyable, qui représente un petit garçon, *a priori* un SDF, allongé sur un lit de fortune dans un squat, comme réveillé par deux rapaces qui se tiennent sur la couverture de son sac de couchage. L'un d'eux lui fait face, les ailes déployées. Sur le mur derrière lui est composé un grand visage carrément terrifiant, qui me fait penser à celui d'un ogre mongoloïde. L'enfant tient une sorte de colombe dans la main, seul signe de paix.

Je me renseigne sur Roger Ballen et apprends qu'il a plus de soixante-dix ans, est d'origine américaine et vit à Johannesburg. Il a récemment exposé à Paris, à la Halle Saint-Pierre, je m'en veux d'avoir raté ça. Il faudra que je pense à remercier Albert pour cette belle découverte. Peut-être que j'arriverai à traîner les filles demain au PH Center, ou alors j'irai seule, ça me fera du bien.

J'ai commencé à m'intéresser à la photographie quand j'avais quatorze ans, en tombant par hasard sur un livre portant sur l'œuvre de Cindy Sherman, dans la bibliothèque des parents. Puis j'ai découvert des artistes comme Joel-Peter Witkin ou William Klein. Et surtout Sally Mann, mon idole absolue.

Un jour où je m'ennuyais, j'ai emprunté l'appareil de mon père et suis partie dans les rues du Quartier latin. Je suis revenue avec une quarantaine de clichés. En les revoyant le soir dans l'intimité de ma chambre, aucun ne m'a paru digne d'intérêt. J'ai tout effacé.

Mais j'ai persévéré. Je me suis formée toute seule. J'ai beaucoup étudié et beaucoup appris. Mon regard a évolué. Un jour pourtant comme les autres, je me suis sentie prête à tracer ma route et à affirmer ma vision.

Aujourd'hui, mes photographies sont les seules choses dont je suis fière. Ma façon la plus directe de m'exprimer. Des respirations. Certaines de celles que j'ai développées sont accrochées au mur de ma chambre, mais je garde le reste dans une boîte à chaussures ou sur des cartes mémoire. Un jour, peut-être, moi aussi j'exposerai dans une galerie d'art, mais il sera hors de question que ce soit par piston ou un truc du style, je refuserai que mes parents m'aident, mes œuvres ne seront offertes au regard des gens que parce qu'elles le mériteront vraiment.

Sinon, à quoi bon ?

Quand j'ai vu la vieille dame assise sur son banc à Struisbaai, j'ai aussitôt su qu'il fallait que je la photographie. Je ne me l'explique pas. Je ne sais pas si je dois me l'expliquer. Elle paraissait si seule, oubliée de tous sur cette place qui sentait les égouts. Je suis peut-être idiote, mais j'ai voulu capter la tristesse que je voyais figée sur son visage pour que les autres la voient à leur tour, en prennent conscience, en soient marqués d'une façon ou d'une autre, qu'ainsi cette peine ne reste pas silencieuse, que des gens sachent que cette femme a existé, s'est assise sur ce banc ce jour-là, dans cette ville-là, avec tout le poids de sa longue vie sur ses épaules.

Je sais que c'est à cause de ça que tout a vrillé, à cause de ça que ces hommes nous ont poursuivies sur la route et nous ont volé nos affaires et la voiture. *Avaient pour projet de nous violer.* Pourtant je ne pensais pas à mal. J'aurais aimé le leur expliquer. Je sens que les filles m'en veulent encore, malgré ce qu'elles tentent de me faire croire. Particulièrement Thaïs, qui se montre super froide avec moi depuis hier. Je la connais par cœur, je le sais quand elle a quelque chose à me reprocher. Elle ne fait jamais d'effort pour ménager les autres.

Franchement, parfois, elle me gonfle. Après tout, c'était son idée de venir dans ce pays, c'est elle qui a lourdement insisté auprès de nous. Moi je voulais visiter New York ou San Francisco.

Nous n'aurions pas dû l'écouter, même si elle ne pouvait pas savoir que la situation pouvait dégénérer. Mais je suis mal à l'aise depuis notre arrivée. Bien sûr, les parties de la ville que nous avons visitées sont magnifiques. Je n'oublierai pas certains paysages, même si j'ai perdu tous les clichés que j'en ai faits, ainsi que ceux de tant d'inconnus qui pour moi le resteront. Mais je ne peux pas pour autant laisser de côté toute cette violence qui éclate chaque jour à seulement quelques kilomètres de nous, dans des quartiers dont nous sommes protégées.

Nous avons croisé à Struisbaai une jeune fille victime d'une bande de garçons. Nous n'avons rien fait pour l'aider pendant qu'ils la forçaient à entrer dans une voiture.

Nous avons tenté de ne pas voir cette sauvagerie qui cadrait mal avec nos vacances. Elle nous est ensuite revenue dans la figure comme un boomerang.

Où est cette fille maintenant ? Est-elle au moins encore vivante ?

J'avais pour ambition initiale de visiter un township avec mon appareil. Je frémis à cette simple idée et je comprends tardivement ma naïveté. Mais je ne veux pas repartir sans rien. J'irai peut-être demain en plein jour, si j'en ai le courage. Je pourrais demander à Albert de m'y emmener. Et même lui proposer d'aller voir l'exposition de Roger Ballen. Ce serait ma façon de le remercier pour tout.

J'ai du mal à supporter le racisme omniprésent que je perçois, du moins dans les quartiers où nous stagnons. Je me demande si c'est si différent que pendant l'apartheid. Je me suis retenue plusieurs fois d'insulter madame Van der Merwe, la propriétaire de la maison, tant ses insinuations étaient abjectes. Je suis d'ailleurs un peu déçue que certains de ses propos n'aient pas semblé gêner les filles plus que ça. Il faut dire que c'est un sujet qui me met vite hors de moi. Je ne compte plus les fois où j'ai, pendant des déjeuners ou des dîners de famille, failli sortir de table à cause de propos racistes tenus par mon grand-père. Ma mère m'a souvent demandé d'être conciliante, m'a dit que c'était un vieil homme, à l'esprit ancré dans un autre temps. Mais ce n'est pas une raison pour tout accepter sans broncher.

Mon père ne lui ressemble pas à ce niveau, mais je ne peux pas en dire autant de Florence. Je plains tellement Thaïs de l'avoir comme mère. Moi, je ne sais pas comment j'aurais supporté. Son cœur semble gelé. Chacune de ses paroles est tranchante. Tout le monde se sent seul à ses côtés. Chloé, qui a tout le temps le mot pour rire, l'appelle la reine des neiges.

On me dit parfois que Thaïs me traite mal, se sert de moi, me manipule, mais je suis la première à savoir comme elle a souffert. Personne d'autre au lycée n'a conscience que sa mère en a fait, depuis le début de son adolescence, son souffre-douleur, toujours en train de la critiquer, de la rabaisser, sans jamais de contrepartie, incapable de lui offrir la moindre tendresse.

Thaïs s'est souvent sentie coupable de ce manque d'amour évident de sa mère pour elle, en a constamment cherché les raisons, comme une obsession. Pour ne rien arranger, l'identité de son père reste pour elle un mystère. Malgré ses nombreuses tentatives d'en apprendre davantage, jamais Florence n'a voulu aborder sérieusement le sujet. Ça lui a fait beaucoup de mal et ça continue de l'attrister. Pendant une période, elle a même soupçonné être le fruit d'un viol.

Thaïs n'est plus vraiment la même depuis son étrange disparition, l'été dernier. Malgré nos tentatives, elle n'a pas voulu nous partager où elle a été et ce qui s'est passé pendant cette longue absence. Elle sait qu'elle peut le faire quand elle le voudra, et que nous ne la jugerons pas. Je lui ai même écrit une longue lettre pour lui confier tout ce que je n'arrive pas à lui dire par oral, mais je n'ai jusqu'à présent pas osé la lui donner. J'ai peur de sa réaction et qu'elle ait l'impression que je me mêle de ce qui ne me regarde pas.

Heureusement elle a son petit frère, Gaspard, même si au début elle n'a pas du tout accepté son existence. Elle a mis un peu de temps à se laisser apprivoiser, mais maintenant je sais qu'elle l'aime tout autant que moi. Cet enfant est un vrai soleil. Je le garde parfois quand Florence va au théâtre ou à l'opéra et que Thaïs passe la soirée ailleurs. Je reste des heures à le regarder, à le câliner, à jouer avec lui. Même si je sais déjà que je ne serai jamais mère. Non que je n'en aie pas envie. L'idée de porter le bébé de Matthieu m'émerveille parfois, mais je serais égoïste de prendre la responsabilité de jeter un nouvel être dans ce monde qui s'annonce, ce monde que nous contribuons tous à détruire. Je ne peux pas donner vie à un être promis à un si sombre avenir. J'ai l'impression que je lui offrirais bien plus la mort que la vie.

Matthieu m'envoie un message sur Insta pour me dire que je lui manque. Je me retiens de lui apprendre que je vais bientôt rentrer, je compte lui faire la surprise. Penser à lui fait battre mon cœur plus fort. J'imagine, en me sentant rougir, notre prochaine soirée ensemble. Je dirai à mes parents que je dors chez Chloé. Cette fois, on ira plus loin. J'en ai envie. Je me sens prête.

On frappe à la porte, c'est Juliette. Elle me demande si tout va bien, me prévient que Chloé prépare à manger, me propose de descendre pour jouer aux cartes.

Je la suis, nous nous asseyons à table et, avec Thaïs, commençons une partie de tarot, Chloé ne voulant surtout pas qu'on l'aide en cuisine.

Ça sent tellement bon que mon ventre gargouille. La partie finie, Juliette et moi allons mettre notre linge sale dans la machine à laver de la buanderie et lançons le programme. Nous dressons ensuite une belle table sur la terrasse afin de faire honneur au plat que nous a préparé Chloé. Elle est vraiment douée, elle tient ça de sa mère. Ça me change de la maison, où nous ne mangeons quasi que des plats livrés.

Thaïs nous propose de trinquer à notre dernière soirée ici avant de retrouver notre quotidien. Elle sort une bouteille de champagne du réfrigérateur, une de celles appartenant à madame Van der Merwe, en remplit quatre coupes et nous les apporte dans le salon.

Nous avons échappé au pire et devons aller de l'avant. Nous resterons unies face à nos parents. Une fois la tempête calmée, nous trouverons bien une nouvelle destination, plus sûre, où nous rendre pour les prochaines vacances.

Chloé et Juliette s'endorment peu à peu, harassées par cette journée à la fois morne et intense.

Elles décident d'un commun accord d'aller se coucher. J'hésite un instant à les imiter, mais je décide de rester avec Thaïs, savoure les yeux fermés ma dernière gorgée de champagne. Puis, après avoir fait défiler les nouveautés sur Netflix, je lui propose de regarder *Love Actually*. Nous l'avons déjà vu, mais ça sera parfait comme divertissement avant d'aller dormir. Au moment de lancer le film, Thaïs me prévient qu'elle a un coup de fil à passer dans sa chambre, et qu'elle me rejoint d'ici dix minutes. Je l'observe monter l'escalier, et vais mettre les coupes dans l'évier.

Un courant d'air me frôle les épaules. Je remarque seulement maintenant que la porte menant au jardin est ouverte.

Un chien aboie tout près, sûrement chez les voisins.

Il n'y a aucun bruit à l'étage. Quand je retourne au salon, je me rends compte que nous avons oublié de sortir le linge de la machine à laver. Après un court moment d'hésitation, je rallume la lumière de la terrasse, marche pieds nus dans l'herbe en direction du fond du jardin. L'intérieur de la buanderie sent le bois et le propre. Quelques plumes d'oiseau parsèment le sol. La machine est éteinte, je l'ouvre et commence à sortir les vêtements humides et à les jeter dans une grosse corbeille en plastique.

Un bruit sec derrière moi me fait sursauter. C'est la porte de la buanderie qui a claqué. Je me redresse pour aller la rouvrir et pousse un cri à mi-parcours, ayant cru discerner une silhouette passer derrière les rideaux brodés.

Incapable de bouger, je demande qui est là, repense au soir où nous sommes revenues de la plage et que Juliette a cru distinguer quelqu'un dans la chambre de Chloé.

Mais il n'y avait personne, nous avons fouillé toute la maison. Juliette a simplement eu une hallu.

Ou alors ce sont *eux*, ils nous ont retrouvées en fouillant nos sacs à main et, cette fois, ils ne nous laisseront pas leur échapper. Rejoints par d'autres, ils nous ont encerclées, et maintenant ils nous attaquent.

Dans cette maison étrangère, dans ce pays étranger.

J'attrape une planche de bois laissée au sol, et je saisis la poignée de la porte d'une main et la tire, prête à frapper de toutes mes forces l'intrus qui surgira face à moi. Mais je ne vois rien de particulier, seulement un jardin calme et endormi, et peu d'endroits où se cacher.

Je fais trois pas dehors, regarde à droite et à gauche.

Si ça continue, je vais devenir folle.

Je retourne au lave-linge en soupirant, jette avec empressement le reste des fringues dans la corbeille et mets le tout à l'intérieur du séchoir que j'allume pour vingt minutes.

Ce sera à Thaïs de s'en occuper.

Au moment où je me relève, la porte de la buanderie claque à nouveau, cette fois bien plus fort. Je tente de l'ouvrir, mais n'y arrive pas. Elle est carrément bloquée.

Ce sont forcément les filles qui me font une blague. Je leur demande de me laisser sortir et, perdant mon calme, je leur crie à quel point c'est minable d'essayer de me faire peur après tout ce que nous avons subi.

Mais rien n'y fait, aucune d'elles ne m'ouvre. De rage, je frappe le bois plusieurs fois, jusqu'à la douleur.

Peut-être ne sont-elles pas dans le coup, après tout. La porte est vieille et le bois semble gonflé par endroits. Mais il faut que je trouve un moyen de sortir.

Je remarque une fenêtre à ma droite, m'y dirige, l'ouvre et tente de m'y glisser. Mais elle est étroite et un peu trop haute, je m'y suis mal prise et je me retrouve coincée, les jambes en l'air. Ridicule au possible.

Je me débats, frotte mon ventre et mes hanches contre l'encadrement. Des bruits de pas se rapprochent. Je hurle, parviens, sous le coup de la panique, à me dégager, m'écroule dans l'herbe, me relève aussitôt et cours vers la maison, avec la sensation d'être poursuivie.

Dans la cuisine, j'attrape un énorme couteau sur le plan de travail, le tiens fermement dans la main, observe le fond du jardin en tentant de reprendre mon souffle.

Personne ne sort de la buanderie.

Car il n'y avait personne.

Je me vois alors dans la glace, et je me mets à rire. Je suis devenue contre mon gré la *scream queen* d'un film d'horreur.

Le téléphone de la maison se met à sonner juste à côté de moi et me fait sursauter. Je décroche direct afin de ne pas réveiller les filles, au cas où elles dormiraient déjà. Un homme me parle en afrikaans. Je ne comprends rien et tente de le lui dire. En anglais, il me demande si c'est Adélaïde, et quand je lui réponds que non, il me prie de la lui passer. Je l'informe qu'elle est absente, que mes amies et moi louons sa maison et que je ne sais plus où la joindre. Mon interlocuteur, sans même s'être présenté, raccroche. J'hallucine. Mais je ne m'attendais pas à moins venant d'une relation de cette vieille peau.

En attendant ma cousine, je retourne m'asseoir face au jardin, saisis sur la table basse un magazine de mode que je feuillette sans passion.

Thaïs me rejoint enfin. Elle s'est maquillée, a revêtu un jean noir et un petit pull en cachemire et s'est parfumée. Quand je lui demande si elle compte sortir, et avec qui, elle me répond que oui, et avec moi. Devant mon peu d'enthousiasme, elle me dit en arrangeant ses cheveux que Chloé et Juliette sont déjà couchées, que ça serait cool d'aller boire un verre juste toutes les deux, entre cousines, afin de profiter encore un peu de cette ville avant de partir définitivement, sinon nous le regretterons une fois à Paris. Nous sommes en sécurité à Camps Bay, et nous avons besoin de nous changer les idées. Elle avait gardé un peu d'argent liquide dans sa valise, assez pour qu'on se fasse plaisir. Je dois dire qu'elle sait toucher en moi la corde sensible. Et j'ai l'impression que de toute façon elle ne me laisse pas le choix. Je lui demande de m'accorder dix minutes afin d'enfiler autre chose, mais elle prétend, en me regardant de haut en bas, que je serai très bien comme ça. Je n'insiste pas. Elle maîtrise bien mieux que moi l'art du paraître. Nous enfilons nos vestes et sortons de la maison en faisant attention à ne pas réveiller les filles.

Il pleut légèrement, Thaïs prend un parapluie et nous descendons la rue à pied pour rejoindre Victoria Street. Nous longeons la plage de Camps Bay, où je respire à pleins poumons la fraîche odeur iodée de l'océan. Thaïs a eu raison de me forcer à sortir. Ça me fait du bien de me dégourdir les jambes. Tout en marchant, je lui raconte la trouille que j'ai eue dans la buanderie. Elle me confie qu'elle aussi aurait flippé, ça me rassure, et chasse de ma tête les derniers nuages sombres.

Je me demande tout de même si nous avons bien fermé à clef la porte de la maison.

La circulation est encore assez dense le long du littoral. Thaïs s'adosse contre un parapet, concentrée sur son iPhone. C'est à se demander pourquoi elle m'a proposé de l'accompagner. J'évoque l'anniversaire de notre grand-père, qui aura lieu en avril à Bougival. Thaïs fait une grimace et lâche enfin son portable. Nous redoutons d'y aller, même si Thaïs garde de meilleurs rapports avec lui que moi. Elle le déteste tout autant, mais on va dire qu'elle a l'intelligence de ne pas le montrer. Et en plus il va falloir supporter Catherine et sa clique, sans compter les membres de notre famille que nous sommes ravis de ne pas trop fréquenter en temps normal. Bref, je suis déjà saoulée.

Thaïs me demande d'un air affecté si je n'ai pas quelque chose à lui dire. Je ne vois pas de quoi elle parle. Elle me dévisage, comme si elle hésitait à me bondir dessus, évoque Matthieu en me fusillant du regard. Je me sens instantanément rougir. C'est clair que je ne lui ai jamais parlé de lui. D'ailleurs, je n'ai appris son existence aux autres filles que l'autre jour, quand Thaïs était absente. Ce n'est pas un hasard.

J'ai eu besoin de garder un peu notre relation rien qu'à nous. Et j'avoue que j'ai toujours craint son jugement.

Bêtement, je m'excuse auprès d'elle de lui avoir caché une aussi grosse info. Elle me répond que ce n'est pas grave, alors que je vois bien qu'elle est vexée, elle ajoute qu'elle espère que ça marchera entre nous. Je ne la crois qu'à moitié.

Passant du coq à l'âne, je lui demande si elle considère que tout ce qui nous est arrivé est de ma faute. Thaïs éclate de rire, me répond que c'est seulement la faute de ces deux mecs qui avaient de sales idées en tête. Il n'y a rien à ajouter. Et les autres filles pensent la même chose, elle en est persuadée.

Je la remercie, rassurée, veux savoir dans quel bar elle veut qu'on aille.

Une sorte de SUV noir s'arrête à notre niveau. La vitre se baisse et je reconnais Colin assis à l'avant et Ezra à ses côtés. Je ne m'attendais pas à les voir. Je pensais qu'ils étaient repartis en Californie.

Thaïs me saisit par le bras et m'informe que nous devons y aller. Je veux savoir où, mais elle ne me répond pas. Je la suis en direction de la voiture sans chercher à en savoir plus et monte à l'arrière avec elle.

Colin démarre, sans m'adresser la parole, la musique à fond.

J'attache ma ceinture, me retiens de leur demander de me laisser à un carrefour pour que je puisse rentrer à pied. J'aurais dû me douter que Thaïs me la ferait à l'envers.

Ezra tend un joint à ma cousine, qui en fume quelques lattes puis me le passe. Ne voulant pas avoir l'air d'une idiote auprès d'eux, je le porte à ma bouche, tire dessus, me mets aussitôt à tousser, ce qui fait rire Thaïs, qui lance un regard complice à Colin.

Je ne comprends pas pourquoi elle m'a dit vouloir passer du temps toutes les deux si elle comptait en vrai rejoindre les garçons, et pourquoi elle m'a demandé de l'accompagner si c'est pour agir de la sorte avec moi. Je pourrais ne pas être là, ce serait la même chose.

Les enceintes diffusent *Never Let Me Down Again* de Depeche Mode alors que nous contournons Table Mountain par le nord. Colin pousse le volume à fond et accélère sur la voie rapide. Thaïs, derrière lui, plonge sa main dans ses cheveux châtains, l'embrasse dans le cou, se trémousse sur la banquette au son du morceau, le joint entre les doigts, consciente que Colin la mate dans le rétroviseur tout en conduisant. Elle ne me calcule plus. Je retrouve celle qu'elle est parfois, si froide, distante. Elle n'est jamais comme ça quand les autres filles sont là, seulement avec moi. Elle me donne de temps en temps l'impression d'avoir à sa disposition une collection de masques qu'elle change au gré de ses envies et de ses rencontres. Je déteste celui qu'elle porte ce soir. C'est la seule chose qui puisse l'enlaidir.

Nous nous arrêtons une quinzaine de minutes plus tard dans une station-service. J'en profite pour fouler l'asphalte en humant les vapeurs d'essence, sans savoir où nous nous trouvons. Thaïs sort à son tour du véhicule, va embrasser Colin qui l'attire contre lui en lui agrippant les fesses. Ils semblent prêts à baiser sur place. Thaïs en serait capable, à en croire ce qu'elle me raconte parfois, comme si elle espérait choquer la petite prude qu'elle pense que je suis.

Une autre voiture s'arrête à une pompe, deux garçons noirs en sortent, l'un d'eux me fait un clin d'œil, et parle à son ami qui me regarde à son tour. Je remarque qu'il porte une arme à feu à sa ceinture et je rebrousse chemin en frissonnant, fais comme si je n'avais rien vu, lève les yeux vers un ciel où les étoiles sont différentes de celles que je contemple depuis l'enfance. C'est la pleine lune. Ça ne me fait plus rien de le savoir mais, jusqu'au début de l'adolescence, je ne parvenais pas à m'endormir quand ça arrivait, à cause de ce que m'avait affirmé une tante de mon père en lisant les lignes de ma main, lors d'un déjeuner organisé dans la maison de mon grand-père : que soi-disant je mourrais une nuit où la lune serait pleine. Le truc qu'on raconte à une gosse de huit ans. Lorsque j'ai confié ça à ma mère, elle m'a affirmé que cette femme était complètement cinglée et qu'il ne fallait surtout pas croire à ces inepties. Je ne l'ai ensuite plus jamais revue à Bougival. Je pense que ma mère s'en est occupée personnellement. Mais le mal était fait, dès que la lune s'arrondissait dans le ciel au-dessus de Paris, l'angoisse montait peu à peu, sans que j'ose en parler à mes proches, et quand par malheur elle était totalement pleine, les mots de la vieille s'entrechoquaient dans ma tête et je restais assise sur mon lit à fixer la porte de ma chambre, ou la fenêtre, ou le moindre coin d'ombre d'où pouvait surgir un ogre, un vampire, un loup-garou, prête à hurler de toutes mes forces dans l'espoir que l'un de mes parents ait le temps de me sauver.

Bien sûr, rien de tout ça n'est arrivé. Et, depuis, je ne crois plus aux ogres, aux vampires, ni aux loups-garous.

Tout ce dont sont capables mes semblables me suffit.

Je profite de ce que Colin va payer dans la boutique pour prendre Thaïs à part, l'informe que je veux rentrer et lui demande de me commander un taxi. Elle me dit de me détendre, me promet qu'on va bien s'amuser, que je dois lui faire confiance. En même temps, j'y suis obligée. Je n'ai aucune idée d'où nous sommes. Je n'ai pas d'argent, pas de téléphone, pas de moyen de contacter les autres filles, mes parents ou Matthieu. J'ai envie de pleurer.

Colin revient et, cette fois, Thaïs monte à l'avant à ses côtés. Nous traversons ensuite une partie de la ville qui n'a plus rien à voir avec celles que nous avons visitées jusqu'à présent, terne et sans charme, en majorité composée de petites maisons qui toutes se ressemblent.

À l'avant, Thaïs minaude, chuchote à Colin des choses que je n'entends pas. Près de moi, Ezra a constamment le visage tourné vers la vitre. Sacrée ambiance.

Nous nous éloignons de plus en plus de la côte. J'ai l'impression que cette ville n'a pas de fin. Je me sens aussi peu rassurée que si nous traversions une forêt hantée.

Colin s'arrête enfin face à une maison aux murs rouges, dans une rue sans vraiment d'éclairage. Un jeune homme en sort. Blanc, la vingtaine, les cheveux blonds peroxydés, vêtu d'un T-shirt à l'effigie des Springboks et d'un bas de jogging noir, et tatoué de partout. Colin coupe le moteur, nous demande à tous de descendre. Je renonce à dire que je préfère rester dans la voiture. Je sais à quel point les rues de ce genre de quartiers ne sont pas sûres. Et je ne veux surtout pas me retrouver seule.

Nous suivons le blond, qui s'appelle Brent, dans un salon étroit où deux garçons et une fille sont avachis devant un documentaire animalier. Les deux garçons sont torse nu, assis côte à côte sur un canapé d'un bleu délavé, la fille, vautrée dans un fauteuil en tissu élimé, porte un haut troué et une minijupe. Elle n'a pas beaucoup plus que notre âge, pourtant sa bouche est affreusement refaite et son visage est bien trop maquillé.

Brent nous invite sèchement à nous installer sur un des canapés, fais signe à Colin de le suivre dans une autre pièce, avant de claquer la porte derrière eux.

La fille est camée, c'est à peine si elle se rend compte de notre présence. Je remarque des traces de piqûres sur ses bras et ses cuisses, ainsi que des bleus qui marbrent une peau si pâle qu'on discerne clairement ses veines sous la lumière de l'halogène.

Les murs sont recouverts d'un papier peint années 1970. Les meubles et les objets sont tous assez vieillots, comme si cette maison était celle de retraités.

Le ton monte de l'autre côté de la porte. La fille lève vaguement les yeux, et replonge dans sa léthargie. Je remarque seulement maintenant qu'elle n'a pas de culotte sous sa jupe.

Face à moi, Thaïs semble nerveuse. Ezra, lui, tente d'écouter ce qui se trame dans l'autre pièce. Un des deux hommes relève la tête, et Ezra baisse les yeux.

De mon côté, je fais tout pour qu'on ne me remarque pas. Je suis assez douée pour qu'on m'oublie, contrairement à Thaïs, qui semble née pour être constamment le centre de l'attention. J'ai bien vu comment tous les garçons la regardent. Mais je n'aimerais pas pour autant être matée de cette façon, comme un bout de viande, comme une proie au bout d'un harpon.

Ayant de plus en plus envie de pisser, je tente de me retenir mais je finis par demander où sont les toilettes. Un des mecs me dévisage, et m'indique mollement un couloir derrière moi. Je m'y rends, m'enferme à l'intérieur, profitant enfin de quelques instants de répit. Moi qui n'ai, au cours de ma vie, jamais rien consommé d'illicite, j'ai l'impression de me retrouver dans un épisode d'*Euphoria*. Je n'ai aucune idée de ce à quoi joue Thaïs. Elle m'a délibérément menti, m'a emmenée dans cet endroit lugubre sans considération pour moi. Je ne sais pas ce que j'ai bien pu lui faire pour qu'elle agisse de la sorte. Est-ce pour lui avoir caché ma relation avec Matthieu ? Je sais qu'elle est caractérielle, mais à ce point ?

Et une fois qu'on sera repartis d'ici, quel sera le programme ? Se poser dans un autre squat et qu'elle me force à me droguer avec eux ? Qu'Ezra me propose de coucher avec lui à l'arrière de la voiture pendant qu'elle se tape Colin à l'avant ?

Pour qui me prend-elle ?

Du salon se fait entendre une sorte de rap dont les basses font vibrer les fines cloisons. Je perçois des éclats de voix, flippe à l'idée qu'ils soient suivis de coups de feu.

On frappe vivement à la porte. Comme une conne, je ne bouge pas, fais genre il n'y a personne. On frappe à nouveau et on tente d'ouvrir mais, dommage, j'ai fermé à clef. Vite agacée, je me relève de mauvaise grâce et ouvre. C'est la camée, qui me dit en se grattant l'épaule qu'elle a besoin de chier. Texto. Je lui laisse la place, elle me bouscule en m'insultant et s'enferme à double tour. Cette pauvre fille se met alors à vomir. Un peu écœurée, je m'éloigne, remarque à ma gauche une pièce dont la porte est entrouverte, la pousse légèrement, mes narines vite emplies d'une odeur compacte qui ressemble à celle de l'ammoniaque. Je me tiens sur le seuil d'une chambre aux rideaux tirés, distingue dans la pénombre un lit et, sur ce lit, une forme étendue sous une couverture bariolée. Nope. Je ne cherche pas à en savoir plus, retourne dans le salon, où à ma grande surprise ne restent que les deux hommes torse nu, occupés chacun à rouler un joint. Je leur demande en commençant à paniquer où sont partis Ezra et Thaïs, et, devant leur silence, crois un instant qu'ils m'ont abandonnée ici, entre les mains de ces voyous.

Et que je ne ressortirai jamais de cette maison.

J'entends enfin le rire de Thaïs, ce qui me rassure, et je me dirige, guidée par sa voix, vers une cuisine crasseuse où elle se tient adossée à un four en compagnie d'Ezra, de Colin et de Brent. Visiblement, ils ont fait affaire. L'atmosphère est bien plus détendue, presque joviale. Me distinguant à travers la fumée de cigarette, Thaïs me présente à Brent comme étant sa cousine et m'enlace avant de m'embrasser sur la joue. Je me demande quelle substance elle vient d'ingérer pour être d'un coup si chaleureuse et tactile, mais, à la limite, je préfère la voir comme ça. Au moins, elle ne me snobe pas, au moins, elle me donne l'impression que je compte à ses yeux.

J'accepte un verre d'alcool sans trop savoir ce que c'est, ne voulant pas passer pour la grosse chieuse de service.

Nous retournons dans le salon. La camée a repris sa place, le teint encore plus cadavérique qu'auparavant, comme si elle s'était aussi vidée d'une grande partie de son sang dans les chiottes.

Maintenant que Colin a chopé ce qu'il est venu chercher, je ne vois pas trop pourquoi on s'attarde, et montre sans gêne des signes d'agacement que Thaïs feint de ne pas voir. Je me sers un autre verre. Peut-être qu'ivre je supporterai mieux ces gens étranges. Je regrette de ne pas pouvoir les photographier. Surtout la fille. Sous certains angles, elle est réellement terrifiante.

On sonne à l'entrée, Brent s'y rend tout en tirant sur son joint. Entre à sa suite un grand brun vêtu d'une veste en cuir, accompagné d'une rousse assez jolie et d'un autre garçon, au crâne rasé. Colin serre la main du brun, Thaïs l'embrasse sur les joues, ils ont l'air de se connaître. Ça me surprend d'abord, et je suppose qu'ils se sont rencontrés pendant la nuit que Thaïs a passée avec Colin, cette nuit dont elle n'a pas voulu nous parler. Je comprends un peu mieux pourquoi.

Les nouveaux arrivants se servent à boire et s'installent parmi nous. Je rejoins discrètement Thaïs, lui chuchote à nouveau que je veux rentrer, car je suis fatiguée et j'ai besoin de dormir. Tout en faisant la moue, elle prétend qu'on va d'abord faire un tour dans un spot incontournable des nuits branchées du Cap. Pas longtemps, juste pour voir. Je crains le mauvais plan.

Nous partons tous ensemble aux alentours de minuit et montons dans trois voitures différentes. Après une quinzaine de minutes de trajet, nous nous arrêtons près d'un vieil immeuble qui se dresse au milieu d'un vaste terrain arboré. Il y a beaucoup de monde à l'extérieur, des gens de nos âges entrent et sortent du bâtiment, d'autres sont tranquillement posés dans les alentours pour fumer ou discuter. Une sorte de snack ambulant est dressé au bord de la route, ça sent une odeur mêlée de viande grillée et de friture. Thaïs me prend la main et nous suivons les autres vers l'entrée principale. Brent et ses amis se dirigent vers un petit groupe occupé à boire des bières. La jeune fille blonde manque s'étaler dans l'herbe, sous les rires moqueurs des autres. Elle tangue, paraît sur le point de perdre connaissance, se tourne vers moi, me sourit, et dans son sourire je perçois toute sa détresse.

Colin s'arrête face à l'entrée, ouvre la main, qui contient quatre cachets roses. Thaïs en prend un, suivie par Ezra. Colin attend visiblement que je gobe le mien, mais je ne suis pas super motivée. Je n'ai jamais pris ce genre de truc. Thaïs s'agace, prétend que c'est la condition pour entrer, qu'il faut que je me déride un peu et que je profite à fond de la soirée. Les deux garçons m'observent d'un air circonspect. Je me sens terriblement idiote, limite gamine capricieuse, tout ce que je ne veux pas être. Alors je saisis la pilule, l'avale sans réfléchir. Thaïs ne pourra pas me reprocher de ne pas avoir fait d'effort.

Nous pénétrons dans un hall aux murs recouverts de fresques très colorées et où sont dressés divers stands d'artistes, et nous nous frayons un chemin au cœur d'une foule compacte vers un vaste escalier aux marches peintes en jaune menant au sous-sol, là où Thaïs est pressée de se rendre.

L'endroit où nous débouchons est bien plus vaste que je ne l'aurais pensé au départ, saturé de lumières virevoltantes et de filles et de garçons qui discutent, s'amusent, se cherchent, dansent, se chopent. Les murs sont, là aussi, recouverts de fresques et de graffitis. Un groupe électro se produit sur une vaste scène dans le fond, apparemment très connu dans le coin au vu de la ferveur de ceux qui sont amassés face à eux.

Colin et Ezra se rendent au bar et nous apportent des cocktails, et nous avançons vers la scène pour profiter du mieux possible du concert. J'aime assez la musique que joue ce groupe, ça me fait penser aux derniers albums de Tame Impala. Près de moi, Thaïs chauffe Colin en se déhanchant contre lui. J'ai peur qu'elle me laisse en plan pour finir la nuit dans son lit. Mais elle ne me ferait jamais ça. Au pire, elle le ramènera à Camps Bay, fuck madame Van der Merwe. De mon côté, je m'imagine dans les bras de Matthieu, souffre ainsi encore un peu plus de notre éloignement. Nous avons prévu d'aller voir Tamino à l'Olympia, début mai. C'est lui qui me l'a fait découvrir le soir même de notre rencontre et j'ai acheté les places pour son anniversaire. Ce sera notre premier concert à deux.

Après une courte pause, un autre groupe monte sur scène, composé de trois garçons et de deux filles. Ils s'installent derrière leurs instruments et commencent à jouer une reprise de *Pictures of You* des Cure.

Je la connais par cœur, chantonne les paroles en même temps qu'eux.

I've been looking so long at these pictures of you. That I almost believe that they're real...

Quelqu'un me frôle et je ressens, au contact d'une autre peau contre la mienne, une vague de chaleur se propager dans mon avant-bras, jusqu'à mon épaule. Il s'agit d'un garçon de mon âge, les cheveux mi-longs, plutôt beau gosse. J'observe sa nuque, ses oreilles, ses joues, m'imagine lui saisir le visage et lui rouler une pelle devant tout le monde, m'en trouve la première surprise. Je ne suis pas habituée à ce que ce genre d'idées me vienne en tête, j'avoue, mais là, tout de suite, je me sens ouverte à tout, bizarrement à mon aise au milieu de tous ces étrangers si différents de moi. C'est un peu comme si nous étions tous unis par une même énergie, en symbiose précaire, nos yeux rivés sur ceux qui jouent sur scène et qui, par leur musique douce et suave, nous alanguissent, font vibrer nos organes.

Ezra, juste à côté de moi, m'adresse un sourire. Sans raison, je me permets de parler avec lui comme s'il était un ami de longue date. Il se met à rire. Tout comme Thaïs et Colin derrière nous. Et je laisse éclater ma joie à mon tour.

Colin aurait dû nous offrir ces cachets dès le début de la soirée, le temps m'aurait paru moins long et la compagnie de ses « amis » plus agréable. Libérée de ma peur constante du regard des autres, je ferme les yeux et me mets à danser. Concentrée sur chacun de mes mouvements, j'épouse les rythmes et les circonvolutions de la musique, me sens partir un peu ailleurs, là où tout est plus léger, d'une consistance de coton, là où rien ne blesse.

Quand je me retourne, tout ce qui m'entoure ondulant avec bienveillance, je remarque qu'Ezra a la poitrine collée contre le dos de Colin et le menton posé sur son épaule alors que lui enlace toujours Thaïs. Tous les trois sont illuminés d'une lumière rouge provenant de la scène. Leurs yeux luisent, tout comme leurs dents. Ezra glisse un truc à l'oreille de Colin et l'embrasse dans le cou, ce qui ne semble pas déplaire à Thaïs.

Nos verres étant vides, Ezra se propose d'aller nous reprendre la même chose au bar, et je le suis pour l'aider. Après quelques minutes d'attente, il commande quatre mojitos à une barmaid aux cheveux vert fluo et dont la peau est constellée de paillettes. Personne ne vérifie mon âge. Ezra et moi discutons pendant qu'on nous prépare nos cocktails. Lui aussi est bien plus à l'aise depuis qu'il a gobé son cachet. J'ai l'impression de découvrir quelqu'un d'autre, communicatif et jovial. Et c'est vrai qu'il est mignon, je ne suis pas surprise que Chloé ait eu un *crush* sur lui. La pauvre, elle sera grave dégoûtée d'apprendre qu'il est gay.

Nous rejoignons les autres, trinquons tous les quatre. J'avale mon verre cul sec.

Et, prise dans un élan rose bonbon, je crie à ma cousine à quel point je l'aime et qu'elle compte pour moi. J'en chiale, mais je ne me sens même pas bête. L'amour n'est jamais bête. Et elle me confie la même chose, très émue à son tour. On se prend dans les bras. Les deux garçons se marrent. On est tous complètement *high*.

Un peu plus tard, d'autres musiciens montent sur scène. Ils commencent leur set par un morceau très rythmé, qui me fait penser à du Gojira. Le public, qui n'attendait que ça, s'agite. Certains se mettent même à pogoter, le genre de truc que je déteste car à chaque fois j'ai peur d'être déséquilibrée, de tomber au pied des autres et de me blesser. Je décide de vite m'éloigner vers le bar, cherche Thaïs et les garçons du regard mais ne les distingue pas dans la foule déchaînée. J'y retournerai quand ça se sera calmé.

Ayant de plus en plus chaud, je demande de l'eau à un barman. Un mec d'une trentaine d'années m'aborde et me propose en anglais de me payer un verre. Je refuse poliment, même si je ne serais pas contre un nouveau cocktail gratos. L'homme, un grand blond assez musclé qui porte une étrange cicatrice à la base du cou, me demande quelle est ma nationalité et je lui réponds être française sur un tel ton qu'il comprend de lui-même que ce n'est pas nécessaire de poursuivre la conversation.

Mon cœur s'affole, pourtant je suis immobile. Je passe le bras sur mon front en sueur, redemande un verre d'eau que je bois d'une traite tant j'ai l'impression que de petits incendies se déclarent dans ma poitrine.

Je me faufile parmi les gens qui rejoignent la scène, commence à étouffer. D'un coup, l'air s'est raréfié.

J'ai besoin de sortir. Je me mets sur la pointe des pieds, cherche à nouveau Thaïs, ne la vois toujours pas. Mais ce n'est pas si grave, je vais juste aller me poser un peu dehors et revenir quand j'irai mieux. Ils ne partiront pas sans moi, de toute façon.

Je remonte l'escalier jaune, chaque marche me demandant un effort supplémentaire. Au rez-de-chaussée, alors que je rejoins péniblement la sortie avec l'impression d'être sur le pont d'un bateau qui tangue, je remarque un énorme visage d'ogre peint sur toute une partie de mur, presque identique à celui de la photo de Roger Ballen.

Une voix rauque et qui fait trembler le sol m'interpelle, m'insulte, souhaite ma mort. Le visage de l'ogre se rapproche de moi, les yeux furieux, ouvre grand la bouche pour m'avaler.

Je hurle et me protège le visage des bras, me précipite vers la sortie en me cognant contre certaines personnes qui m'engueulent, me remplis les poumons de l'air frais qui souffle sur le terrain herbeux.

Mais cette pression à la base de mon cœur persiste. Je ne parviens pas à me calmer, tous les bruits qui m'entourent m'assaillent, résonnent dans mes oreilles, je me sens terriblement seule, à la merci de la moindre attaque. Je me force à demander une cigarette à un garçon très moche et vais m'asseoir sur une sorte de parpaing, tremble vite de tous mes membres dans la fraîcheur ambiante.

Peut-être que l'Antarctique s'est rapproché de nous pendant la nuit.

Le bout de ma cigarette illumine ma main et bruisse à la façon d'un brasier. Dans le ciel, les étoiles glissent les unes vers les autres, déséquilibrées. La pleine lune me toise.

Je remarque que l'homme à la cicatrice se tient debout à cinq mètres de moi, m'observe avec quelque chose de flippant dans le regard. Je vois à l'intérieur de son crâne se former ses pensées, d'abord semblables à des serpents, et qui se tendent vers moi comme des poings.

Je n'ai pourtant pas été si désagréable que ça avec lui. J'étais dans mon droit de ne pas le laisser me draguer. Je ne vais tout de même pas m'abaisser à aller m'excuser. Je jette le mégot de ma clope sur un gros monticule de terre, cligne des yeux plusieurs fois, ma vision se trouble. Encore un effet de cette foutue drogue, j'imagine. L'euphorie a laissé place à une profonde fatigue. Je ne veux plus retourner dans la salle de concert. J'ai besoin de calme, de m'installer quelque part et de me reposer. De là où je suis, j'aperçois la voiture de Colin. Avec un peu de chance, il a oublié de la fermer à clef, et je vais pouvoir m'allonger sur la banquette arrière. Thaïs saura bien où me trouver.

Tout en avançant pour rejoindre le trottoir, j'entends des gémissements provenir d'un fourré à ma gauche. Évidemment, les portières de la caisse de Colin sont toutes fermées. Je pense un instant à saisir une grosse pierre et à briser une vitre. Je n'aurais qu'à prétendre l'avoir trouvée dans cet état. Personne ne pourra prouver le contraire.

Quand je me retourne, je constate avec stupeur que l'homme à la cicatrice m'a suivie. Je lui demande ce qu'il me veut. Il prend ça pour une invitation à s'approcher davantage, me murmure, une fois arrivé à mon niveau, qu'il compte me faire jouir comme on ne m'a jamais fait jouir.

Je suis sonnée et ne sais pas quoi répondre. Un groupe de garçons et de filles passe près de nous, mais je ne pense même pas à leur demander de l'aide. Je reste figée comme une conne, je n'ai plus aucune force dans le corps à lui opposer.

Offerte au seigneur.

L'homme profite de mon état, me plaque contre la voiture, frotte son érection contre ma cuisse, caresse mes seins sous mon chemisier, comme si, par mon silence et mon inaction, j'étais devenue sa propriété et qu'il avait tous les droits sur mon corps.

Et moi, je ne peux rien faire.

Son odeur prend le pas sur la mienne. Il grogne, sue, me saisit par le bras et me force à le suivre vers les buissons, ou une ruelle, ou une cave, ou un enfer.

Je parviens enfin à hurler. Plusieurs fois. Je suis même surprise par le son de ma voix brisée. Mais ça ne l'arrête pas. Il me gifle. Un homme noir s'avance vers nous et, comprenant vite la situation, il saisit mon agresseur par l'épaule et le force à reculer. Après s'être pris un flot d'insultes racistes, il le frappe en plein visage.

Sans le remercier, je cours vers une rangée de poubelles et m'accroupis derrière. Ma tête tourne, j'ai l'impression que je vais perdre connaissance, je vomis tout ce qui stagnait dans mon estomac.

Résonnent derrière moi des bruits de lutte. Ceux des pas de quelqu'un qui court en s'éloignant. J'ose un regard au-dessus des poubelles. Mon agresseur a disparu, tout comme mon sauveur. Je reprends ma respiration en observant évoluer sur le mur une sorte de scarabée aux pinces surdimensionnées.

Des coups de feu se font entendre au loin, suivis de cris et de klaxons. Un mec vient pisser près de moi sans me remarquer. L'odeur de son urine m'écœure, comme s'il m'en recouvrait le corps. J'aimerais appeler ma mère pour qu'elle me dise comment agir. En entendant sa voix, je me sentirais moins seule et stupide. Elle doit être déjà couchée, et de toute façon je ne connais pas son numéro de téléphone par cœur. En plus, je ne veux pas l'inquiéter inutilement. Je sais qu'ensuite elle ne se rendormira pas. Je ne suis plus une petite fille, je dois maintenant me débrouiller sans elle, sinon je n'arriverai jamais à rien. Je me revois la fois où je l'ai perdue de vue sur une place à Barcelone, me souviens de la terreur ressentie de ne pas la retrouver, d'errer dans ces rues étrangères à la merci du danger. Quand je l'ai enfin aperçue à une dizaine de mètres de moi, me cherchant l'air paniqué, j'ai couru vers elle et me suis jetée dans ses bras. Des bras que je n'ai plus voulu quitter et que j'ai malgré tout délaissés en tentant de faire une croix sur mon enfance. Là, tout de suite, son étreinte serait un doux refuge, même si je sais qu'une fois de retour en France, jamais je n'aurai l'idée de le lui dire.

J'entends alors Thaïs hurler mon prénom, me précipite vers elle, tombe en larmes dans ses bras. Ma cousine a cru m'avoir perdue. Je ne peux pas lui avouer ce qui vient de se passer, *ce qui aurait pu se passer*. Colin et Ezra nous rejoignent et déverrouillent la voiture, Thaïs m'aide à m'installer à l'arrière.

Colin s'assied au volant, demande à Thaïs où elle veut aller, ce à quoi elle répond qu'il le sait très bien. Colin démarre. Je me calme peu à peu. Enfin, nous allons rentrer à la maison. Je vais aussitôt prendre une douche chaude et m'enfouir dans mon lit. Il est presque 1 heure du matin. Avec un peu de chance, Matthieu sera toujours connecté sur Insta ou Facebook et je pourrai lui parler et le laisser me réconforter.

Je ne veux rien de plus.

Demain, je dirai clairement à Thaïs tout ce que j'ai sur le cœur. Et tant pis si ensuite elle me fait la gueule pendant des semaines. J'en ai assez de constamment marcher sur des œufs avec elle.

Je pose ma tête contre la vitre, et ferme les yeux, bercée par les mouvements de la voiture.

Et ce jusqu'à ce que Colin s'arrête et coupe le moteur.

Nous ne sommes pas à Camps Bay. Loin de là. À travers la vitre, je vois une sorte de maison abandonnée, longée par un vaste terrain vague. Thaïs regarde dans la même direction, prétend d'une voix amusée que c'est encore plus sinistre qu'elle le pensait. Ne comprenant rien à ce qui se passe, je lui demande où nous sommes. Thaïs saisit ma main, la serre fort dans la sienne, me dit d'un air moqueur que pour moi le chemin s'arrête là. À l'avant, les garçons restent immobiles, mais je remarque qu'Ezra ricane. J'ai à nouveau la sensation d'étouffer et ouvre la portière, sors de la voiture, cherche autour de moi quelque chose à quoi me raccrocher sous les lueurs glaçantes de la pleine lune. Une voie de secours. Un abri. Mais nous sommes totalement seuls. Aucune lumière ne jure dans l'obscurité du township. Thaïs me rejoint, une cagoule sur la tête, me dit tout bas que je ne trouverai aucune aide ici, que mon sort n'intéresse personne. Je la supplie d'arrêter cette mauvaise blague. Je ne la reconnais pas. Elle n'est plus du tout celle avec qui j'ai vécu tant de choses pendant presque dix-huit ans. Le mépris avec lequel elle m'observe me gifle. Je constate avec douleur qu'elle ne joue pas un rôle, que sa haine palpable à mon égard est véritable, pure, souveraine. J'ai l'impression affreuse de comprendre seulement maintenant qui elle est en réalité.

Elle a jeté tous ses masques à mes pieds. C'est la vraie Thaïs qui se trouve face à moi. Et elle me terrifie.

On m'attrape alors par-derrière. C'est Colin, cagoulé lui aussi, qui me maintient contre lui pour que je ne puisse pas m'enfuir, pendant qu'Ezra plaque une sorte de tissu humide sur mon nez. Une odeur insupportable envahit mes narines. Je sens mon corps et mon esprit s'engourdir. La lune perd du sang. Thaïs, de plus en plus floue, me chuchote à l'oreille que c'est le moment de payer.

*

Toute petite, j'étais terrifiée par les caves. Depuis le soir où, en cachette des parents, mon grand frère m'a plus ou moins forcée à regarder le film *Evil Dead* qui passait à la télévision. J'ai tenté de lui cacher la terreur que j'ai ressentie, ne voulant pas passer pour un bébé auprès de lui. Mais mon esprit a été empoisonné. Les nuits suivantes, j'ai été submergée de cauchemars, où des mains inconnues me jetaient dans la trappe située à l'intérieur de cette maison perdue en forêt, tant de songes furieux où je me retrouvais dans un endroit entièrement noir et humide et d'où je ne parvenais pas à sortir, entendant s'approcher de moi des créatures que je n'arrivais jamais à discerner, incapable que j'étais de les empêcher de me mordre, de m'arracher peau et chair, de boire mon sang.

Quand nous allions à Bougival, je ne pouvais même plus approcher de la porte en bois menant au sous-sol. Je me rendais malade, quand j'y passais la nuit, à force d'imaginer tout ce qui devait y grouiller dans les ténèbres, les mauvais sorts stagnant dans les fondations, les ogres à la peau livide qui, j'en étais persuadée, arpentaient les dalles à la recherche de proies tendres à se mettre sous la dent, me figurant sans cesse ô combien serait funeste mon destin si on m'enfermait derrière des murs de pierre si épais qu'aucun membre de ma famille ne pourrait entendre mes hurlements.

Mes cauchemars se sont amoindris au fil du temps, mes peurs les plus irrationnelles m'ont délaissée.

Manon

Le jour où je posséderai ma propre maison, il n'y aura pas de cave, même pas de grenier. Les fenêtres donneront toutes sur un ciel ou une mer. La lumière y sera constante.

Thaïs

Au moment même où je distingue Colin fendre enfin la foule du *DecoDance Night Club*, mon esprit efface la présence de tous ceux qui l'entourent. J'attends qu'il regarde dans ma direction pour lui faire un signe de la main, et je profite de ce que les filles sont occupées à danser pour le rejoindre près d'une grosse colonne peinte en bleu. J'attendais tant ce moment, jusque dans mes rêves les plus récents. Colin m'embrasse et me serre contre lui, puis il me présente Ezra, son meilleur ami, que je n'avais jusque-là vu qu'en photos. Je le salue en lui disant que j'ai beaucoup entendu parler de lui, tout en me retournant vers les autres pour vérifier qu'elles ne nous regardent pas. Juliette et Chloé continuent de danser. Manon est assise comme une conne face à son verre vide.

Nous savons qu'à partir de maintenant nous allons devoir faire hyper attention à tout ce que nous allons dire. Colin me l'a assez répété et je ne veux pas le décevoir.

Je dois considérer ça comme un jeu dont nous seuls connaissons les règles et la finalité.

Au départ, il n'était même pas question que les garçons me rejoignent ce soir, mais j'ai insisté en expliquant à Colin que ce stratagème nous permettrait de passer du temps ensemble sans que je sois obligée de trouver des excuses pour m'absenter. Il m'a d'abord avancé que ça pourrait compliquer les choses et éveiller les soupçons, mais il a fini par céder. En même temps, le risque est minime. À leurs yeux, il ne sera qu'un beau garçon que j'aurai rencontré en boîte et dont je me serai vite entichée. Personne ne sera véritablement surpris, après tout j'ai toujours été considérée comme une fille facile.

Aucune d'elles ne sait que nous échangeons depuis des mois, principalement par téléphone. Aucune d'elles ne sait que nous nous sommes déjà rencontrés en vrai, en début d'année à Paris, et que nous avons passé deux jours à baiser sans sortir de sa chambre d'hôtel. Aucune d'elles ne sait ce qui à présent nous lie, tout ce que nous avons partagé, tout ce que nous nous sommes confié. Elles ne comprendraient pas. Elles seraient horrifiées si je leur révélais certaines choses qui me semblent, même avec un peu de recul, encore un peu irréelles.

Personne ne peut savoir qu'avoir rencontré Colin m'a ramenée à la vie. Et que, sous son aile, je compte la continuer de la plus éclatante des façons.

Ezra parti aux toilettes, Colin nous commande à boire et me dit que je lui ai manqué. Je tente de faire comme si ça ne me touchait pas, puis je me lâche un peu, lui avoue à quel point je me fais chier depuis notre arrivée hier. Toute la journée, on a joué aux touristes à la con. Les filles me paraissent encore plus bêtes dans cet hémisphère, comme si le voyage leur avait atrophié le cerveau. Colin ricane, m'embrasse à nouveau, me dit que maintenant il est là et que tout va changer. Je ne le sais que trop bien. Je n'attends que ça. Quand il me demande laquelle est ma cousine, je me retourne et la lui montre du doigt. Colin pose son visage sur mon épaule et me glisse à l'oreille qu'elle ne me ressemble pas du tout. Je pousse un petit rire. Encore heureux que nous ne nous ressemblons pas ! C'est ma chance, et c'est son drame.

Quand Chloé se rapproche de nous, je lui présente Colin de façon détachée. Elle doit se dire que je n'ai pas perdu de temps. Mais qu'importe. Ezra nous rejoint, et nous allons tous nous asseoir à notre table. Les deux garçons nous posent toutes sortes de questions sur nos vies. Les filles semblent tombées sous leur charme et ne se doutent de rien. Moi-même, je dois me refréner pour ne pas sauter sur mon mec et lui arracher ses vêtements. Cette situation me frustre d'autant plus que je sais que ce soir je devrai être sage.

Colin et moi, nous nous sommes parlé pour la première fois sur Tinder, alors qu'il était de passage à Paris avec ses parents. Nous avons aussitôt matché. Pour ma part, j'avoue que c'était d'abord grâce à son physique, ayant rarement croisé un mec aussi beau et bien foutu – du moins en photos. Au fil de la discussion, je me suis rendu compte que nous avions plein de goûts en commun, notamment en cinéma, en musique et en littérature, et généralement que des trucs bien *dark*. Nous avons discuté pendant toute la soirée et une partie de la nuit. Nous nous sommes promis de nous voir en vrai à son retour en France.

Et c'est arrivé deux semaines plus tard, quand il est venu de San Francisco spécialement pour moi. Heureusement, sa famille est tout aussi pleine aux as que la mienne, ça aide à surmonter les grandes distances.

Et je n'ai pas été déçue, bien au contraire. Le mec était canon. Nous avons d'abord bu des verres dans un bar à Odéon, puis il m'a invitée dans un excellent restaurant italien. Colin s'est comporté toute la soirée en parfait gentleman.

Nous sommes ensuite allés à son hôtel, où je me suis vite aperçue que les photos les plus intimes de son corps étaient loin d'être mensongères.

Colin est resté à Paris une semaine entière. Je n'ai pas mis longtemps à lui confier des choses très personnelles, des choses que je n'ai jamais dites à personne. Et il n'a jamais donné l'impression de me juger.

Nous quittons la boîte vers 2 heures du matin. Avant de rejoindre les filles dans la voiture, je demande à Colin comment il compte s'organiser, et il répond en souriant que je dois être patiente. Depuis le temps qu'il me parle de sa passion secrète, j'ai encore du mal à me dire que je vais enfin bientôt y assister. Et y participer. Sentant que les autres nous regardent, je fais style de lui donner mon numéro de téléphone. Nous avons du mal à ne pas éclater de rire. Il m'embrasse sur la joue alors que je ne désire que ses lèvres.

Sur le trajet du retour, assaillie de questions, je leur raconte qu'il ne m'intéresse pas tant que ça, tout en sachant qu'elles sont persuadées du contraire.

Mais elles sont tombées dans le panneau.

Je discute avec Colin par texto jusqu'au milieu de la nuit. Il m'amuse autant qu'il m'échauffe.

Quand le lendemain matin nous partons en voiture jusqu'au cap de Bonne-Espérance, j'imagine tout au long du trajet Colin et Ezra en train de se préparer, de faire les repérages, d'acheter le nécessaire. Si les filles savaient ce que nous nous apprêtons à commettre, elles m'attacheraient au siège pour m'empêcher de les rejoindre.

La journée passe bien plus rapidement que la précédente, je me laisse même prendre au jeu et apprécie le dépaysement offert par ces paysages de bout du monde.

Je reçois un texto de Colin sur la route du retour, où il m'informe qu'ils frapperont dès cette nuit et qu'ils viendront me chercher à Camps Bay en début de soirée. Je monte direct en pression et m'efforce de le masquer aux autres, lui propose d'en profiter pour boire des verres au bord de la piscine. Les filles, quand je leur soumets l'idée, semblent ravies, même si aucune d'elles n'a ses chances avec Colin, qui est à moi, ni avec Ezra, qui est clairement gay.

Dans ma chambre, je fonce sous la douche, me coiffe et me maquille avec soin, et je choisis dans la penderie ma robe rouge. Celle qui fait toujours son effet sur les mecs que j'ai décidé de draguer. Ce soir et cette nuit, je veux impressionner Colin comme jamais.

On sonne à la porte d'entrée. Les deux garçons ont rapporté des bouteilles de vodka et de gin. J'embrasse chastement Colin sur les joues, et nous nous rendons près de la piscine. À la demande des filles, nos invités évoquent leur quotidien en Californie, les font rêver tant on se croirait dans une série télé.

Je finis mon verre de vodka Redbull et aperçois alors avec stupeur Albert qui arrive par le jardin, un sac plastique à la main. Voyant les gars, il se fige, les bras ballants. Nous restons sans parler, tous hyper gênés. Personne ne l'invite à nous rejoindre. Ce vieux mec débarque comme ça sans prévenir et s'attendait peut-être à ce qu'on l'accueille les bras ouverts ? Chloé ne sait pas où se mettre et Albert balbutie quelques mots que je ne comprends pas à cause de la musique. Quel pauvre type. Il me fait trop penser à Michel, un collègue de ma mère, qui rougit et bave dès qu'il me voit. Un soir, j'ai remarqué au cours d'un dîner qu'il avait carrément la trique. Je me suis ensuite amusée à le chauffer à chacune de ses venues, en veillant bien à ce que ma mère repère mon petit manège, dans le seul but de les mettre tous les deux mal à l'aise. Ma mère ne m'en a jamais parlé. Je sais que, dans son esprit, ça aurait été, d'une certaine manière, se rabaisser. L'autre soir, elle n'a visiblement pas supporté qu'une de ses tantes, un peu sénile il est vrai, lui dise pour la énième fois à quel point on se ressemble. Ou plutôt à quel point je lui ressemble quand elle avait mon âge, comme si cette vérité la poussait un peu plus vers la pourriture et la tombe.

Albert finit par comprendre qu'il est de trop et se casse. L'atmosphère se détend. Je monte le volume de la musique, même si Juliette s'inquiète déjà pour les voisins. Quelles que soient les circonstances, cette fille n'oublie jamais d'être chiante.

Manon va se coucher en premier, vite suivie par Juliette. Je ne tiens plus en place et propose aux garçons d'aller boire un verre sur la plage. Chloé, comme je m'en doutais, préfère à son tour aller dans sa chambre. Tant mieux. Nous allons pouvoir passer aux choses sérieuses. J'attends patiemment qu'elle monte l'escalier et je me jette sur Colin, l'embrasse sur les lèvres, sur le bout du nez, au milieu du front. Tout en passant ma main sous sa chemise, je lui demande en minaudant légèrement où ils comptent m'emmener. Colin fait un clin d'œil à Ezra et me chuchote que c'est une surprise. Je me retiens de lui répondre que j'ai toujours détesté les surprises. Il se lève en s'étirant, regarde l'heure, annonce qu'il est temps de partir et me conseille de mettre des vêtements plus confortables et moins voyants. Je refuse poliment, limite vexée. Je suis trop bonne dans cette robe. Je veux qu'au cœur de la nuit, il me l'enlève avec les dents.

J'attrape malgré tout une veste noire, et les accompagne jusqu'à leur SUV, garé un peu plus loin dans la rue. Colin demande à Ezra de s'installer au volant et me fait signe de le suivre à l'arrière. Ezra démarre pendant que nous en profitons pour nous laisser un peu aller sur la banquette. Mon mec retrouve alors sa fougue, lui qui a aussi dû se contenir face aux filles, me recouvre de toute sa force virile. Tout en conduisant, Ezra nous mate dans le rétroviseur. Je suis persuadé qu'il est raide dingue de son pote, il suffit de voir la façon dont il le regarde ou dont il réagit près de lui. Colin m'a appris qu'ils se connaissent depuis le collège. Je ne peux pas croire qu'il ne s'en soit pas rendu compte.

Nous roulons pendant une vingtaine de minutes et nous arrêtons devant une maison aux murs sales. Ezra passe un coup de fil et un garçon aux cheveux blonds nous rejoint. Colin lui tend une liasse de billets et le garçon jette sur ses cuisses un sachet en plastique. Puis tous deux discutent un peu. Le gars a tout du camé mais il n'est pas trop vilain. Colin le prévient qu'il le recontactera bientôt et demande à Ezra de démarrer.

Nous nous arrêtons quelques kilomètres plus loin. Colin pose trois cachets bleu pâle dans la paume de sa main, prétend qu'ainsi l'expérience n'en sera que plus forte. Ezra en saisit un et moi aussi. Nous les gobons en même temps.

Ezra allume la radio et nous nous roulons un joint en attendant que les ecstas fassent leur effet. Avant de repartir, Colin va chercher un gros sac de sport dans le coffre et monte à l'avant avec lui. La radio passe *In Da Club* de 50 Cent. Les premiers effets de la drogue me réchauffent les joues, alors que nous arrivons dans le township de Mitchell's Plain. Colin sort des cagoules du sac de sport, m'en passe une en me disant de l'enfiler. J'éclate bêtement de rire, rire qui redouble quand je vois leurs têtes. On croirait deux gangsters prêts à braquer une banque.

Colin n'a pas l'air de plaisanter et je m'exécute sans discuter. Il me dit qu'à partir de maintenant je dois l'écouter, rester cachée à l'arrière, ne surtout pas me faire remarquer. Ce soir, je ne suis qu'une simple spectatrice et je dois m'en contenter. Ce ton ferme dans sa voix m'excite grave. D'ordinaire, je ne laisse personne me parler de cette façon.

Puis il demande à Ezra de démarrer et ouvre sa vitre, laissant un vent glacé déferler dans l'habitacle. Nous remontons une rue composée de petites maisons en mauvais état. Ezra attire notre attention sur quelque chose se trouvant droit devant nous, accélère. Je distingue un SDF qui titube sur le trottoir, une bouteille de vin à la main. La voiture le dépasse, opère un demi-tour cinquante mètres plus loin.

Colin se retourne vers moi, me demande si je suis prête. Évidemment que je le suis. Ezra accélère et fonce vers notre proie. Colin, arrivé au niveau du Noir, tend le bras et lui tire une balle en pleine tête.

Les deux garçons poussent un cri de joie. Je me retourne assez vite pour apercevoir le vieux débris s'écrouler en arrière. J'ai encore du mal à croire à ce que je viens d'assister. Tout s'est passé si vite, je n'ai pas eu le temps d'en profiter comme je l'aurais voulu. Ezra prend la première rue à notre droite, s'éloigne autant que possible, débouche, après avoir sillonné toute une partie du quartier, sur une artère plus large mais tout aussi peu animée.

Deux mecs fument assis sur un banc en écoutant de la musique sur un iPhone. Derrière eux, je remarque un parc laissé à l'abandon.

Ezra s'arrête à leur hauteur en laissant le moteur tourner. À travers la vitre ouverte, Colin leur demande en anglais s'ils ont du feu. Cette fois, je vois leurs visages. Cette fois, j'ai l'opportunité de me concentrer sur chaque phase d'une action qui s'étire.

Un des deux Noirs, qui a genre seize ans, se lève, sort un briquet de la poche de sa veste, s'approche de nous. Sous la lumière flasque du lampadaire, il paraît encore plus jeune que je le pensais. Colin ne perd pas de temps et lui tire une balle dans la poitrine, ce qui projette violemment le gamin en arrière. L'autre se lève d'un bond, mais il n'a pas le temps de s'enfuir ou de se défendre, Colin le vise au front. Malgré la pénombre ambiante, je vois parfaitement le sang gicler de la blessure et tacher le sol.

Son père l'a entraîné au tir dès ses huit ans. À douze ans, il ne ratait plus une cible. Colin est devenu un parfait chasseur. L'arme est maintenant une extension naturelle de son bras.

Colin a pour la première fois évoqué son appartenance à Légion la veille de son départ en Californie, après avoir pris soin de me poser de nombreuses questions sur ma vision du monde, sur mes aspirations, sur mon rapport au bien et au mal, sur cette rage qu'il sentait en moi et qui, effectivement, me pourrit de l'intérieur depuis des mois sans que je parvienne à l'expulser. Pendant que nous prenions une douche ensemble, il m'a demandé si j'avais déjà imaginé tuer quelqu'un. J'ai sans hésiter répondu que oui. Des tas de fois. De multiples manières. Il a ensuite voulu savoir ce qui m'avait empêchée de passer à l'acte. Je lui ai répondu, sans réfléchir, la peur bien légitime de me faire prendre, de finir ma vie en prison, d'être bannie de cette société que pourtant je méprise. Tout en me mordillant dans le cou, Colin m'a demandé comment je réagirais si j'avais la possibilité de commettre un meurtre tout en sachant que je ne courrais jamais le risque d'être arrêtée.

Consciente que je ne pouvais pas me défiler, je lui ai avoué que je n'hésiterais pas un seul instant, les visages de potentielles victimes se dessinant dans mon esprit. Il m'a confié avoir toujours su que j'étais comme lui. Certains regards, certains gestes, certaines paroles ne trompent pas. Nous faisons, selon lui, partie d'une classe supérieure aux autres, nous avons la faculté de nous reconnaître entre nous.

Alors que nous végétions au lit, Colin m'a appris que, selon Platon, n'importe quel homme qui porterait à son doigt l'anneau rendant invisible tuerait aussitôt son voisin et violerait sa femme. L'homme n'agit de manière juste seulement parce qu'il craint la répression pénale. C'est en grande partie pour cette raison que nos sociétés se sont construites. Nos ancêtres de la préhistoire ne s'embêtaient pas avec les lois et la morale, ils massacraient leurs congénères au gré des envies et des nécessités, sans risquer le moindre châtiment, comme c'est d'ailleurs le cas pour le reste des espèces animales qui vivent en liberté sur cette planète. *Les chiens qui aboieront le plus fort seront ceux qui régneront.* Si nous restions à l'état d'enfants, nous passerions notre temps à nous entre-tuer.

Dans tous les films ou romans de science-fiction narrant l'effondrement de nos sociétés, les survivants redeviennent les uns pour les autres des ennemis mortels. Cet instinct de prédation est inhérent à chaque être vivant et nous seuls en sommes castrés, nous seuls rejetons cet appétit si constitutif de notre personne, sauf quand nos braves gouvernements décident du contraire à leurs fins personnelles.

Le grand-père de Colin, Harold, est parti à vingt et un ans au Vietnam, où on lui a très vite donné la permission, et même l'obligation, de massacrer autant d'ennemis que possible. Au cœur de cet inimaginable bourbier, il s'est pris au jeu, a ressenti un plaisir grandissant en tirant à vue, ses élans meurtriers constamment attisés par ses supérieurs durant plusieurs mois de folie constante. Son moteur n'était pas de défendre les intérêts de son pays mais de tuer, de tuer de plus en plus, et surtout des civils. De retour en Californie, il a dû vivre avec la frustration de ne plus pouvoir passer à l'acte, a eu du mal à s'en remettre et a fini dans une profonde dépression que des heures hebdomadaires de tir sur des animaux n'ont pu atténuer.

À force de réprimer la violence qui nous constitue en grande partie, elle suinte de partout et sous diverses formes. L'histoire démontre sans cesse que dès que l'homme a la possibilité de répandre le mal à l'abri des lois, jamais il n'y renonce, toujours il s'épanche. Une fois le feu réveillé en nous, rien ne doit venir l'étouffer. On ne peut plus se contenter de laisser s'épanouir notre animalité uniquement dans le sexe. Quand on ne parvient plus à vivre soumis et que les jeux du cirque ne suffisent pas, on déclenche des guerres ou on y participe le cœur vaillant. On y tue plus que de raison, parfois sans que ce soit nécessaire, car on est couvert, alors on en profite.

Légion est, à ce que j'ai compris, une sorte de société secrète dont les membres, une trentaine au total, se contactent et discutent uniquement par l'intermédiaire d'un site dédié sur le Darknet. Elle a été fondée au début des années 2010 par un certain « Osymandias ». Colin m'a parlé d'un forum où chacun, sous pseudonyme, évoque ses actions, compare ses scores, lance des défis, y répond.

Tous les membres de Légion sont âgés de dix-huit à vingt-cinq ans environ, suivent de hautes études et appartiennent à de riches familles américaines et européennes, tous sont promis à un brillant avenir et occuperont des postes à responsabilité dans un futur plus ou moins proche. Tous ont pris l'habitude de se rendre dès qu'ils le peuvent dans des endroits à la criminalité explosive, afin de s'y adonner à leurs pulsions les plus primaires, protégés par leur race et leur argent, animés par le besoin de relâcher un peu la pression quotidienne et de se défouler sans pour autant risquer de compromettre leur avenir tout tracé. Chacun a ses méthodes et ses lubies. Chacun possède sa signature.

Colin m'a notamment parlé d'un membre s'appelant « Le Fantôme » qui a pour délire de s'introduire la nuit dans des maisons en Indonésie ou en Afrique et d'en tuer méthodiquement tous les habitants en les égorgeant dans leur sommeil, parfois des familles entières. Il est rapidement devenu une légende dans le milieu. Colin rêve de le rencontrer un jour.

Pour rentrer à Légion, il est également nécessaire d'avoir un parrain solidement installé dans l'organisation. Et d'accomplir un défi en sa compagnie.

J'attends le mien avec impatience. Je pressens à quel point cet instant sera un tournant important dans ma vie.

Le pseudonyme de Colin est Bateman, comme le héros d'*American Psycho*. Ça fait deux ans qu'il fait partie de Légion. Il ne m'a jamais précisé qui l'y avait fait rentrer, mais m'a, en revanche, appris s'être déjà rendu plusieurs fois à Juarez, au Mexique, à Guayana, au Venezuela et à Maceio, au Brésil. Il comptabilise vingt-quatre victimes au total. Que des hommes qu'il considère comme des déchets, que des hommes dont la mort, quoi qu'on en dise, importe peu, ne laisse aucune trace durable.

Afin d'éviter de courir des risques inconsidérés, des règles strictes ont été établies, qu'il faut suivre à la lettre sous peine d'exclusion : se masquer le visage avant de passer à l'action, utiliser uniquement des armes achetées au marché noir, changer les plaques d'immatriculation des véhicules utilisés, ne pas traîner trop longtemps sur les lieux du crime, ne rien garder sur soi des victimes, éviter tout contact charnel avec elles, ne jamais faire de selfies avec les cadavres comme les gros beaufs qui posent avec des rhinocéros ou des lions fraîchement abattus.

Colin a prévu depuis longtemps de se rendre en Afrique du Sud avec Ezra, qu'il a lui-même fait entrer dans le club il y a un an. Il y a dans ce pays tant de fusillades journalières que les enquêtes de police ne mènent à rien et que la plupart des crimes sont attribués aux gangs. Plus personne dans les townships ne s'alarme quand on entend des coups de feu, de jour comme de nuit. Plus personne ne prend le risque de sortir de son habitation pour venir en aide aux éventuels blessés. C'est pour cette raison que ces quartiers hyper étendus restent un terrain de jeu parfait. Le vieux clochard se sera pris une balle perdue lors d'un affrontement entre gangs rivaux, les deux jeunes auront été victimes d'un simple règlement de comptes, les flics d'ici n'iront pas plus loin et ne songeront même pas à comparer les balles. C'est presque trop facile. Ça manque un peu de challenge. Le fantasme ultime de Colin, c'est de canarder en journée des passants façon GTA, au hasard et à visage découvert. Peut-être que quand le monde sera suffisamment déréglé, ça deviendra possible. Je marcherai à ses côtés et je compterai les points. Nous serons les Bonnie and Clyde de la génération Z.

Quand les filles ont parlé de partir en vacances loin de Paris, j'ai aussitôt sauté sur l'occasion pour leur proposer d'aller au Cap. Elles n'ont pas été difficiles à convaincre – contrairement à nos parents. Mais j'obtiens toujours ce que je veux.

La dernière victime de la nuit est un homme d'une cinquantaine d'années qui semble rentrer chez lui après le boulot. Cette fois, c'est Ezra qui s'y colle. Il sort de la voiture, son arme à la main, avance derrière lui et le siffle. L'homme se retourne en sursautant, Ezra lui tire une balle dans la jambe. L'homme s'effondre et hurle comme un porc. Puis Ezra tire dans sa poitrine. Deux fois. Colin sort à son tour de la voiture et je le suis. Nous nous rapprochons main dans la main de l'homme qui se tord de douleur sur le bitume. Il est encore plus surpris de me voir que les deux autres, détaille ma robe rouge comme si j'étais une sorte d'apparition démoniaque mais hyper sexy. Il essaie de prononcer quelques mots, arrive seulement à cracher du sang, tend vers moi sa main, comme s'il espérait que je la saisisse.

Ezra me demande sèchement de reculer. Je sais qu'il a été réticent à me mettre dans la confidence et à ce que je participe à leurs délires. Je crois simplement qu'il est jaloux. Mais Colin parvient à avoir l'ascendant sur lui de la même manière que moi sur les filles.

Nous remontons dans la voiture et, nos cagoules toujours sur la tête, nous roulons jusqu'à leur hôtel, situé dans le quartier de Sea Point. Ils occupent une vaste suite avec deux chambres, la grande classe.

Je m'affale sur le canapé pendant qu'Ezra met de la musique sur son Mac. Colin nous rejoint avec une bouteille de champagne et trois flûtes. Nous trinquons à cette nuit et à ce qui a été accompli sur un balcon qui surplombe l'océan Atlantique.

Surexcités, les deux garçons partagent leurs impressions, rejouent les scènes d'abattage en faisant de grands gestes. Ils sont trop amusants à voir. On croirait des gamins.

Dès qu'ils se lancent dans une nouvelle expédition, ils craignent d'être blasés, d'y prendre moins de plaisir qu'avant, mais finalement ils ressentent la même excitation quand ils choisissent leur proie, la même déflagration quand ils pressent la détente, la même extase quand ils contemplent leur victime mourir par eux et pour eux.

Colin trace six rails de coke sur la table basse, que nous sniffons à tour de rôle.

Il se jette sur moi, m'embrasse, commence à retirer ma robe. Je ne songe à aucun moment à l'en empêcher, malgré la présence d'Ezra près de nous sur le canapé, j'aime l'idée d'à ce point lui appartenir. Une fois que je suis nue, Colin saisit mes fesses à pleines mains, lèche avidement mes seins, les saupoudre de coke qu'il sniffe à même ma peau.

Ne tardant pas à vouloir avoir le dessus, je le renverse sur le canapé, mordille ses tétons, parcours du bout de ma langue les sillons entre les muscles de son torse, puis j'attrape fermement sa queue, la prends en bouche en variant la pression de mes lèvres et de ma langue. Colin ferme les yeux et se laisse aller en poussant de petits gémissements. Consciente de son regard sur nous, je me tourne vers Ezra et lui propose d'approcher tout en branlant Colin. C'est ma façon d'entamer une trêve entre nous. Ezra, les narines pleines de coke, ne perd pas de temps et pompe Colin avec passion, comme s'il n'avait attendu que ça. Colin gémit plus fort et, quand il rouvre les yeux et se rend compte de qui s'occupe aussi bien de sa queue, il sourit et écarte un peu plus les cuisses. Du coup, je me sens légèrement délaissée, limite vexée par le plaisir qu'Ezra procure à mon mec. Alors je le rejoins vite. Nous le partager de cette manière nous rapproche. J'espère qu'ainsi Ezra comprendra que je ne suis pas son ennemie.

Enfin seuls dans la chambre de Colin, je cale mon corps contre le sien, harmonise naturellement ma respiration avec la sienne, mon attention parfois distraite par le bruit du vent qui s'engouffre par la fenêtre ouverte. On pourrait presque croire qu'il s'agit de l'âme de nos victimes venues nous tourmenter.

Colin m'informe qu'on va remettre ça dès demain, dans un autre township. Et que, cette fois, j'y participerai activement. Ce sera mon baptême du feu. Et mon ticket d'entrée à Légion.

Je lui avoue ne jamais avoir tiré avec une arme à feu, ne jamais, même, en avoir tenu une dans les mains.

Pour lui, ce n'est pas grave du tout. Et ce n'est pas comme s'il était surpris, après tout, je suis française. Il me donnera un cours avant. Ce n'est pas compliqué, surtout si je tire à bout portant.

Le lendemain matin, nous prenons le petit déjeuner sur le balcon de sa chambre, et nous allons nous promener le long de l'océan. J'aimerais passer le reste des vacances avec lui. Les filles arriveraient bien à se débrouiller sans moi.

Il me manque déjà quand il me dépose à Camps Bay. Revoir mes pseudo-copines me fout le cafard, signe le retour à une réalité grisâtre. Je monte me coucher. J'ai beaucoup de sommeil à rattraper.

Quand je redescends, je constate avec plaisir que la maison est vide. Je me fous direct à poil, fais quelques longueurs de piscine, puis je me prépare un truc vite fait à manger.

Les filles reviennent pendant que je sirote un cocktail sur la terrasse. Elles s'empressent de me poser des questions sur ce que j'ai fait cette nuit. Je ne leur donne que ce que je veux leur donner, assez pour sentir en elles une pointe de jalousie.

Colin m'envoie un texto pour me prévenir qu'ils sont en train d'effectuer d'autres repérages avec Ezra. J'ai encore un peu de mal à croire que je vais bientôt me jeter à l'eau, surtout alors que je dois supporter les conversations ineptes de mes prétendues amies. J'ai déjà l'impression de ne plus appartenir au même monde.

À cause de Chloé et de sa bonne éducation, nous sommes forcées de dîner au restaurant avec Albert. J'espère que ça ne sera pas trop long, Colin m'a prévenue qu'il viendrait me chercher vers 22 heures. Je n'en peux plus d'attendre.

Nous nous installons à une table en terrasse. Je m'ennuie tellement que je m'amuse à chauffer Albert, faute de mieux, par des regards, des gestes, des paroles plus ou moins ambiguës. Le mec réagit direct. Au moins, ça nous fait un peu d'animation. Il rougit et sue, parvient à être encore plus laid qu'à l'état naturel, c'est carrément gênant. À un moment, je me demande même s'il n'a pas éjaculé dans son caleçon à force de mater mes seins. Même quand on se moque ouvertement de lui, il ne se rend compte de rien. Il devrait intenter un procès à ses parents pour l'avoir mis au monde.

Quand nous retournons à la maison, Juliette se met à hurler, après avoir soi-disant vu quelqu'un se tenir dans la chambre de Chloé. Nous sommes obligées de fouiller toute la maison pour la rassurer. Comme je m'en doutais, il n'y a personne. Juliette a dû halluciner. Ce ne serait pas la première fois. Je n'ai jamais vraiment compris le projet de cette fille. Elle ne dégage rien, n'a rien pour elle, ne sert à rien, je ne vois pas ce que Manon et Chloé lui trouvent d'intéressant.

Heureusement, Colin va bientôt venir me chercher. Je monte m'apprêter dans ma chambre, enfile des vêtements neutres et confortables. Cette fois, je suis à la lettre ses conseils pour me fondre dans la nuit.

Je reste allongée sur mon lit jusqu'à ce qu'il me prévienne par message qu'il est en bas. Les filles sont assises dans le salon, je leur souhaite une bonne soirée par réflexe, bien consciente qu'elle sera beaucoup moins excitante que la mienne.

Je m'installe à l'arrière du véhicule, embrasse Colin avant qu'il ne démarre. Nous nous rendons cette fois dans le township d'Elsie's River, à trois quarts d'heure de route de là, et nous arrêtons face à une maison construite à l'écart des autres dans une rue où tous les lampadaires sont hors d'état de marche.

Colin m'explique qu'ils sont venus ici dans l'après-midi et que cette maison est habitée par un couple de retraités et une femme attardée. Colin a envie de la jouer comme Le Fantôme. Il veut pour une fois changer de méthode, prendre plus de risques. Nous mettons tous notre cagoule, sortons de la voiture et nous dirigeons vers la maison en file indienne. J'ai l'impression d'être dans un film. Nous sautons par-dessus le muret recouvert de fientes d'oiseaux et traversons en hâte un jardin très mal entretenu. Évidemment, il n'y a aucun système de sécurité, même pas un chien de garde. Ezra ouvre la porte d'entrée sans problème. Nous entrons en toute discrétion dans un salon qui sent le rance. Il est hors de question d'allumer nos lampes, la lune est presque pleine et nous éclaire un peu le chemin.

Sur la table à manger est étalé un journal ouvert à la page des mots fléchés, ainsi qu'une tasse de café à moitié remplie.

Je saisis une photo sous cadre montrant le couple à qui appartient la maison. Deux petits vieux très banals qui ne sont pas noirs, comme je le pensais au départ, mais blancs.

Quand je lui fais la remarque, Colin me demande si ça change quelque chose pour moi de tuer des Blancs plutôt que des Noirs. Je réponds que non. Je m'en fous, je n'ai jamais été raciste.

Ce n'est pas un hasard s'il les a choisis. Certaines familles blanches du quartier ont été tuées chez elles par des membres de gangs venus y voler leurs maigres économies ou objets de valeur. Alors une de plus ou une de moins… Il a pensé à tout, il m'impressionne. Nous empruntons un couloir étroit et poussons une porte entrouverte pour nous retrouver dans une chambre. Ça pue encore plus la pisse qu'ailleurs. Les deux vieux sont étendus dans leur lit. La femme, allongée à droite, paraît rêver. L'homme ronfle. Je réprime une envie de rire, tant la situation est absurde.

Les garçons se chuchotent quelque chose et, ensemble, ils bondissent sur le lit en hurlant. J'avoue que je ne m'y attendais pas. Les deux vieux se réveillent en sursaut, alors que Colin et Ezra sautent sur le matelas comme des gosses. La femme crie, l'homme tente de se redresser et tombe lourdement sur le parquet. J'entends un de ses os craquer.

Ezra se tourne vers lui et, le surplombant, lui tire une balle en pleine tête. Putain, le mec est fort. La femme, aspergée du sang de son mari, pousse un hurlement de bête qu'on égorge, tente de fuir vers la fenêtre, vu que je me trouve face à la porte. Colin lui tire une balle au milieu du dos, qui la projette contre le mur.

Puis il me tend son arme, me murmure que, maintenant, c'est à moi de jouer.

J'avais presque oublié la fille.

Des grincements se font entendre derrière le mur. Je suis Colin jusqu'à une autre chambre, à la décoration bizarrement enfantine. Il glisse à Ezra que son occupante s'est réfugiée sous son lit. Ils se baissent tous deux et la tirent par les pieds pendant qu'elle se débat en geignant, frappant le plancher de ses petits poings inoffensifs. C'est une femme d'une quarantaine d'années, vêtue d'une chemise de nuit. On voit tout de suite qu'elle est attardée. Elle se recroqueville contre le mur, sanglote. Même dans sa propre maison, elle n'a plus nulle part où aller.

Colin me fait un signe de la tête.

J'entends mon cœur battre au creux de mon oreille. Je prends peur. Le mur qui se trouve face à moi me semble trop haut pour être franchi.

Ma main qui tient l'arme tremble. Je me sens prête à la lâcher.

Je suis perdue. Perdue. Perdue.

Que fais-je ici ?

Je peux encore tout annuler, sortir de la pièce, m'enfuir.

Mais je comprends vite que je n'ai plus le choix.

Cette débile n'est rien pour moi. Je ne la connaissais pas il y a cinq minutes. D'ailleurs, je ne la connais toujours pas, je ne sais rien d'elle. Elle n'existe pas dans mon monde.

À l'inverse de Colin. Je ne peux pas flancher devant lui. Pas maintenant.

Que pensera-t-il de moi si j'abandonne ? Je sais ce que je risque de perdre.

Alors je tends le bras, mets en joue la femme.

Colin, debout juste derrière moi, m'explique ce que je dois faire, ce n'est pas si compliqué.

Garder l'index à l'écart de la gâchette. Tenir l'arme assez fort dans la main dominante pour qu'elle commence à trembler. Stabiliser l'arme avec l'autre main. S'assurer que les deux pouces sont en dehors du chemin de la glissière. Aligner le viseur avant et le viseur arrière.

Je croise un instant le regard de cette pauvre chose pour qui la vie ne tient plus à rien. Je ne veux plus déceler la moindre trace d'humanité en elle.

Je sais pourquoi je le fais. Je sais pourquoi je dois le faire.

C'est un passage obligé. Un défi à relever.

Depuis le temps que j'en ai envie.

J'en suis capable. C'est inscrit dans mes gènes.

Tout mon corps le réclame. Ma chair. Mon sang. Mes os.

Je ne réfléchis plus, je n'ai dans mon champ de vision que le corps à abattre. Déformé. Misérable. Qui ne mérite ni égard ni patience.

Et je tire. Recule sous la force de l'impact.

La débile s'écroule sur le côté, le bruit de la détonation continuant de résonner dans mes oreilles. Elle est figée. Je vois sur sa poitrine une tache sombre grossir.

Je l'ai eue du premier coup.

C'était si facile. *Trop facile.*

Je suis encore sonnée par la déflagration qui m'a traversé le corps en entier alors que l'odeur de la mort se répand dans la pièce.

Colin me prend dans ses bras, me félicite. Ezra me lance un petit regard de connivence.

Ça y est, je suis passée de l'autre côté. Il n'y a plus de retour en arrière possible, je verrai bien où ça me mène.

Ni en Enfer.

Ni au Paradis.

Il n'y a rien de valeur dans cette baraque, mais nous devons embarquer deux ou trois babioles pour rendre crédible le cambriolage, ainsi que les quelques billets cachés çà et là.

Après avoir vérifié que personne ne se pointe dans la rue, nous nous précipitons vers la voiture et Colin démarre.

Ezra monte le son de la radio, nous hurlons de joie dans l'habitacle. J'ai encore du mal à croire à ce que je viens de faire.

Je comprends tellement que les garçons ne puissent plus s'en passer. Je mesure la nature du cadeau qu'ils m'ont fait. J'ai à la fois envie de le crier sur tous les toits et de le garder précieusement pour moi.

Affalée à l'arrière à observer les lumières électriques s'étaler, je suis assaillie par un déluge d'émotions contradictoires.

J'ai l'impression de m'être vidée de tout ce qui m'empoisonnait depuis si longtemps.

Si seulement cet état pouvait perdurer.

Quoi qu'il en soit, j'ai hâte de recommencer.

Sur *elle*.

En savourant, cette fois, chaque seconde.

Pour fêter mon baptême du feu comme il se doit, Colin appelle un mec qu'il a rencontré au début de son séjour afin qu'il nous ramène la meilleure cocaïne du coin. Il nous rejoint vers minuit alors que nous sommes déjà ivres. C'est un beau brun avec l'accent de l'Est, qui s'appelle Armand. Colin et lui font leurs petites affaires, puis Armand reste un peu avec nous pour boire une bonne bouteille de champagne. Le mec est un des dealers les plus en vue du Cap. Je suis ébahie par son train de vie.

Nous goûtons ensemble à la marchandise, c'est clair que c'est autre chose que ce que je consomme à Paris.

Dès qu'il est parti, et Ezra occupé à se chercher un mec sur Grindr, Colin et moi nous éclipsons dans la chambre, et nous nous déshabillons mutuellement tout en nous embrassant.

Une fois nus, je pousse Colin sur le lit, m'assieds à califourchon sur lui et, profitant d'avoir toute son attention, je lui confie ce que j'ai sur le cœur.

Si j'ai tué cette femme tout à l'heure, c'était simplement pour m'exercer, me convaincre que j'en étais capable. À présent, je veux accomplir ce pour quoi je suis réellement venue ici, me confronter à ce qui m'obsède depuis que, grâce à lui, je sais qu'accomplir cet acte est possible. Je veux me débarrasser de quelqu'un en particulier. Je veux le faire ici, aidée par lui.

Colin me demande, en plaquant ses mains sur mes hanches, de qui je parle.

Je lui réponds qu'il s'agit de Manon.

Ma chère cousine détestée.

Colin se marre mais, à mon regard qui perce dans la pénombre, il comprend vite que je ne plaisante pas.

Tout a été mûrement réfléchi. C'est dans ce but que j'ai persuadé les filles de passer leurs vacances en Afrique du Sud. La chance qui m'est offerte, je veux la saisir. Je ne peux plus vivre en sachant Manon en vie. La roue doit tourner pour de bon.

Ayant du mal à se concentrer, Colin m'informe que ce n'est pas ainsi que ça fonctionne, qu'on ne peut s'attaquer qu'à des inconnus, choisis au hasard. Comme je m'y attendais, je lui rappelle que c'est lui qui a prétendu avoir besoin d'un gros challenge. C'en est un, à la hauteur de ses ambitions. Et ça restera entre nous, ça n'aura rien à voir avec Légion. Il n'aura même pas à leur en parler. Ce sera notre secret.

Je sens qu'il n'est qu'à moitié convaincu, alors j'attrape sa queue, la prends en moi, chevauche Colin en observant, par-delà la fenêtre ouverte, l'océan aux teintes de ciel noir. Je dois maintenir son attention et mon emprise sur ses sens. J'agis avec lui comme si je voulais l'épuiser, plus concentrée sur son plaisir que sur le mien.

Tout en gémissant, il saisit mes seins et me demande pourquoi je déteste à ce point ma cousine. Mais ce n'est pas ça, l'important. L'important, c'est qu'il doit me soutenir, me seconder sans me poser de questions. En échange, je ferai absolument tout ce qu'il veut.

Colin réfléchit longuement, me prévient que s'il acceptait, il y aurait des règles à suivre. Il faudrait, par exemple, que le corps de Manon ne soit pas découvert, ou alors retrouvé dans un tel état que personne ne pourrait remonter jusqu'à nous.

Cette dernière éventualité me convient parfaitement. Dans ma tête défilent des images qui décuplent mon excitation et me mènent à la transe. Je m'embrase littéralement sur Colin, l'embrase à son tour. Nous jouissons ensemble au cœur de l'incendie.

Encore haletant, Colin me murmure que je suis totalement cinglée. Comme si je ne le savais pas. Mais je sais que pour lui c'est un compliment. Comme il me l'a dit il y a quelques semaines, nous étions faits pour nous rencontrer.

Avec lui, je ne joue pas. Avec lui, je peux me permettre d'être celle que je suis, et de devenir celle que je rêve d'être.

Quand je rentre à la maison, les filles sont installées devant *Scream 4*. À l'écran, une nana se fait méchamment charcuter dans sa chambre, pendant que ses deux amies, assistant au meurtre dans la maison d'en face, ne peuvent rien pour l'aider.

Elles ne m'ont pas remarquée. J'approche sans bruit du canapé et, arrivée derrière elles, je pousse un cri qui les fait hurler en même temps que les personnages à l'écran.

Contente de mon effet, je me cale sur le canapé et mate en leur compagnie la suite du film.

Le lendemain, je me réveille d'excellente humeur. Je ne peux que l'être en ce jour où je vais enfin me venger.

Manon, occupée à pratiquer son sport près de la piscine, me demande si j'ai bien dormi. Je lui dis que je dormirai encore mieux cette nuit, évidemment elle ne comprend pas de quoi je parle.

Colin et moi avons élaboré un plan avant de nous quitter. Il faudra que ce soir je fasse en sorte de me retrouver seule avec Manon, sans les filles. Ensuite, il y a différentes possibilités. J'ai déjà plusieurs idées en tête et tout se précisera au cours de la journée.

D'ici-là, je dois suivre les autres dans leur nouveau délire d'excursion. Nous partons cette fois en voiture au cap des Aiguilles, l'endroit situé le plus au sud du continent africain. La journée passe assez vite. Je profite de chaque instant, m'amuse, sans rien laisser paraître, des réactions enthousiastes de Manon, elle dont je tiens dès à présent la vie entre les mains. Cette sensation est indescriptible. La douce attente avant l'attaque, presque une langueur. Manon n'a aucune idée de ce qui l'attend, et moi je pense sans cesse au moment où elle verra, où elle comprendra, où elle subira.

Mais tout ne se passe pas comme prévu. Sur la route du retour, alors que je textote à Colin que nous serons à la maison dans environ deux heures, un 4×4 nous dépasse et s'arrête vingt mètres plus loin en nous barrant le passage. Juliette est forcée de piler. Deux Noirs sortent du véhicule, armes à la main. Je hurle aux filles de fermer les portières et à Juliette de redémarrer. Mais la pauvre fille est pétrifiée. Je glisse mon portable dans la poche de mon jean, saisis ma bombe lacrymo dans mon sac et la cache sous ma veste.

L'un des Noirs brise la vitre avant de la crosse de son flingue et force Juliette à sortir en la tirant par le bras. L'autre, à notre droite, nous tient en joue et nous ordonne de sortir à notre tour, même si je ne comprends pas un traître mot de ce qu'il nous raconte. Je tente de garder mon calme, persuadée qu'il s'agit de deux des mecs qui nous ont coursées après que Manon a pris cette satanée photo. Ma haine envers elle n'en est que décuplée.

Les deux Noirs nous alignent, parlent entre eux, rient en nous dévisageant. L'un des deux plaque le canon de son arme contre le ventre de Juliette et s'en amuse. Je me doute de ce qu'ils s'apprêtent à faire. Je fixe le flingue que le mec remonte jusqu'aux seins de Juliette, j'imagine le lui subtiliser, tirer sur lui à bout portant, puis sur son comparse.

Manon éclate en sanglots quand le second homme s'intéresse de trop près à elle. Je glisse lentement ma main sous mon chemisier, croise le regard des filles, leur fais comprendre qu'elles doivent se protéger. Je sors la bombe lacrymo et asperge nos agresseurs. Ils vocifèrent en se frottant les yeux. Nous courons droit devant nous dans le champ le plus vite possible, nous accroupissons au bout de deux cents mètres, déjà harassées, et ne bougeons plus.

J'attrape une pierre et la serre fort dans ma main jusqu'à la douleur. Je ne me laisserai pas faire. J'aurai au moins le temps de réduire le visage d'un d'entre eux à l'état de flaque de chair.

Nos deux agresseurs n'ont pas eu le temps de voir où nous nous sommes réfugiées. Ils nous cherchent un instant et rebroussent chemin en nous injuriant. Chacun s'installe dans une voiture, et ils s'éloignent en klaxonnant, ces mâles qui se croient dominants, tout fiers d'avoir laissé quatre filles sans défense en plein désert.

Nous décidons de marcher le long de la route dans l'espoir qu'une autre voiture passe, jusqu'à trouver une ferme aux fenêtres allumées. Les propriétaires, d'abord méfiants, nous laissent entrer. Qui, même le soir tombé, se méfierait de nous ?

L'intérieur de leur maison me fait penser à celle des petits vieux que nous avons massacrés avec Colin et Ezra. Mais c'est mieux que rien, et au moins il fait chaud, rien de cette nature qui nous entoure ne peut plus nous atteindre. L'homme, Jan, nous propose de nous installer à table, s'excuse pour son attitude et nous raconte que ces derniers temps beaucoup de fermiers blancs se sont fait tuer par des Noirs voulant reprendre les terres qui leur auraient été volées durant l'apartheid. Ça rejoint un peu les dires de Colin. Décidément, il ne fait pas bon être Blanc dans ce pays, contrairement à ce qui est communément admis.

En désespoir de cause, Chloé, qui comme moi a réussi à garder son iPhone, cherche le numéro d'Albert dans son répertoire et, en l'absence de réseau, l'appelle avec le téléphone des fermiers. Elle tombe direct sur le répondeur et lui laisse un message. Dépitée, elle me demande si je peux contacter Colin pour qu'il vienne nous chercher. J'invente sans réfléchir un gros bobard. Hors de question de le forcer à rouler des heures afin de nous secourir. Pour qui me prendrait-il ?

Albert ne répond pas. Nous sommes forcées de dormir ici. Je ne parviens pas non plus à capter du réseau, je ne peux même pas prévenir Colin de la situation. Il doit penser que je me suis défilée. Cette simple idée m'enrage. Je résiste à l'envie de l'appeler du téléphone de Jan et Fiona, mais que lui dirais-je devant les autres ? Je compose un message, l'envoie en espérant qu'il finisse par passer.

Je m'installe sur un des lits, dois écouter en me déshabillant les jérémiades de Juliette. Est-ce que je pleure, moi ? J'ai autant perdu qu'elle dans cette histoire. Et aucune des filles ne semble blâmer Manon. Encore une fois, elle s'en tire tranquille alors que c'est elle qui nous a foutues dans cette galère.

Au moins, elle n'a plus son appareil photo. Pour elle, ça doit être le pire. C'est la seule chose qui ce soir me réjouit.

Je ferme la porte de la chambre et éteins la lumière. Plus vite nous dormirons, plus vite nous nous réveillerons.

Ce n'est pas bien grave, ce n'est que partie remise.

Je me suis fait la promesse que Manon ne retournerait jamais vivante en France, et je la tiendrai.

Les filles semblent se décontracter une fois plongées dans le noir. Manon me remercie même d'avoir utilisé ma bombe lacrymo pour nous défendre. Je me retiens de lui avouer que je ne l'ai sauvée que pour mieux la torturer ensuite.

C'est à moi, et à moi seule, de tenir le fouet.

Les yeux fermés, je m'imagine attendre qu'ils dorment tous, me lever et, dans l'obscurité, les tuer un par un. Jan et Fiona d'abord, puis Chloé et Juliette. Je me chargerais de Manon en dernier et ferais durer le plaisir plus que nécessaire.

Après ça, comme la nana de *Scream 4*, je me blesserais pour faire croire qu'on m'a aussi attaquée, mais pas assez pour me tuer. Je serais la seule survivante.

Je raconterais que les hommes qui nous ont volé notre voiture nous ont suivies jusqu'ici à notre insu et sont responsables de ce carnage. Ou qu'il s'agit d'individus venus de nulle part et simplement animés par une soif de vengeance contre les vieux fermiers. Après ce que nous a confié Jan, ce serait parfaitement crédible. Des Noirs qui attaquent des Blancs, personne ne remettrait ça en question.

Je ne pourrais évidemment pas utiliser le fusil du vieux. Un couteau serait parfait. Ou une hache. Mais, à bien y réfléchir, je ne suis pas certaine que j'y arriverais toute seule, sans Colin et Ezra pour me seconder. À défaut d'autre chose, je dois donc me contenter d'imaginer la mégatuerie sous le noir de mes paupières.

Et ça m'apaise tant que je parviens à vite m'endormir.

Albert vient nous chercher le lendemain matin. Dès qu'on a du réseau, j'envoie un texto à Colin pour lui expliquer ce qui s'est passé. Il ne me répond pas. Il doit avoir mieux à faire.

À notre arrivée au Cap, nous devons nous rendre à l'ambassade, puis à la police. Me retrouver dans un commissariat est une épreuve. J'ai l'impression que tous les regards des flics sont focalisés sur moi, comme si, d'instinct, ils savaient ce que j'ai commis. Mais j'en ressors les mains libres et l'âme apaisée.

Albert est tout content de nous emmener au supermarché. Qu'il ne s'attende pas non plus à ce que je le suce pour deux paquets de pâtes.

Une fois à la maison, nous sommes toutes conscientes que nous devons appeler nos parents. Comme prévu, ils pètent tous un câble, ma mère en premier, ne perdant jamais une occasion de me rabaisser. Ils vont se concerter pour que nous rentrions dès que possible. Les vacances sont finies.

À un moment, Chloé nous sort qu'un jour nous en rirons et que le plus important c'est que nous ayons échappé au pire.

Je ne peux m'empêcher de m'esclaffer, même si je suis malade à l'idée de devoir repartir aussi vite. C'est totalement injuste. Du coup, je cours m'enfermer dans ma chambre et plaque mon visage contre l'oreiller pour hurler. Puis j'appelle Colin et lui explique du mieux que je le peux la situation, lui dis que nous devons agir dès ce soir. Après un court silence, il me répond qu'il est préférable de laisser tomber et qu'on trouvera une autre occasion. Mais je ne peux pas imaginer abandonner si près du but. Nous avons encore le temps. Rien n'est perdu. Colin me lance alors que ce sera sans lui, que c'est trop risqué et qu'il ne le sent pas. Je ne veux pas insister, lui demande néanmoins de le voir avant de partir. Il me propose de nous retrouver tout à l'heure. Ils ont prévu de se rendre avec Ezra dans un spot à la mode. C'est mieux que rien. Je m'y soumets.

Mais s'il croit m'avoir fait changer d'avis, il va vite comprendre son erreur.

Chloé décide en début de soirée de nous préparer à manger. Si ça lui fait plaisir. De toute façon, je n'ai pas faim.

Je décide de passer à l'action après le dîner. Propose aux filles de boire du champagne, mets discrètement les somnifères que m'a donnés Colin la veille dans les verres de Chloé et de Juliette. Avec ça, elles dormiront jusqu'à demain matin sans se réveiller et me laisseront le champ libre.

Juliette est la première à aller se coucher, suivie par Chloé.

Je reste seule avec Manon dans le salon.

Nous y sommes. Maintenant, tout est permis. Je la tiens par la bride. Je dois juste contenir ma pulsion de la tuer tout de suite.

J'invente une excuse pour monter un instant dans ma chambre. Les filles doivent sûrement dormir. Je propose à Colin de me rejoindre le long de la plage. Évidemment, je ne lui dis pas que je serai accompagnée de Manon. J'espère qu'il ne m'en voudra pas trop de la lui faire à l'envers.

Une fois de retour dans le salon, je dois insister un peu pour qu'elle vienne avec moi. Mais je la convaincs en tirant sur la corde sensible. Nous sortons de la maison. Cette nuit, je serai la seule à y rentrer.

Comme je m'en doutais, Colin tire une gueule pas possible en voyant Manon près de moi.

Je ne me démonte pas, demande à ma cousine de me suivre et, une fois dans la voiture, j'embrasse direct Colin pour le calmer. Il ne peut pas me faire de reproches devant elle.

Nous nous rendons d'abord chez le mec qui fournit de la MD. J'ai rarement vu un tel ramassis de camés au mètre carré. Manon est tellement mal à l'aise, elle doit se demander ce qu'elle fout là.

Après qu'Armand nous a rejoints avec ses amis, nous allons tous au spot dont ils m'ont parlé, une sorte d'immeuble désaffecté rempli d'ateliers d'artistes où se déroule un concert.

Je parviens peu à peu à convaincre Colin de nous occuper de Manon ce soir. Nous devrons juste quitter discrètement les lieux, l'attirer dans un endroit isolé et prétendre que nous l'avons perdue de vue et cherchée partout sans la trouver. Nous sommes dans un quartier réputé sensible. Tout le monde pensera qu'elle a fait une mauvaise rencontre. Je saurai avec délice singer la peine que provoquera en moi sa disparition.

Complètement *high*, Manon ose me lancer une flopée de niaiseries à la figure. Et moi, je me sens obligée de l'imiter. Je ne sais pas pourquoi je joue autant la comédie avec elle, ça doit être là aussi les effets de la drogue.

Je me réfugie ensuite dans les bras de Colin. Le temps s'arrête, je vis un petit instant d'éternité. Je veux que plus rien ne change.

Je me rends alors compte que Manon n'est plus avec nous.

Ce n'est pas son genre de s'éloigner sans nous prévenir.

Avec les garçons, nous la cherchons partout dans la salle de concert, puis au rez-de-chaussée. Mais il y a trop de monde. Elle pourrait être n'importe où.

Amusé par l'ironie de la situation, Colin me dit en souriant que Manon était pressée et a pris un peu d'avance sur le plan que nous avons établi. Je ne trouve pas ça drôle.

Peut-être est-elle retournée à la voiture. Nous nous y rendons en hâte. Je l'appelle sur le trottoir, la vois surgir de derrière une rangée de poubelles. Elle court vers moi et se jette dans mes bras.

Je ne veux pas savoir dans quelle merde elle s'est encore fourrée et la fais aussitôt entrer dans le véhicule. Je vérifie autour de nous qu'il n'y a aucun témoin et m'installe à ses côtés.

Je suis rassurée, je n'aurais pas supporté que quelqu'un d'autre s'occupe d'elle à ma place.

Mais je dois admettre que la situation est comique. Sans le savoir, Manon nous a rendu un grand service. Quand nous serons interrogés par la police, nous expliquerons sans avoir à mentir ce qui s'est passé au concert.

Ce qui va advenir ne concerne plus que nous.

Manon paraît choquée, regarde fixement les bâtiments qui défilent derrière la vitre. Ses mains tremblent. Si elle pense que nous rentrons à Camps Bay, elle va vite déchanter.

Colin s'arrête une trentaine de minutes plus tard face à une maison abandonnée. Manon demande où nous sommes et je lui réponds que c'est ici que son chemin va s'arrêter. Elle me regarde l'air interloqué, sort de la voiture et fait quelques pas sur le bitume. Je mets une cagoule, la rejoins, et lui dis qu'elle ne trouvera aucune aide ici et que son sort n'intéresse personne. Elle commence à flipper, me supplie d'arrêter de me moquer d'elle.

Manon ne voit pas Colin et Ezra s'approcher. Colin l'agrippe par-derrière, pendant qu'Ezra lui plaque un chiffon imbibé de chloroforme sur le visage.

Les deux garçons la transportent dans la maison. J'attends leur signal pour les rejoindre, n'oublie pas de prendre le sac de sport rempli de tout ce dont j'aurai besoin. Le rez-de-chaussée, lugubre à souhait, est vide. Je remarque un escalier, suppose qu'ils sont descendus dans la cave. J'allume la lampe torche de mon iPhone, et manque de glisser sur les marches. J'ai, un instant, peur d'être mordue par des rats.

Manon est étendue en chien de fusil sur les gravats. Le tableau est saisissant. Colin, penché au-dessus d'elle, lui passe des menottes aux poignets sans qu'elle se réveille. Je lâche le sac de sport sur le sol, des bruits métalliques résonnant dans la cave. Tout en m'accroupissant près de Manon, je leur annonce que je veux m'occuper d'elle seule. Les garçons n'y voient pas d'inconvénient. Colin me prévient qu'ils vont m'attendre dans la voiture et surveiller les lieux, me demande de les appeler au premier souci.

Une fois qu'ils sont partis, j'ouvre le sac, enfile des gants, attrape le couteau qui me semble le plus effilé.

Et, sans attendre, je le plante dans la cuisse de Manon.

L'effet est radical. Elle se réveille en hurlant, et je la gifle pour qu'elle se taise. Elle réagit tout de suite, me fixe bêtement comme si elle n'arrivait pas à croire à ce qui lui arrive. Tout en poussant de petits gémissements, elle balaye la pièce du regard. Oui, ma chérie, c'est bien une cave. Elle n'a jamais été jolie, mais là, avec son visage suintant de larmes et déformé par la terreur, elle est franchement laide.

Je la poignarde à nouveau, cette fois dans le bras. Le sang gicle par saccades. Manon se contorsionne de douleur.

Et elle me supplie d'arrêter.

Mais je ne veux pas en rester là. J'ai encore tant de choses à lui faire, à lui dire.

Alors, je lui lâche tout ce que j'ai sur le cœur. Ça me procure un bien fou, même si elle ne semble rien comprendre à ce que je lui raconte.

Puis cette petite conne me hurle que je mens.

Oui, elle ose.

Ça décuple ma rage. Je me défoule sur elle avec tout ce qui me passe sous la main.

Couteau, cutter, tenailles.

Même une bouteille vide qui traînait non loin de là, que j'enfonce entre ses cuisses.

Ainsi, elle sait ce que ça fait. Même si pour elle ça ne sera qu'une fois. Cette douleur si particulière est maintenant sienne.

Nous sommes à présent plus liées que nous ne l'avons jamais été.

Après avoir quitté le terrain vague, je traverse la rue, jette le sac dans le coffre de la voiture et m'installe à l'arrière en retirant ma cagoule, encore un peu essoufflée.

Au volant, Colin me demande sans se retourner comment je me sens. C'est difficile de lui répondre quelque chose de précis. Je suis traversée par tant d'émotions différentes que j'en ai le tournis.

Mais perce tout de même clairement un intense sentiment de joie. Et aussi de réparation, de baume contre mes blessures, de vengeance assouvie.

Je lui ai pris tout ce qu'elle aurait pu être.

Colin démarre. Je lui passe la main dans les cheveux et lui chuchote de me ramener à son hôtel.

Alors qu'il commence à remonter la rue, je tourne une dernière fois le visage vers la maison, espère de toute mon âme que de Manon ne resteront que des cendres.

Mais, pour le moment, le reste de la nuit nous appartient.

Colin me dépose à Camps Bay vers 6 heures du matin. Je rentre et monte dans ma chambre en retenant mon souffle, puis je me déshabille et plonge sous les draps avec l'agréable sensation du travail bien fait.

Au réveil, Chloé nous annonce à Juliette et à moi que notre vol de retour a été avancé à ce soir, 20 h 15. Ça ne me fait ni chaud ni froid. De toute façon, Colin doit retourner en Californie dans les heures qui viennent.

Et puis, surtout, je sais que nous ne partirons pas aussi vite. Loin de là.

Je compte attendre patiemment le coup de tonnerre dans ce ciel encore bleu.

Les filles pensent tout naturellement que Manon fait la grasse matinée, et nous nous rendons sans elle à la plage.

À notre retour, Manon ne nous ayant pas rejointes, Chloé l'appelle de l'escalier et, n'obtenant pas de réponse, monte dans sa chambre. En redescendant, elle m'informe, un peu inquiète, que Manon n'est pas non plus en haut. *Tu m'étonnes.* Je joue le jeu, suppose qu'elle est peut-être sortie se promener afin de prendre des photos. Ce ne serait pas la première fois qu'elle nous fait le coup. En tout cas, il n'est pas encore temps de tirer la sonnette d'alarme.

Le temps s'écoule sans qu'elle réapparaisse. Les filles commencent à tourner en rond et décident d'aller fouiller sa chambre. J'insiste sur le fait que je ne trouve pas les vêtements qu'elle portait hier soir. Ce n'est peut-être pas très malin, mais au moins ces gourdes comprennent que quelque chose de grave est arrivé.

Chloé me demande quand j'ai vu Manon pour la dernière fois. Sans réfléchir, je raconte être partie me coucher peu de temps après elles et avoir laissé Manon dans le salon. Ce n'était pas ce qui était prévu avec les garçons, mais j'ai trop la trouille de m'embrouiller les pinceaux en racontant notre soirée. À mon avis, moins on ment, mieux les mensonges passent. Un lourd silence s'installe. Les filles semblent perplexes. Je me rends compte que j'ai peut-être commis une erreur, je crains que l'une d'elles déclare nous avoir entendues sortir de la maison, mais non, rien de tout ça, les somnifères ont visiblement bien fait leur effet.

Et là, pour parfaire le truc, je fais genre j'ai du mal à respirer, limite sur le point de m'évanouir. Chloé accourt et m'aide à m'asseoir sur le lit. Elle appelle Albert en tremblant, qui nous conseille de contacter la police.

Les choses sérieuses vont commencer.

Deux agents sonnent à la porte, nous posent plein de questions sur Manon et ce dont nous nous souvenons de la soirée d'hier. Évidemment, je ne peux plus changer de version, mais je pense être convaincante, m'évertuant à les regarder dans les yeux. Pourquoi mentirais-je ? C'est ma cousine. Nous nous connaissons depuis toujours, c'est un des êtres qui m'est le plus cher sur cette terre.

Je ne pourrais pas supporter qu'il lui soit arrivé quelque chose de mal.

Ils se concertent. Je leur demande si elle a pu être enlevée. Je vois à leurs yeux qu'ils y pensent sérieusement.

Parfait.

Avant de partir, ils nous font quelques recommandations d'usage et nous prient de leur fournir nos coordonnées.

C'est à moi d'apprendre sa disparition aux parents de Manon. Je n'ai plus le numéro de Raphaël dans mon répertoire, alors je contacte Béatrice. Je vis une sorte d'épiphanie, tente de masquer mon plaisir et pleure instantanément. Je suis une putain de bonne actrice.

Les filles restent assises sur le canapé, le regard dans le vague, tentent de se persuader que Manon va revenir et que tout va s'arranger. Je monte téléphoner à Colin et lui explique la situation. Quand je lui avoue avoir un peu changé notre plan, il s'énerve, me dit que je suis inconsciente, que n'importe quelle personne croisée sur la route ou à la soirée pourra la reconnaître quand son portrait sera diffusé, et aussi faire ma description. Les flics comprendront que j'ai menti, ils sont dépassés mais pas stupides.

Mais jamais les autorités ne me soupçonneront, c'est évident. Je parviens peu à peu à le calmer. Son avion part dans une heure. Nous parlons déjà de nos prochaines retrouvailles à Paris ou à San Francisco.

Je raccroche et m'allonge sur le lit. Raphaël est forcément maintenant au courant pour la disparition de Manon. Si tout fonctionne comme prévu, il ne saura jamais ce qui lui est arrivé. Cette situation le rongera tout le reste de sa vie. Je n'en attendais pas moins.

Derrière moi, Chloé nous dit que sa mère est en route pour nous rejoindre. Quelle plaie. Mais, au moins, elle va nous filer du fric.

En fin d'après-midi, je vais checker sur Internet si le corps de Manon a été retrouvé. Si c'est le cas, il est sûrement encore trop tôt pour que la presse soit informée. Je prie pour qu'elle ait assez brûlé et que personne ne puisse l'identifier. Nous aurions peut-être dû attendre jusqu'au bout afin de vérifier l'état de son cadavre. À présent, il est impossible de revenir en arrière. Ça m'angoisse et m'excite en même temps.

On sonne à nouveau. Cette fois, c'est un Noir qui nous rend visite. Il se présente comme s'appelant

Wayde. Il est plutôt pas mal, je sens en lui tant de failles.

Le mec est un peu atterré que nous soyons venues ici sans nos parents. Mais il ne les connaît pas. À sa demande, nous lui répétons tout ce que nous avons expliqué à ses collègues.

Il nous semble évident que Manon a été enlevée ici. La porte du jardin était ouverte. N'importe qui aurait pu entrer. Elle ne serait jamais partie seule en pleine nuit.

Le flic veut savoir où est sa chambre, y monte. Je reste dans le salon, me demande s'il pourrait y trouver quelque chose susceptible de me compromettre.

Quand il revient, Chloé déclare qu'il est hors de question de partir du Cap sans Manon. Elle me chuchote à l'oreille qu'il faut lui parler de ce qui nous est arrivé à Struisbaai. Je ne peux qu'être d'accord, ça me sera profitable de le lancer sur cette piste. Alors, nous lui racontons l'essentiel. Il nous écoute avec attention, prend des notes. Cette piste est plausible, d'autant plus que ces mecs auraient facilement pu nous retrouver en fouillant nos sacs à main. Puis Wayde nous donne son numéro, nous demande de l'appeler si nous avons quoi que ce soit de nouveau.

Et de penser à allumer l'alarme avant de nous coucher.

Chloé commence à se sentir mal, nous fait carrément une crise d'angoisse en hurlant être certaine que Manon est morte. On s'y met à deux pour la calmer.

Une fois que sa mère sera là, ce sera à elle de s'en occuper.

Allongée sur un transat, je laisse dériver mes pensées et, prise par un électrochoc, je me relève d'un bond et cours de l'autre côté de la maison.

Et si des caméras nous avaient filmées le soir où nous sommes parties ? S'il y en a installées dans la rue, les enquêteurs vont consulter les bandes dans l'espoir de distinguer le visage du kidnappeur ou la plaque d'immatriculation de son véhicule. Pourquoi n'y ai-je pas pensé plus tôt ? Suis-je à ce point abrutie ? Mais, après tout, Colin aurait pu lui aussi me prévenir de ce risque, c'est lui le spécialiste, pas moi. Je scrute les environs, ne distingue rien de particulier. Mais je ne peux pas avoir la certitude qu'il n'y a rien, peut-être suis-je filmée en ce moment même. Face à leurs écrans, des mines sombres détaillent l'expression de mon visage, la peur qui me taraude, dans mes yeux les éclats flagrants de culpabilité.

Il faut que j'arrête de psychoter, je dois vite me reprendre. Après tout, je n'ai absolument rien à me reprocher.

Dans le pire des cas, si je sens qu'ils ont des doutes, je leur expliquerai avoir menti sans réfléchir. Je dirai que j'ai flippé d'être tenue responsable de sa disparition, car je l'ai forcée à sortir. Que je me reproche terriblement ce moment d'inattention au concert. Que je n'ai pas su la protéger comme je l'aurais dû.

Ça marchera peut-être.

Nous sommes dans une ville où des dizaines de jeunes filles sont violées ou tuées chaque jour. Quand le danger est à chaque coin de rue, c'est le danger qu'il faut blâmer.

Nous passons toute la soirée dans l'attente. Chloé et Juliette ont dû prendre des médicaments pour se calmer. Moi, je leur donne l'impression de faire front. Peut-être même qu'elles admirent ma force de caractère.

Je suis frustrée de ne pas pouvoir rejoindre Colin pour m'adonner à de nouveaux plaisirs.

Je dors, la nuit suivante, comme je n'ai pas dormi depuis des semaines.

À peine arrivée, Anne Coulanges nous demande si nous avons du nouveau, ce à quoi nous répondons par la négative.

Tout le monde sait qu'à cette heure tout espoir est perdu. Nous n'attendons plus que son corps soit découvert, de chialer un bon coup et de pouvoir retourner en France.

Anne nous apprend que Béatrice et Raphaël sont en route pour prendre l'avion. Je jubile. Je ne me l'étais pas figuré, mais c'était évident qu'ils allaient se déplacer. Je les imagine dans la voiture, diminués mais encore pleins d'espoir. Je crains un instant que ma mère les accompagne afin de soutenir Raphaël. Elle et les corbeaux qui planent continuellement au-dessus de sa tête. Mais si Béatrice est présente, elle ne se donnera pas cette peine. La raison principale pour laquelle

Béatrice ne m'est pas entièrement antipathique, c'est que ma mère, elle, la déteste.

Albert nous rejoint, tirant une tête d'enterrement. Anne l'a sûrement appelé pour le prévenir qu'elle était là. Vite gênée par sa présence, je propose aux filles d'aller sur la plage. Chloé semble prendre ça comme une injure faite à Manon, ne veut pas quitter la maison, mais sa mère lui explique que ça ne pourra que nous être profitable après être restées tant de temps enfermées.

J'hésite à me mettre en maillot de bain pour aller nager, mais ça serait sûrement malvenu de faire autre chose que de rester assise face au rivage. Après tout, c'est moi qui dois me montrer la plus affectée par la disparition de Manon. Je ne dois prendre de plaisir en rien. Je rayonnerai de joie plus tard.

Il y a pas mal de monde sur la plage de Camps Bay. La température est plus élevée que la dernière fois que nous sommes venues. Les autres devraient me remercier, car, sans moi, nous serions de retour sous la grisaille parisienne. De mon côté, je profite bien mieux de tout en sachant que Manon en est privée. Je suis persuadée qu'à partir de maintenant ma vie va avoir une tout autre saveur.

Je retire mes tongs et vais marcher au bord de l'eau en me demandant pourquoi Colin ne m'a pas encore donné de nouvelles. Quand je rejoins les filles, nous nous asseyons sur le sable et observons l'océan et les bateaux qu'on devine au loin. Chloé, les larmes aux yeux, nous sort d'une voix chevrotante qu'elle aimerait tant que Manon soit avec nous. Juliette acquiesce mollement.

Le téléphone de Chloé vibre. Sa mère nous demande de vite rentrer à la maison.

Sur le chemin, je me convaincs que les flics savent ce que j'ai commis. Qu'ils m'attendent, prêts à me menotter face aux autres, ravis de me faire comprendre que, même ici, rien ne peut me protéger de la Loi.

Sans Colin à mes côtés, je me sens terriblement seule.

Je m'efforce de rejeter ce sentiment. Je n'ai besoin de personne pour me protéger.

Peut-être devrais-je fuir. Tout de suite.

Mais fuir où ? Sans argent sur moi, dans ce pays où je ne connais presque personne ?

Si je leur demandais, Brent ou Armand pourraient-ils me cacher quelque part ?

Pour combien de temps ?

Et à quel prix ?

Que puis-je donner que je n'ai pas encore donné ?

Mais ma vie n'est pas ici. Ma vie, je dois la continuer sur mon territoire, plus robuste qu'avant.

Comme pour Colin et Ezra, comme pour tous les membres de Légion, un avenir radieux me tend les bras.

N'est-ce pas ?

À notre arrivée, Anne et Albert sont assis dans le salon en compagnie de Wayde, le flic. Anne semble choquée, elle a récemment pleuré. Nous comprenons rapidement pourquoi.

Chloé se jette dans les bras de sa mère. Juliette me serre contre elle. Je reste impassible, ne songe même pas à la repousser.

Pas devant eux.

L'enquêteur nous propose d'un ton affecté de nous asseoir.

Selon lui, le corps de Manon a été retrouvé dans la cave d'une maison abandonnée du township de Langa. *Sans blague.* Il nous explique les circonstances de la découverte du cadavre, le résultat des premières analyses, les premières suppositions.

Consciente d'être observée, je dois jouer la surprise, l'effarement. Ce qui n'a rien de difficile tant je n'arrive pas à comprendre comment ils sont parvenus à l'identifier aussi vite.

Quelle erreur avons-nous faite ? Quelles preuves avons-nous laissées ? Sommes-nous en danger ?

Plus personne ne parle, les filles sont choquées, je m'efforce de le paraître aussi.

L'enquêteur demande à Anne quand les parents de Manon sont censés atterrir, et note l'heure dans un carnet. Puis il nous apprend que la police scientifique va venir inspecter la maison. Je reste calme, rien de déterminant ne s'est déroulé ici. Ils pensent encore à un kidnapping, ils ne trouveront que dalle.

Comme prise d'une pulsion, je lui demande, en toute innocence, s'il a une idée de qui a fait ça. J'évoque alors les Noirs qui nous ont volé notre voiture et que j'ai empêchés de nous prendre bien pire.

Qu'ils aient au moins une utilité.

Il me répond qu'il est trop tôt pour se prononcer. Quand je souhaite savoir si des caméras dans la rue auraient pu filmer l'enlèvement de Manon, il m'apprend avoir déjà vérifié et que malheureusement ça n'a rien donné.

Je n'ai jamais eu de bonne étoile, je ne peux même pas la remercier.

Une fois les agents de la police scientifique sur place, il nous est ordonné de quitter les lieux. Albert nous propose d'aller nous installer sur la terrasse d'un des bars face à la plage.

Tout en sirotant mon soda, je dois assister sans broncher à un festival de pleurnicheries et de simagrées.

Les filles chialent tellement que je me sens obligée de lâcher à mon tour ma larme.

Mais rien de plus. N'exagérons pas. Tout le monde pensera que ma douleur est en moi.

Raphaël et Béatrice sont dans leur avion. Espèrent encore un *happy end*. J'aimerais tant être présente quand Raphaël apprendra que Manon est morte, et comment elle est morte, toute la souffrance infligée, tout ce qui a été fait à son corps. La souillure.

C'est la police qui ira les chercher directement à l'aéroport. L'enquêteur nous a priées de ne pas les informer de la terrible nouvelle afin d'éviter tout incident. Je dois me refréner pour ne pas appeler Raphaël et de tout lui jeter à la figure. D'ainsi entendre au bout du fil sa vie se briser. Mais, dans ma voix, il risquerait de percevoir l'exultation. Les pervers reconnaissent vite la perversion, la sentent comme une odeur familière.

Quand j'étais gamine, je cherchais perpétuellement la présence de mon oncle quand il nous rendait visite, je trouvais chaque fois un moyen de capter son attention. C'était évident, avec le recul, que sa présence comblait le vide provoqué par un père plus qu'absent : un père inconnu. À ma demande, j'allais souvent jouer avec Manon dans leur appartement du Luxembourg les mercredis et samedis après-midi. Nous avions le même âge, dormions chez l'une ou chez l'autre, partions en vacances ensemble, étions presque des sœurs, malgré nos différences. C'est, je pense, la première fois que je l'ai jalousée, car elle avait le père que moi je rêvais d'avoir.

Au tout début de l'adolescence, les attentions de mon oncle envers moi, ses gestes et ses regards, ont changé. Les contacts de son corps contre le mien se sont faits plus soutenus, les caresses, plus fermes, insistantes. Bien entendu, je ne me suis alors rendu compte de rien. Une enfant ne pense pas à ces choses-là, ne les imagine pas dans la tête des adultes, surtout quand ils ont le même sang.

Au cours de l'hiver 2017, pendant que nous étions tous réunis en Ardèche, je l'ai surpris à m'observer par la porte entrouverte de la salle de bains, pendant que je prenais une douche. Je me souviens encore parfaitement de ma gêne quand j'ai remarqué sa présence et que j'ai saisi à la hâte une serviette pour cacher ma nudité. Au lieu de s'excuser et de me laisser seule, il m'a souri, m'a déclaré que j'étais aussi belle que ma mère au même âge. Puis il s'est approché, a posé délicatement ses mains sur mes épaules encore humides, et m'a embrassée sur le front.

Et la sensation que j'ai ressentie agit toujours en moi comme un coup de poignard dans le cœur.

Il m'a embrassée pour la première fois lors d'une soirée d'anniversaire de mon grand-père, furtivement, dans la cuisine, alors que j'étais partie chercher de la glace au caramel. C'était mon tout premier baiser.

L'été suivant, sa présence est devenue de plus en plus pesante. J'avais l'impression que son attention me suivait partout, de respirer son odeur dans mes draps, derrière les arbres et au cœur des lacs.

Une nuit, une pression sur ma poitrine m'a réveillée en sursaut. J'ai vite reconnu Raphaël, penché au-dessus de moi dans la pénombre. Il a posé sa main sur mon front, comme pour me consoler d'un cauchemar, m'a chuchoté, son haleine puant l'alcool, que je ne devais pas avoir peur, qu'il fallait que je le laisse faire, car il voulait me montrer à quel point il m'aimait. Je n'ai rien pu tenter pour l'en empêcher. Tétanisée. Je me suis contentée de quitter mon corps par l'esprit.

Puis il m'a dit que maintenant nous étions unis par un secret qu'il ne fallait dévoiler à personne.

Dès lors, plus rien ne pouvait être pareil. Raphaël ne l'a jamais permis. Il m'a attirée à lui sans que j'aie la force et les moyens de combattre son emprise sur moi.

Mon oncle a, selon ses dires, fait de moi une femme. Avec tendresse et avec violence. J'avais à peine quatorze ans. Lui, quarante et un. Je lui appartenais. Je voulais, d'une certaine façon, lui appartenir.

Pendant les deux années qui ont suivi, il ne m'a plus lâchée. Il a profité de moi dès que l'occasion se présentait. Je ne servais qu'à ça, il ne me voulait que pour ça. Et même si le sexe me dégoûtait en soi, cette situation amorale me plaisait, m'excitait, me transportait. Je me sentais bien plus adulte, bien plus libre que les filles de mon âge. J'avais l'impression d'avoir été choisie. J'ai éprouvé pour lui une dépendance insoutenable. Un sentiment proche de l'amour.

Au début du mois de mars, j'ai commencé à avoir des nausées, je me suis rendu compte que mes seins avaient gonflé et étaient douloureux au toucher. J'ai paniqué et je suis allée acheter un test de grossesse dans une pharmacie à dix stations de métro de chez moi. Quand il s'est avéré positif et que j'ai compris être enceinte de Raphaël, j'ai mis quelques heures à revenir à la surface. Ma chambre s'est teintée de gris, j'ai un instant cru entendre, derrière les battements de mon cœur, ceux de cet être qui avait envahi mon ventre sans mon accord, et qui y grandissait en se nourrissant de moi, comme un parasite.

Je n'avais personne à qui en parler, surtout pas ma mère, surtout pas Raphaël.

Je savais d'avance ce qu'il me dirait, comment il agirait, tout ce qu'il briserait.

Même si, secrètement, j'espérais le contraire.

J'avais seize ans. Je ne me voyais pas faire d'IVG. Ne le pouvais pas.

Alors j'ai gardé le silence. Par peur, par bêtise, par défi. J'ai continué à vivre en laissant peu à peu mon ventre s'arrondir, en niant, malgré tout, la réalité.

J'ai vite été prise par des sautes d'humeur qui se répercutaient sur mon entourage. Je passais en un instant de phases d'euphorie à celles de déprime profonde. J'étais constamment stressée, j'avais du mal à dormir. Exténuée, j'ai lutté contre la pulsion de trouver moi-même un moyen d'avorter.

J'ai fini par refuser de voir Raphaël, malgré ses nombreux coups de téléphone et mails. Ma mère, avec ses dons de sorcière, a flairé ma détresse comme une louve et a compris la situation. Mise au pied du mur, j'ai prétendu que le père était un autre lycéen, sans lui donner de prénom. Elle a paru me croire, elle qui avait si peu de considération pour moi, est descendue en pression jusqu'à ce qu'elle se rende compte qu'il était bien trop tard pour mettre un terme à cette grossesse de façon légale.

Je lui ai annoncé que, de toute façon, je comptais le garder. Alors que j'étais moi-même loin d'en être certaine. Je voulais simplement la blesser et que cette blessure ne se referme pas.

Elle m'a hurlé que j'allais gâcher ma vie, que je ne saurais jamais m'occuper de lui.

Moi qui suis si superficielle.

Égoïste.

Immature.

Je me suis promis de lui prouver qu'elle avait tort. Le lendemain, je suis allée voir Raphaël et lui ai tout raconté, avec le secret espoir qu'il prenne ses responsabilités et se range de mon côté. Après un moment de sidération, il a laissé éclater sa colère, m'a injuriée comme il ne l'avait jamais fait. C'était un autre homme que j'avais en face de moi, un homme que je ne connaissais pas, un homme qui, je le sentais, se retenait de me frapper, de frapper ce ventre qui contenait la preuve de notre relation incestueuse pour y mettre un terme.

Puis il s'est calmé, m'a demandé de n'en parler surtout à personne d'autre. Il m'a promis que tout allait s'arranger et qu'il allait trouver une solution. Selon lui, j'étais bien trop jeune pour être mère. J'aurais des enfants, mais avec un autre homme que lui. *Un homme qui, lui, m'aimerait pour ce que je suis.*

Le mardi suivant, Raphaël est passé me chercher en voiture après la fin des cours, m'a demandé sans me regarder de lui faire confiance, m'a affirmé savoir ce qui était bon pour moi. Il m'a tendu une boîte de médicaments au nom bizarre, censés tuer notre enfant sans que je coure de risque pour ma santé. Sous le choc, je lui ai hurlé que personne ne pourrait m'empêcher d'accoucher.

Je lui ai jeté la boîte à la figure et suis sortie du véhicule.

Je suis ensuite restée enfermée dans ma chambre à pleurer, sans que jamais ma mère vienne s'inquiéter de mon état.

Bien sûr que je n'en ai parlé à personne, j'avais trop conscience que je serais immédiatement jugée pour le seul fait d'être enceinte à mon âge. *Et de qui ? Hein, Thaïs ? De qui ?*

Le lendemain, Raphaël m'a appelée pour s'excuser et me dire avoir pris le temps de réfléchir à la situation. Maintenant, il me comprenait. Il m'a confié que ça nous ferait du bien de partir ensemble quelque part pour, au calme et à l'écart des autres, discuter de notre futur commun.

Il m'a proposé d'aller tous les deux dans sa maison en Normandie, m'a promis qu'il avait tout prévu pour que ce moment soit inoubliable.

Je l'ai cru. Je ne me suis pas méfiée.

Nous sommes arrivés à destination trois heures plus tard, dans un domaine abritant un manoir en pierre, un vaste parc, un étang et un petit bois où, gamines, nous avions souvent joué avec Manon. Nous le pensions enchanté, nous nous attendions à y trouver des licornes et des maisons en pain d'épices.

En sortant de la voiture, j'ai entendu aboyer les chiens, les ai vus au loin, quatre malinois appartenant au couple de gardiens, Rodolphe et Jeanne, deux natifs du coin qui habitent dans une dépendance construite à cinq cents mètres de la maison principale.

Raphaël m'a fait signe de le suivre dans la bâtisse. Encore à cet instant, je l'aurais suivi au bout du monde. Le salon sentait le feu de cheminée et les vieux livres. Raphaël n'a pas perdu de temps et m'a baisée à même le parquet, d'une façon volontairement avilissante, mais je me suis laissé faire, j'ai tout accepté. J'ai senti, malgré la manière immonde dont il se servait de mon corps si fatigué, que son désir pour moi était déjà différent, amoindri, peut-être à cause de cette autre vie qui habitait mon ventre et qui faisait de moi une femme, bientôt une mère. Peut-être à cause de mes mensonges, de mes agissements. D'un adieu trop rapide à l'enfance.

La dernière chose dont je me souviens est qu'il a proposé de partager un verre de vin rouge, que nous avons trinqué, les yeux dans les yeux.

Puis plus rien.

Que de l'obscur.

Je me suis réveillée seule, allongée dans une des chambres du deuxième étage. Encore étourdie, j'ai voulu me lever et je me suis rendu compte avec effarement que j'étais enchaînée par la cheville droite à un radiateur. J'ai tiré sur la chaîne, sans effet. Ma tête s'est mise à tourner, j'ai dû me rallonger sur le matelas pour que le manège ralentisse.

J'ai commencé à paniquer, j'ai hurlé à l'aide, ce qui a fait aboyer les chiens au-dehors.

Raphaël est entré, s'est assis face à moi, m'a dit que je ne lui avais pas laissé le choix, qu'il ne pouvait pas me regarder tout détruire, que le temps que j'allais passer ici me permettrait de réfléchir, de revenir à la raison. Je le détesterais sûrement de toute mon âme, mais je finirais par comprendre que je m'étais obstinée dans une voie sans issue. Il m'a promis que je serais bien traitée et que je reviendrais d'ici grandie. Cet enfant était une aberration. Il était impensable que je le garde et qu'il soit élevé dans notre famille. Un jour, je le remercierais. D'ici là, la gamine pourrie gâtée que j'ai toujours été serait un peu traitée à la dure, ça ne pourrait que m'être profitable.

Ayant fini, il s'est levé et est sorti de la chambre en claquant la porte.

J'ai d'abord cru à une mauvaise blague.

Que Raphaël voulait me donner une bonne leçon.

Qu'il était posté de l'autre côté du mur et allait bientôt me libérer.

Un furieux coup de règle sur les doigts, rien de plus.

J'y suis, en tout, restée trois mois.

C'est la femme, Jeanne, qui est passée me voir en premier.

Âgée d'environ soixante ans, elle était d'une laideur à effrayer les corbeaux. La peau rougie et grasse, vêtue d'une robe informe et d'un tablier.

Une pure horreur consanguine.

Un cliché.

Quand je lui ai ordonné de me libérer et de me laisser sortir, elle s'est marrée, et a posé le déjeuner sur le lit, un morceau de poulet froid et des haricots verts. L'odeur rance de sa transpiration m'a coupé toute envie d'y toucher.

J'ai tout tenté pour me libérer, en vain.

La chaîne était assez longue pour que je puisse me poster à la fenêtre et observer les alentours. Je ne distinguais aucun autre bâtiment que ceux appartenant à Raphaël. Le pays qui m'entourait était le sien.

Jeanne passait me nourrir généralement le matin et le soir.

Parfois, c'était lui.

Rodolphe était Jeanne en homme. Et puisque c'était un homme, il était plus manipulable pour une fille comme moi. C'est à lui que je parlais le plus, c'est lui que je tentais d'amadouer.

Ils m'ont au bout d'un moment installé la télévision. Un vieux poste ne captant que quelques chaînes mais qui m'arrachait ponctuellement à la solitude. Jeanne m'a aussi apporté des livres trouvés au hasard dans la bibliothèque du rez-de-chaussée. Je les ai d'abord dédaignés, moi qui n'ai jamais aimé lire, mais j'ai fini par m'y plonger. J'ai repris un peu vie en compagnie de Catherine Earnshaw et d'Heathcliff, de Dwight Bleichert, de l'empereur Hadrien, de Jacques Lantier et de sa Lison, de Querelle et de Lysianne, des familles Trask et Hamilton… Tant de mondes qui se superposaient pour me faire oublier qu'on me refusait l'accès au mien.

Certains jours, j'entendais Jeanne et Rodolphe parler dans une pièce voisine ou dans le jardin. Parfois se disputer. Jamais baiser. Ils m'ont au moins épargné ça.

J'ai au fil du temps renoncé à leur demander de me laisser partir. J'étais là pour une raison précise, qui rendait futiles toutes celles que j'avançais pour qu'ils me détachent.

Raphaël les payait forcément très cher pour leurs basses besognes. Je ne pouvais lutter contre ça.

Si je consentais encore à manger, c'était pour donner des forces à mon bébé. Sinon, je me serais laissée dépérir jusqu'à ce qu'ils soient obligés de me porter secours.

Je n'avais la possibilité de me laver que trois fois par semaine. Sous leur continuelle surveillance. Son regard jaloux à elle, son regard pervers à lui.

Toujours, ils m'accompagnaient quand je me rendais aux toilettes. Je devais laisser la porte ouverte. C'était une de leurs façons de m'humilier. Et ça marchait à tous les coups.

Au cours de ma captivité, je me suis souvent demandé ce que Raphaël avait bien pu raconter aux autres pour expliquer ma disparition, ce qu'il avait dit à ma mère, ce qu'en pensaient mes amies et les autres membres de notre famille.

Si je leur manquais. S'ils s'inquiétaient pour moi.

Si certains doutaient de sa parole, si certains me recherchaient.

J'ai fini par tous les détester de pouvoir profiter de leurs vacances d'été normalement. Vivre libre.

La seule chose dont j'étais à peu près certaine, c'est que mes geôliers avaient pour mission de me garder ici jusqu'à l'accouchement. Qu'ils ne me laisseraient partir qu'après m'avoir pris mon bébé, cette preuve de ce que Raphaël avait commis sur mon corps. La preuve de ce que je comprenais maintenant être un viol perpétré sous emprise.

Je me concentrais sur mon bébé pour ne pas perdre pied. Je voulais à la fois le garder en moi pour le protéger d'eux, et m'en débarrasser pour sortir de cet enfer. Nous étions deux captifs, lui de ma chair, moi de leurs murs de pierre.

Je me suis rendu compte qu'on pouvait, à la longue, s'habituer à tout.

L'enfermement est devenu mon quotidien. Il ne m'affectait plus. J'étais résignée. Je savais qu'il aurait une fin et je m'en contentais.

J'ai vécu seule les premiers signes de vigueur de mon petit parasite. J'ai mis du temps à comprendre que tout allait bien pour lui. Je me suis émerveillée comme une idiote à chaque coup de pied porté contre mon ventre, à chaque résonance, à chaque preuve tangible d'une vie déjà combattante.

J'ai commencé à lui parler, à lui chanter des chan sons, à lui promettre à haute voix que je ne les laisserais pas me le prendre. Une communication stable s'est établie entre nous. Je me suis même permis de l'aimer comme je n'ai jamais aimé personne. Comme je n'ai jamais pensé aimer personne. Il était mon phare dans la nuit, parfois sa lumière s'échappait de mon ventre et éloignait les pensées arides.

J'ai imaginé une vie ensemble. Longue, multiple, solaire.

Malgré les convenances et les conventions.

Je lui ai même, un soir de solitude effrénée, attribué un prénom.

Léo, si c'était un garçon.

Louise, si c'était une fille.

Mais j'étais presque certaine que c'était un garçon. Un garçon que je ne permettrais pas de devenir comme son père.

Mes geôliers ont, à la longue, fini par éprouver une certaine pitié envers moi, voire de la sympathie. Ils ont eu de plus en plus de mal à croiser mon regard ou à me réprimander quand je me rebellais, m'ont apporté davantage de nourriture sans que je le leur demande, parfois même du chocolat ou des bonbons. De temps en temps, Jeanne restait assise près de moi à me faire la conversation. Je me rendais compte à quel point sa vie était pathétique. Je ne pensais qu'à m'approcher assez près de son visage pour le griffer jusqu'au sang.

Un soir, Jeanne m'a proposé de manger à leur table. À condition de ne pas me rebiffer, sinon une telle chance ne se représenterait plus.

Je n'ai pas mis longtemps à me décider. Elle m'a détachée avec une grosse clef. J'ai massé ma cheville rougie et l'ai suivie en claudiquant.

Au-dehors, les chiens aboyaient en continu.

De la musique passait dans le salon, une sorte de symphonie. La table était dressée de façon soignée, avec même de l'argenterie et des bougies.

En l'absence de Raphaël, ils se prenaient pour des châtelains, mimaient grossièrement ceux dont ils ne pourraient jamais atteindre le rang.

Au terme du repas, où j'ai tant mangé que j'ai eu peur de tout vomir, j'ai osé leur poser des questions sur eux. Depuis combien de temps ils se connaissaient, depuis quand ils travaillaient pour Raphaël, s'ils avaient des enfants… J'ai fait semblant de m'intéresser à leurs réponses plus ou moins évasives, et à me figurer leur quotidien d'une banalité affligeante. Il fallait que je crée un lien fort entre nous, d'humain à humain. Ça ne pouvait que m'être profitable.

Je leur ai demandé des nouvelles de ma famille. Ils ont paru gênés. Je n'ai pas insisté, c'était seulement pour la forme, en ce qui me concerne, ils pouvaient tous crever. Quand j'ai voulu savoir s'ils me laisseraient partir avec mon bébé, Jeanne m'a annoncé qu'il était temps de retourner dans ma chambre.

Et moi, j'ai agi comme une bonne petite fille.

Par la suite, ils n'ont plus jamais répondu à mes questions.

Comptaient-ils vendre mon enfant à un couple qui ne parvenait pas à adopter et se faire un max de thunes ? C'était ça, le deal passé avec Raphaël ?

Si c'était le cas, si je ne parvenais pas à les empêcher de me le voler, je les retrouverais et je le récupérerais.

Ils devaient bien se douter que quand ils me libéreraient, je chercherais aussitôt à me venger, je les dénoncerais sans hésiter, eux et Raphaël.

Pour qui me prenaient-ils ?

Je n'ai, au cours de ma vie, jamais plié le genou devant personne.

Dans mes moments les plus sombres, j'ai lutté contre la possibilité désespérante qu'ils me laisseraient enfermée ici jusqu'à la mort.

Un soir, je me suis rendu compte que ça faisait plusieurs jours que j'avais dix-sept ans.

Au moins, cette situation m'a permis de comprendre ce qu'avait commis Raphaël. J'ai enfin mis un mot dessus. Je ne le voulais pas, je ne l'avais jamais voulu. Je l'ai haï de m'avoir fait ça. Je me suis haïe de l'avoir laissé faire.

À la fin de mon deuxième mois de captivité, Jeanne m'a permis de marcher autour de la maison pour me soulager des douleurs causées par les transformations de mon corps, et améliorer autant que possible ma circulation sanguine. Rodolphe nous suivait à bonne distance, armé de son fusil, comme si je pouvais sérieusement croire qu'il me tirerait dessus. Autour de moi, je ne voyais que des arbres. Je savais ce domaine immense. Mon ventre ralentissait chacun de mes mouvements, la fatigue aussi. Ma seule chance pour leur échapper était peut-être de me cacher dans le bois. Mais, dans ce cas, ils n'hésiteraient pas à lâcher les chiens, qui me retrouveraient sans peine.

Et comment, dans mon état, franchir seule les murs qui délimitaient la propriété ?

Je me suis imaginé cent fois voler leur voiture, foncer avec vers le portail. Me rendre dans le premier poste de gendarmerie sur mon chemin. Les dénoncer, tous.

Porter leurs actes en lumière.

Malgré tout, mon corps s'affaiblissait sans relâche. Jeanne m'a aidée du mieux qu'elle l'a pu, m'a administré de nombreux médicaments, m'a veillée quand la fièvre me faisait délirer. Je l'ai même un soir prise pour ma grand-mère, et j'ai pleuré dans ses bras, et j'ai respiré avec nostalgie son odeur de crème à la fleur d'oranger.

Mais jamais, évidemment, Jeanne n'a consenti à appeler une ambulance ou un médecin.

Elle avait des ordres.

Un matin, je me suis réveillée et j'ai constaté que je n'étais plus enchaînée. Je n'ai d'abord pas osé bouger, comme si marcher libre dans cette chambre était un crime.

J'ai vite supposé que Jeanne m'avait libérée. Que d'une façon ou d'une autre, j'étais parvenue à toucher son cœur. Ce moment, j'en avais tant rêvé, et à cet instant je ne savais pas quoi en faire.

Mais je ne devais pas perdre de temps. Cette chance, peut-être, ne se reproduirait jamais.

J'ai enfilé mes chaussures, ai ouvert la porte de la chambre et je me suis dirigée vers l'escalier en retenant ma respiration.

Il n'y avait personne non plus au rez-de-chaussée, je n'entendais que le tic-tac de l'horloge dans l'entrée.

Il était tôt, peut-être dormaient-ils encore. Ou alors ils étaient partis en compagnie de leurs chiens, dont je ne détectais pas la présence au-dehors.

Leur voiture était garée près des marches. J'ai tenté d'en ouvrir les portières, mais elles étaient fermées. Et il était hors de question de retourner à l'intérieur de la maison pour chercher les clefs.

Le parc était plongé dans la brume. Il faisait froid. L'air était très humide, malgré la saison. Je ne percevais même pas le chant des oiseaux.

Ce n'était pas normal. Quelque chose clochait, je le sentais dans tout mon corps. Je les ai imaginés tous deux cachés derrière un mur ou une broussaille, ou postés à une fenêtre, me tenant en joue et prêts à me tirer dessus dès que je m'éloignerais trop le long de l'allée. Pour le plaisir, pour troubler l'ennui, car Raphaël leur avait demandé d'en finir.

Ou alors ils avaient pour consigne de lancer les chiens à ma poursuite. Une bonne chasse à la femme pour se divertir d'un quotidien trop pénible.

Pourtant, j'avançais droit devant moi sans déclencher de tir ou de sommation. L'espoir a repris sa place dans mon cœur jusqu'à ce que j'atteigne, cent mètres plus loin, ce fameux bois qui me paraissait bien plus vaste qu'auparavant, et qui cette fois s'étendait à perte de vue d'est en ouest, comme une muraille.

L'allée qui menait au portail s'y perdait.

Mais par où étions-nous passés en arrivant ici en voiture avec Raphaël ? Ces innombrables chênes vierges d'oiseaux n'avaient pas pu pousser pendant ma captivité.

Étais-je restée prisonnière si longtemps ?

Quand je me suis retournée vers la maison, elle avait disparu dans la brume, je n'en distinguais même plus les toits.

Je suis restée pétrifiée face à la lisière du bois, la terre s'est mise à trembler comme sous le passage d'un train. Je n'avais pas le choix, je devais continuer ma marche.

J'ai avancé parmi les premiers arbres avec inquiétude. La végétation était si dense qu'on aurait dit que la nuit était tombée. Je devais tendre les bras pour me diriger sans risquer de me cogner à un tronc ou à une pierre ou à un ours. Les feuilles, les branches et les racines me frôlaient la peau, la marquaient, l'écorchaient. Parfois, leurs griffes attrapaient ma chemise de nuit pour me retenir. De nombreux yeux multicolores m'épiaient. Dans mon ventre mon bébé s'agitait, comme conscient du danger. Il voulait me fuir, il me savait inapte à le protéger.

Je me suis mise à courir, sans savoir où aller, jusqu'à ce que des racines à gueules de serpent me saisissent les chevilles et m'immobilisent. Jusqu'à ce qu'une main terreuse me saisisse par le crâne et me force à m'agenouiller.

De l'autre côté des arbres, Raphaël et ma mère se tenaient dans le parc ensoleillé de la maison de mon grand-père à Bougival, attablés avec les autres membres de notre famille, riant et dégustant une sorte de gros gâteau rose. Aucun ne faisait attention à ma détresse. Ils se gorgeaient de ma peur comme de sucre.

Et alors d'autres mains ont frappé mon ventre en cadence, jusqu'à ce que mon corps cède et que je perde des eaux boueuses, jusqu'à ce que mon bébé en soit expulsé. Les mains l'ont saisi par les pieds, l'ont amené à la façon d'un trophée vers un tronc immense où une bouche s'est ouverte, faite de chair résineuse et pleine de dents et qui menait aux entrailles de la terre.

Et mon fils a été jeté à l'intérieur.

Je me suis réveillée en sursaut. Rodolphe était assis près de moi, le visage rouge et suant. Ma chemise de nuit était remontée jusqu'au ventre. Une de ses mains était encore posée sur ma cuisse. Je lui ai hurlé de partir.

Un jour, je suis carrément tombée dans les pommes en marchant près du potager. Jeanne m'a ramassée et m'a fait rentrer. Debout face à mon lit, j'ai posé ma main sur mon ventre pour vérifier que l'enfant n'était pas mort.

Pendant qu'il pleuvait, je me tenais nue face au miroir de la salle de bains, observant mon ventre-anomalie. Chaque partie de mon anatomie qui le soutenait était douloureuse. Je ne supportais plus ce corps déformé, effrayée qu'il le reste et que je perde définitivement la seule chose qu'aimaient les autres en moi. J'ai frappé ce ventre le plus fort possible, afin d'en extirper la chose qui y régnait. J'ai cru entendre sous la peau des cris. Je me suis recroquevillée contre le mur, en pleurs, je lui ai demandé de me pardonner.

Au moment du déjeuner, j'ai été prise de douleurs terribles dans le bas de l'abdomen. Vite alertée, Jeanne m'a auscultée et m'a dit d'une mine sévère que j'allais accoucher.

Mais j'avais à peine dépassé mon huitième mois. Ce n'était pas possible. Ce n'était pas envisageable.

Jeanne s'est rendue dans la pièce voisine, a rapporté le nécessaire qu'elle avait mis de côté pour cet événement, m'a libérée de la chaîne. M'a enfin pleinement considérée comme un être humain.

Je n'ai jamais autant souffert de mon existence, j'ai plusieurs fois pensé que j'allais perdre connaissance.

Mourir.

Qu'importe ?

Sous ses ordres, j'ai poussé le plus que je pouvais, à intervalle régulier, avec l'impression que tous mes organes allaient suivre mon bébé hors de moi.

Puis a percé son premier cri, j'ai furtivement aperçu les teintes violacées de sa peau, un morceau de son visage, ses petits bras s'agiter. C'était un garçon, c'était Léo.

Jeanne a feint de ne pas m'entendre quand je lui ai demandé de me laisser le toucher et respirer son odeur. Elle a coupé le cordon qui nous reliait depuis des mois avec une paire de ciseaux, s'est relevée en hâte, mon enfant en pleurs dans les bras, et s'est précipitée dans le couloir en laissant la porte ouverte.

Désorientée, sans comprendre ce qui se passait, je me suis levée à grand-peine. Submergée de douleur et de vertiges, je l'ai suivie du mieux possible jusqu'au rez-de-chaussée en me tenant aux murs et aux rambardes, sans réussir à lui crier de me rendre mon bébé, sans pouvoir lui demander ce qu'elle comptait lui faire.

Ceux qui allaient me le prendre étaient-ils déjà dehors ?

Si je voyais leurs visages, je pourrais plus facilement les retrouver.

Le soleil, quand je suis enfin sortie à mon tour dans le jardin, m'a un instant aveuglée. Ça sentait une agréable odeur de fleurs coupées, des lilas.

Jeanne était figée à une dizaine de mètres de là, tenant mon fils entièrement nu contre elle. Sa petite tête de prématuré dépassait de son épaule. Ses yeux étaient à peine ouverts, mais j'ai su qu'il me voyait, lui aussi. Me reconnaissait.

Et qu'il ne comprenait pas pourquoi ce n'était pas contre moi qu'il était ainsi lové.

À travers son visage tout plissé, j'ai vu le visage qu'il aurait à six mois, tranquillement allongé dans sa poussette pendant que je le promènerais dans les allées du jardin des Plantes.

J'ai vu le visage qu'il aurait à trois ans, debout face à l'école maternelle de notre quartier, son cartable sur les épaules.

J'ai vu le visage qu'il aurait à six ans, assis sur une plage, sa bouche pleine du gras d'un beignet aux pommes, et qu'il me dirait pour la première fois « maman, je t'aime ».

J'ai vu le visage qu'il aurait à dix ans, quand il se mettrait en colère, car je ne céderais pas à l'un de ses derniers caprices.

J'ai vu le visage qu'il aurait à quinze ans, quand, avec appréhension, il s'apprêterait à rejoindre au cinéma sa première petite copine.

J'ai vu le visage qu'il aurait à vingt ans, quand il serait devenu un garçon enthousiaste, curieux de tout, un garçon qui, sans le chercher, provoquerait autour de lui quantité d'amitiés franches et d'émois amoureux.

Jeanne s'est mise à siffler et m'a sortie de mon rêve éveillé. Un sifflement qui dans mes oreilles a sonné comme une alarme.

Les chiens ont surgi dans mon champ de vision, les chiens se sont mis à aboyer sans discontinuer, les chiens se sont précipités vers leur maîtresse, des éclats d'avidité dans les yeux et dans la gueule.

Ils n'attendaient que ça, ils avaient été depuis des semaines dressés à cette intention.

Jeanne a fait le signe de croix face à un Dieu absent en ce monde vicié.

Puis elle leur a jeté mon bébé comme si c'était un vulgaire morceau de viande.

Un des malinois a bondi et l'a saisi à la tête. Léo a disparu dans la mêlée. Ses hurlements ont vite laissé place aux bruits du sol martelé par leurs pattes dans des panaches de poussière rousse, aux bruits de leurs crocs perçant la chair, l'arrachant avec une voracité barbare qui engloutissait tout.

Consciente de ma présence, Jeanne s'est retournée vers moi, les larmes aux yeux.

Par le vent, l'odeur du sang est parvenue à mes narines.

Et alors je me suis évanouie.

À mon réveil, Jeanne se tenait à mes côtés dans ma chambre, serrant ma main dans la sienne. Elle m'a dit qu'elle était désolée et que le bébé était déjà mort quand elle l'a sorti de mon ventre.

Je me suis redressée en lui hurlant qu'elle mentait, que je l'avais vue le jeter à ses chiens. Et j'ai rebasculé dans l'horreur. Mes pieds figés dans la terre asséchée, j'étais à nouveau dehors. Les chiens se sont tous tournés vers moi, le sang de Léo collé à leurs mâchoires.

Jeanne a paru choquée par mes accusations et a osé prétendre que je n'avais pas les idées claires, que j'avais passé la nuit à délirer, que j'avais sûrement fait, sous le choc de cette perte, un terrible cauchemar.

Comment pouvais-je imaginer une telle chose ? Elle-même avait eu trois enfants, comment aurait-elle pu agir de la sorte ?

J'ai demandé à voir le corps. Jeanne m'a répondu s'en être débarrassé, sur ordre de Raphaël, dans un incinérateur.

Je l'ai giflée. Elle ne m'en a pas tenu rigueur.

Deux jours plus tard, en début de soirée, une voiture de sport s'est garée face au perron. C'était moi qu'on venait chercher. Jeanne et Rodolphe m'ont accompagnée dehors tant j'étais encore faible. Je pensais voir Raphaël au volant, mais c'était ma mère. Elle avait visiblement profité de mon absence pour s'acheter un nouveau bolide. Et se faire couper et éclaircir les cheveux.

Je me suis assise à côté d'elle dans un habitacle sentant le cuir neuf. Elle a démarré sans un mot, sans même me regarder. J'étais sidérée. J'aurais dû me douter qu'elle était au courant depuis le début. Peut-être même que c'était elle qui avait soufflé cette idée perverse à Raphaël.

Ça lui ressemblait tant.

Sur l'autoroute, alors que nous étions lancées à plus de 140 km/h, j'ai imaginé ouvrir la portière et me fracasser le crâne contre le bitume, pour qu'enfin tout s'arrête. Mon âme aurait su trouver la voie pour agripper celle de mon fils.

Après le deuxième péage, ma mère m'a informée que les cours avaient repris et qu'elle s'était arrangée avec le proviseur du lycée pour que mon absence de ce début d'année ne pose aucun problème et ne suscite aucune question du corps professoral. Elle n'a, durant le trajet, jamais évoqué ce que j'ai subi dans cette maison et encore moins l'enfant que j'ai perdu, comme si pour elle ça n'avait pas existé, ou qu'elle n'y accordait pas d'importance. Elle était encore plus éloignée de ce que devrait être une mère qu'une hache. C'est à peine si elle ne m'a pas reproché d'avoir dû sacrifier une partie de sa journée pour venir me chercher.

Une fois de retour chez nous, je me suis enfermée dans ma chambre et j'ai pleuré sur mon lit jusqu'à risquer la déshydratation.

J'ai pris une longue douche très chaude, je me suis glissée sous les draps frais, j'ai tenté de m'ensevelir sous tout le confort qui m'avait tant manqué.

L'absence de Léo dans et hors de mon ventre m'a procuré une douleur nouvelle, extrême, un vertige sale.

En entendant ma mère rire au téléphone dans le salon, je me suis ruée dans le couloir, lui ai hurlé que je la haïssais, que je ne comprenais pas comment elle avait pu me faire subir une telle horreur. Elle est restée stoïque, a, d'une voix atone, prévenu son interlocutrice qu'elle la rappellerait, et elle a raccroché.

Elle m'a fait asseoir face à elle, comme si j'étais une de ses patientes. Mais j'ai refusé de rentrer dans son trip de domination, je suis restée debout, je lui ai demandé de la façon la plus ferme possible depuis quand elle savait que j'étais là-bas, et pourquoi elle les avait laissés faire.

Elle m'a expliqué avec son austérité habituelle que je ne pouvais m'en prendre qu'à moi-même. Que c'était mon comportement puéril qui les avait forcés à me mettre un temps à l'écart. S'adressant à moi comme si je n'étais qu'une hystérique, elle m'a dit qu'il avait été exclu que les autres membres de notre famille apprennent ma grossesse et qu'il lui avait paru nécessaire que je sois confrontée aux conséquences de mes actes, moi qui étais, depuis l'enfance, trop habituée à ce qu'on me laisse tout passer.

Quand je lui ai demandé si elle avait été mise au courant de tout ce que j'avais subi, elle m'a répondu que j'avais toujours eu le talent de tout exagérer.

Ne me démontant pas, j'ai voulu savoir ce qu'évoquait pour elle la mort de son petit-fils. Elle m'a déclaré que oui, c'était regrettable, mais que Jeanne s'était bien occupée de moi, que je n'avais manqué de rien, que ce n'était pas leur faute si ce drame était advenu.

Que je n'étais même pas capable de donner la vie.

Je n'ai pas su quoi répondre. J'ai à nouveau entendu les chiens, mais je n'ai pas pu lui en parler, de peur de passer pour une folle à ses yeux de psychiatre. J'ai dû réprimer l'envie de me jeter sur elle pour la frapper jusqu'à la défigurer. Quand je lui ai lancé que rien ne me retenait de tout dire aux autres, elle m'a déclaré avec une haine manifeste qu'il était hors de question de laisser une traînée qui a séduit son oncle entacher le nom de notre famille.

Son téléphone a sonné. Elle a répondu, tout en me faisant signe de la main de m'éloigner.

Comme une simple bonne.

Le soir même, elle a reçu des amis proches à dîner. Je me suis épargné une telle compagnie et suis restée cloîtrée dans ma chambre sans penser à me prendre quelque chose à manger.

Plombée d'ennui, j'ai décidé d'aller me promener dans le quartier. Je me suis rhabillée et suis sortie discrètement dans le couloir. Mal m'en a pris.

M'apercevant me diriger vers la sortie, ma mère m'a priée de venir saluer ses invités. La garce. Je me suis rendue dans le salon à reculons. Il n'y avait que des psys, l'enfer sur terre. Ma mère s'est levée en prétendant avoir une grande nouvelle à nous apprendre. Centre de toutes les attentions, elle a annoncé des trémolos dans la voix être enceinte, depuis trois mois. À quarante-trois ans. Les bras ballants, j'ai mis du temps à intégrer ce qu'elle venait de dire, et tout ce que ça impliquait. J'étais encore assez conne pour me demander qui pouvait bien être le père, moi qui ne l'avais jamais vue avec un homme. Le reste de l'auditoire l'a félicitée. Ma mère s'est tournée vers moi et m'a souri. Elle avait choisi le moment idéal pour me porter le coup de grâce.

C'est le matin au Cap. Je me réveille de merveilleuse humeur. L'avion de Raphaël a atterri. Maintenant, il sait enfin ce qui est arrivé à Manon. Une succession d'images morbides empoisonne son cerveau. Je l'ai marqué au fer rouge. La seule chose qui me frustre est que je ne pourrai jamais lui dire que je lui ai enlevé l'un des êtres qui comptaient le plus au monde à ses yeux.

Quand je descends dans le salon, Chloé m'informe qu'il y avait bien quelqu'un dans la maison le soir où nous sommes revenues de la plage. Le flic vient de l'appeler, Juliette avait raison. Il s'agissait d'un complice du chauffeur qui nous a amenées de l'aéroport, venu avec lui pour nous cambrioler. Je suis à la fois étonnée et ravie, cette nouvelle piste ne peut que m'être profitable. Ma chance est insolente.

Anne nous apprend que les parents de Manon se sont installés dans un hôtel du quartier après avoir passé la journée avec la police. Elle souhaite les laisser se reposer, ira leur rendre visite quand ils seront prêts.

Le lendemain matin, l'enquêteur est présent quand je rejoins les filles. Par miracle, il a retrouvé nos affaires, posées sur la table à manger. J'avoue que je suis agréablement surprise. Juliette, elle, est hystérique. Je saisis mon sac à main, ne manque que l'argent liquide rangé dans mon portefeuille. Une moindre perte.

Wayde est très nerveux, je sens que son enquête piétine, il nous demande de lui parler de tous ceux que nous avons croisés depuis notre arrivée au Cap.

Nous dressons une liste de mémoire. Chaque nom pourrait devenir celui d'un suspect.

Je frémis quand Juliette parle de Colin et Ezra. Mais j'explique aussitôt qu'ils étaient ce soir-là déjà retournés en Californie.

Puisque toutes l'omettent, j'évoque Albert.

L'enquêteur note son nom, l'air pensif. Plus les fausses pistes se multiplient, plus je me protège.

Alors j'en rajoute. Ce n'est pas difficile. Ce mec est clairement un pervers. Ils ne pourront que trouver des choses compromettantes sur lui s'ils creusent.

Béatrice nous rejoint. La pauvre fait peine à voir. Avec l'air de ne pas avoir dormi de la nuit, elle nous apprend que Raphaël est resté à l'hôtel et qu'elle avait besoin de prendre l'air.

Je lui demande si elle veut boire quelque chose et, après qu'elle s'est emparée de l'appareil photo de Manon, l'emmène dans sa chambre. Une fois que nous sommes seules, je savoure chaque expression de sa peine. Même si je n'ai rien de particulier à lui reprocher, pendant longtemps je l'ai néanmoins jalousée d'être celle avec qui Raphaël était marié, celle que jamais Raphaël ne quitterait pour moi.

À part ça, elle n'existe pas à mes yeux.

Le soir, nous nous retrouvons tous sur la plage pour une petite cérémonie à la con pour la mémoire de Manon. Même Albert est présent. Il paraît préoccupé. Je me demande s'il est dans le collimateur de la police. Si oui, il ne sait pas encore ce qui l'attend.

Raphaël daigne enfin nous rejoindre. Son pas est lourd, son regard ne s'accroche à rien. Il est vêtu de manière négligée, n'est pas rasé. Il a clairement perdu de sa superbe.

Quand nos regards se croisent, je savoure pleinement ma vengeance.

J'ai repris le lycée une semaine après être rentrée de Normandie. Grâce aux vacances d'été, je n'avais pas loupé beaucoup de cours. J'ai d'abord eu du mal à me confronter au retour à la normale, à taire tout ce qu'on m'a fait subir comme si rien ne s'était passé. Mais je me suis fait une raison.

Évidemment, les filles se sont précipitées vers moi pour me demander ce qui m'était arrivé. Il était hors de question de le leur dire. J'ai botté en touche.

Je n'ai pas réussi à reprendre mes habitudes aussi facilement que je l'aurais cru. Une distance s'était naturellement formée entre le monde et moi. Je n'avais goût à rien. Même mes pensées étaient amorphes. C'était comme si une partie de ma vie était morte en même temps que Léo.

Je suis devenue de plus en plus parano, avec l'impression qu'on me suivait dans la rue, qu'on me surveillait. J'étais terrifiée à l'idée d'être à nouveau kidnappée. Cette fois pour ne jamais revenir.

Je suis souvent retournée là-bas dans mes rêves.

Enchaînée par les deux bras, incapable de me mouvoir. Dans une cave humide, dans un grenier empestant la poussière, au milieu de la terrasse sous les regards torves des corbeaux.

Je tentais de m'enfuir, sans relâche. Ils me retrouvaient toujours, me ramenaient dans ma cellule en me tirant par les cheveux, me pendaient à un arbre, plantaient dans ma peau les pics d'une fourche.

Parfois, des gens de ma famille nous rendaient visite et me prenaient en photo ou commentaient ma déchéance physique et ma dépravation morale.

J'étais le jouet des fantasmes pervers de Rodolphe. Il se servait de moi comme il voulait. Plus rien dans mon corps ne m'appartenait.

Tout s'y déformait, tout servait aux autres de défouloir.

Ma peau suintait, craquait, saignait.

Mon bébé sortait de mon ventre, mort ou vivant.

Il y restait coincé, y pourrissait.

Il avait la face d'un marcassin, d'un bouc, ou d'un démon.

Je le prenais contre moi jusqu'à ce qu'il se dissipe en fumée et que je le cherche sous les draps. Je le frappais contre le mur en le tenant par les pieds, j'arrachais la peau rose bonbon de son visage, je le dévorais à pleines dents.

Je le vomissais et il continuait malgré tout à geindre.

Et alors, c'est moi qui jetais ce qu'il en restait aux chiens.

J'ai revu Raphaël pour la première fois lors d'un dîner familial, chez Solange. Je ne voulais pas y aller, mais ma mère m'y a forcée en usant de son habituel chantage. Raphaël, déjà arrivé, m'a saluée comme d'habitude, pas du tout gêné, a poussé le vice jusqu'à me dire devant tout le monde que j'avais l'air fatiguée, qu'il fallait que j'arrête de sortir tous les soirs. Je ne sais pas comment j'ai réussi à ne pas lui donner le plaisir de me montrer blessée.

Pendant tout le repas, je me suis rabaissée à me contrôler et à tendre l'autre joue. Raphaël a passé son temps à faire des blagues et à raconter des anecdotes salaces sur le monde de l'édition. Je n'ai trouvé aucun instant pour lui parler seule à seul. Il est reparti avec Manon et Béatrice juste après le dessert. J'ai dû sortir sur le balcon pour fumer, évacuer la pression et cracher ma haine dans le vent frais.

Mais il ne pouvait pas s'en tirer à si bon compte, sans confrontation, sans me donner d'explications. Après les cours, je me suis rendue aux éditions Delage et j'ai demandé à le voir. La cruche à l'accueil m'a informée qu'il était en rendez-vous. En tant que petite-fille du grand patron et nièce de Raphaël, on m'a laissée sans souci l'attendre dans son bureau. En montant l'escalier, j'ai croisé un de ses auteurs, Stanislas Lambert, plutôt beau gosse, qui m'a souri et m'a longuement matée.

Une fois installée, j'ai un instant imaginé tout dire à mon grand-père. Mais je ne pouvais prédire sa réaction. Raphaël est une ordure, mais reste un chiot comparé à lui.

Prévenu, Raphaël m'a rapidement rejointe, l'air nerveux. Après avoir claqué la porte, il m'a demandé les raisons de ma présence. Sans faillir, je l'ai sommé de me dire où le corps de notre bébé avait été incinéré, et pourquoi il avait ordonné une telle infamie. Mon oncle m'a simplement répondu d'arrêter de penser à cette histoire, que pour lui c'était déjà du passé. Ça a eu le don de me mettre hors de moi, je lui ai déclaré qu'il avait tort de me traiter de la sorte, que je pouvais le détruire si j'en avais l'envie. Un viol répété sur mineure ferait tache sur son CV, tout comme un inceste, tout comme une séquestration. Tout comme le meurtre d'un nouveau-né.

Il a ri, a affirmé en s'approchant de moi que je n'oserais jamais prendre cette voie risquée, car je savais que j'aurais trop à y perdre. Et que, de toute manière, ce serait sa parole d'éditeur respecté contre celle d'une petite pute mythomane qui a trop fantasmé sur son oncle. Il n'y a eu aucun témoin, Jeanne et Rodolphe nieraient fermement toute implication. Ma mère aurait la même version que lui. Je ne pourrais lutter contre eux tous.

Il avait raison. J'ai longtemps hésité à me rendre à la police et à tout leur raconter. Mais j'avais trop peur. Peur de ne pas être crue, peur de me mettre tous les membres de ma famille à dos, peur d'être jugée, d'ouvrir une porte sans plus savoir la refermer. Et puis, j'avais conscience de tout ce dont Raphaël était capable. Je connaissais l'étendue de ses relations et les chances très minces qu'il soit poursuivi. Si je voulais le faire souffrir à son tour, il me fallait trouver une autre façon, plus sournoise, plus souterraine.

C'est en compagnie d'un mec rencontré sur Tinder que j'ai augmenté ma consommation de drogues dures. Ça m'a aidée à garder le cap. Il me donnait tout ce que je voulais à condition de lui laisser mon corps. Une fois que j'étais bien accro, il a insisté pour que je fasse pareil avec ses potes de passage pendant qu'il nous matait. C'était pour moi une manière supplémentaire de punir ce corps. Par la suite, j'ai couché avec des mecs de tous âges, en ramenais souvent à la maison, parfois deux en même temps. Je faisais en sorte que ma mère ne perde rien de tout le plaisir qu'ils me procuraient. Puisqu'elle me considérait comme une traînée, autant l'être à fond et profiter de tous les bons côtés.

Il m'était impossible de comprendre comment ma mère avait pu tomber enceinte et garder l'enfant, alors qu'elle n'avait jamais éprouvé la moindre affection envers moi. J'ai calculé que ce bébé avait été conçu au début de ma captivité. Cette situation était absurde. La coïncidence, carrément grossière. Personne ne savait qui était le père, comme ça avait été le cas pour moi, dix-sept ans plus tôt. Je n'avais même pas remarqué qu'elle fréquentait quelqu'un. Mais ça ne posait visiblement pas de problème. Pour les autres, ma mère était de ces femmes très indépendantes qui font des bébés toutes seules.

Voir son ventre s'arrondir au fil des mois a été une épreuve constante. Quand elle a accouché à la maternité Port-Royal, je n'ai pas voulu m'y rendre. C'était insoutenable d'assister à cette joie qu'on m'avait empêchée de vivre quelques mois plus tôt.

Dès le retour de ma mère à la maison, les pleurs de Gaspard m'ont douloureusement rappelé ceux de Léo. J'ai à nouveau entendu les aboiements des chiens. Je suis restée cloîtrée dans ma chambre jusqu'à ce qu'ils se taisent.

J'ai accusé en secret ma mère d'avoir tout prémédité pour continuer à me torturer.

Le soir, j'ai profité de ce qu'elle était endormie sur le canapé pour aller voir Gaspard dans sa chambre. Il était réveillé, m'observait en gazouillant, m'a souri. Je me suis mise à chercher dans ses traits ceux de l'autre, l'ai pris dans mes bras, l'ai bercé en fermant les yeux et en imaginant que c'était mon fils que je tenais contre moi.

Gaspard n'a pas pleuré. Il m'a laissée vivre ce moment jusqu'au bout.

Il ne me connaissait pas encore, il n'avait aucune raison de me juger.

Je n'ai pas su le détester comme je l'aurais voulu.

Comme le mien, l'enfant de ma mère n'avait rien demandé.

Mais, à celui-ci, ils avaient laissé le droit de vivre.

Un après-midi où je flemmardais dans ma chambre, ma mère est rentrée en compagnie de Raphaël, alors qu'elle était censée bosser à son cabinet de la rue Bonaparte. Elle m'a appelée du couloir pour savoir si j'étais là, mais je n'ai pas répondu. Je suis restée immobile, fixant la porte comme s'ils allaient surgir dans ma chambre à la façon des deux vieux de *Mulholland Drive*. La tension dans mon crâne était telle que je craignais qu'il finisse par exploser.

Ils se sont éloignés vers le salon en parlant fort. J'ai fait les cent pas dans ma chambre. J'aurais pu me jeter par la fenêtre. J'aurais dû le faire.

Puisque je n'entendais plus leurs voix, j'ai décidé de m'approcher discrètement. Raphaël tenait Gaspard contre lui. Ma mère l'a rejoint et lui a dit, en passant sa main dans ses cheveux, que mon petit frère lui ressemblait beaucoup, puis elle l'a embrassé sur la bouche, le bébé joufflu compressé entre leurs deux poitrines.

Je ne sais pas comment j'ai réussi à ne pas hurler à cette vision. Je suis retournée dans ma chambre dans un état second et suis restée assise sur mon lit jusqu'à la tombée du jour. Le plus terrible, c'est que je n'étais pas tant surprise que ça. D'une certaine façon, je l'avais déjà compris sans oser me l'avouer.

Mais ce que cette relation contre-nature impliquait de pire, j'ai mis plus de temps à l'affronter.

Je ne pouvais pas le voir.

Je ne voulais pas le voir.

Tant de choses se sont expliquées à la suite de cette découverte. Le comportement de ma mère à mon égard et à l'égard de Raphaël, en particulier.

J'ai repensé à la fois où, dans le lit d'un hôtel, Raphaël m'a déclaré de façon grandiloquente avoir revécu grâce à moi des bribes d'un passé révolu, ou un truc du style.

Je me suis remémoré tous ces moments où il m'a dit à quel point je ressemblais à ma mère au même âge. À sa façon parfois de me toucher, comme s'il palpait un souvenir.

C'était elle qu'il avait recherchée en moi. Et il m'avait détruite sans aucun remords pour y parvenir.

Je me suis torturé l'esprit à me demander s'il savait quel était vraiment notre lien, s'il m'avait approchée quand j'avais quatorze ans en connaissance de cause. S'il était à ce point un psychopathe.

C'est en fouillant dans le téléphone de ma mère pendant qu'elle dormait que j'ai eu la réponse. Que je me suis, à travers leurs échanges d'une indécence absolue, rendu compte de l'étendue de leur folie.

Mon petit frère et moi étions des aberrations de la nature, les fruits d'une perversion.

Ça ne pouvait que consolider nos liens.

Si je n'avais pas eu la chance d'être sauvée de leur emprise, je devais le sauver, lui.

J'ai vite imaginé m'enfuir en l'emmenant avec moi et, à l'abri dans un pays étranger, construire pour nous deux la vie dont ils m'avaient privée avec Léo.

Mais comment en avoir la force, les moyens ? Comment vivre sans cesse dans la clandestinité, avec à chaque minute la peur d'être retrouvés et ramenés en France ?

Comment renoncer à tout ce que, malgré tout, la vie m'offrait ici ?

Selon des recherches que j'ai faites sur Internet, la consanguinité augmenterait le risque de malformations cardiaques, cérébrales, et d'autres maladies génétiques. Physiquement, je n'ai pas à me plaindre, Dieu merci, mais qu'ai-je en moi qui déraille ? Suis-je condamnée à une espérance de vie plus courte ?

Et comment le savoir ? Comment avouer à un médecin les raisons de mon angoisse ?

Je me suis par la suite convaincue qu'avec son bagage génétique, Léo aurait sans doute été attardé, et serait, à la longue, devenu un poids pour moi.

Gaspard n'a pas non plus de tare apparente, mais ça ne me rassure pas pour autant.

Lors d'un déjeuner familial, j'ai surpris une conversation entre Manon et une de nos cousines, une idiote vivant à Lyon. Elles s'étaient installées à l'écart, derrière une haie. J'ai fait attention à ce qu'elles ne me voient pas et les ai écoutées. Manon lui a notamment parlé de ses aspirations, de ses projets post-bac, d'un garçon du lycée qui l'attirait mais à qui elle n'osait pas proposer de sortir avec elle, du fait qu'elle était encore vierge, car elle ne voulait s'offrir qu'à celui avec qui elle se marierait un jour. Que des choses qu'elle ne m'avait jamais confiées. Puis elle a évoqué sa chance d'avoir des parents si présents dans sa vie, si compréhensifs. Grâce à eux, en particulier grâce à Raphaël, elle se sentait protégée. Elle avait une chance que sa pauvre cousine Thaïs, elle, n'avait pas. D'ailleurs, son père adoré lui avait récemment confié que le plus beau jour de sa vie serait celui où il la mènerait à l'autel… Manon attendait ce moment avec impatience.

Ne pouvant en écouter davantage, je me suis éloignée et ai vidé plusieurs verres de vin rouge à l'abri du regard des autres.

C'est là que j'ai compris que Raphaël ne l'avait, elle, jamais touchée. Peut-être parce qu'elle ressemblait à sa mère, pas à la mienne. Avec Manon, il jouait au père irréprochable, avec moi, il se vautrait dans la débauche la plus immorale. J'étais une sorte de soupape. Il m'avait détruite pour mieux la préserver, elle. Il m'avait souillée pour la maintenir pure. Pour lui, c'était elle qui était dans la lumière et moi qui étais dans l'ombre. Et c'est dans l'ombre qu'on peut commettre le mal sans la moindre crainte.

À cette époque, j'étais déjà moins proche de Manon que pendant notre enfance. En partie à cause de ma mère, qui passait son temps à me comparer à elle – toujours à mon désavantage –, me répétant à l'envi que Manon était bien plus aimable que moi, bien meilleure en cours, qu'elle avait, elle, de vrais dons artistiques.

Mais nous étions dans la même classe. Appartenions au même groupe d'amies. Je prenais sur moi et ne me concentrais que sur les maigres choses qu'elle m'apportait.

Cependant, après mon retour de Normandie, je ne suis plus parvenue à la supporter. C'était physique, viscéral. Chacun de ses mots était un crissement d'ongle sur un tableau, chacun de ses rires était une souffrance. Elle ne faisait pourtant rien de plus qu'auparavant, mais c'était déjà trop. Son constant bonheur m'apparaissait comme une insulte à tout ce que j'avais subi. J'ai pendant un temps essayé de monter les autres filles contre elle, afin qu'elle soit éjectée de notre groupe. Rien n'y a fait. J'ai peut-être été trop subtile dans mes attaques.

Alors, je me suis défoulée sur elle d'une autre manière : je n'ai perdu aucune occasion de la rabaisser, de me moquer de son physique et de sa naïveté, d'exacerber ses complexes, de la faire douter du peu de choses où elle s'espérait douée, par exemple sa pratique de la photographie. C'était un jeu, mais c'était aussi pour moi une question de survie.

Au bout d'un moment, ça ne m'a plus suffi.

Dans un carnet, j'ai écrit une autre version de l'histoire, où c'était elle qui était enfermée dans cette chambre sordide, où c'était elle qui avait perdu son fils et une grande partie de ses illusions. Je grossissais le trait puisque j'en avais le pouvoir. Je trafiquais la réalité, je laissais mon imagination prendre le dessus. Jeanne la battait, Rodolphe, avec elle, ne se contentait pas de simples caresses. C'était elle qui à la fin nourrissait les chiens.

Puis j'ai décidé de lui lancer une *shitstorm* sur la gueule. Je me suis débrouillée pour faire croire, en créant un faux profil, que Manon m'avait piqué mon mec et m'avait poussée à commettre une tentative de suicide. Le truc bateau, pas besoin de chercher plus loin. Je n'espérais pas à un tel résultat. À croire que des hordes de filles avaient besoin de passer leurs nerfs sur quelqu'un. De nombreux utilisateurs ont commencé à l'incendier sur Twitter, Facebook et Insta. Elle a reçu des menaces de mort par dizaines. Certains ont même trouvé son adresse et lui ont envoyé des lettres d'injures. Je ne m'attendais pas à une telle vague. Manon a été durablement traumatisée. Ça a un peu soulagé ma colère.

Un soir où elle sortait à l'opéra, ma mère a carrément refusé de me laisser garder Gaspard en son absence. Soi-disant, elle ne me faisait pas assez confiance et, de toute façon, sa baby-sitter était en route, selon elle une fille bien plus mature que moi. L'interphone a sonné avant que je ne puisse répliquer quoi que ce soit. Je suis allée ouvrir la porte d'entrée et me suis retrouvée face à Manon, toute pimpante, pas du tout consciente du problème. Je n'ai pas pu prononcer un mot. Ma cousine a d'abord paru surprise de me voir, elle pensait que je n'étais pas là, puisque ma mère avait fait appel à elle.

Ma mère l'a reçue comme si elle ne l'avait pas vue depuis des mois, lui a proposé quelque chose à boire, l'a remerciée pour sa disponibilité. Je connaissais assez la vieille pour savoir qu'elle avait une idée en tête en agissant de la sorte. Elle avait sûrement compris à quel point je détestais Manon et avait décidé de se servir de cette animosité pour m'humilier à nouveau.

Je me suis cloîtrée dans ma chambre. Quand j'en suis sortie, Manon s'occupait de Gaspard comme si c'était son propre frère, vision intolérable.

C'est à cet instant que j'ai atteint un point de non-retour.

C'est à cet instant que j'ai compris que je devais trouver un moyen radical de la sortir de ma vie.

Quand j'ai rencontré Colin un mois plus tard et qu'il m'a confié ses penchants les plus sombres, j'ai su aussitôt que je tenais là un moyen d'arriver à mes fins. C'était comme si une force supérieure l'avait mis sur mon chemin pour me donner une chance de me rendre enfin justice. En tuant Manon, j'atteignais Raphaël avec une fronde. En plein cœur. Et je restais sa seule fille. La mauvaise, celle des égouts. Celle que jamais il ne pourrait accompagner à l'autel le jour de son mariage.

Et maintenant, assise sur cette plage paradisiaque du Cap, je savoure ma victoire. Une victoire qui en augure bien d'autres.

Je passe l'essentiel du vol retour à regarder des films ou à écouter de la musique. Le temps s'écoule plus vite qu'à l'aller, quand j'avais Manon à mes côtés. Au moins, je l'ai forcée à se taire définitivement.

Ma mère m'attend à la maison. Quand je pose mon sac dans l'entrée, prête à subir une attaque de sa part, elle me rejoint d'un air compatissant et me serre dans ses bras. C'est à peine si elle ne se met pas à chialer. J'avoue que, celle-là, je ne l'avais pas vue venir. Pourtant, il n'y a personne d'autre que nous, je ne comprends pas pourquoi elle joue soudain cette comédie. Je ne peux pas m'empêcher de lui murmurer que je suis désolée que ce soit Manon qui soit morte, et pas moi.

Elle peste, et se rend dans la cuisine.

Gaspard est endormi dans son berceau. Je caresse ses joues, son front, je lui confie tout bas qu'il m'a manqué. À travers lui, je murmure à Léo qu'il me manque toujours.

Une fois seule dans mon lit, revenue dans un cadre familier, je me rends vraiment compte de l'énormité de mon acte, de son caractère immuable, comme revenue d'une longue séance d'hypnose, même si j'étais bien consciente de ce que je commettais, même si je le voulais, même si je ne regrette rien. Ici, je perçois plus fortement le vertige. Je me sens déconnectée de tout ce qui composait mon quotidien avant de prendre l'avion. Heureusement que je ne crois pas à une vie après la mort, je m'épargne au moins l'idée d'aller un jour brûler en enfer. C'est sur terre qu'on brûle, je suis bien placée pour le savoir.

Le lendemain, malgré les réticences de sa nourrice, je couche Gaspard dans son landau et vais le promener au square René Viviani. C'est la première fois que je le sors de l'appartement. Si elle le savait, ma mère m'ordonnerait de le ramener à la maison. Je m'achète une glace et nous déambulons autour de la fontaine. Près d'un banc, une vieille bourgeoise en tailleur vichy nous observe d'un air dédaigneux, son *Paris Match* sur les genoux. Je comprends vite ce qui la gêne et clame que, oui, c'est bien mon fils. La vieille détourne les yeux en marmonnant. Gaspard dans mes bras, je m'approche d'elle et lui dis tout bas qu'en plus nous avons le même père. La vieille, de stupeur, fait tomber son sac sur le sol. Je m'éloigne en l'imaginant faire un infarctus.

Colin ne répond à mes textos qu'une fois sur trois, trouve toujours une excuse pour ne pas me parler directement, ne m'appelle jamais. Je commence à me dire que cette histoire de Légion était une pure invention, que les autres membres de ce groupe n'existent pas et qu'il s'est bien foutu de moi avec ces conneries.

Ou alors je n'ai pas réussi à passer l'examen d'intégration.

Ou j'ai fait quelque chose qui lui a déplu et il a renoncé à m'y faire entrer.

J'espère parfois que l'un d'entre eux me contacte. En vain.

Mais qu'importe, je suis arrivée à mes fins. Le reste a peu d'importance, je n'ai plus besoin de Colin ni des autres, dorénavant je vais pouvoir me débrouiller toute seule.

Le meurtre de Manon fait beaucoup parler, provoque des débats houleux et a même eu droit à son reportage au 20 heures de TF1. Je reçois des propositions d'interviews, les refuse toutes. Tant que je ne pourrai pas dire ce que j'ai fait à Manon à la France entière sans risquer d'être arrêtée, ça n'a aucun intérêt de m'épancher.

Quand nous reprenons les cours, nous sommes, comme il fallait s'y attendre, le centre de toutes les attentions. Surtout moi. Un petit autel à la mémoire de ma cousine est dressé sous le préau, recouvert de fleurs. Je dois m'y recueillir au moins une fois, faire en sorte que personne ne me voie cracher sur son portrait.

Un garçon m'aborde à la sortie du lycée et me demande s'il peut me parler. Il se présente comme étant Matthieu, le petit ami de Manon. Il est bien plus mignon que je l'aurais pensé, même s'il a l'air de ne pas avoir dormi depuis des jours. Comme je n'ai rien de mieux à faire, j'accepte de l'écouter.

Nous nous asseyons sur un banc, il me dit ne pas arriver à croire à ce qui s'est passé, ne toujours pas l'accepter. Ils avaient tant de projets ensemble. Matthieu me pose ensuite des questions sur les avancées de l'enquête, sur mes théories sur l'identité du coupable. Regardant l'heure, je lui dis que je dois rentrer, mais je lui propose d'aller le lendemain nous promener sur les quais de Seine. On s'échange nos numéros, il me follow direct sur Insta et like les quelques photos où j'apparais. Je me couche tard et me réveille trop tôt. Je flemmarde en cours et on se retrouve donc avec Matthieu vers 16 heures près du Pont-Neuf. Il a acheté six bouteilles de Despé fraîches.

Nous allons nous asseoir au bout du square du Vert-Galant, sous le saule pleureur de la pointe, pour les boire tranquille. Évidemment, je n'ai pas prévenu Chloé ou Juliette que je le voyais. Il passe d'abord son temps à me parler de Manon, comme un enfant à qui on a retiré son jouet, et il me confie qu'il a l'impression de me connaître tant elle lui a parlé de moi. Selon lui, elle serait heureuse de nous voir tous les deux ici, réunis par une même peine. J'avoue, je dois serrer les dents pour me retenir de rire. Près du square, deux flics nous observent et poursuivent leur chemin. Sachant que ma mère n'est pas là, je lui propose de monter chez moi, vu que j'habite tout près. Il accepte, un peu gêné. Une fois dans ma chambre, je ne mets pas beaucoup de temps à le chauffer. Après tout, un mec au cœur brisé reste un mec. Et j'ai trop envie de voir ce qu'il vaut au lit, de me rendre compte de ce dont j'ai privé Manon. Deux minutes plus tard, nous baisons sans préliminaires. Ce cher Matthieu a vite récupéré. C'est mieux qu'avec certains, mais on sent qu'il est encore un peu inexpérimenté. Je le laisse jouir en moi, au moins il n'aura pas tout perdu. S'il y a une vie après la mort, j'espère que

Manon nous observe, et que de là-haut ses cris font vibrer les nuages.

Chaque jour, je me rends sur Internet pour vérifier où en est l'enquête. Je ne découvre jamais rien d'inquiétant. La seule chose qui me stresse, c'est que je n'arrive pas à savoir à quel moment je pourrai m'estimer hors de danger.

Le corps de ma cousine finit par être restitué à ses parents. Le jour de l'enterrement, de nombreux journalistes sont amassés derrière les murs du cimetière, ainsi que des hordes de curieux venus se rincer l'œil. Seule la famille proche a été conviée. Matthieu n'a pas osé venir. Je me mords les lèvres pour ne pas trop sourire. Tous louent mon courage et ma force de caractère.

Pendant la nuit, j'ai rêvé que Manon se levait de son cercueil pour m'accuser de sa mort devant toute l'assemblée.

Détail amusant : je suis vêtue d'une robe noire que Manon m'avait prêtée l'année dernière, la seule de sa garde-robe qui me plaisait. À l'époque, j'étais encore bien loin de me douter que je la porterais devant sa tombe. Je suis bien contente de ne pas avoir à la lui rendre.

Il y a une blinde de gens à la soirée d'inauguration de l'exposition des photos de Manon. Je dois avouer qu'ainsi mis en valeur, certains clichés font leur effet. Cette conne était finalement assez douée. Je m'arrête presque malgré moi sur celui où je figure, assise sur le rebord du toit d'un immeuble de banlieue. Je me souviens parfaitement de ce moment, c'était avant mon enfermement en Normandie, quand Manon n'était que ma cousine et que je ne craignais pas de tourner le dos à quelqu'un. Pourtant, j'avais déjà envie de sauter.Depuis l'enfance, le vide me fascine.

La soirée s'anime un peu quand Raphaël frappe un mec si fort qu'il tombe à la renverse et s'étale sur le sol. Tout le monde s'est arrêté de parler. Je ricane. Il est carrément à bout. Je ne sais pas ce qui a provoqué cette colère, mais ça me donne envie de tirer sur la corde.

Quand j'apprends qu'un jeune Noir a avoué le meurtre de Manon, je suis sidérée. Je suis bien placée pour savoir qu'il ment, et je n'arrive pas à comprendre *pourquoi* il le fait.

Il a fourni de nombreux détails pendant sa déposition. Comment les a-t-il eus ?

Qui me protège ?

Ou plutôt qui croit, ainsi, se protéger ?

C'est de mauvaise grâce que je me rends en voiture avec ma mère à Bougival pour l'anniversaire de mon grand-père. Nous sommes parmi les premiers arrivés. Bien entendu, ma mère a critiqué ma tenue avant de partir, bien trop légère à son goût pour ce genre de célébration, mais ça n'a aucune importance. Je me montre telle que les hommes de ma famille aiment me voir. Catherine nous saute immédiatement dessus. Je sais que ma mère la déteste et je m'amuse à la savoir forcée d'écouter ses niaiseries sans broncher.

Une femme vêtue de violet prend mes mains dans les siennes, me déclare à quel point ce qui est arrivé à Manon est abominable. Je ne sais pas quoi lui répondre, je ne sais même pas qui elle est. Solange passe près de nous, deux bouteilles de vin dans les mains ; je me précipite vers elle, tente d'engager la conversation, mais j'ai du mal à capter son attention, elle me répond de façon mécanique, comme si j'étais une de ses employées, s'arrête face à un éditeur de je ne sais plus quelle maison, puis m'oublie carrément. Je ne lui sers à rien dans sa vie professionnelle, je suis à ses yeux d'un intérêt très limité.

Raphaël fait son apparition, suivi par Béatrice et Arthur. Je lui tourne le dos, me sers un verre de vin blanc, le bois cul sec, engloutis deux ou trois petits fours et m'installe sur une chaise pour regarder mes notifications Insta.

Puis, slalomant entre des gamins qui courent partout, je tombe sur Jonathan, un de mes cousins éloignés. Il vit à Bordeaux et a le même âge que moi. La dernière fois que je l'ai croisé, on s'est chauffés et on a fini dans une des dépendances. Sa façon de me regarder m'indique qu'il attend impatiemment de recommencer, mais je lui fais comprendre qu'il va devoir se trouver quelqu'un d'autre pour se soulager.

Arthur est assis tout seul sur les marches du salon, occupé à fumer une clope. Je le rejoins. Il est tellement à l'ouest qu'il met un moment avant de capter ma présence. Les traits tirés, il me demande si je m'emmerde autant que lui, puis me tend son paquet. Je n'ai pas osé l'aborder hier soir à l'expo. C'est peut-être le seul à qui je regrette d'avoir fait du mal. Il a toujours été correct avec moi et ne ressemble tellement pas à son père, physiquement, dans son comportement et ses aspirations que je me demande parfois s'il n'est pas le fils d'un autre homme.

Manon et lui étaient très liés. J'aimerais trouver les bons mots pour le soulager, mais je ne suis vraiment pas la mieux placée pour le faire. J'ai quand même mes limites.

Une fois les desserts servis, mon grand-père prononce un discours que j'écoute à moitié avant d'évoquer Manon. L'air grave, il nous demande d'observer une minute de silence en son honneur. Quand il reprend la parole, sa voix devient plus dure et il accuse carrément Raphaël et Béatrice d'avoir été négligents en la laissant partir en Afrique du Sud.

Tout le monde est scié. Raphaël, centre de toutes les attentions, se décompose. Je le connais assez pour savoir qu'il se retient d'exploser. Il aurait trop à perdre. Je baisse les yeux, angoissée à l'idée que mon grand-père s'en prenne à moi pour avoir eu l'idée d'aller là-bas.

Mais, heureusement pour moi, Philippe Delage se rassied et les conversations reprennent, alors que nous sont servis les cafés.

Je rejoins Raphaël quand je le vois assis tout seul à table. Sa détresse m'enchante. Je m'amuse à le chauffer direct. À la façon dont il me mate, je sais qu'il me désire encore. Je m'efforce de ne pas rire en lui disant que je m'en veux pour ce qui est arrivé à Manon. Il me répond que ce n'est pas ma faute. Son visage change d'expression, il veut savoir si je me souviens avoir croisé Albert ce soir-là. Je joue la surprise, fais style je réfléchis, hésite un instant à acquiescer pour enfoncer le clou, lui réponds finalement que non. Je lui explique en revanche avoir eu l'impression d'être observée de dehors avant de monter dans ma chambre. Je dois me retenir de ne pas aller plus loin, de ne pas, à l'aide de mots savamment choisis, semer en lui le doute quant à mon implication. Mais ce serait trop risqué. Je ne dois pas gâcher la chance qui m'a été offerte d'échapper à tous les radars. Sa peine me suffit, attise mes sens.

J'ai une furieuse envie de baiser.

Le soir, je matche sur Tinder avec un mec qui n'a pourtant pas grand-chose à voir avec ceux qui m'attirent habituellement. Trente-cinq ans, pas très musclé, les cheveux bruns mi-longs, des lunettes en écaille, on va dire qu'il a quand même un petit style. On discute un peu, il s'appelle Maxime et est prof d'histoire dans le 11e. Je le trouve très drôle, super cultivé, ça me donne envie d'au moins le rencontrer. On décide de se voir dès le lendemain, dans un bar près de Châtelet. Il est bien plus charmant qu'en photo. Et, par chance, toujours aussi amusant. Il paraît impressionné par ma présence, a du mal à me regarder dans les yeux. En même temps, je me trouve carrément bonnasse ce soir. Les bières aidant, Maxime me confie que c'est la première fois qu'il rencontre une fille par ce biais. Il est marié depuis douze ans, sa femme est partie chez ses parents pour quelques jours avec leur fille. Quand il me demande si j'ai bien dix-huit ans, je lui réponds que oui. Sa main qui tient le verre continue de trembler. Il ne doit plus avoir l'habitude de plaire à des filles comme moi. Le trouvant attendrissant, je décide alors qu'il se souviendra de cette nuit toute sa vie. Ce sera ma bonne action du mois. L'heure tournant, je lui propose d'aller chez lui. Il accepte en rougissant. Il n'attendait que ça.

Il m'embrasse à peine la porte fermée, plonge ses mains tremblantes sous ma robe comme pour vérifier que je suis réelle, qu'il m'a bien amenée, moi, dans son antre. J'aime me sentir à ce point désirée. Je lui fais des choses que sa femme ne doit plus lui faire depuis longtemps. Quand il jouit, bien trop vite, dans ma bouche, il s'excuse en n'osant pas me regarder dans les yeux, puis nous attendons qu'il recharge les batteries avant de passer aux choses sérieuses. Il baise plutôt pas mal, au moins on sent qu'il se donne à fond, conscient de l'enjeu.

Je reste ici pour la nuit, m'endors tranquillement dans ses bras, imagine un instant vivre dans ce vaste appartement assez classe avec lui. Mais ce type de mec-là n'est pas fait pour partager sa vie avec des filles comme moi.

Pendant qu'il regarde ses mails, je saisis le livre posé sur la table de nuit, un exemplaire de *Crime et Châtiment*. Sans rire. Même pas fait exprès. Maxime le lit pour la troisième fois. Selon lui, ce roman explique parfaitement ce que ça fait de tuer quelqu'un, tout ce que ça provoque dans l'esprit du meurtrier, la distance qui s'établit entre lui et le monde qui l'entoure. Le héros, Raskolnikov, massacre une vieille usurière et sa sœur à coups de hache pour récupérer quelques roubles. L'enquêteur, Porphyre, est persuadé que c'est lui le coupable, mais aucun indice ne peut l'inculper. Cependant, le vrai combat est ailleurs, dans son crâne, car le jeune homme est de plus en plus rongé par la culpabilité. Et ce n'est qu'en avouant son crime et en étant envoyé au bagne qu'il se sent enfin libéré.

Je n'ose pas contredire mon amant de cette nuit. Il bondirait au plafond s'il savait ce que je partage avec ce personnage. Mais, pour ma part, je ne laisserai pas cette pseudo-culpabilité m'empoisonner la tête.

Je ne me suis jamais sentie aussi bien. Je ne vois pas pourquoi ça changerait.

Car je sais que j'ai bien fait.

Chloé m'appelle en pleurs alors que je rentre chez moi, m'apprend que Raphaël a déboulé à son appartement et les a accusées, sa mère et elle, d'être en partie responsables de la mort de Manon. Comme je ne comprends pas tout ce qu'elle me dit, je décide de la rejoindre. Elle est à cran et claque la porte de sa chambre comme si le reste du monde allait s'y arrêter. Visiblement l'enquêteur a contacté Raphaël la veille, et lui a dit que c'était, selon lui, Albert le coupable. Et sûrement pas le jeune homme qui a tout avoué.

Je ne me gêne pas pour en rajouter et lui confie que j'étais moi-même persuadée que c'était le cas. Et que, pardon ma chérie, c'est évident que si sa mère ne l'avait pas appelé pour nous chaperonner, nous n'aurions jamais croisé sa route, et Manon serait sûrement toujours en vie.

Chloé se fige tant elle est choquée, la bouche à moitié ouverte. Elle ne s'attendait clairement pas à ce que je prenne le parti de mon oncle. Je ne perds pas de temps et ajoute que c'est bien elle qui l'a appelé pour venir nous chercher chez Jan et Fiona, et que, oui, Manon était ensuite assise pendant tout le trajet à ses côtés, et que, oui, peut-être qu'il a décidé à cet instant de passer à l'acte. On ne sait jamais, avec les pervers sexuels.

Bingo. Chloé éclate en sanglots et se jette sur son lit. Si elle cherchait du réconfort auprès de moi, c'est raté. Je suis une sacrée salope.

Raphaël retourne tout seul en Afrique du Sud. J'avoue que ça me rend nerveuse. J'ai peur de ce qu'il pourrait y apprendre. Je crains d'avoir provoqué des choses impossibles à maîtriser et qui risquent de m'exploser un jour à la gueule. Mais il est hors de question de l'appeler pour en apprendre davantage, ça lui paraîtrait trop suspect. Au pire, je me renseignerai auprès d'Arthur.

Dans l'après-midi, j'apprends que mon grand-père a eu une attaque. Ma mère fonce le voir à l'Hôpital américain de Neuilly, vite suivie par Catherine et Solange. C'est à qui sera la plus éplorée à son réveil. Pour ma part, je ne me donne pas cette peine, ce n'est pas le peu d'amour qu'il me porte qui va me convaincre d'aller faire de la figuration à son chevet. En ce qui me concerne, il peut crever, ça ne me fera ni chaud ni froid.

Je suis bien forcée de me rendre compte que Gaspard n'a plus rien à voir avec le bébé solaire des débuts. Il passe ses journées à pleurer, à crier, je ne parviens pas à le calmer quand je me retrouve seule avec lui.

Je m'accroche encore à l'idée qu'avec mon fils ça aurait été forcément différent.

Et parfois, je me dis que je n'étais pas faite pour être mère.

Que sa mort est, au bout du compte, une chance.

Pour ne plus devoir supporter Gaspard, je passe la plupart de mon temps dehors. Après tout, ma mère n'a pas à me l'imposer. Elle l'a voulu, elle l'a eu. Qu'elle se démerde avec lui.

En rentrant plus tôt que d'habitude, je tombe sur ma mère et Raphaël assis sur le canapé du salon. Ils paraissent gênés de me voir, comme des ados pris en faute. Je remarque que la robe de ma mère est dégrafée, et que la chemise de Raphaël est froissée. Je n'arrive pas à y croire. Ils ont osé s'envoyer en l'air, ici. Prise par une furieuse envie de vomir, je ressors aussitôt en claquant la porte.

Tout en remontant la rue, je trouve rapidement un mec sur Tinder chez qui passer la nuit.

Quelques jours après, Chloé me prévient qu'Albert Reynaud a disparu. Personne ne sait ce qui lui est arrivé. Je suis persuadée que c'est lié au voyage de Raphaël en Afrique du Sud.

Aurait-il eu assez de cran pour le tuer ?

Cette simple idée le fait remonter dans mon estime. Les événements prennent un tour particulièrement intéressant.

En plein week-end, alors que je projette de me rendre au cinéma, Juliette me téléphone pour me dire que Chloé a avalé deux boîtes entières d'anxiolytiques. Heureusement, sa mère l'a trouvée à temps. On lui a fait un lavage d'estomac aux urgences de la Pitié-Salpêtrière, et son état s'est stabilisé.

Je ne la savais pas aussi fragile. J'aurais dû être encore plus intraitable avec elle. Peut-être qu'ainsi elle ne se serait pas loupée.

Je repense sans cesse à ce que m'a confié Colin au sujet de son grand-père revenu du Vietnam. J'ai du mal à contenir mes envies de franchir mes limites, ça devient une sorte de besoin vital dont l'inassouvissement me frustre. Tuer n'importe qui, je m'en fous, même un inconnu croisé dans la rue. Juste pour le plaisir de tirer à bout portant, d'enfoncer une lame dans la chair, de percer divers organes.

Pourquoi avoir eu la chance de vivre ça pour en être ensuite privée ?

Je me renseigne sur Internet pour prendre des cours de tir, afin d'au moins me défouler un peu. Il y a un stand pas si loin de chez moi, rue Jeanne-d'Arc. Mais je me rends vite compte que, passé les premières séances, la frustration de ne viser que des silhouettes en carton se fait trop ressentir.

Comment s'en contenter quand on a goûté au reste ?

Seule, je ne peux rien faire. Seule, j'ai les poings liés. En Afrique du Sud, Colin, Ezra et moi étions saisis par une fièvre que sans eux je ne saurai reproduire.

Alors je continue à écrire.

Des scènes de violence pure.

Des scènes où je fais payer tous ceux qui, au cours de ma vie, l'ont un temps obscurcie, par la seule volonté de mon imaginaire.

Le sang coule, les agonies se multiplient. Personne, jamais, ne survit.

Ça me met parfois en transe, c'est aussi bon que le sexe. La liberté est totale, impérieuse, tout ce qui hurle sous mon crâne se déploie à l'identique par les mots.

Un soir où mes oreilles traînent un peu trop, j'apprends avec joie que Béatrice a enfin engagé une procédure de divorce. Elle sera, si j'ai bien compris, défendue par un ténor du barreau, qui ne manquera pas d'insister sur les nombreux adultères dont elle a été victime tout au long de son mariage. Raphaël est bien dans la merde. J'espère qu'elle se battra assez pour ne rien lui laisser.

J'obtiens le bac avec mention sans trop de problèmes. J'aurais pu faire mieux si je ne m'étais pas pris autant de coups durant cette année, mais je ne me plains pas, surtout quand je pense à tout ce que je me suis mis dans le nez ces derniers mois. Maintenant, en théorie, l'université m'est ouverte. Ma mère me félicite avec des pincettes. Je n'en attendais pas moins d'elle.

La seule qui aurait vraiment été heureuse pour moi aurait été Manon, mais, manque de bol, je l'ai tuée.

Le jour de mes dix-huit ans, ma mère m'attend dans le salon, une tasse de thé à la main, et m'annonce qu'à présent elle n'est plus légalement obligée de s'occuper de moi et qu'il est grand temps que je parte de chez elle. Je pense d'abord qu'elle plaisante, mais elle déclare m'avoir trouvé un studio près de Beaubourg et avoir réglé le loyer pour six mois, ensuite ça sera à moi de trouver un moyen de prendre le relais. Elle me regarde alors de haut en bas, me dit qu'*a priori* ce ne sera pas difficile. Puis elle se lève en entendant Gaspard pleurer dans l'autre pièce, me lance que son fils, lui, a encore besoin d'elle.

Je comprends qu'elle n'attendait que ça, j'ai ressenti sa félicité de se séparer enfin de moi. Ses cadeaux ont toujours été empoisonnés, celui-là n'est qu'un peu plus mortel.

Je retourne calmement dans ma chambre et range ce que je peux dans une valise. Je ne m'abaisserai pas à la supplier de rester.

La clef de mon nouvel appartement est posée sur un guéridon avec un papier où est inscrite l'adresse.

Je ne suis pas certaine d'être si dévastée que ça en passant le pas de la porte. Je ne serais pas restée longtemps ici, de toute manière. Elle n'a fait que me devancer.

Bien entendu, elle ne se donne pas la peine de me dire au revoir.

Le studio n'est pas si pourri que je l'aurais pensé, il est meublé et assez lumineux. Au moins, là-dessus, elle me respecte. Je ne mets pas beaucoup de temps à me l'approprier, prends même du plaisir à l'agencer et à le décorer à ma façon.

Je me trouve un job de serveuse dans un bar situé à deux rues de chez moi. Ce n'est pas que ça m'enchante, mais je n'ai pas le choix si je veux maintenir un style de vie correct. Les prochaines vacances au bout du monde, ça sera pour une autre fois. En attendant d'intégrer une fac de droit, ça m'aide à passer le temps, me permet aussi de faire de nouvelles rencontres. Je leur cache à quelle lignée j'appartiens, je m'invente une nouvelle famille ; avoir traversé la Seine me déleste d'un poids et d'une histoire.

Je deviens particulièrement amie avec un garçon, Charlie, qui a mon âge et aime autant les hommes que moi. J'envie ses jambes graciles, ses grands yeux noirs et ses oreilles légèrement décollées. Et il est tellement drôle, solaire, malgré tout ce qu'il a vécu. Charlie a été viré de chez ses parents à quatorze ans quand il leur a révélé qu'il était gay, et a été recueilli, après avoir été un temps SDF, par une association où il a été violé pendant des mois. Il est ensuite retourné à la rue, mieux armé mais le cœur brisé. Dorénavant, il vit dans un studio à Strasbourg-Saint-Denis, passe une grande partie de son temps à peindre et à danser, et a une sexualité encore plus vaillante que la mienne. Il est insatiable, dévore encore plus les corps que la vie, accumule les relations éphémères.

Charlie a l'esprit et la chair aussi échauffés que moi, sa rencontre ne peut être due au hasard.

Ma mère ne cherche jamais à prendre de mes nouvelles ou à m'en donner de Gaspard. Je me détache d'eux sans douleur, j'espère qu'un jour ils s'estomperont totalement de ma mémoire.

Je coupe totalement les ponts avec Chloé et Juliette. Elles ne m'apportent plus rien depuis qu'elles sont restées bloquées à la mort de Manon, et passent leur temps à se lamenter sur leur sort.

Mes cauchemars s'accentuent, deviennent chaque nuit un passage obligé, une norme. Dans le dernier en date, je sors adulte du ventre de ma mère, la déchire de partout, la tue au passage, vêtue de son sang.

Je me réveille en riant. J'écris ce rêve dans un carnet pour ne jamais l'oublier.

Mon interphone sonne en pleine journée, alors que je n'attends personne. J'hésite à répondre, mais ça sonne à nouveau. Il s'agit de Solange. Je ne sais même pas comment elle a eu mon adresse. Je crois que c'est la première fois que je me retrouve seule avec elle.

Je la fais entrer et lui demande par pure politesse si elle veut boire quelque chose. Elle s'installe sur le canapé et m'informe qu'elle vient d'apprendre que ma mère m'a virée de chez elle.

Comme si mon sort lui importait, elle me demande comment je me sens et si ce n'est pas trop dur pour moi en ce moment. D'abord, la mort atroce de Manon et maintenant l'obligation de vivre seule… Ne voulant pas trop me plaindre, je lui dis que ce n'est pas une si mauvaise chose d'être indépendante, de ne rendre de comptes à personne, et surtout de ne plus vivre avec ma mère. Ce qui n'est, au demeurant, pas faux. Solange éclate de rire et, comme si elle avait compris qu'elle en avait le droit, se met à la critiquer ouvertement en évoquant son mode d'éducation, sa froideur congénitale, la façon dont elle l'a toujours traitée, elle, avec mépris, sans considération, comme si, à ses yeux, sa présence n'était qu'anecdotique. Je comprends pourquoi elle est venue, pas pour vérifier que j'allais bien, mais pour cracher tout son venin sur notre ennemie commune en espérant trouver en moi une oreille attentive, une alliée. Solange, peut-être frustrée par mon manque de réaction, me dévisage et me dit qu'en plus ma mère ment, constamment. Et surtout à ses proches, sur des choses que je suis maintenant assez grande pour entendre.

Comme elle me tend une perche de la taille d'une poutre, je lui demande de quoi elle parle en particulier. Elle ne perd pas de temps et veut savoir si je me souviens d'une certaine Éléonore. Je réfléchis, lui réponds que non. Solange fait la moue, se lève, et me sort un truc auquel je ne m'attendais pas : cette Éléonore était ma sœur jumelle. Elle est morte quand nous avions trois ans, après avoir chuté de la terrasse de notre ancien appartement.

Un lourd silence s'installe. J'ai l'impression d'avoir reçu un coup de poing dans le ventre. Un peu de ma réalité se fragmente comme une vitre après un impact. Je ne veux pas mettre la parole de Solange en doute, mais je n'ai absolument aucun souvenir de cette prétendue sœur. Et, de mémoire, personne ne m'a jamais parlé d'elle. Ma tante embraye sur le fait que la pauvre petite n'avait pas eu ma chance, qu'elle souffrait de malformations au niveau du front et des tempes et d'un lourd déficit mental, ce que n'acceptait pas du tout ma mère, qui, pour cette raison, ne s'en occupait pas de la même manière que de moi.

J'étais celle qu'elle exhibait vêtue de belles robes et qu'elle emmenait en week-ends ou en vacances, pendant qu'Éléonore était confiée à une nourrice et restait enfermée chez nous. Ma mère ne consentait que rarement à l'amener aux déjeuners familiaux, prétextant qu'elle était malade, qu'elle avait une santé plus fragile que les autres enfants et qu'il fallait qu'elle reste tranquille à la maison, *cachée aux yeux de tous*. Personne chez les Delage ne lui en faisait le reproche, la présence d'Éléonore devait leur être pénible, à eux aussi. Solange l'a souvent reproché à Raphaël en privé, mais il ne l'a jamais écoutée et elle n'a jamais osé évoquer le sujet avec ma mère.

Quand je lui demande de m'en dire plus au sujet du drame qui lui a coûté la vie, Solange me déclare que ma mère a affirmé aux enquêteurs avoir été occupée dans son bureau, pendant que nous jouions tranquillement dans le salon. Quand elle nous a rejointes pour vérifier si tout allait bien, j'étais toute seule sur la terrasse. Aucun témoin n'a assisté à la scène. C'était un dimanche matin, le vaste immeuble d'en face n'abritait que des bureaux et, comme nous habitions au bout d'une allée résidentielle, il n'y avait pas de passage à cette heure matinale. Ma mère a refusé que je sois interrogée pour ne pas me traumatiser davantage, et de toute façon je suis restée muette pendant plusieurs jours. L'affaire a vite été classée sans suite. Il a été admis qu'Éléonore avait escaladé on ne sait comment la rambarde en pierre et avait fait une mauvaise chute à la suite d'une négligence. Rien de plus. Un drame terrible mais qui n'avait aucun responsable.

Solange ne sait pas exactement comment ma mère a réussi à tout me faire oublier. Je n'ai même pas assisté à l'enterrement. Mais, après tout, je n'avais que trois ans. À cet âge-là, les souvenirs ne perdurent pas très longtemps. Ce qui est arrivé à Éléonore est devenu tabou au fil des années, ma mère n'a plus permis qu'on parle d'elle, tout le monde a ensuite fait comme si elle n'avait jamais existé. C'est une des lois de notre famille : quand un drame advient, il est étouffé dans l'œuf, rien ne s'exfiltre hors des limites de notre domaine.

Solange s'arrête de parler. Je comprends à son regard que nous pensons à la même chose. Ou plutôt, qu'elle a tout fait pour que j'y pense. Je lui demande si elle sait où cette Éléonore a été enterrée. Elle me répond au cimetière du Montparnasse, après m'avoir fait jurer de ne rien dire à ma mère sur tout ce qu'elle vient de m'apprendre.

Je ne sais pas si je dois remercier Solange pour m'avoir balancé une telle énormité à la gueule ou la virer de chez moi à coups de pied au cul. Je présume assez vite qu'il s'agit là encore d'une petite vengeance personnelle envers sa sœur aînée. Elle doit espérer que je fonce ensuite chez elle pour lui soutirer des explications. Je ne suis qu'un pion dans un jeu qui me dépasse.

Solange vérifie l'heure sur son portable et me lance qu'elle doit me quitter, car elle a rendez-vous dans dix minutes avec un traducteur.

Avant de partir, elle m'informe qu'elle voulait m'en parler depuis longtemps mais qu'elle n'avait jamais trouvé le bon moment.

Je me connecte sur Internet, cherche son nom dans le registre national des avis de décès et le trouve sans difficulté. *Éléonore Delage, décédée le 8 août 2007.* Au moins, ça, ma mère n'a pas eu le pouvoir de l'effacer.

Je passe une bonne partie de la journée à comater, encore abasourdie par ce que m'a révélé Solange, par tout ce que ça implique.

C'est insensé. Mais, en même temps, tout est possible avec ma barge de mère et ma barge de famille.

Je n'arrive pas à croire que j'ai réussi à trouver une raison de plus de les détester.

Ne supportant plus de rester enfermée à me faire des idées noires, je me rends en métro au cimetière du Montparnasse avec, tout au long du trajet, l'envie tenace de rebrousser chemin ou de prendre le large. Solange m'a indiqué de mémoire où se trouvait la tombe, mais je mets une bonne demi-heure à la trouver tant elle est dans un état lamentable. Personne n'a dû venir s'y recueillir depuis des années, ma mère n'a rien fait pour la préserver des intempéries et du temps qui passe. Cette vision m'est insupportable, un affront. Je me rends chez un fleuriste avant que le cimetière ne ferme, achète un gros bouquet de pivoines blanches, puis vais les disposer sur la dalle en granit pour que le résultat soit le plus joli possible. J'essuie ensuite un peu la poussière accumulée avec un mouchoir, dévoile ainsi un peu plus le nom gravé sur la stèle dans l'espoir que quelques passants, en y posant les yeux, le garderont dans un coin de leur tête.

Je suis seule, je peux me permettre de pleurer.

Et je lui demande de me pardonner de ne pas arriver à me souvenir d'elle.

J'apprends sur Twitter qu'une famille de dix personnes a été assassinée dans la nuit au cœur d'un quartier populaire de Chennai, en Inde. Tous égorgés dans leur sommeil. Je présume aussitôt que c'est l'œuvre de l'homme dont Ezra m'a parlé, Le Fantôme. Et s'il existe vraiment, Légion aussi.

Je tente d'appeler Colin et, à force de tomber directement sur son répondeur, je comprends qu'il m'a bloquée.

J'effectue de nouvelles recherches sur Légion, me concentre sur les tueries qui me paraissent leur correspondre, envoie des bouteilles à la mer sur le Net et, grâce à un ami, aussi sur le Darknet.

J'attends.

Sans succès.

Je fais lire certains de mes textes à Charlie, reste à côté de lui pendant qu'il les parcourt, la boule au ventre, comme si je jouais ma vie. Une fois qu'il a tout fini, il me lance les yeux écarquillés que je suis trop douée et que je devrais envoyer ça à des éditeurs.

Je suis inscrite à Assas en première année de droit. Les cours débutent en octobre, mais je commence dès maintenant à me préparer.

Fin août, je croise par hasard Béatrice au carrefour de l'Odéon. Tout aussi surprise de me voir, elle me propose en bégayant un peu d'aller prendre un verre. Comme je n'ai rien de mieux à faire, j'accepte. Nous allons nous installer à la terrasse d'une brasserie, au soleil. Après avoir bu une gorgée d'eau gazeuse, elle me dit que ça fait trop longtemps qu'elle ne m'a pas vue. Puisqu'elle ne semble pas au courant de mes dernières péripéties, je lui offre un petit résumé en n'épargnant pas ma mère au passage. Elle semble peinée pour moi, me dit que si j'ai besoin de quoi que ce soit, je ne dois pas hésiter à la contacter. Je ne cache pas que ça me touche et me demande si j'ai son numéro de portable dans mon répertoire. De son côté, elle est en train de travailler sur un livre de photos de Manon. Elle espère qu'il sortira l'année prochaine, et pas aux éditions Delage. Elle me tiendra au courant.

Béatrice a bien meilleure mine que la dernière fois que je l'ai vue, fait visiblement plus attention à elle. Je sais qu'elle a gardé l'appartement depuis le divorce d'avec Raphaël. Et qu'Arthur veille sur elle, débarrassé lui aussi de son père. Je suis heureuse pour eux, ils le méritent.

Voulant changer de sujet, je lui apprends alors que je suis au courant à propos d'Éléonore, et scrute sa réaction. Béatrice pose sa main sur la mienne et me dit que c'est du passé, que ma mère a cru bien faire en agissant de la sorte, qu'elle pensait me protéger. Béatrice est décidément trop gentille. Je sais qu'elle ne croit pas à ce qu'elle me raconte. Ça lui ferait du bien que je lui déclare tout ce que j'ai appris au sujet de Raphaël et Florence Delage, ou que je lui touche deux mots sur notre ancienne relation. Mais je ne suis pas aussi perverse que ma mère. La meuf a déjà bien souffert par ma faute, je ne vais pas en rajouter.

Béatrice me demande ma nouvelle adresse, car elle compte m'envoyer quelque chose par la poste, si je n'y vois pas d'inconvénient. Je la lui écris sur un bout de papier, puis je m'excuse auprès d'elle et vais ensuite me dégourdir les jambes dans les rues du quartier, sans savoir vraiment où aller.

Après avoir vérifié qu'elle ne s'y trouve pas, je me rends chez ma mère, possédant encore la clef.

Je m'enferme dans son bureau, fouille ses tiroirs à la recherche d'un document susceptible de m'en apprendre davantage sur Éléonore, et j'ouvre les quelques albums photos entreposés dans une armoire, sans en trouver une seule où elle figure, même à l'époque où nous étions soi-disant inséparables.

Avant de partir, je vais dans le salon et y brise tout ce que je peux briser.

Et c'est le cœur un peu moins lourd que je traverse la Seine à pied pour rentrer chez moi.

Trois jours plus tard, je reçois une lettre de la part de Béatrice. Elle contient une autre enveloppe, au papier d'un rose enfantin, où ne figure que mon prénom. Sur le petit mot l'accompagnant, Béatrice m'écrit qu'il s'agit d'une lettre retrouvée dans les affaires de Manon, et qu'elle m'est adressée. Béatrice ne sait pas pourquoi elle ne me l'a jamais donnée, elle ne l'a pas ouverte et n'a aucune idée de ce qu'elle contient. Elle me laisse libre de lui communiquer ou pas son contenu une fois que je l'aurai lue.

Mais il est hors de question de l'ouvrir. Je ne veux plus rien avoir affaire à cette fille et jette l'enveloppe sur un tas de magazines de mode.

Et franchement, qui écrit encore des lettres de nos jours ?

Je suis bien forcée de m'allumer un gros pétard pour me détendre.

Même de sa tombe, cette pétasse joue avec mes nerfs.

Début septembre est organisée une soirée en l'honneur de Raphaël pour son anniversaire, dans une brasserie de Montparnasse. Tous les gens de la maison d'édition seront présents, ainsi que la plupart de ses auteurs, de ses connaissances dans le milieu, et une grande partie de ses proches.

Bien sûr, je n'ai pas été invitée, mais ce n'est pas une raison pour ne pas m'y rendre. Je propose à Charlie de m'accompagner. Je veux ainsi lui montrer le monde que j'ai fui, l'en dégoûter assez pour qu'il me confirme que j'ai fait le bon choix.

Je décide de m'habiller assez classe. Ce soir, je refuse de correspondre à l'image que mes proches ont de moi. Charlie me rejoint à la sortie du métro et me dit qu'il est nerveux, car il n'a pas l'habitude de côtoyer ce genre d'individus. Je le rassure en lui confiant qu'en temps normal, moi non plus. Mais nous sommes ensemble, ils ne pourront rien contre nous. À peine arrivés, nous nous commandons des mojitos au bar. Je ne vois personne de ma famille dans la foule, même pas Raphaël. En revanche, je remarque beaucoup de bourgeoises aux visages plus ou moins refaits, des anciens présentateurs télé, deux ou trois hommes politiques, des journalistes, de vieux éditeurs qui tiennent à peine debout, et quelques nanas trentenaires cherchant dans la mêlée de bons pigeons bien gras à plumer. Charlie, attentif à tout ce qui se passe autour de lui, a la tête d'un enfant qui se retrouve perdu au cœur d'un parc d'attractions.

On se dirige vers un piano sur lequel joue un grand blond entouré d'une ribambelle d'invités bien avinés, lorsque j'aperçois enfin Raphaël, installé sur une banquette au milieu de sa cour la plus fidèle.

Dans mon dos, une voix familière prétend qu'il ne sait pas encore ce qui l'attend. Je me retourne et me retrouve face à Solange, qui fixe Raphaël d'un air glacé, accompagnée par la pouf qui bosse à l'accueil des éditions Delage. Charlie, gêné, me dit qu'il a un coup de fil à passer, et qu'il me rejoindra un peu plus tard.

Je me rapproche de Solange pour lui demander ce qu'elle veut dire par là quand je suis abordée par un grand mec aux yeux noirs et aux cheveux bruns, vêtu d'une veste en cuir. Je le reconnais aussitôt, c'est lui que j'ai croisé dans l'escalier des éditions Delage quand je suis allée voir Raphaël quelques mois plus tôt.

Il s'appelle Stanislas Lambert, me dit qu'il m'a déjà vue mais qu'il ne sait pas où. Je décide de ne pas lui rafraîchir la mémoire, et prétends m'appeler Éléonore. C'est malheureux, mais c'est le premier prénom qui me vient à l'esprit. Quand il me demande les raisons de ma présence, je lui réponds que je suis entrée par hasard, en voyant de la lumière. Ça semble l'amuser, il me prend peut-être pour une aspirante autrice prête à sucer tous ceux dont le nom fait frétiller Saint-Germain-des-Prés. Je sais d'avance qu'il ne me lâchera pas tant qu'il ne m'aura pas mise dans son lit et qu'il n'a aucun doute sur ses chances d'y parvenir.

Nous nous rendons dans un coin un peu plus calme pour discuter. Stanislas ne perd pas de temps pour parader et me raconte que son dernier roman remporte un franc succès en librairie, qu'il est certain d'être sur les listes de plusieurs grands prix, qu'il va avoir cette semaine des critiques élogieuses dans la presse. Son éditeur est fier de lui. Si tout se passe bien, aucun des autres auteurs de la rentrée des éditions Delage ne viendra le concurrencer en termes de ventes et d'exposition médiatique. C'est déjà une petite victoire, il en attend d'autres.

Comme ça semble lui tenir à cœur, je fais style d'être hyper impressionnée. Stanislas ajoute que sa première rencontre pour son roman aura lieu demain soir à La Librairie de Paris. C'est une invitation. Je lui promets de m'y rendre quand une brune assez bien gaulée pour son âge nous rejoint et lui saute dans les bras. Je m'éclipse discrètement et rejoins Raphaël dans le fond de la salle pour lui souhaiter un joyeux anniversaire.

Embarrassé par ma présence, il se sent obligé de me présenter aux deux hommes qui l'accompagnent. Deux éditeurs. Je les salue et reste en leur compagnie en ne quittant pas Raphaël des yeux. Il ne peut pas me virer devant tout le monde, il le sait. Tout comme il sait que je peux le détruire en quelques mots. Mais ce n'est ni le lieu ni le moment. Je l'embrasse sur la joue et vais me chercher un truc à bouffer au bar, où deux femmes prétendent que Raphaël sait rester digne malgré la douleur. Je ne comprends décidément pas ce milieu où cet homme fait naturellement figure de victime.

Stanislas me saute alors dessus et me propose d'aller boire un verre ailleurs, autrement dit sur le chemin de son lit. Je coupe court à ses ardeurs en lui lançant que j'ai autre chose de prévu. Je ne veux pas lui faire croire que c'est du tout cuit.

Je rejoins Charlie qui, près du bar, discute avec un ancien homme politique, ou plutôt, à la tête qu'il fait, subit sa discussion. Je le connais assez pour savoir qu'il est très mal à l'aise et le sors du pétrin en l'informant qu'il est temps qu'on se casse de cet endroit.

Tout en remontant le trottoir pour rejoindre le métro, il me raconte, un peu outré, que le mec ne voulait pas le lâcher et commençait à lui poser des questions cheloues sur ses préférences sexuelles. J'oublie de lui demander qui au téléphone l'a accaparé aussi longtemps.

Il y a pas mal de monde quand je débarque à la Librairie de Paris le lendemain soir. Manque de bol,

Raphaël n'est visiblement pas présent, j'aurais tellement aimé voir sa tête en m'apercevant.

La rencontre a commencé. Les jambes bien écartées face à une armée de jeunes filles conquises, Stanislas Lambert évoque, avec une emphase qu'il n'a pas en privé, les auteurs qui l'ont influencé pour écrire ce dernier roman, cite des extraits de mémoire, deux ou trois vers de poésie, cabotine comme s'il était sur une scène de théâtre.

Je m'assieds sur une des rares chaises libres. Stanislas m'aperçoit et me fait un clin d'œil. Deux femmes très laides se retournent et me fusillent du regard.

Stanislas semble parfois agacé par les questions de la libraire, n'hésite pas à lui faire remarquer quand elle se trompe au sujet d'un élément de son roman, ce qui provoque quelques rires gênés dans l'assistance.

Je ne peux pas nier qu'il a de l'allure, mais il prend trop la pose, s'écoute trop parler, masque mal la condescendance naturelle qu'il éprouve pour tous ceux qui ne sont pas lui.

Quand vient le moment des dédicaces, je reste assise, moi qui compte repartir d'ici avec plus que son roman. Je remarque rapidement que Stanislas n'agit pas du tout de la même manière avec les filles qui lui plaisent qu'avec celles qui n'ont pas cette chance. Il y a un physique et un âge requis pour obtenir toute son attention.

Une fois qu'il a fini, il discute un peu avec la libraire, et me présente ses deux meilleurs amis qui gravitent eux-mêmes dans le milieu de l'édition. Ils ont prévu d'aller boire des bières dans un bar du coin. Stanislas m'invite à les accompagner. Je serais bien demeurée de ne pas accepter.

Les pintes s'enchaînent, les langues se délient, beaucoup de monde en prend pour son grade. Ces trois jeunes coqs qui se considèrent comme des soleils ne semblent pas se rendre compte que je ne suis pas dupe quant à leurs messes basses et leurs sourires en coin. Mais je les laisse s'exciter tout seuls et se faire des films, du moins tant qu'ils me payent des verres. Vers minuit, Stanislas se rapproche de moi et me propose, ô surprise, de nous rendre tous les quatre chez lui pour finir la soirée. Flattée qu'ils aient pour projet de me baiser à trois, je lui réponds pourtant que j'ai d'autres idées en tête, et qui n'impliquent que nous deux. Stanislas, pour ne pas perdre la face, insiste un peu en me faisant son petit numéro de charme et me promet que je vais kiffer, mais je reste ferme et lui fais comprendre que s'il continue ainsi, il risque de tout perdre. Ça le calme direct et il leur annonce la mauvaise nouvelle. Dépités, les deux mecs se désintéressent aussitôt de moi et se concertent pour se trouver une nana moins farouche. L'affaire de quelques textos seulement, visiblement.

Stanislas vit près de la Madeleine. Nous nous y rendons à pied. Son appartement est situé au dernier étage et profite d'une belle vue sur les toits de Paris. Comme il fallait s'y attendre, il y a des livres partout et des photos de lui accrochées aux murs. Je m'installe sur un canapé. Un peu plus ivre que moi, Stanislas me propose une bière en tanguant vers la cuisine.

Cinq minutes plus tard, je me retrouve en train de le pomper agenouillée sur le parquet. Ou plutôt d'essayer, car le mec ne parvient pas à bander. Pour se défendre, il prétend avoir trop bu et s'être branlé deux fois dans la journée. Soit, mais je m'attendais quand même à autre chose de la part de ce présumé tombeur de ces dames.

Ne m'avouant pas vaincue pour autant, je me concentre et me donne à fond. Ça commence à venir de son côté. Il gémit, gonfle enfin dans ma bouche, pas aussi bien monté que je l'aurais espéré, mais je tente de passer outre.

Je m'emmerde tant que je repense à ce qu'il m'a confié au sujet de Raphaël, à quel point il était soi-disant fier de lui. À quel point il comptait sur lui pour tout déchirer en cette rentrée littéraire.

Et je suis prise par une pulsion incontrôlable. Celle non pas de tuer, mais d'infliger de la souffrance à cet homme bien trop orgueilleux, qui ne me considère que comme un corps à posséder. Et à ainsi atteindre Raphaël d'une manière supplémentaire.

Alors, sans réfléchir, je le mords à la base de sa queue, le plus fort possible. Stanislas hurle, se débat, tente de me repousser, mais je ne desserre pas les mâchoires, comme un chien avec son os, jusqu'à ce que mes dents percent amplement la chair. Je me relève pendant que Stanislas, sous le choc, pousse de petits cris de douleur en se tortillant sur le sol, son entrejambe et le haut de ses cuisses recouverts de sang. Je ne l'ai pas ménagé, mais je me suis arrêtée avant d'en faire un eunuque.

J'enfile ma veste et profite de ce que Stanislas est encore conscient pour l'avertir que s'il lui prenait l'idée de me dénoncer, je prétendrais qu'il a tenté de me violer. En cette période #MeToo, ma parole vaudra bien plus que la sienne.

Puis je lui crache un mélange de son propre sang et de ma salive à la figure, lui pique quelques livres et claque la porte de son appartement.

De retour chez moi, je me pose devant *Halloween*, que je regarde d'un œil en me démaquillant et en préparant un truc à manger. Je m'installe face à mon ordi avec mon assiette de pâtes au moment où une nana aux cheveux bouclés déambule dans une vaste maison, alors qu'elle garde une petite fille, sans voir Michael Myers qui l'observe de l'extérieur. L'angoisse.

Je me prends vite au jeu et flippe pour elle quand elle se rend dans une remise où elle jette des vêtements dans la machine à laver et que la porte derrière elle se met à claquer. Cette idiote n'arrive pas à la rouvrir, prise au piège pendant que le tueur rôde. Elle appelle la gamine qu'elle garde, qui ne répond pas. Elle tente de sortir par une fenêtre mais se retrouve coincée. Je m'attends chaque fois à ce que le tueur surgisse. Malgré tout ce par quoi je suis passée, j'ai encore la capacité d'angoisser à cause d'un simple film. Tout n'est pas perdu.

J'apprends peu de temps après que Stanislas a annulé sa tournée des librairies et tous ses passages prévus à la télé et à la radio. La cause n'est pas rendue publique. Peut-être qu'à cause de moi le mec ne pourra plus jamais bander.

Un soir, je remarque qu'un homme me suit à bonne distance. Je hâte le pas, fais le tour du pâté de maisons, entre dans un magasin et y reste une dizaine de minutes, vérifie ensuite qu'il a disparu pour me faufiler dans mon immeuble.

Alors que je commence à m'endormir, j'entends de mon lit craquer le parquet du couloir de l'étage, comme si quelqu'un se tenait debout de l'autre côté de ma porte, prêt à tenter d'entrer.

Le lendemain, pendant que je déjeune près de la fenêtre grande ouverte, je suis prise par la désagréable impression d'être observée. Je me cache derrière le rideau, scrute les façades des immeubles qui me font face, sans discerner de présence suspecte.

Je m'endors avec la peur tenace de me réveiller à la nuit tombée et de surprendre un individu au visage masqué penché au-dessus de moi.

Mais c'est dans un rêve que le pire me harponne. Je suis assise sur les tomettes rouges d'une terrasse. Éléonore est face à moi, son visage bizarre illuminé de soleil. Ma mère nous rejoint, très nerveuse. Elle regarde dans la rue et autour de nous, puis elle attrape Éléonore, me demande de vérifier qu'il n'y a personne en bas, insiste pour que je regarde attentivement. Quand je me retourne vers elle, ses bras sont vides, Éléonore a disparu.

Je me réveille en pleurant. Je sais que c'était un rêve, mais je sais aussi que c'est exactement de cette manière que ça s'est passé.

Un soir où je reviens harassée du travail, j'ai carrément l'impression qu'on a fouillé dans mes affaires pendant mon absence. Je ne vois pas de désordre apparent, mais certaines choses semblent avoir été *déplacées.*

Je fais fixer un nouveau verrou à ma porte.

Je glisse ma bombe lacrymo sous le matelas de mon lit et me résous à ne plus passer une seule nuit sereine.

Est-ce un coup de Raphaël ? De Stanislas qui aurait découvert ma vraie identité et voudrait se venger ? Mais que chercheraient-ils à me faire ?

Je ne veux pas imaginer qu'il puisse s'agir de Légion. Qu'ils aient appris que je les recherchais et qu'ils me surveillent en attendant de me forcer à me taire.

Moi qui en sais trop sur eux. Moi qui par vengeance envers Colin pourrais les dénoncer.

Je me mets à suspecter tous les hommes et les femmes que je croise à l'extérieur, passants comme clients. À me méfier en particulier des nouveaux visages. À, dans chaque main, voir une lame prête à me frapper.

Je n'en parle à personne, pas même à Charlie.

En fin de soirée, je remarque des empreintes de pas sombres qui mènent de l'escalier à la porte de mon appartement. Je ne pense même pas à alerter mes voisins et entre chez moi la peur au ventre, me rends compte que les empreintes continuent dans le salon jusqu'à la porte fermée de ma salle de bains, d'où j'entends fortement résonner la douche. Je ne sais pas ce qui me pousse à avancer. Un vase à la main, je saisis la poignée de la porte et appuie sur l'interrupteur. Une silhouette se tient dans la cabine de douche, les mains posées à plat contre le mur. C'est Manon, le corps entièrement carbonisé, le crâne chauve, le noir de sa peau craquelée strié de rouge. Sous le choc, je lâche le vase, qui se brise sur le sol. Manon tourne le visage vers moi, me chuchote en pleurant que, quoi qu'elle fasse, elle ne peut pas s'empêcher de brûler.

Je me rue hors de chez moi, passe la nuit dans une chambre de l'hôtel le plus proche, incapable de trouver le sommeil.

Je n'ai aucune nouvelle de ma mère. Elle semble nier mon existence comme elle a nié celle de ma sœur morte. Elle se sent peut-être rajeunir grâce au petit garçon qu'elle a mis au monde, comme si elle comptait tout recommencer avec lui.

En début de week-end, nous décidons de nous organiser une soirée film avec Charlie. Je prépare le pop-corn et les bières. Il me rejoint chez moi avec de la vodka et toute sa fatigue de la journée sur les épaules. Je mets le dernier album de Beyoncé sur Spotify et nous nous préparons des bloody marys en chantant faux, qu'on s'envoie ensuite en se racontant les derniers potins salaces du boulot.

Alors que nous cherchons un bon film d'horreur à mater sur Netflix, Charlie reçoit un texto et semble vite embarrassé. Il me dit que c'est un client qui veut le voir et qu'il doit y aller. Je mets un instant à comprendre ce qu'implique le mot « client », un peu surprise qu'il ne m'ait jamais confié qu'il se prostituait. Charlie s'assure que ça ne me dérange pas, et me promet que c'est l'affaire d'une heure max, le mec n'habite pas loin de chez moi et n'est pas vraiment du genre endurant. Il n'a pas trop le choix, c'est un de ses habitués, il est plutôt correct avec lui et le paie très bien, mais sa seule condition pour continuer à faire appel à lui est qu'il soit disponible quand il en a envie. Après avoir enfilé sa veste, Charlie m'embrasse sur la joue et disparaît dans le couloir.

J'hésite un instant à le guetter de la fenêtre et à lui demander de remonter, par peur qu'il lui arrive quelque chose, mais je m'abstiens. Du coup, je flâne un peu sur Internet, lis quelques pages d'un roman, *Les Années* d'Annie Ernaux, que j'aime assez, tant la vie de cette femme est éloignée de la mienne.

Quand Charlie revient, il a deux sacs McDo remplis à ras bord à la main. Son client a insisté pour lui payer à bouffer. On dévore le tout devant une connerie sur YouTube.

L'estomac plein, je lui demande pourquoi il ne m'en a jamais parlé. Il me répond qu'il craignait que je le juge. J'éclate de rire, ce qui semble le rassurer. Il a commencé à se prostituer quand il avait quatorze ans et vivait dans la rue. Son premier client a été un animateur de télévision très connu qui s'est servi de sa détresse pour ensuite exercer son emprise sur lui. Charlie regardait ses émissions hyper racoleuses avec ses parents quand il était enfant, maintenant il ne peut plus penser à lui sans éprouver de dégoût, d'autant plus qu'il est toujours à l'antenne, malgré plusieurs plaintes d'agression sexuelle sur mineur. Quoi qu'il en soit, faire des passes a été sa bouée de sauvetage. Il a enchaîné les hommes qui en le payant se faisaient un bon petit trip pédophile sans risquer d'être dénoncés, la plupart lui imposant un scénario père/fils ou tonton/neveu.

Dorénavant, il fait beaucoup plus attention et est inscrit sur un site spécialisé. Son jeune âge fait qu'il reçoit une dizaine de demandes par jour. Il favorise en général ceux qui payent pour la soirée ou la nuit et qui ne demandent pas de trucs trop *hard*. En général, ça se passe plutôt bien, il y prend même parfois du plaisir, noue des relations durables avec ceux qui ne le considèrent pas seulement comme une pute à remplir.

Certains clients ne veulent même pas coucher, juste passer quelques heures en sa compagnie, sortir avec lui au théâtre ou au restaurant. La seule fois où ça a mal tourné, c'était l'année dernière. Quand il est arrivé chez le client, dans le centre d'Aubervilliers, il s'est retrouvé face à une bande d'hétéros bourrés qui voulaient casser du pédé. Ces beaufs se sont acharnés sur lui à cinq pendant une bonne heure et l'ont laissé inconscient dans une ruelle de la zone industrielle. Charlie s'est réveillé au matin, allongé dans les détritus, et est rentré chez lui alors que son visage était si tuméfié qu'il avait du mal à voir à plus de deux mètres. Il n'a pas osé porter plainte. Il avait trop honte et ne se sentait pas la force d'affronter une horde de flics au jugement hâtif. Ne sachant pas quoi dire, je le prends dans mes bras, au cas où certaines vieilles blessures s'ouvriraient à nouveau.

Comme moi, Charlie a été trop cassé par la vie pour la respecter. Je tente de le consoler comme je peux. Je n'ai pas été formée à ça.

Quand je vais bosser au bar, j'ai de plus en plus de mal à supporter les regards en coin et les commentaires des habitués ou des clients occasionnels. Je me retiens dix fois par jour de ne pas en rabrouer un ou d'en gifler un autre, sans parler du patron qui depuis mon arrivée me considère comme une antilope qui passe et repasse sur son territoire.

La semaine suivante, Charlie m'appelle en pleurs et me demande de le rejoindre. Je le retrouve prostré dans son lit. Il me confie avoir croisé place Sainte-Opportune un des mecs qui ont abusé de lui à l'association. Il a d'abord été pétrifié sur place, puis il l'a suivi jusqu'aux Halles avec l'envie soudaine de le planter avec le couteau qu'il garde désormais toujours dans sa poche pour se défendre. Il s'est assez approché de lui pour sentir son odeur, mais s'est dégonflé avant de frapper, principalement par peur de finir sa vie en prison à cause d'une ordure pareille, de souffrir d'une autre manière, lui qui craint plus que tout l'enfermement et la privation de liberté. Sa vie a si mal débuté qu'il veut tout faire pour la porter le plus haut possible, là où le ciel est pur et clair, là où jamais les nuages ne parviennent à masquer la lumière qui provient d'encore plus haut.

J'hésite alors à lui avouer ce que j'ai fait à Manon. Toutes les raisons qui m'y ont poussée. Il est celui en ce monde qui est le plus à même de me comprendre. Et j'ai tant besoin d'en parler, de me décharger de ce poids, de me confronter au regard de quelqu'un qui sait et d'attendre son jugement. Mais j'ai trop peur de briser un équilibre encore précaire, de le perdre. Il n'est peut-être pas encore assez mon complice.

À la mi-octobre, Médiapart publie une enquête choc visant six grands éditeurs.

Et Raphaël en fait partie.

Leurs victimes sont au nombre de dix-sept. Elles sont autrices, attachées de presse, assistantes, stagiaires.

Certaines portent plainte, d'autres ne font, pour le moment, que témoigner. Toutes à visage découvert.

Les six éditeurs mis en cause (cinq hommes et une femme) sont tous accusés de comportements déplacés, de réflexions sexistes, de harcèlement sexuel et moral.

Trois d'entre eux sont, en plus, accusés d'agressions sexuelles. Tentatives de viol et viols.

Et Raphaël en fait partie.

Les heures passant, je lis tous les articles qui sur Internet abordent le sujet. Les langues se délient, un hashtag est vite créé sur les réseaux sociaux, les témoignages d'autres victimes se multiplient.

Celle qui accuse Raphaël de viol s'appelle Alexandra Vincentini. Dans un long entretien, elle détaille leur rencontre au Salon du livre du Mans en 2015, l'intérêt qu'il a aussitôt manifesté pour son projet de deuxième roman. Elle évoque ensuite un rendez-vous dans son bureau en dehors des heures de travail, où il lui a proposé de boire du vin, a commencé par lui faire des sous-entendus graveleux, lui a demandé si elle était célibataire, quel était son type de mecs, ce qu'elle aimait au lit, ce qu'elle aimerait qu'il lui fasse. Elle n'a pu prononcer le moindre mot. Raphaël lui a caressé la cuisse, l'a embrassée, l'a forcée à s'allonger sur la moquette, a retiré son pantalon sans qu'elle puisse réagir, et l'a violée. Traumatisée, Alexandra Vincentini a ensuite coupé tout contact avec lui. Depuis, elle a été éditée dans une grande maison d'édition et bénéficie d'une petite notoriété dont elle se sert pour encourager les autres victimes à parler. En fin de journée, deux nouvelles jeunes femmes accusent Raphaël de faits similaires. Je suis persuadée que, dès demain, elles seront encore deux de plus.

J'admire leur courage. J'aimerais ajouter ma voix à la leur, mais j'ai trop conscience des enjeux et de ce à quoi je m'exposerais. Je ne veux pas affronter des flics qui me considéreraient comme une allumeuse et les jugements de ma famille et de tous mes proches. Je repense à ce qu'a dit Solange au sujet de Raphaël lors de sa soirée d'anniversaire. Elle était forcément au courant de ce qui allait lui tomber dessus. Peut-être même a-t-elle joué un rôle dans ces révélations. Je décide de l'appeler pour en avoir le cœur net. Elle me répond au bout de trois sonneries et prétend qu'elle n'a pas le temps de me parler, car elle doit rejoindre mon grand-père, qui a organisé une réunion de crise dans son bureau. Mais, à sa voix, je sais que j'ai raison.

Enfin, le pouvoir des Delage ne peut protéger l'un de ses membres. Cette fois, l'un d'eux va devoir rendre des comptes à la justice. Et je suis ravie que ce soit Raphaël le dépucelé.

J'espère que ma mère en souffre aussi, j'espère qu'elle a honte. J'espère qu'un peu d'elle ira en prison avec Raphaël.

En faisant du tri dans mon appartement, je retrouve la lettre de Manon sous un magazine. Je l'avais totalement oubliée.

Cette fois, je consens à l'ouvrir.

Elle est assez longue et date du début octobre de l'année dernière, après mon retour de Normandie. Manon prétend m'écrire, car elle n'ose pas me parler autrement de ce qu'elle a sur le cœur. Elle sent que je vais mal depuis quelque temps, comme éteinte. Elle est persuadée que c'est lié à ma longue absence de cet été et aimerait que je lui fasse assez confiance pour lui en parler. Je suis plus que sa cousine pour elle, je suis sa sœur de cœur. Ça la rend malade de me savoir aussi triste, sans rien pouvoir faire pour m'aider, comme si son existence à elle ne servait pas à grand-chose. Elle me rappelle la fois où, enfants, nous nous sommes promis que jamais nous ne nous séparerions, que jamais nous n'aurions de secrets l'une pour l'autre. Je m'en souviens, nous étions agenouillées au bord d'un ruisseau près du manoir de notre grand-père, nous avions décidé de partir à l'aventure en forêt sans prévenir personne, et avions ainsi vécu une des journées les plus heureuses de nos jeunes vies. Du moins avant que les flics ne nous retrouvent, et que nos parents ne nous sermonnent.

Je pose la lettre sur mes genoux, décontenancée par ce que je viens de lire. Comment aurais-je réagi en la parcourant quelques mois plus tôt ? Comment aurais-je réagi si elle m'avait tout confié de vive voix ? Comment, alors, aurais-je pu lui apprendre les yeux dans les yeux que j'avais couché pendant des mois avec son père, qu'il m'avait fait un enfant, que j'avais été enfermée en Normandie comme si j'étais coupable d'un crime, qu'en réalité je n'étais pas sa sœur de cœur, mais sa sœur de sang ?

Tant de souvenirs se rappellent à ma mémoire, souvenirs de l'époque qui précédait la nuit où Raphaël a décidé de me rejoindre dans ma chambre. Une multitude d'instants solaires auxquels je ne voulais plus penser, auxquels je ne devais plus penser, qui me reviennent avec la force d'un mur contre lequel on se fracasse.

Oui, Manon a été ma presque sœur. Oui, je le conçois maintenant, sa présence a d'une certaine façon remplacé celle d'Éléonore. J'étais attachée à elle comme à personne. C'est pour cette raison que je l'ai haïe aussi vite, et avec autant de force.

Une blessure non loin du cœur se forme, je ne parviens pas à la refermer. Mais il faut que je me reprenne. Je ne dois pas flancher. Je ne peux pas me permettre de m'avouer que ce n'est pas elle que j'aurais dû tuer. Qu'elle n'avait rien à voir avec tout ce qui m'a détruite. Qu'elle ne voulait, elle, que mon bonheur. Que si je lui en avais parlé, elle m'aurait aidée, m'aurait comprise, m'aurait soutenue.

Que j'ai juste choisi la solution de facilité en m'attaquant à elle, que je n'ai pas eu la force de me confronter directement à mes bourreaux.

L'aveuglement.

Au détour d'un songe, je retourne une nouvelle fois en enfer normand. Le ciel est d'un rouge terreux et les nuages y tracent de sombres mosaïques. L'herbe a poussé, étincelle, les brins aussi raides que des aiguilles. Plusieurs oiseaux y gisent, transpercés de toute part. Mon ventre est vide, du sang encore chaud s'en écoule avec le bruit d'une fontaine de village. Je cherche mon fils en suivant ses cris de plus en plus lointains, le vois recroquevillé en petite masse écarlate dans l'herbe, alors que tout autour de nous les aboiements des chiens se rapprochent, eux qui flairent à la fois ma peur et son innocence juteuse. Je me précipite vers lui, mes pieds s'enfoncent dans la boue, mais, hélas, trop vite les crocs le rattrapent.

Ses cris s'arrêtent, tout comme son cœur. Tout comme le mien.

Raphaël, grâce au #MeToo de l'édition, est mis en examen pour trois viols, tous non prescrits.

Il refuse pour le moment tout commentaire, s'est contenté de proclamer par l'intermédiaire de son avocat qu'il était innocent de tout ce dont on l'accusait et qu'il allait se défendre jusqu'au bout.

Quoi qu'il en soit, Solange a pris sa place aux éditions Delage. Cette bitch a bien tiré son épingle du jeu.

J'en viens à jalouser toutes ces femmes qui ont réussi à l'empêcher de nuire.

Je devrais me sentir mieux, mais je continue à glisser dans un gouffre dont je ne distingue pas le fond.

Je consomme de plus en plus de drogues, qui me font parfois perdre totalement pied.

Je maltraite mon corps en l'offrant à beaucoup trop d'hommes, en l'affamant consciemment, et, dans mes pires moments d'angoisse, en le scarifiant à l'aide d'un rasoir.

Le fond est là, sous mes pieds. J'ai ouvert la dernière porte avant la nuit.

Je trouve encore la force de créer une impulsion, tente de remonter, mètre après mètre. Je le dois à cette sœur qui même morte est entrée par effraction dans mon existence. Je me sens malgré tout obligée de vivre pour deux.

Je parviens, au prix de lourds efforts, à moins consommer de drogues. Je tente d'être la plus assidue possible à la fac, vite surchargée par une quantité monstre de travail.

Les semaines se succédant, je me sens de moins en moins à ma place au milieu de tous ces étudiants attentifs. Je tente de me raccrocher à ce que je peux, mais il n'y a rien à faire. Je comprends que je ne veux plus de cette vie. Que je dois en trouver une autre. Moi, je le peux encore.

Je finis par être virée de mon boulot, car j'arrive trop souvent en retard. Je ne m'en formalise pas.

Aidée par Charlie, je m'inscris sur un site d'escort. Savoir que je pourrais gagner mille euros par jour achève de me convaincre.

Je ne mets pas de photos de mon visage sur mon profil, seulement quelques clichés très suggestifs. J'indique mes mensurations réelles et mes pratiques sexuelles. Ils n'ont pas besoin d'en savoir davantage.

Je reçois en une heure des messages de vingt mecs différents. Pour ma première fois, je choisis le moins laid et le plus jeune. Il me donne rendez-vous chez lui dans la foulée. Il s'appelle Francis, a quarante-sept ans, vit dans un appartement assez cossu, rue de la Pompe. Ça ne s'invente pas. Je me marre comme une conne pendant tout le trajet.

Pour un dépucelage de la prostitution, ça se passe plutôt pas mal, je ne m'ennuie pas trop et le mec me file trois cents euros en espèces. Je claque tout le lendemain en fringues.

J'ai trouvé ma voie.

Je rencontre en moyenne trois clients par jour. Jamais chez moi, souvent à l'hôtel. Ça devient vite une routine. J'en viens presque à aimer ce que je fais. Je ne vois que des hommes qui me respectent, car j'ai le luxe de les sélectionner avec rigueur. Mon but est de gagner en un temps record un maximum de thunes pour me tirer à l'étranger. Italie, Portugal, Grèce, je ne me suis pas encore décidée. L'important est que ce soit au large.

Je suis attachée à un de mes clients en particulier, un vieux monsieur très classe qui s'appelle Claude et qui vit sur l'île Saint-Louis. Je me rends chez lui au moins une fois par semaine et passe en général toute la soirée en sa compagnie. Claude a été cadre supérieur chez Air France. Il est particulièrement cultivé et me parle avec passion de musique, de cinéma, d'histoire ou de littérature. Il s'intéresse à moi, il me conseille, jamais il ne me juge. Quoi que je lui dise, il est toujours dans la bienveillance. Et il m'offre la dose de cadeaux. Le sexe mis à part, c'est un peu le grand-père dont j'ai souvent rêvé. Il a perdu sa femme il y a cinq ans, voit très peu ses enfants et encore moins ses petits-enfants, vivant tous à l'étranger. Il aime me préparer à manger, évoquer ses meilleurs souvenirs en nous passant de la musique classique, pendant que nous sommes installés sur son balcon qui donne sur la Seine. Il semble avoir eu mille vies. J'espère lui apporter un peu de répit dans sa solitude, en même temps que quelques instants de plaisir. Quand je serai partie loin d'ici, nous garderons contact. C'est à lui que je prouverai que je suis encore capable de me réinventer.

En revenant de chez un client bien moins attendrissant mais qui paye bien, je reçois un texto de Juliette, qui m'écrit que je leur manque, à Chloé et à elle, et qu'elles aimeraient me revoir.

Ce que j'accepte sans réfléchir, tant je suis curieuse de savoir de quoi se compose à présent leur quotidien. Nous nous retrouvons un soir à la Rhumerie. Je leur en dis le moins possible sur ma nouvelle vie, considérant que ça ne les regarde plus. Juliette est en première année d'histoire et garde pour projet d'être prof en fac, Chloé est en philo et compte par la suite intégrer la FEMIS. Au moins, elles sont restées fidèles à leurs rêves. Moi, le seul rêve qui me reste est d'un jour ne plus penser au suicide. Je me retiens de leur dire que je suis littéralement devenue une pute. J'ai trop peur de ne déceler aucune surprise sur leurs visages. Elles m'ennuient vite. Je ne les reverrai pas.

Un mercredi où j'ai décidé de ne pas vendre mon corps, je rejoins Charlie à Montreuil, où se tourne un film de genre dans lequel il a dégoté un petit rôle en urgence afin de remplacer un acteur qui s'est blessé à la jambe. Le réalisateur est un de ses clients, il lui a plusieurs fois affirmé qu'il avait tout ce qu'il fallait pour crever l'écran, mais Charlie, l'être qui a le moins confiance en lui que je connaisse, ne l'a jamais cru.

Quand il m'a appelée pour m'annoncer la nouvelle, il avait l'air de sauter partout dans sa chambre. La dernière scène où il joue se déroule dans le sous-sol d'une tour de banlieue. Je dois décliner mon identité à différents vigiles pour pénétrer sur le tournage. Charlie a insisté auprès du réalisateur pour m'offrir ce privilège.

C'est la première fois que je vois l'envers du décor, Chloé serait malade si je lui disais où je suis. Je cherche Charlie parmi les membres de l'équipe technique en pleine effervescence, le trouve assis sur une chaise, torse nu et recouvert de faux sang, sa peau très pâle zébrée de blessures factices. L'effet est si réaliste que ça me cloue sur place. Me voyant, il me sourit avec fierté, mime un zombie. Un assistant à lunettes me demande qui je suis et, après avoir vérifié que mon nom est bien sur la liste, m'invite à m'installer dans un coin de la pièce, là où ma présence ne gênera personne. Charlie, après avoir discuté avec lui, va se placer face à une caméra, et s'allonge en chien de fusil sur un sol visiblement repeint en blanc pour l'occasion. L'équipe se met en place, le réalisateur, un beau brun assez baraqué, s'installe à son fauteuil. Charlie reste parfaitement immobile. Un homme en veste de cuir qui doit jouer un inspecteur de police s'approche et s'accroupit à son niveau. Le réal crie « moteur ». Tout le monde se tait. Le visage de l'acteur s'assombrit, pendant que Charlie bloque sa respiration.

Je ne vois plus mon ami, mais le cadavre de mon ami. Cette vision me devient vite insupportable, j'ai moi-même du mal à respirer et m'éclipse sans faire de bruit. Enfin, à l'air libre, je fume une cigarette, mon bras et mes jambes continuent de trembler. J'envoie un message à Charlie pour m'excuser d'avoir dû partir. Il m'appelle le soir et me confie qu'il a adoré l'expérience et rêve de la renouveler. Je n'ose pas lui répondre que les gens comme nous n'ont plus le droit d'avoir ce genre de rêves.

Le 19 décembre, mon grand-père m'appelle pour me demander d'être présente le soir du réveillon de Noël, à Bougival. Je crois d'abord à une blague de mauvais goût. Il ajoute très sérieusement qu'il a besoin que toute la famille soit réunie autour de lui. Ou plutôt ce qui en reste. J'ai cent raisons de refuser, mais je me focalise sur celles qui me poussent à accepter.

Ce sera la première fois que je reverrai Raphaël depuis le soir de son anniversaire.

Ce sera la première fois que je reverrai ma mère depuis qu'elle m'a virée de chez elle.

Et, de plus, Solange sera présente. J'imagine déjà les tensions qui ne vont pas manquer de naître entre Raphaël et elle. Je ne veux absolument pas rater une telle occasion.

Quand je partage la nouvelle à Charlie en descendant la rue des Rosiers, il me déclare que je devrais en profiter pour foutre le feu à la baraque, dans tous les sens du terme. J'éclate de rire et perturbe dans sa marche une vieille blonde promenant son teckel.

Nous passons d'abord chez moi pour prendre une douche et nous changer, puis, pour la première fois, nous nous rendons ensemble chez un client. Charlie l'a déjà vu une fois. Le mec s'appelle Stéphane et est infirme moteur cérébral. Le sexe tarifé est la seule possibilité qui lui est offerte de baiser avec autre chose que des cageots. Il est en temps normal plutôt tourné vers les garçons, mais il a demandé à Charlie si, pour leur deuxième rendez-vous, il pouvait venir avec une fille. Stéphane vit dans un bel appartement rue de Varenne. Apparemment, il est une sommité dans la communauté scientifique.

C'est son aide-ménagère qui nous reçoit, ce qui je l'avoue me met un peu mal à l'aise, d'autant qu'elle a l'amabilité d'un surveillant pénitentiaire. Stéphane nous attend dans le salon, installé sur un canapé. Ses yeux pétillent alors que son frêle corps le fige. Sa façon de parler et de nous regarder m'amuse, on croirait un oisillon tombé du nid, tout en lui transpire une profonde solitude. La femme nous propose à boire, nous discutons un peu et, une fois certaine que nous ne sommes pas venus dans l'idée de le torturer ou de lui voler tout son fric, elle décide de s'éclipser. Charlie, à sa demande, porte Stéphane à bout de bras dans son lit et nous commençons à nous occuper de lui. Ça se voit que le mec n'en pouvait plus d'attendre. Il regarde nos corps nus avec gourmandise, sous son caleçon sa queue s'affole. C'est peu dire que nous nous donnons à fond pour le satisfaire. Stéphane ne sait plus quoi regarder, quelle partie de nos corps caresser, embrasser, lécher, sucer.

Nous nous asseyons ensuite l'un après l'autre sur lui, le chevauchons en faisant des paris sur qui le fera jouir en premier. À mon grand désarroi, c'est Charlie qui gagne, du moins le premier round. Ayant du mal à reprendre son souffle, Stéphane nous remercie les larmes aux yeux, comme si nous l'avions, à quarante ans, dépucelé. Attendris, nous le prenons dans nos bras, plaquons nos corps contre le sien en formant un cocon, restons dans cette position de longues minutes jusqu'à ne plus penser à rien d'autre qu'au contact de nos peaux et à la chaleur qui s'en dégage. Nous buvons un peu de vin, évoquons à sa demande nos vies et, sans attendre, remettons ça pour son plus grand plaisir. Il nous a payés pour toute la nuit. À nous de faire en sorte que jamais cet homme infirme de corps mais vigoureux de cœur ne parvienne à nous oublier.

Le 24 décembre, je me rends à Bougival en transports en commun. Tout le monde est censé dormir sur place cette nuit et assister à la remise des cadeaux aux enfants demain matin. C'est la tradition. Et, chez les Delage, on tient aux traditions. Je trouverai bien un moyen de m'occuper.

De la gare, je me rends chez mon grand-père à pied, détestant toujours autant ce gros ghetto de bourges qui se croient à la campagne. Je frissonne quand j'aperçois les toits du manoir dépasser des arbres dénudés. Quand j'étais petite, cette bâtisse me faisait penser aux châteaux maléfiques des contes de fées dans lesquels je me plongeais dès la porte de ma chambre fermée, et j'étais certaine qu'outre les membres de ma famille elle abritait une sorcière sous les combles, des fantômes dans les couloirs et un ogre dans la cave. La fille d'un voisin de mon grand-père m'avait une fois raconté que cet endroit était maudit, qu'il avait été construit au-dessus d'un ancien cimetière, que des ouvriers étaient morts d'épuisement pendant sa construction et que leurs spectres n'avaient jamais quitté les lieux. Je ne sais pas si le manoir est vraiment maudit, mais il a, en tout cas, été au fil des années le cadre de quelques décès violents.

Celui de ma tante, qui s'est suicidée à son retour de l'hôpital psychiatrique.

Celui de mon arrière-grand-père, mort d'une crise cardiaque en plein dîner.

Celui de ma grand-mère, qui s'est tiré une balle dans la tempe devant ses enfants et son mari après une énième dispute.

Et, de mémoire, je n'ai jamais croisé un seul de leurs fantômes dans les couloirs.

Un léger vent frais charrie une odeur de feu de cheminée. Au loin, je discerne les décorations d'une maison clignoter.

Tout le rez-de-chaussée du manoir est allumé. Je monte les marches, alors que mon esprit me hurle de rebrousser chemin.

Luisa, la bonne, m'ouvre la porte et me fait entrer. Elle me déleste de mon manteau et de mes affaires puis me propose de la suivre au salon, où se tiennent mon grand-père, Catherine et ma chère mère, la stéréo passant le *Don Giovanni* de Mozart - bande-son obligée du réveillon chez les Delage. À voir sa réaction, je comprends que ma mère ne savait pas que je serais présente. Elle lance un regard noir à son père et se ressert un verre de whisky. Catherine, un poil plus chaleureuse, me souhaite la bienvenue et m'embrasse sur les joues, empestant le *Shalimar*. De son côté, mon grand-père attend que je vienne le saluer et me sort sans trop me regarder que j'ai bonne mine. Je n'arrive pas à savoir si c'est de l'ironie ou pas, vu qu'il n'a jamais été à l'aise avec les compliments. J'adresse un bonjour poli à ma mère. Son esquisse de sourire est aussi factice que le sapin qui trône derrière elle. Ce n'est qu'à cet instant que je remarque Gaspard, assis dans une sorte de parc à jeux. Je constate à quel point il a grandi. Le revoir me serre le cœur. Ils devraient être deux à ainsi s'amuser. Je ne vois plus en lui qu'une injustice.

Mon grand-père me demande si j'ai vraiment arrêté la fac. Il n'a pas besoin que je lui réponde pour me faire la morale sur l'importance capitale de longues et fructueuses études secondaires. Ma mère ne dit rien, mais elle doit sentir tout autant que moi que les reproches du vieux lui sont aussi adressés. Ne voulant pas me lâcher, il me demande ensuite de quoi je vis, ce à quoi je réponds que je bosse dans un bar. Il semble avoir du mal à le croire, je flippe à l'idée qu'il soit au courant que je fais la pute. Certains de mes clients, je le sais, appartiennent au monde de l'édition. Mais personne ne connaît ma véritable identité, pas même Claude. Mon grand-père me chuchote que si j'ai besoin d'argent, il me dépannera, à condition que je reprenne dès que possible la fac de droit. Je le remercie en sachant que ce ne sont que des mots. Il est bien trop pingre pour ça.

Solange débarque avec ses enfants. Apolline, neuf ans, et Adrien, sept ans. Je ne les croise plus qu'aux célébrations familiales. Je n'ai jamais réussi à m'y attacher. Ils sont terriblement ternes, n'ont rien pour eux. Leur adolescence va être, à vue de nez, un très mauvais moment à passer.

Je m'assieds dans un fauteuil club et attrape un gros roman qui traîne sur la table, *Extinction* de Thomas Bernhard, que je feuillette en me promettant de l'acheter, tant je suis aussitôt séduite par cette étrange et violente écriture. Après seulement quelques pages, j'ai littéralement l'impression d'avoir été empoisonnée.

On sonne à la porte. Raphaël entre dans la pièce et salue l'assistance. Je me doutais bien que Béatrice ne serait pas présente, mais je suis déçue de ne pas voir Arthur. Masquant mal sa nervosité, Raphaël allume un cigare, me jette un coup d'œil et va se poster devant la cheminée pour fumer en nous tournant le dos. J'ai l'impression que ce sont ses propres pensées qui crépitent.

Les enfants de Solange sont excités comme des diables et courent dans tous les sens sous le regard désapprobateur de Catherine. En se précipitant sur sa sœur, Adrien se cogne contre le rebord de la table basse et fait tomber un verre de vin qui se brise sur le parquet. Mon grand-père le saisit par le bras et le soulève en lui hurlant dessus. De sa main libre, il le gifle. Solange se jette sur lui et lui arrache son fils, lui déclarant que c'est à elle de corriger ses enfants. Pour faire bonne figure, elle réprimande le gamin sans grande conviction, lui demande de s'asseoir sur un des fauteuils. À voir son visage, on croirait que c'est elle qui a commis une bêtise.

Raphaël en profite pour s'approcher de moi et me demande tout bas les raisons de ma présence. Sans me tourner vers lui, je lui chuchote que jusqu'à preuve du contraire je fais encore partie de cette horrible famille. Tout en serrant les dents, il me conseille de ne pas foutre la merde. Je lui fais face et lui réponds en souriant que ce n'est pas mon intention. Et que, de toute façon, il n'a pas eu besoin de moi pour s'enfoncer.

N'en pouvant plus de les avoir dans les pattes, Solange va installer les enfants devant un Disney dans le petit salon. Sont ensuite servis les amuse-gueules. Chacun se ressert un alcool fort. Nous avons tous conscience qu'il faudra être un peu ivres pour que cette soirée passe en douceur. C'est la seule chose qui nous réunit.

Mon grand-père peste sur un de ses anciens auteurs à succès, Éric Delcroix, qui a récemment décidé de les quitter pour éditer lui-même ses prochains romans et ainsi gagner encore un peu plus d'argent avec des textes qu'il n'écrit même pas. Il évoque ensuite le prix Renaudot remis le mois dernier à l'auteur d'un premier roman publié chez nous, Arnaud Lalande. Ce texte, selon lui très sociétal, politiquement correct et dans l'air du temps, était parfait pour ce genre de prix. Les deux auteurs maison présents dans le jury ont bien œuvré. Raphaël rappelle à qui veut bien l'entendre que c'est lui qui a tout mis en place, mais, manque de pot, c'était Solange qui était présente à l'annonce du prix chez Drouant et qui en récolte les fruits. Quoi qu'il en soit, le roman s'est depuis vendu à plus de 230 000 exemplaires, soit vingt fois plus que celui de Stanislas Lambert, leur ancien grand favori de la rentrée. Je renonce à demander ce qu'est devenu ce cher Stanislas depuis son « accident ». Je m'en doute déjà : une loque avec une grosse cicatrice sur la teub.

L'air grave, mon grand-père nous annonce qu'il a décidé de nommer Solange directrice éditoriale de la littérature française de façon définitive. Son visage à elle n'exprime aucune surprise, elle était sans doute au courant. Raphaël, lui, a du mal à encaisser le choc. Il me fait presque peine à voir. Même s'il est hors-jeu depuis des semaines, il devait tout de même espérer un certain retour en grâce. Je reconnais bien là l'esprit perfide et manipulateur de mon grand-père. Il a parfaitement réussi son coup. Ce réveillon promet d'être bien plus intéressant que prévu.

Comme s'il espérait encore sauver sa tête, Raphaël, cachant mal sa nervosité, rappelle qu'il a porté plainte contre les affabulatrices qui l'accusent et que la justice va le blanchir. Selon lui, ce ne sont que des frustrées avec qui il n'a pas voulu coucher et qui se vengent en tentant de le frapper quand il est le plus vulnérable, des autrices ratées qui cherchent seulement à faire parler d'elles. Solange sort de sa réserve et lui demande si les autres éditeurs visés ont la même ligne de défense que lui. Piqué au vif, Raphaël répond bêtement que le sort des autres ne lui importe pas et qu'il va prouver à tous son innocence.

Raphaël prétend ensuite que Solange n'a pas la carrure pour un tel poste. Mon grand-père rétorque que tant que lui sera à la manœuvre, ce ne sera pas un problème. Solange, qui espérait sans doute une défense de son cas plus éclatante, tire une gueule pas possible.

Ne parvenant pas à retomber en pression, Raphaël demande alors à Solange pourquoi elle déjeunait avec une des plaignantes, Alexandra Vincentini, quelques semaines seulement avant que l'affaire n'éclate. Celle-là, je ne l'avais pas vue venir. Solange écarquille les yeux et lui lance qu'il est complètement parano. Mon grand-père, l'air pensif, se tourne vers elle et lui demande si c'est la vérité. Solange se racle la gorge et prétend que ce n'était qu'un rendez-vous de travail, qu'elle voulait simplement la rencontrer pour lui proposer de traduire un roman irlandais pour sa collection. Elles n'ont absolument pas parlé de Raphaël, elle ne savait même pas qu'ils se connaissaient ni ce qui s'était passé entre eux.

Ma mère, que les histoires concernant les éditions Delage ont toujours barbée, se lève et sort Gaspard de son parc à jeux. Sans demander si ça dérange quelqu'un dans l'assistance, elle lui donne le sein. Cette vision me dégoûte, comme si en ma présence elle avait décidé de surjouer l'amour qu'elle lui porte. Il n'y a qu'à voir comment elle le tient, comment elle lui parle et le contemple. Bientôt, elle va se mettre à lui chanter une berceuse. S'il avait été attardé ou difforme, agirait-elle de la sorte ou l'aurait-elle lui aussi jeté du balcon ? Parfois, je me dis que Gaspard n'existe que pour me rappeler que Léo n'existe plus, qu'elle se sert de lui pour que jamais en moi la blessure ne se referme.

De son côté, Raphaël ne décolère pas, hurle à Solange que si elle a quelque chose à voir dans cette histoire, il l'écrasera.

Mon grand-père les observe. Je remarque qu'il est en sueur, que ses vieilles mains ridées tremblent, que son visage, devenu écarlate, exprime une souffrance qu'il tente vainement de masquer. Par fierté, par rejet viscéral de tout signe de faiblesse.

Catherine s'en rend compte à son tour, pose sa main sur la sienne et lui demande s'il se sent bien.

Le vieux ne répond rien, ayant de plus en plus de mal à respirer. Il se lève péniblement, alors que ses enfants continuent à s'écharper, fait quelques pas vers la porte menant au couloir, chancelle et s'effondre sur le parquet.

Catherine se précipite vers lui, hurle à mon père d'aller chercher sa trousse à médicaments. Aidée par Solange, elle redresse mon grand-père, attend que Raphaël revienne et lui fait prendre un spray de trinitrine.

Je me tourne vers ma mère, qui, Gaspard toujours dans les bras, observe le vieux diminué avec, dans les yeux, ce qui ressemble à des éclats de fascination.

Mon grand-père, se sentant visiblement un peu mieux, reprend une respiration normale. Les traits de son visage se détendent. Il se relève, aidé par son fils, et va se rasseoir sur son fauteuil. Catherine lui conseille d'appeler un médecin. Mon grand-père refuse sèchement, prétend que tout va bien, que c'était une fausse alerte, qu'il ne nous fera certainement pas ce soir le coup de son propre père.

Pas ici, pas maintenant, pas en notre si douce compagnie.

Les deux enfants de Solange sont captivés par *La Belle au bois dormant*. À l'écran, la princesse Aurore gravit un long escalier, hypnotisée par Maléfique, prête à poser son doigt sur la pointe du fuseau.

J'aimerais tant, à mon tour, dormir pendant cent ans.

Mais qui, ensuite, me réveillerait ?

Il n'y a pas si longtemps, c'était Manon, Arthur et moi qu'on plaçait ici pendant que les adultes discutaient à l'écart de nos oreilles. À cette époque, je voulais encore tant faire partie de leur monde à l'odeur de cigarette et d'alcool, ce monde que je hais depuis qu'il m'a été ouvert dans une chambre moite sans qu'on m'en demande la permission.

Je sors de mes pensées quand mon grand-père saisit Gaspard, l'embrasse tendrement sur le front et annonce que ce sera lui qui prendra un jour la relève et fera perdurer notre nom. Rien que ça. Le vieux voit loin. Quand Gaspard sera majeur, lui sera sûrement déjà dans la tombe. Mais, en même temps, Raphaël est *out*. Solange est une femme, ses enfants à elle n'ont pas le bon sang, Arthur veut mener une vie de saltimbanque, et moi je ne compte même pas. C'est donc naturellement Gaspard qui, dans son délire de royauté, représente l'avenir.

En attendant le dîner, je monte dans ma chambre fumer une cigarette, ayant laissé mon paquet dans mon sac. La pièce où je dors depuis petite se trouve au troisième étage, j'ouvre la fenêtre et contemple, en rejetant un peu de fumée, le jardin endormi, me vois à plusieurs âges y jouer, lire, m'ennuyer, m'évader. C'est de cette fenêtre que ma grande-tante Joséphine s'est jetée dans le vide. D'ici, je distingue les voisins de la maison la plus proche, attablés dans leur salon. Je me demande si cette famille a des ressemblances avec la nôtre, s'ils sont animés, à l'abri de leurs murs, par les mêmes violences, s'ils cachent des secrets identiques au fond de leurs placards. Je m'assieds sur le lit qui grince sous mon poids, hésite un instant à me masturber pour me détendre avant de rejoindre les autres en bas, mais j'aurais du mal à m'exciter dans cet endroit qui ravive tant de sombres souvenirs d'enfance.

La chambre de ma mère se situe en face de la mienne. Je veillerai, avant de me coucher, à fermer ma porte à clef. Même dans l'appartement que nous avons partagé, nous n'étions pas aussi proches au moment de nous endormir.

Avant de descendre l'escalier, je me penche par-dessus le garde-corps et observe, trois étages plus bas, le sol en marbre du hall d'entrée. Quand j'étais gamine, ce vide me fascinait et m'horrifiait à la fois. Je me demandais dans quel état finirait mon corps si je chutais, je m'amusais à y jeter des figurines ou des poupées et à compter le temps qu'il leur fallait pour s'écraser en bas. Une fois, j'ai même failli assommer la femme de ménage.

Je me rends à la bibliothèque, m'étant souvenue que tous les albums de famille y sont entreposés. J'en saisis deux et vais m'asseoir au bureau. Je passe rapidement toutes les pages du premier, où figurent ma mère, Raphaël et Solange enfants, puis adolescents, celles où on reconnaît mon grand-père bien plus jeune et ma grand-mère encore vivante. Au milieu du second, je me vois, et je l'aperçois, elle. Ma mère n'a donc pas pensé à tout supprimer. Nous sommes près du bassin aux poissons, nous tenons par la main, habillées de la même manière, version neuve et version cabossée. Le visage d'Éléonore n'est pas clairement visible, mais je distingue néanmoins l'étendue de son mal. Sur aucun des quelques autres clichés, elle n'est photographiée de face. Moi, au contraire, on me voit sous toutes les coutures, comme Arthur ou Manon. Je détache une photo en noir et blanc où nous sommes juste toutes les deux et la glisse dans mon soutien-gorge, tout près du cœur. Je m'en veux de ne pas arriver à me souvenir de ces moments, comme si cette enfance figée sur papier était celle d'une autre.

Je me vois ensuite souvent aux côtés de Manon, inséparables.

Je revis nombre de fêtes, d'anniversaires, de vacances passés ensemble.

Je repense à tant de crises de rires, de discussions, de secrets partagés.

Tout ce que je n'ai pas pu faire avec *l'autre*.

Un équilibre retrouvé. Une compensation.

Me revient même en mémoire un de nos derniers Noëls. Nous sommes d'abord restées une bonne heure à fumer des joints dans notre chambre, puis nous sommes descendues, hilares sous les yeux outrés de toute cette famille que, plus fortes à deux, nous nous amusions à défier.

Et maintenant, je me sens si seule.

Ivre de rage, je saisis la plupart des clichés où nous figurons, les déchire, les jette en morceaux sur le parquet.

En me relevant, je me rends compte que Manon est assise contre le mur, face à la porte fermée. Je m'y suis à la longue habituée, elle m'apparaît au moins une fois par semaine, quand je suis trop fatiguée ou stressée. Je l'enjambe pour sortir.

Luisa s'active dans la cuisine. Je n'imagine pas quelle doit être sa vie pour accepter de travailler un soir de Noël. Un énorme chapon farci dore dans le four. Je saisis une des bouteilles de champagne rangées dans un des réfrigérateurs et, bravant le froid nocturne, vais en boire la moitié cul sec à l'extérieur afin de me donner assez de carburant pour rester jusqu'au bout.

Solange sort à son tour, allume une cigarette et me fait un clin d'œil en remarquant ma présence. Je la félicite en lui tendant la bouteille. Elle me remercie, en boit une gorgée et me dit en observant les arbres du fond du jardin qu'il est temps que des femmes comme elle prennent la place d'hommes comme lui. Je ne sais quoi répondre. Solange m'adresse un sourire lourd de sens, si bien que je me demande un instant si elle est au courant pour notre liaison passée. Mais je me retiens d'aborder le sujet et, sagement, je finis le champagne.

Quand je rentre, apaisée par l'alcool, je croise ma mère qui emmène un Gaspard somnolent vers l'escalier. J'en viens à le jalouser d'échapper par le sommeil à cette mascarade.

À 21 heures, dans la salle à manger, Catherine m'assigne une place entre Solange et mon grand-père, face à ma mère. Je remarque trois assiettes vides devant trois chaises vides. Le message lancé à Raphaël est éloquent. J'admire le cynisme de mon grand-père. Il n'a donc pas que des défauts.

Ils se mettent à parler politique à peine les entrées servies. J'envoie un texto à Claude, lui souhaite de bonnes fêtes en sachant qu'il est seul chez lui devant un film. Et aussi à Charlie qui, je l'espère, a trouvé un corps contre lequel se réfugier. Tout en me gavant de fruits de mer, je tente de m'embrumer l'esprit pour ne pas me laisser entraîner dans leurs conversations. J'y arrive presque, jusqu'au moment où mon grand-père nous avoue enfin avoir voté pour le vieux piaf facho au premier tour des dernières présidentielles. Là, j'avoue que je tombe de ma chaise. Mais je me souviens l'avoir plusieurs fois croisé ici lorsqu'il était encore journaliste, traînant tout son mal-être derrière lui.

J'imagine des membres de Légion, tout de noir vêtus et encagoulés, encercler la maison. Ils sont cinq, entrent sans un bruit par la porte de derrière, s'occupent d'abord de Luisa en lui tirant une balle dans le front, la détonation étouffée par un silencieux.

Je les sens se rapprocher de nous, je jubile en regardant se gaver les membres de ma famille.

La double porte s'ouvre avec fracas, Catherine se lève d'un bond et est la première à être exécutée. Puis c'est au tour de mon grand-père, qui s'écroule dans ses huîtres. Solange tente de s'enfuir, l'un des hommes lui tire dans le dos, et elle finit sa course contre un gros vaisselier. Je les informe que des enfants dorment à l'étage, et le plus imposant de mes sauveurs s'y rend après m'avoir remerciée d'un signe de la tête. L'un des hommes, tout en les tenant en joue, force ma mère et Raphaël à s'agenouiller l'un à côté de l'autre et à le supplier de les laisser en vie, ce qu'ils s'empressent de faire en perdant toute dignité. L'homme retire alors sa cagoule. C'est Colin. Il ne m'a pas oubliée, il est venu ici pour me libérer et m'emmener avec lui. Je me lève et me jette dans ses bras, l'embrasse devant mes anciens bourreaux et lui demande de m'occuper d'eux moi-même. Il me tend son arme avec fierté. Je m'approche de Raphaël et le met en joue. Il chouine, gémit, prêt à se pisser dessus. Et je le force à prendre le canon en bouche et à lentement le sucer.

Et c'est quand il commence à s'étouffer que je tire, pulvérisant toutes ses pensées, tous ses souvenirs, toute sa perversion, en éclats de cervelle contre le mur.

Puis c'est au tour de ma mère. Je veux savourer chaque seconde de son calvaire. Elle est méconnaissable, tant son visage est recouvert du sang de son frère, chiale comme une gamine, se pare de ridicule, m'implore de la laisser en vie. J'aurais espéré que, la mort en face, elle me gratifie de réactions moins convenues.

Je plaque le canon de l'arme sur son front et m'apprête à tirer quand un rire strident me sort de mes pensées. C'est Catherine, son verre de vin à la main, qui réagit sûrement à une blague raciste de mon grand-père.

Frustrée, je finis mon assiette et me sers un verre de blanc en me promettant que de nous tous c'est moi qui finirai la plus saoule.

Mon grand-père s'empiffre de saumon fumé et de foie gras comme s'il avait par miracle retrouvé un cœur de jeune homme. Catherine tente sans succès de le calmer. Il la rabroue dès qu'elle se fait trop insistante.

Je remarque sur son cou une longue marque sombre qu'elle a vainement tenté de masquer avec du maquillage. La pauvre fille. Elle devrait le laisser bouffer tout ce qu'il veut afin que cette chose rachitique qui lui reste de cœur explose pour de bon. Je me suis souvent demandé pourquoi Catherine restait avec lui, malgré les coups, les vexations et les tromperies. Elle doit sans doute attendre patiemment qu'il passe l'arme à gauche pour récupérer le plus de thunes possible, ainsi que la baraque. Après tout, elle n'a pas fait tout ce travail pour trébucher dans la dernière ligne droite.

Alors que Raphaël aborde le sujet des affreux wokistes qui s'en prennent à tout bout de champ à la liberté d'expression, je sors de sous ma robe la photo où je figure avec ma sœur, la regarde un instant, et la leur tend sans réfléchir en leur demandant de me dire qui est cette petite fille. L'effet est radical, plus personne ne parle. Je pose à nouveau la question, un ton au-dessus. Face à moi, ma mère se décompose. Mon grand-père me répond que je le sais déjà *a priori*, qu'il s'agit de ma sœur jumelle et que cette photo, si ses souvenirs sont bons, a été prise quelques semaines avant son regrettable accident. Solange renchérit en disant que malheureusement pour elle, elle n'était pas aussi jolie que moi. L'ironie passe mal, ma mère lui ordonne de se taire.

Inconsciente de ce qui se joue, Luisa entre avec le chapon entièrement découpé et le pose sur la table avec ses accompagnements, nous souhaitant un bon appétit.

Mon grand-père fait comme si de rien n'était et nous propose de nous servir. Je range la photo d'une main tremblante et le laisse remplir mon assiette comme si j'étais redevenue une enfant.

Et les discussions reprennent de plus belle, ma petite sœur est à nouveau évacuée, oubliée.

Je ne peux rien avaler. Dans mon ventre se cognent des pierres de la taille de mes poings. Je voudrais être ailleurs plutôt qu'ici, n'importe où, même dans une tombe. Une sourde fureur me gagne et, comme je tente par tous les moyens de la contenir, elle se rebelle et commence à m'étouffer.

Je déclare alors, en pesant chacun de mes mots, que c'est moi qui ai tué Manon. Le silence revient. Catherine me demande ce qui me prend. À ma gauche, mon grand-père prétend que c'est de très mauvais goût, et que je dois m'excuser auprès de Raphaël, qui n'a vraiment pas besoin d'entendre ce genre d'imbécillité.

Je me tourne vers lui et lui réponds que c'est la stricte vérité. J'ai torturé, violé et tué Manon dans cette cave du Cap. C'était un plan mûrement réfléchi. On m'a aidée, des gens dont ils n'imaginent même pas l'existence. J'ai commis ce crime, car tout mon corps le réclamait, car c'était pour moi une nécessité, car j'ai, à travers elle, voulu me venger de l'homme qui depuis mes quatorze ans a exercé une emprise coupable sur moi. Mon oncle Raphaël, ici présent. Ou plutôt, devrais-je dire, mon père biologique, puisqu'il se tape ma mère depuis leur adolescence, et que mon frère et moi en sommes les aberrants fruits. Ce qui ne l'a pas empêché de me dépuceler, de m'agresser des dizaines de fois et de me mettre enceinte, d'ensuite, en accord avec ma mère, me faire enfermer dans sa maison de Normandie, enchaînée et sous surveillance, jusqu'à ce que je perde mon fils au bout du huitième mois. Dans mon ventre, ou dévoré par des chiens, qu'importe.

Et, foutu pour foutu, je déclare à mon grand-père qu'effectivement mon salaire de serveuse ne me suffisait pas, et que je gagne depuis des semaines bien plus de thunes en faisant la pute avec des mecs de son âge.

Tous sont atterrés par ce qu'ils viennent d'entendre. Raphaël se lève et hurle que je suis une petite conne. Hyper original. Je lui déclare d'un ton doucereux que s'il le souhaite, je peux lui dire en détail tout ce que j'ai infligé à sa fille, quels ont été ses derniers mots avant que je ne l'asperge d'essence et lui foute le feu.

Dieu, que ça fait du bien ! Pourquoi ne me suis-je pas délestée de ça plus tôt ?

Ma mère, gardant son calme, déclare aux autres que je ne suis qu'une mythomane, au sens psychiatrique du terme. Je fabule, bien entendu, et c'est loin d'être la première fois. Depuis deux ans, elle a tenté du mieux qu'elle l'a pu de me soigner. Si j'ai disparu pendant tout un été, c'est simplement, comme elle en a alors informé mon grand-père, parce qu'elle m'a fait interner dans la clinique d'une amie, à la suite de crises de psychoses trop envahissantes et d'un comportement violent envers elle. Elle a d'abord pensé que ça m'avait fait du bien. Mais une fois revenue à Paris, les choses ont empiré, j'ai été de plus en plus déconnectée de la réalité, je suis clairement devenue un danger, pour elle et pour son fils. J'étais constamment nerveuse en sa présence. Une fois, elle m'a surprise en train de le secouer, car il pleurait sans relâche. C'est pour ça qu'elle m'a foutue dehors. Elle n'avait pas le choix. Et je ne suis pas à la rue. Elle m'a trouvé un chouette appartement dont elle continue à payer le loyer, et s'occupe encore de mes factures. C'est moi qui refuse toujours d'être suivie par un psychiatre. Maintenant que je suis majeure, hélas, elle ne peut plus rien y faire. Elle est désolée que j'aie proféré toutes ces horreurs. Le pire, c'est que je dois être persuadée qu'elles sont vraies.

Je n'ai même pas la force d'en rire, sidérée par le sang-froid dont elle fait preuve et sa façon éclatante de retourner les choses.

Bien sûr, personne dans l'assistance ne m'a crue. Bien sûr, tout le monde la croit, elle. Comment le leur reprocher ? C'est trop gros, trop inacceptable, même pour les gens de cette famille pourrie jusqu'à la moelle. Ils vont se rassurer en se persuadant que je ne suis qu'une menteuse pathologique qu'il va falloir s'efforcer d'écarter de leurs vies. Et qu'ainsi le peu d'honneur encore attaché à leur nom sera sauf.

À son regard, je comprends que ma mère sait qu'elle a une fois encore pris le dessus sur moi. Et puisque j'ai tenté de la frapper mortellement devant nos proches, elle va tout faire pour m'écraser.

Après un long silence, mon grand-père m'ordonne de quitter la table. Sans un regard vers les autres, je me lève en réprimant l'envie de saisir un couteau pour le planter dans le cœur le plus proche, puis je marche droit vers la sortie sans me retourner.

Dans le couloir, je croise les deux enfants de Solange, qui étaient restés avec Luisa dans la cuisine, sans doute alertés par nos haussements de voix. Je m'agenouille face à eux et leur demande à voix basse de ne pas trop perdre de temps avant de fuir à leur tour.

Tout en rejoignant l'autre bout de la maison, je ne pense plus qu'à partir d'ici, à mettre ensuite un maximum de distance entre ma famille et moi. Le continent est vaste, tant de pays sont vierges de sa présence, exempts de leur souillure.

Il n'est pas trop tard pour reprendre un train en direction de Paris. Dans une heure, maximum, je peux être de retour chez moi. Peut-être même ai-je encore le temps de faire une surprise à Claude ou d'aller me bourrer la gueule avec Charlie.

Je monte les marches de l'escalier principal si vite que je manque de souffle. Une fois dans ma chambre, je range en hâte mes affaires dans mon sac, sans même penser à allumer une des lampes.

Et j'entends alors Gaspard pleurer. Et son avenir sans moi défile en images nettes dans ma tête. Si furieux, désespéré…

Mes résolutions s'envolent. J'entre sans réfléchir dans la chambre de ma mère et m'approche lentement de son lit, par peur de l'effrayer. Il gigote dans la pénombre, il a sûrement été victime d'un cauchemar. Je le prends dans mes bras, le berce, lui dis que c'est fini, que je suis là, qu'il n'a plus rien à craindre. Il s'arrête de pleurer, m'observe, me sourit.

Il me fait confiance.

En contemplant son visage saturé de larmes, je comprends ce que je dois faire, ce que j'aurais dû faire depuis le début si j'en avais eu le courage. Ma mère m'a pris mon fils, je vais lui prendre le sien. Œil pour œil, dent pour dent. J'ai assez d'argent pour fuir à l'étranger dès cette nuit. Ensuite, le vaste monde nous tendra les bras, nous nous évanouirons hors de leur territoire. Ma mère m'a forcée à voir la mort de Léo en face, je ferai en sorte qu'elle ne sache jamais où Gaspard se trouve. Elle ne s'en remettra pas. Que des questionnements, aucune réponse. Je la condamnerai à la solitude, à une vieillesse stérile.

Je recouvre Gaspard d'une petite couverture et me dirige vers le couloir en espérant qu'il ne va pas se remettre à pleurer, persuadée qu'une échappatoire est encore possible.

Mais, arrivée au niveau de l'escalier, je m'arrête direct en apercevant ma mère postée au milieu des marches. J'aurais dû m'en douter. Elle a toujours eu un pion d'avance sur moi. Pour elle, les mauvais instincts sont une odeur à flairer. Son visage déformé par la colère, elle me demande ce que je compte faire, j'étreins Gaspard, je lui crie de nous laisser passer. Ma mère monte encore quelques marches et m'ordonne d'aller recoucher son fils. *Son fils. Pas mon frère.* Je refuse, même si je sais que c'est foutu, que jamais elle ne me permettra de partir avec lui, que jamais plus je ne pourrai le voir. J'ai laissé passer ma chance de nous sauver, mon frère et moi, de leur emprise.

Je lui interdis de bouger, mais elle ne m'écoute pas, persuadée comme à son habitude d'avoir un ascendant naturel sur moi. Elle me provoque par son assurance. Elle pense tellement bien me connaître. Elle n'a plus qu'à me forcer à capituler.

Serrant Gaspard contre moi, je la supplie de me dire ce qui s'est vraiment passé avec ma sœur.

Un léger sourire aux lèvres, ma mère me répond que je le sais parfaitement.

Rien de plus. Que de la provocation.

Portée par l'énergie du désespoir et envahie par une fureur trop lourde à contenir, je saisis Gaspard par la main et le suspends au-dessus du vide en hurlant à ma mère de tout me dire. Mon frère éclate en sanglots, se débat.

Ma mère se pétrifie. Là, j'ai réussi à la sécher. Ne la quittant pas des yeux, je lui demande si elle a tenu ma sœur de la même façon avant qu'elle ne s'écrase sur le bitume.

Ma mère s'efforce de ne rien répondre. Mais ça n'a plus aucune importance. Pour la première fois de mon existence, je la surplombe, et je voudrais que cet instant dure jusqu'au bout de la nuit. Déstabilisée, ma mère s'agrippe à la rambarde, me prie, d'une voix d'une douceur qui m'était encore inconnue, de poser Gaspard sur les marches. Elle paraît avoir rapetissé. Elle a perdu de sa superbe. Je sens, malgré le self-control dont elle tente de faire preuve, à quel point elle est terrifiée. La manière dont elle regarde Gaspard est une insulte à toutes mes années passées avec elle, comme si lui seul comptait, comme si j'étais réduite au danger qu'à ses yeux je représente pour elle. Elle n'hésiterait pas à me pousser dans le vide pour le sauver, échanger ma vie contre la sienne. Dans ce face-à-face tant de fois retardé, je la vois comme je ne l'ai jamais vue, traversée par des émotions que je n'ai à aucun moment perçues chez elle.

Tant de chair, à présent, vibre sous la glace. Son amour pour Gaspard n'est pas feint, il est absolu. Florence Delage a bien un cœur. Pour moi, il n'a jamais battu. Pour lui, il pourrait se briser.

Mon bras est de plus en plus douloureux, mes muscles commencent à s'ankyloser, mais je tiens bon. La haine que j'éprouve me soutient, m'enflamme, terrasse tout sur son passage, excède de très loin le filet d'amour qui subsistait pour le petit être qui s'agite en pleurant à dix mètres au-dessus du sol.

Je suis navrée d'à ce point le terrifier. Il n'est que la victime collatérale d'un duel qu'il ne peut comprendre, lui dont les cris aigus résonnent dans le hall et vont finir par ameuter les autres membres de notre famille.

Tant mieux. Qu'ils nous rejoignent et me contemplent. Ils comprendront enfin tout ce que par leur faute j'ai subi.

Je suis à présent à la croisée des chemins, et je sais lequel emprunter, ainsi que tout ce que je dois, derrière moi, laisser.

Alors, je regarde ma mère droit dans les yeux. Sans ciller.

Et je lâche la main de mon frère.

REMERCIEMENTS

À Karine Knudde, ma première lectrice, toujours.

À Clarisse Gourdon, et son regard aussi clair que précis.

À David Gressot, et son attention qui pour moi compte tant.

À Alain Deroudilhe, et son si charmant accompagnement.

À mon éditrice, Émilie Colombani, celle par qui tout a débuté, ainsi qu'à la fantastique équipe de chez Rivages.

À mes amis, qui chaque jour me permettent de garder le cap. Aux familles qui se forment.

À Pierre et à Victor, longue et belle vie à eux deux.

À Baptiste, mon frère de cœur. Celui grâce à qui j'ai retrouvé un équilibre.

Aux lecteurs et aux lectrices qui me feront encore le plaisir de se plonger dans mon cerveau légèrement malade.

À cette personne qui un jour m'a mis un livre entre les mains.

À l'imaginaire. À la joie de créer. À la nécessité de bousculer et de provoquer. À la liberté impérieuse d'écrire, cette nécessité.

Et que nous soit toujours donnée la possibilité de composer des histoires, et de les lire.

pca
cmb
édition pré-presse
livres numériques

44400 Rezé

Achevé d'imprimer en mai 2023
sur les presses de Normandie Roto Impression s.a.s.
à Lonrai (Orne)
pour le compte des Éditions Payot & Rivages
60/62, avenue de Saxe -75015 Paris
N° d'impression : 2302056
Dépôt légal : mai 2023

Imprimé en France